金華山黄金伝説
殺人事件

日高けん

付図

図1

金華山全島図

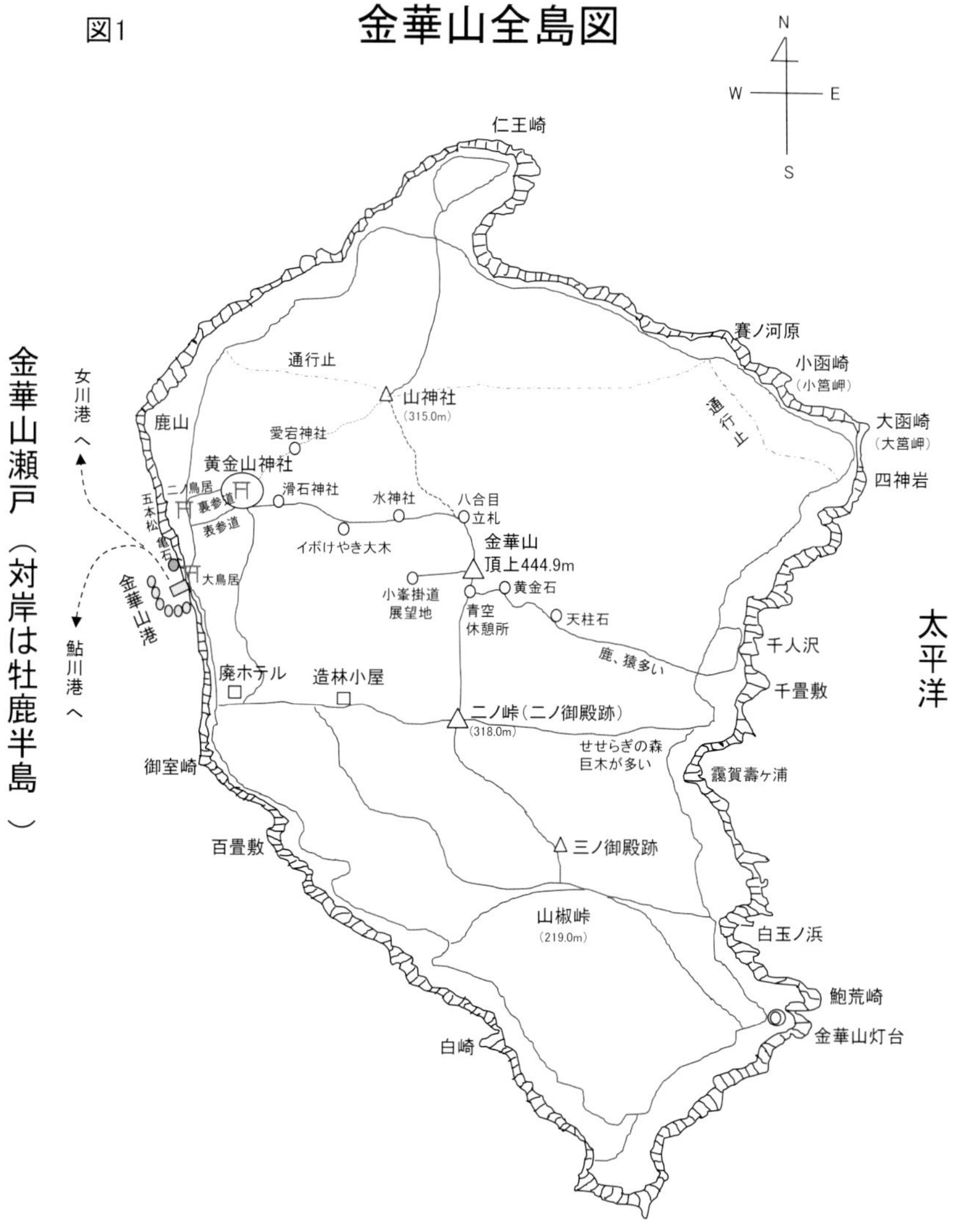
N
W
E
S
仁王崎
賽ノ河原
小函崎
（小営岬）
大函崎
（大営岬）
四神岩
通行止
通行止
山神社
（315.0m）
愛宕神社
鹿山
黄金山神社
二ノ鳥居
滑石神社
水神社
八合目
立札
五本松
裏参道
表参道
亀石
イボけやき大木
金華山
頂上444.9m
大鳥居
小峯掛道
展望地
青空
休憩所
黄金石
天柱石
金華山港
千人沢
鹿、猿多い
廃ホテル
造林小屋
千畳敷
二ノ峠（二ノ御殿跡）
（318.0m）
せせらぎの森
巨木が多い
御室崎
靏賀壽ヶ浦
三ノ御殿跡
百畳敷
山椒峠
（219.0m）
白玉ノ浜
鮑荒崎
金華山灯台
白崎
東ノ崎
女川港へ
鮎川港へ
金華山瀬戸（対岸は牡鹿半島）
太平洋

図2

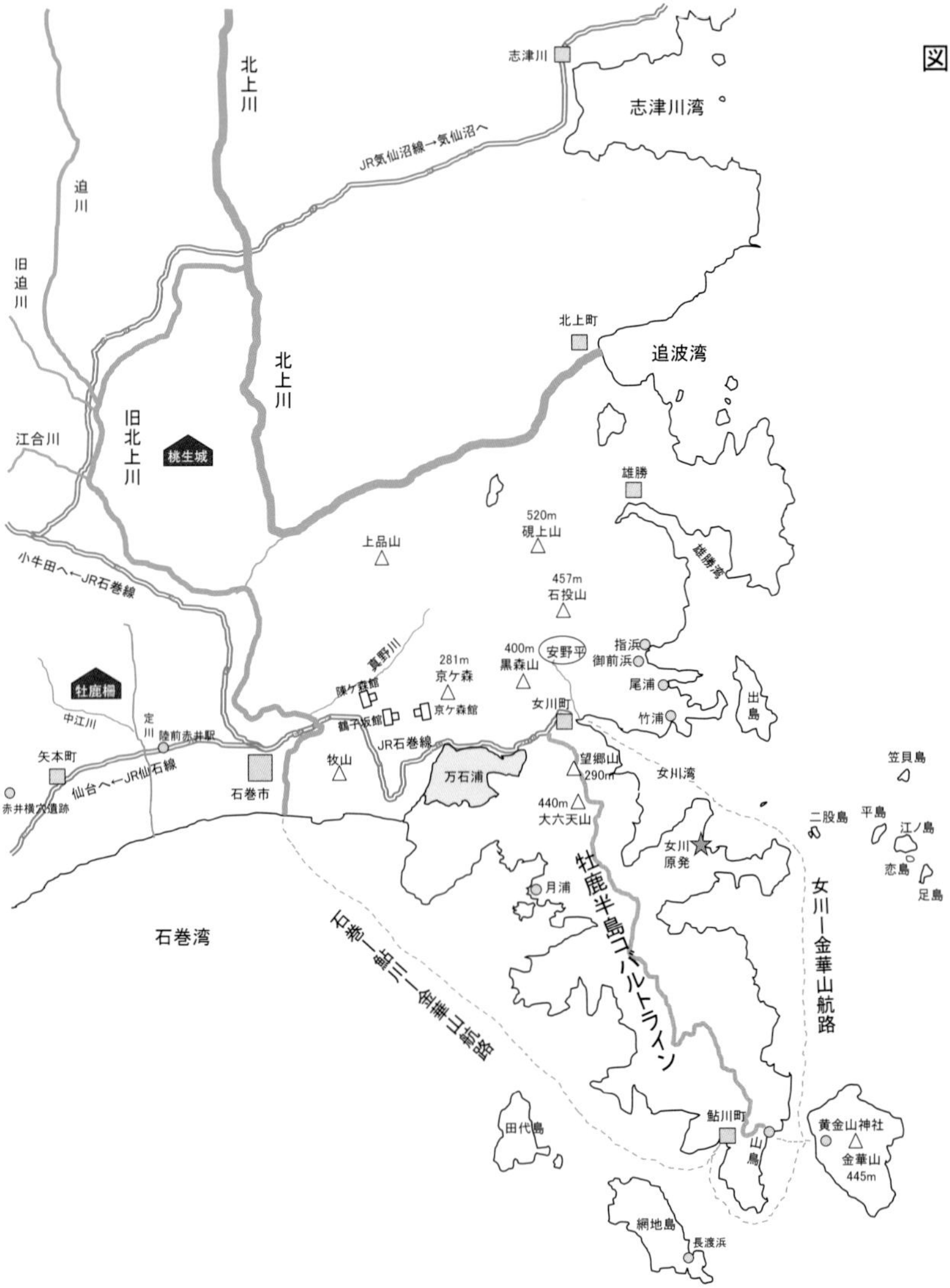
志津川
志津川湾
北上川
JR気仙沼線→気仙沼へ
迫川
旧迫川
北上町
追波湾
北上川
旧北上川
江合川
桃生城
雄勝
520m
硯上山
上品山
雄勝湾
457m
石投山
小牛田へ←JR石巻線
真野川
281m
京ケ森
400m
黒森山
安野平
指浜
御前浜
尾浦
陣ケ森館
牡鹿柵
中江川
定川
陸前赤井駅
鶴子坂館
京ケ森館
女川町
竹浦
出島
JR石巻線
矢本町
石巻市
牧山
万石浦
望郷山
290m
女川湾
笠貝島
仙台へ←JR仙石線
赤井横穴遺跡
440m
大六天山
二股島
平島
江ノ島
女川
原発
恋島
足島
月浦
石巻湾
牡鹿半島コバルトライン
女川—金華山航路
石巻—鮎川—金華山航路
田代島
鮎川町
山鳥
黄金山神社
金華山
445m
網地島
長渡浜

付図

図3

村田晃一著「陸奥北辺の城柵と郡衙～黒川以北十郡の城柵から見えて来たもの～（宮城考古学、第九号、二〇〇七年）を参考に著者作図

図4

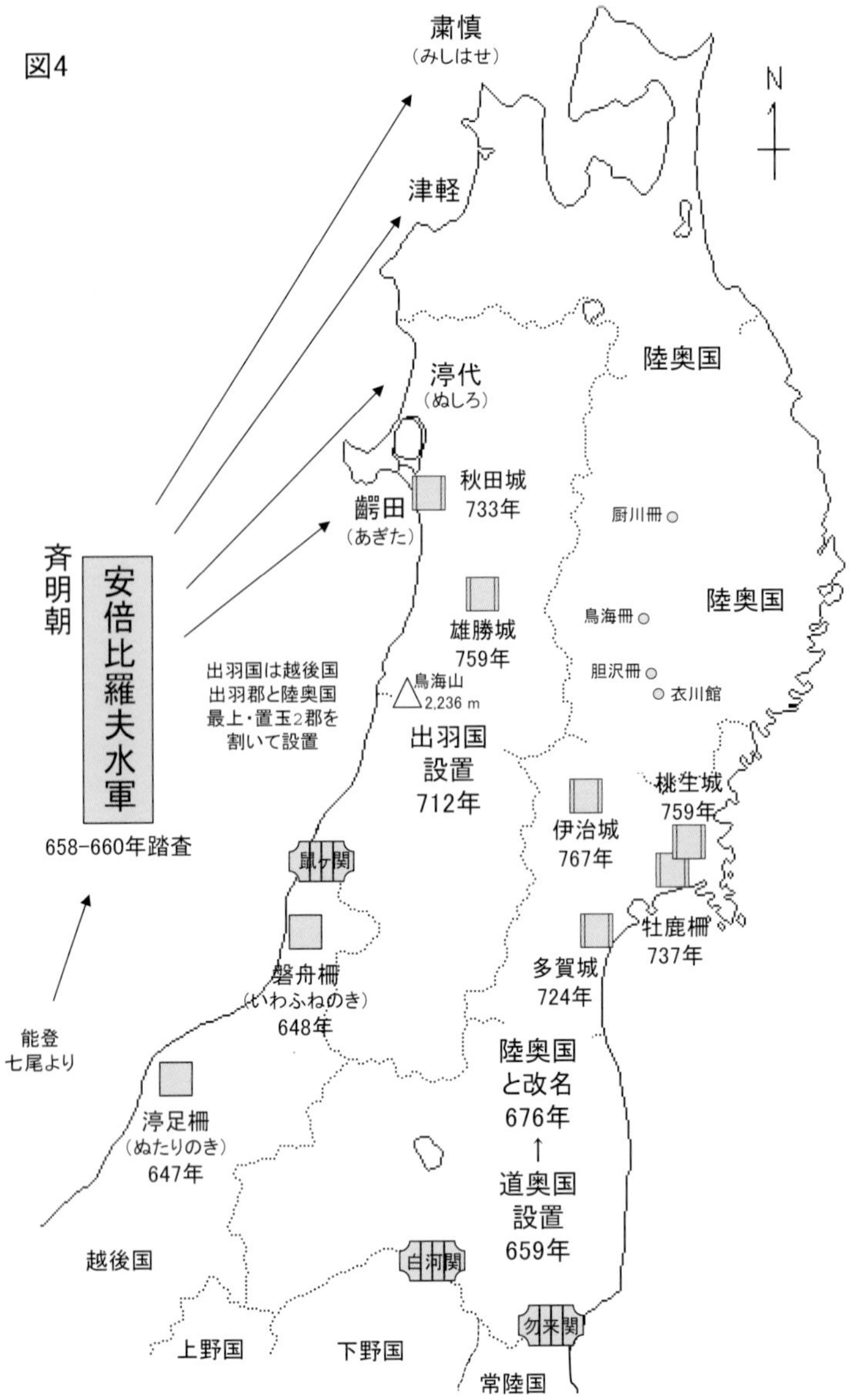
粛慎
（みしはせ）
N
津軽
淳代
（ぬしろ）
陸奥国
秋田城
733年
齶田
（あぎた）
厨川柵
斉明朝
安倍比羅夫水軍
658-660年踏査
雄勝城
759年
鳥海柵
陸奥国
胆沢柵
衣川館
出羽国は越後国
出羽郡と陸奥国
最上・置玉2郡を
割いて設置
鳥海山
2,236 m
出羽国
設置
712年
桃生城
759年
伊治城
767年
鼠ヶ関
牡鹿柵
737年
磐舟柵
（いわふねのき）
648年
多賀城
724年
能登
七尾より
陸奥国
と改名
676年
↑
道奥国
設置
659年
渟足柵
（ぬたりのき）
647年
越後国
白河関
勿来関
上野国
下野国
常陸国

図5

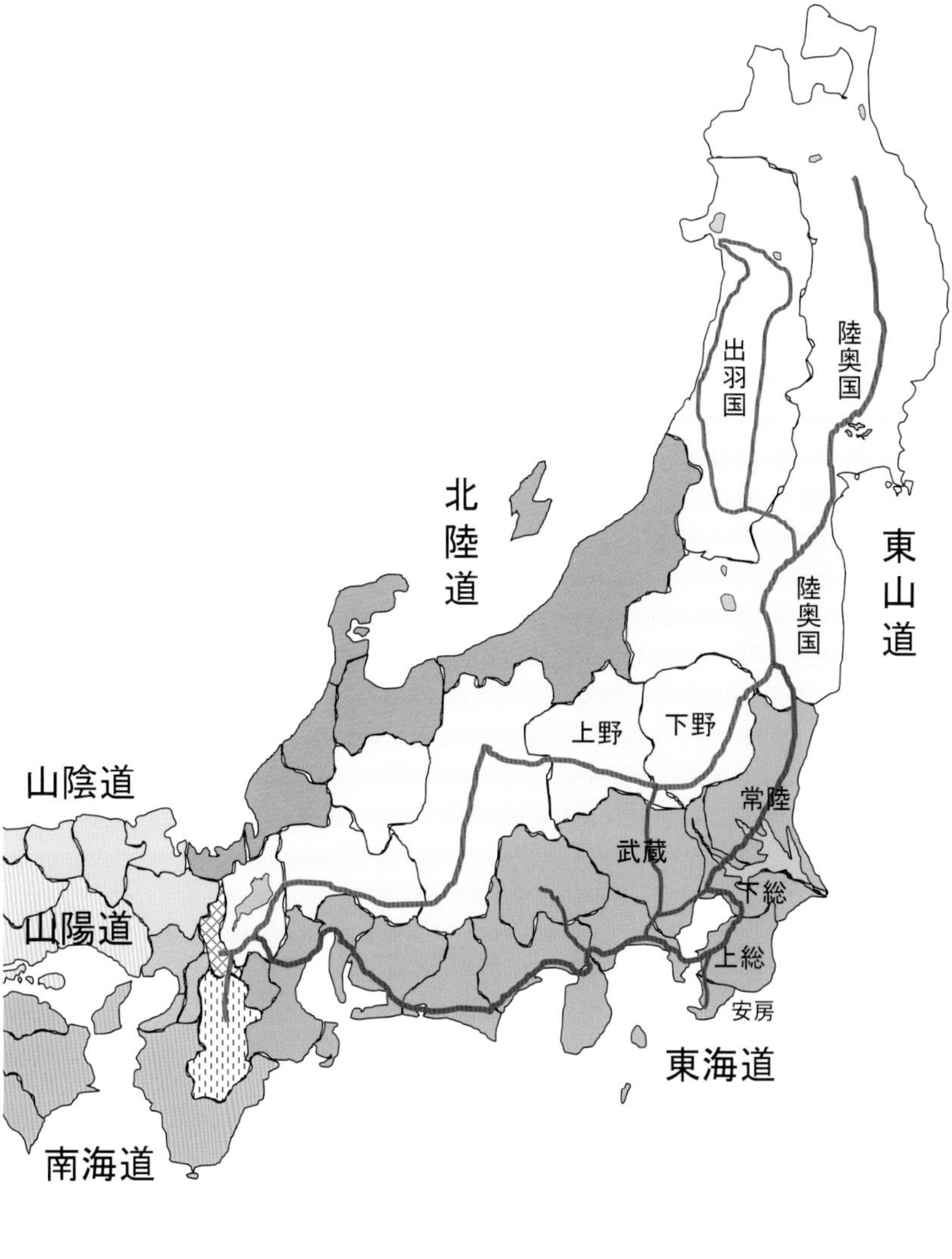

図6

百済王の系譜

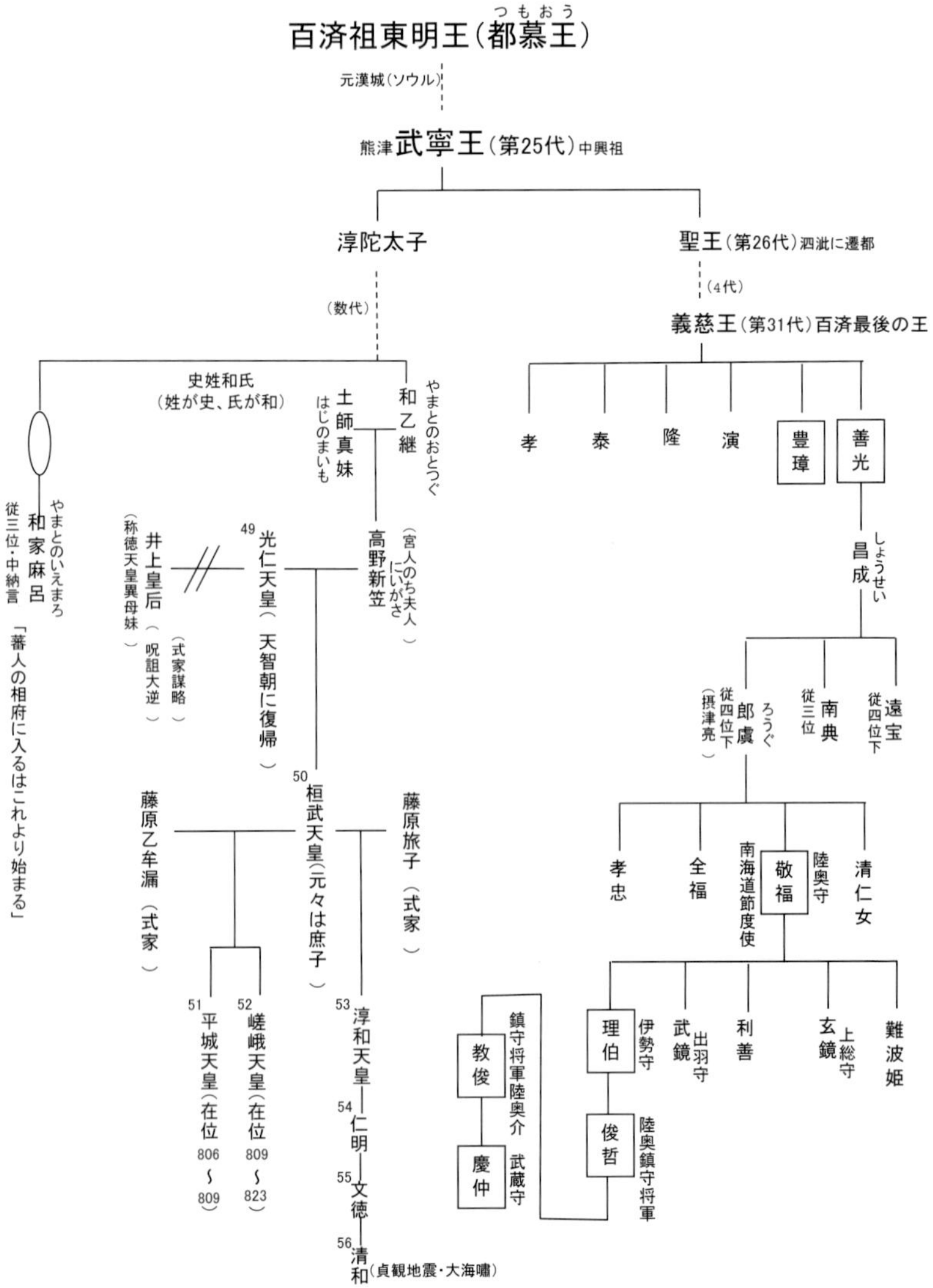
百済祖東明王（都慕王《つもおう》）
元漢城（ソウル）
熊津武寧王（第25代）中興祖
淳陀太子
聖王（第26代）泗沘に遷都
（数代）
（4代）
義慈王（第31代）百済最後の王
史姓和氏
（姓が史、氏が和）
土師真妹
はじのまいも
和乙継
やまとのおとつぐ
孝
泰
隆
演
豊璋
善光
和家麻呂
やまとのいえまろ
従三位・中納言
「蕃人の相府に入るはこれより始まる」
井上皇后
（称徳天皇異母妹）
（呪詛大逆）
（式家謀略）
49 光仁天皇（天智朝に復帰）
高野新笠
にいがさ
（宮人のち夫人）
昌成
しょうせい
郎虞
ろうぐ
従四位下
（摂津亮）
南典
従三位
遠宝
従四位下
藤原乙牟漏（式家）
50 桓武天皇（元々は庶子）
藤原旅子（式家）
孝忠
全福
敬福
南海道節度使
陸奥守
清仁女
51 平城天皇（在位806～809）
52 嵯峨天皇（在位809～823）
53 淳和天皇
54 仁明
55 文徳
56 清和（貞観地震・大海嘯）
教俊
鎮守将軍陸奥介
慶仲
武蔵守
理伯
伊勢守
俊哲
陸奥鎮守将軍
武鏡
出羽守
利善
玄鏡
上総守
難波姫

付表

表1　＜渡来人の概略＞

	弓月君・秦氏	東漢氏・阿知使主	百済王	高句麗（貊）
出自	秦始皇帝3世孫孝武王末裔、シルクロード弓月国から辰韓より、百済経由で、辰韓滅亡356年と関連、秦陝西方言	後漢末霊帝献帝末裔	扶余国から遷った温祚王が建国、馬韓の伯済国を母体として、4世紀前半頃までには漢城（ソウル）に成立。南宋から仏教南朝文化を導入、武寧王墓から金冠出土	朝鮮北部〜満州南部に扶余国からBC37年に朱蒙（東明聖王）が建国。5世紀に最盛期、楽浪郡を吸収（帯方郡は百済へ）、372年仏教伝来
来日開始時期、人数	283年応神14 神功皇后、応神天皇期 1万人規模	289年 複合氏族で共通の先祖伝承で結びついた	660年百済滅亡 兄豊璋は高句麗へ亡命、弟善光が日本に残り始祖	666年高麗王若光来倭（703年高麗王こきし贈姓）、668年高句麗滅亡
主入植地	豊前を拠点、山城太秦、針間、相模秦野市、杉並久我山	大和檜隈、初め蘇我氏の警護、東漢駒崇峻天皇暗殺、のち天武天皇に批判された		倭国では初め関東一円に入植、716年に武蔵国高麗郡（日高市・飯能市）を設置遷植1799人、
日本絶頂期	養蚕、絹織物（肌のように柔らかいのでハタ）	坂上田村麻呂、製鉄、土木工事、軍事、織物	749年敬福黄金献上、聖武・嵯峨両帝の後宮	
氏神	松尾大社、伏見稲荷大社	明日香村於美阿志神社	百済寺建立	高麗神社・高麗川・日高市高麗本郷
その後	忌寸氏、勝氏、惟宗氏、薩摩島津氏、長曾我部氏、赤松氏、東儀氏、大石内蔵助、つのだじろう	平田氏、丹波氏、調氏、谷氏、佐太氏、井上氏	9世紀以降衰退消失、枚方市に百済王神社あり	小暮、木暮姓

表2　＜宇宙と地球と日本列島と人類＞

	宇宙と地球と日本列島、海外情勢	人類と日本
先史時代	138億年前：ビッグバンで宇宙誕生 45億6,700万年前：地球誕生 35億年前：原始生命体が海中に誕生 4億年前：植物が陸上に進出 1億年前:日本列島が大陸から離れ始める 1,500万年前：日本海が急速に拡大、北上・阿武隈山地が独立島、中央構造線が出来始める 300万年前：現在に近い日本列島形成、瀬戸内は未だ陸地 260万年前：第4氷河期で海退、再び大陸とつながる 9万年前：瀬戸内は内海となり、現在の日本列島が完成	500万年前人類の祖先がアフリカで誕生 500万年前：猿人出現（アウストラロピテクス） 180万年前：原人出現（ホモエレクトゥス、北京原人、ジャワ原人） 20万年前：旧人出現（ネアンデルタール人） 4万年前：新人出現（クロマニョン人） 以上が人類の先史時代 3,000年前：文字の誕生（ここから現代まで歴史時代）
旧石器時代	新生代新成紀（新第三紀）鮮新世の350万年前に寒冷化開始、第四期更新世の170万年前から氷河時代が始まる、旧石器時代はこの258万年前～1.2万年前：新生代第四期更新世に相当する（BC200万年前～BC1万年前） 80万年前から10万年周期のミランコビッチ寒暖サイクルあり。 7万年前～1万年前：最終氷期 1万年前の最寒冷期（前後合わせて2000年間）海退120m 1.2万年前氷河が溶け雨が降った（海進）、マンモス全滅	＜打製石器、骨角器、絶滅動物＞ 30万年前ホモサピエンスアフリカで誕生（古代型サピエンス） 20～10万年前ホモサピエンスアフリカで現生人類に進化（現代型サピエンス） 6~5万年前ホモサピエンス出アフリカ 4万年前ホモサピエンス日本まで到達（陸上北海道ルート、海上対馬ルート、海上沖縄ルート）
新石器時代	新生代第四期完新世に相当する(11,780万年前～現在)、BC190世紀より海進始まり、ピーク時は6500~6000年前、海水準上昇は120mの高さに及んだ。	現存動物の存在、磨製石器、土器の発明、食料を採集から生産への転換、農耕や牧畜の開始
縄文時代	BC160世紀～BC30世紀 （世界史では中～新石器時代、地質学では更新世末期～完新世）	土器と弓矢の発明、定住化と竪穴式住居の普及、貝塚の形成、木実食、木実加工道具、土偶、黒曜石翡翠、採集経済

付表

	宇宙と地球と日本列島、海外情勢	人類と日本
弥生時代	BC10世紀～AD3世紀中頃 （北海道では続縄文時代がAD7世紀まで続き、後に擦文時代=土師器似土器使用） AD1世紀頃、東海北陸を含む西日本各地で地域勢力が形成、2世紀末畿内に倭国成立、3世紀中頃古墳時代に移行	水稲農耕生産経済の普及、金属器が大陸から伝来、弥生時代後半は鉄器を求めて多くの倭人が朝鮮渡行、朝鮮交易開始発展
古墳時代 （倭王権） 3世紀後半～6世紀末	前57年新羅建国 前37年高句麗建国 3世紀伽耶国建国 4世紀前半百済建国 524年新羅が伽耶国に侵攻、6世紀中頃伽耶国滅亡	＜倭王権誕生から確立、朝鮮半島との交流活発化＞ 283年弓月氏・秦氏来朝 （神功皇后、応神天皇14年） 289年東漢氏･阿知使主来朝（応神20年） 527年磐井の乱（継体天皇）倭王権の直轄 540年秦人･漢人の戸籍作成（欽明天皇） 552年仏教伝来
飛鳥時代 592～710年 （118年間） （大和朝廷） 朝廷内の主導権争い、中央集権化	660年百済滅亡（斉明天皇6年） 663年白村江戦で惨敗 668年高句麗滅亡	592年崇峻天皇暗殺、推古帝即位 604年17条憲法 607年遣隋使 645年大化の改新 658年安倍比羅夫の東征 672年壬申の乱 701年大宝律令
奈良時代 710～794年 （84年間）	935年新羅滅亡	710平城京遷都 749年東北で産金、大仏に献上

表3 ＜地質年代表＞

地球誕生→ 45億6,700万円前

冥王代					40億3,000万円前
太古累代	原太古代	(原始生代)	35億年前原始生命体誕生		36億年前
	古太古代	(古始生代)			32億年前
	中太古代	(中始生代)			28億年前
	新太古代	(新始生代)	27億年前(酸素発生)		25億年前
原生累代	古原生代	鉄鉱紀			23億年前
		溶岩紀	22億年前(全地球凍結期)		20億5,000万年前
		造山紀			18億年前
		剛塊紀			16億年前
	中原生代	覆層紀			14億年前
		伸展紀			12億年前
		狭帯紀			10億年前
	新原生代	拡層紀	7億年前(全地球凍結期)		7億2,000万年前
		氷成紀			6億3,500万年前
		エディアカラ紀			5億4,100万年前
顕生累代	古生代	カンブリア紀		テレヌーブ世	5億2,000万年前
				第二世	5億0,900万年前
				第三世	4億9,700万年前
				芙蓉世(フーロン)	4億8,540万年前
		オルドビス紀		古世(前期)	4億7,000万年前
				中世(中期)	4億5,840万年前
				新世(後期)	4億4,380万年前
		シルル紀		ランドベリー世	4億3,340万年前
				ウェンロック世	4億2,740万年前
				ラドロウ世	4億2,300万年前
			4億年前植物が地上に進出	プシドリ世	4億1,920万年前
		デボン紀		古世(前期)	3億9,330万年前
				中世(中期)	3億8,270万年前
				新世(後期)	3億5,890万年前
		石炭紀	ミシシッピ亜紀	古世(前期)	3億4,670万年前
				中世(中期)	3億3,090万年前
				新世(後期)	3億2,320万年前
			ペンシルベニア亜紀	古世(前期)	3億1,260万年前
				中世(中期)	3億0,670万年前
				新世(後期)	2億9,890万年前
		ベルム紀		南ウラル世	2億7,230万年前
				グアダループ世	2億5,980万年前
				楽平世(ルーピン)	2億5,190万年前
	中生代(暑い)	三畳紀		古世(前期)	2億4,680万年前
				中世(中期)	2億3,700万年前
				新世(後期)	2億0,136万年前
		ジュラ紀		古世(前期)	1億7,420万年前
				中世(中期)	1億6,310万年前
				新世(後期)	1億4,500万年前
		白亜紀	(特に暑い)	古世(前期)	1億0,050万年前
			1億年前北上山地が大陸から離れ始めた	新世(後期)	6,600万年前
	新生代	旧成紀(古第三紀)		暁新世	5,600万年前
				始新世	3,390万年前
			1500万年前日本海が急速拡大	漸新世	2,303万年前
		新成紀(新第三紀)	グリーンタフ形成→	中新世(東日本西側)	533万年前
			350万年前寒冷化開始	鮮新世	258万年前
		第四紀	170万年前氷河時代開始	更新世	1万1,780年前
		(80万年前から10万年周期のミランコビッチ寒暖サイクル)30万年前ホモサピエンスアフリカで誕生 4万年前ホモサピエンス日本に到達 最寒冷、海退→1万年前から縄文時代、海進		完新世	現在

付表

表4　<朝鮮情勢と古墳時代（倭王権）・飛鳥時代（飛鳥朝廷）と東北地方の対比表>

倭王権・朝鮮関連	東北地方関連
前57年　新羅建国（斯盧、慶州）	
356年　辰韓滅亡	
503年　新羅と国名改め	589年　崇峻天皇暗殺（蘇我馬子、東漢駒）
660年　百済滅亡	658年　阿倍比羅夫東征開始（3年間）東山道（蝦夷）、東海道（海浜）、北陸道（越）
663年　白村江の戦い	
668年　高句麗滅亡	
697年　敬福誕生（文武元年）	666年　高麗若光倭国に亡命
710年　平城京遷都（聖武天皇）洛陽龍門石窟模して大仏発願、紫香楽宮（741-742年）平城宮に戻る	703年　若光コキシ贈姓
	716年　武蔵国に高麗郡設置再集結（若光大領）
	729～749年　玉山で砂金採掘が行われた
749年　900両産金2月22日献上、天平勝宝改元	749年（天平21）百済王敬福（女川町御前浜に漂着）、産金奉行に不審に返り咲いた、のち交野百済寺建立
752年　大仏開眼供養（敬福従三位に）	
761年　新羅征伐の議(敬福南海道節度使)軍事	750年（天平勝宝2）金華山神社創祀
	↓24年後
766年　敬福死去8月8日（天武朝の人）	↓
	774年（桃生城事件）38年戦争の始まり
778年（宝亀9）清水寺建立（興福寺延鏡上人、賢心）	780年（宝亀の乱）伊治公呰麻呂
780年　坂上田村麻呂、僧賢心と出会い仏門に帰依し、11面観音像を清水寺に寄進（23歳）	789年（延暦8）紀古佐美×アテルイ
781年〈延暦元年〉桓武天皇即位（光仁→天智天皇系）	791年（桓武第2征東）に田村麻呂は副使として参陣、百済王俊哲（絶体絶命の危機）
784年（延暦3）長岡京遷都、のち天災と不孝祟りあり	
794年　平安京遷都	802年（延暦21）坂上田村麻呂×アテルイ（降伏）、
798年　田村麻呂清水寺大規模改修、本尊脇侍として地蔵菩薩と毘沙門天像を祀り、清水寺の額を掲げる	
806年〈延暦25〉桓武天皇崩御	850年　中尊寺建立、金売り吉次
811年　坂上田村麻呂死去	869年（貞観11年）貞観地震大津波、日本三代実録*に記載）
935年　新羅滅亡	1051-1060年　前九年の役（安倍貞任・宗任）×源義朝、清原氏
	1083-1087年（永保3-寛治元）後三年の役（源義家、藤原清衡×清原家衡、清原武衡）
	1124年　中尊寺金色堂建立
1192年　源頼朝鎌倉幕府開府	1189年　奥州藤原氏滅亡
	1496年　マルコポーロ東方見聞録出版

(*)日本三代実録とは、清和、陽成、光孝三代天皇の30年間を実録した記録（858～887年）

(+)蝦夷侵攻は律令国家が、懐柔、征討、移民を繰り返しつつ少しずつ北方に前線を進めていった事業。

表5 ＜位階表（養老律令・官位令、757年）＞

<table>
<tr><td></td><td></td><td colspan="3">内位（諸王・諸臣）
中央位階</td><td></td><td></td></tr>
<tr><td>序列</td><td>親王
（品位）</td><td>昇殿
（天皇謁見）</td><td>諸王</td><td>諸臣</td><td>外位
（地方位階）</td><td>蝦夷爵</td></tr>
<tr><td>1</td><td rowspan="2">一品</td><td rowspan="14">可 （殿上人）</td><td colspan="2">正一位</td><td rowspan="10"></td><td rowspan="10"></td></tr>
<tr><td>2</td><td colspan="2">従一位</td></tr>
<tr><td>3</td><td rowspan="2">二品</td><td colspan="2">正二位</td></tr>
<tr><td>4</td><td colspan="2">従二位</td></tr>
<tr><td>5</td><td rowspan="2">三品</td><td colspan="2">正三位</td></tr>
<tr><td>6</td><td colspan="2">従三位</td></tr>
<tr><td>7</td><td rowspan="2">四品</td><td colspan="2">正四位上</td></tr>
<tr><td>8</td><td colspan="2">正四位下</td></tr>
<tr><td>9</td><td rowspan="22"></td><td colspan="2">従四位上</td></tr>
<tr><td>10</td><td colspan="2">従四位下</td></tr>
<tr><td>11</td><td colspan="2">正五位上</td><td>外正五位上</td><td rowspan="4">第一等</td></tr>
<tr><td>12</td><td colspan="2">正五位下</td><td>外正五位下</td></tr>
<tr><td>13</td><td colspan="2">従五位上</td><td>外従五位上</td></tr>
<tr><td>14</td><td colspan="2">従五位下</td><td>外従五位下</td></tr>
<tr><td>15</td><td rowspan="16">不可（地下）</td><td rowspan="16"></td><td>正六位上</td><td>外正六位上</td><td rowspan="4">第二等</td></tr>
<tr><td>16</td><td>正六位下</td><td>外正六位下</td></tr>
<tr><td>17</td><td>従六位上</td><td>外従六位上</td></tr>
<tr><td>18</td><td>従六位下</td><td>外従六位下</td></tr>
<tr><td>19</td><td>正七位上</td><td>外正七位上</td><td rowspan="4">第三等</td></tr>
<tr><td>20</td><td>正七位下</td><td>外正七位下</td></tr>
<tr><td>21</td><td>従七位上</td><td>外従七位上</td></tr>
<tr><td>22</td><td>従七位下</td><td>外従七位下</td></tr>
<tr><td>23</td><td>正八位上</td><td>外正八位上</td><td rowspan="4">第四等</td></tr>
<tr><td>24</td><td>正八位下</td><td>外正八位下</td></tr>
<tr><td>25</td><td>従八位上</td><td>外従八位上</td></tr>
<tr><td>26</td><td>従八位下</td><td>外従八位下</td></tr>
<tr><td>27</td><td>大初位上</td><td>外大初位上</td><td rowspan="4">第五等</td></tr>
<tr><td>28</td><td>大初位下</td><td>外大初位下</td></tr>
<tr><td>29</td><td>少初位上</td><td>外少初位上</td></tr>
<tr><td>30</td><td>少初位下</td><td>外少初位下</td></tr>
<tr><td></td><td></td><td></td><td></td><td></td><td></td><td>第六等</td></tr>
</table>

●昇殿（天皇謁見）は五位以上の貴族に限られる＝てんじょうびと、地下はじげと読む。初位はそいとも読む

●外位（げい）は、中央の貴族官人に与えられた内位に対して、主に地方在住で在庁官人に登用された者や蝦夷・隼人などのうち大和朝廷に対する有功者を対象とした。

●公卿とは、公（太政大臣、左大臣、右大臣）と卿（大納言、中納言、参議、および三位以上の朝官）の呼び名

●内位の五位以上は貴族扱いで叙階は勅授である。内位の六位～八位は奉授で、それ以下の初位は判授で外位の六位～七位は奉ず授で、それ以下の八位と初位は判授である。

●蝦夷を大和朝廷への貢献度に従って、俘囚＞夷俘＞その他と分類し、俘囚には令制位階を与え、夷俘には別に蝦夷爵を与えた。

あらすじ

東北三大霊場である金華山には黄金が埋められている？　さっぱり患者が来ない暇な東京神楽坂診療所長の水鳥長造が、三年続けてお詣りすれば一生お金に困らないということを聞いて、黄金伝説に満ちた金華山黄金山神社の初巳大祭にやって来た。ところが、その一年で最も重要な日の朝に、こともあろうに宮司が行方不明となり、やがて遺体となって、怨霊伝説もある千人沢で発見された。さらに別の男が、数百匹のまむしがとぐろを巻くホテル廃屋で見つかった。この事件は、金華山に埋められているという黄金を巡る、絶海の孤島を舞台にした密室連続殺人なのか？　宮司が握りしめていたダイイングメッセージの秘密とは？　天平年間に東大寺大仏を金色に輝かせたという日本初の黄金を掘り当てたとされる場所はこの金華山だったのか、そしてそれを掘り当てた人物の本当の目的は何だったのか？　絶世の美女である宮司の娘と、千五百年前にシルクロードで出会ったというイケメン東都大学講師今野とに秘められた約束とは？　執拗に黄金を狙う畿内朝廷に繰り返し侵攻され、黄金を奪われ続けた四百年間を逞しく生き抜いた古代東北の人々の勇姿とともに、ここには数々の黄金伝説と黄金に関する全て、古代陸奥国の黄金をめぐる人々の欲望と絶望と希望が、その中心地である金華山を舞台に描かれている。大災害や戦争で故郷を失った人々の、時空を超えた本当の黄金の地下鉱脈はどこにあるのか？　本書は金華山の黄金伝説をめぐって展開される大人のための黄金歴史教養ミステリーである。

金華山黄金伝説殺人事件

目次

主な登場人物

水鳥長造《みずとりちょうぞう》（東京の暇な神楽坂診療所長、喘息専門医）
今野京一《こんのきょういち》（東都大学地質学専門のイケメン講師）
白鳥《しらとり》透《とおる》・誠《まこと》（仙台杜都《もりと》大学の古代日本史研究者である祖父とその孫）
奥海《おくうみ》君《ふとし》（金華山黄金山神社宮司、陸の父親）
奥海《おくうみ》陸《りく》（金華山黄金山神社巫女、絶世の美女）
百武《ひゃくたけ》斉《ひとし》（本名は奥海晃《あきら》、金華山黄金山神社宮司奥海君の長男）
金華山黄金山神社神官（数名）
及川麻衣《おいかわまい》（胆江新聞記者）陸前高田市出身、狐崎玲子と同室
狐崎玲子《きつねざきれいこ》（フェリー会社社長）
安部宗夫《あべむねお》（別府学院大学講師、万葉集専門、盛岡ご先祖詣り帰り）、小野寺匠と同室
小野寺匠《おのでらたくみ》（山岳風景カメラマン）
高橋竜司《たかはしりゅうじ》（クジラ密漁業者）
山喜浩一《やまきこういち》（女川水産加工業社長）、高橋竜司と同室
横江政男《よこえまさお》（女川蒲鉾社長、叔父部長赤間清二《あかませいじ》）
角中忠太郎《かくなかちゅうたろう》（女川水産加工業社長）、阿部俊司《としじ》（箱屋）

主な登場人物

三宅舞子《みやけまいこ》（倉敷市から息子圭太と二人で金華山観光に来た）
榊《さかき》　夫妻（埼玉から四年連続お詣り、ロマネ犬のため参籠できず）
湘南山《やま》ガール（横浜の中高年女性六名、男性二名のグループ）
仙台杜都《もりと》大学の大学院生四人（言語学科、千葉幸雄《ちばゆきお》、早坂、日下、中川）
五大弁財天お詣り女性ツアー（大阪からのグループ、蛇好美香《じゃこうみか》、吉村待子《まちこ》＝マコちゃん、渡辺桃子、西川典子、天童きよみ）
牧野文子《まきのふみこ》（静岡三島から毎年お詣りに来ている書道家）
安住《あずみ》　進《すすむ》（鮎川居酒屋クジラ店主）
古川《ふるかわ》　満《みつる》（鮎川クジラ歯工芸店主）
十八成義夫《くぐなりよしお》（鮎川金華山シータクシー運転手）
石森洋一《いしもりよういち》（石巻警察署刑事課長）
中村真悟《なかむらしんご》（石巻警察署鑑識係）
葛西幸弘《かさいよしひろ》（石巻警察署鮎川交番所長）
佐藤百合《さとうゆり》（石巻警察署女川交番所長）
畑中　忠《はたけなかただし》（石巻警察署女川交番巡査長）

＊註：この作品は全て架空のものであり、現実の人物や事蹟とは全く無関係である。
＊金華山・女川町・鮎川町に関する記述は、女川町誌・牡鹿町誌にその多くを依った。
＊数値は万以上は万を付けて表示し、それ以下は句点なしでそのままの数値を記した。
＊暦年は原則的に元号で記し、その下にカッコ書きで西暦年を併置した。

一　お詣り

　風薫る五月とはいえ、やはり未だ船上での海風は冷たい。三年続けてお詣《まい》りすれば一生お金に不自由しないと聞いて、今年も金華山詣《まい》りに出かけて来たのだ。東京で神楽坂診療所を開業しているが、さっぱり患者が来てくれない。どうも水鳥長造《みずとりちょうぞう》という古風な名前が今どきの患者に信頼を与えないのか、呼吸器内科という診療科目が時代遅れなのか、親父の代から長年勤めてくれている相棒の老看護師長がいつも注射の時に手が震えて針を刺し間違えるからなのか分からないが、とにかく流行《はや》らない。自分が未だ駆け出しの医者として大学の医局で研究していた頃は、喘息は気道過敏性が病気の本態だからというので、教授の命令で毎日喘息外来患者の鼻に綿棒を突っ込んで、プレパラートに広げて、好酸球の染色をしたもんだ。患者から嫌がられる検査だと分かっていても、あの頃は最先端の研究だと思っていたのだ。でもあれから四十年も経って、未だにそんなことをこの診療所で続けているようじゃ、やっぱり患者は来なくなるよなぁ。今じゃあ鼻に綿棒と云ったら、新型コロナだもんな。昨年あまり暇なので毘沙門天善國寺の境内をぶらぶら散歩していたら、観光客らしい参拝客が、「お金が無いなら金華山に行かなきゃ」と話しているのを小耳に挟んだのがきっかけだった。

「あら、金華山（きんかざん）なら行ったことあるわよ。岐阜駅からタクシーで長良川に行ったら、小高い山の上に城があったわよ」

「やだ、そうじゃなくて東北の金華山（きんかさん）よ。仙台から石巻《いしのまき》を通って、牡鹿《おしか》半島の突端にある離島よ」

「あら、そうなの？　呼び方が違うのね。そこは未だ行ったことないわ」

「それなら絶対行くべきよ。私なんか三年連続してお詣りしたら、ほらっ、この通り」と高級そうなバッグを見せびらかした。

そうだった。そういえば確かあそこは霊験あらたかな弁財天様で、財運興隆・商売繁盛では日本一と言われていたのだった。ただでさえ暇を持て余している診療所は、五月の連休中ずっと休診にして、昨年は新幹線で仙台駅まで行き、そこでレンタカーを借りて石巻、コバルトライン経由で鮎川まで来て、そこからすぐの金華山に船で来たのだった。しかし女川からのフェリーが眺めが良いと聞いたので、二年目の今年は女川港から船に乗ったのだ。


最盛期に年間約六万人ぐらいの観光客が参拝していた頃は一日二往復ぐらい運航していたそうだが、平成二三（西暦二〇一一）年三月一一日の東日本大震災後に激減し、その後一〇年以上を経て神社自体は大分復興してきたのに、今度は令和二年（二〇二〇）二月頃からの世界的な新型コロナ感染症騒ぎが発生したため、まだまだ往時のように観光客足は戻ってきていないという。だから最近は、定期便としては日曜日のみ運行し、往路が女川港発午前一一時で金華山着一一時三五分、そして帰路が金華山発午後一時三〇分の女川港着午後二時〇五分の一往復である。ただ今回の初巳大祭《はつみたいさい》などイベントがあるときは臨時便が一日二往復体制で運航してくれるので有難い。それにしても当日東京からでは午前九時発の臨時便に間に合わないので、前日に女川入りする必要がある。昨年もそうだったが、今年も一年間で最大のイベントである初巳大祭に参加したいので、どうせ暇な診療所は今年も早々に連休中は休診にして来たのだ。

早朝に東京駅を出発して新幹線で午前八時には仙台駅に着き、そこから仙石線《せんせきせん》に乗り換えて石巻方面に向かうのである。仙台駅を出てから、一五分ぐらいで塩釜駅をすぎると、車窓からは太平洋や牡蠣棚が浮かぶ松島湾が見え始めたが、この美しい景色がほんの一〇年ちょっと前には大津波で壊滅的な被害を被ったとは思えないような穏やかな海の姿だった。仙石線が東松島を過ぎ、陸前赤井、矢本と停車しつつ、約五〇分で石巻駅に着いたら、プラットホームに仮面ライダーの絵やキャラクター像があり、子供たちが記念写真を撮っている。

「こら、誠っ！　仮面ライダーの上に登っちゃ怒られるぞ」とお祖父さんらしき人が孫を叱ると、「だって、こんなの仙台に無いもん」と孫が抵抗している。

どうやら仙台から祖父と孫の二人で仮面ライダーを見に来たようだ。ホームの上り方面に停車中の車両は一面に仮面ライダーの絵が描かれており、どうやらここは仮面ライダーで有名な街らしい。ここから石巻線への乗り換えに少し時間があったので、途中下車して駅舎を出てみると、駅構内のあちこちにも仮面ライダーに登場するキャラクターの等身大模型が多数出迎えてくれた。何だか楽しそうだが、孫も居ない自分には用がなさそうだ。石巻線女川行きの発車時間となり、石巻を出ると、約三〇分で午前一〇時半には女川駅に着いた。

ふと見ると、先ほどの祖父孫コンビが先を歩いており、同じディーゼル車で女川に来たんだと気が付いた。駅員の居ない改札口で切符を箱に入れると、すぐ右に温泉があるではないか。何とここは「湯ぽっぽ」と言って、駅舎内に温泉が作られているという。しかも営業時間は朝九時〜夜九時とあるから、もう入れるではないか。金華山行きフェリーは明日朝の出航だから、後で入りに来ようと、思わず水鳥は頬が緩んだ。丁度今晩は、この駅裏に広がるトレーラーホテルに泊まるのだ。大震災後に土地のかさ上げや震災復興工事関係者が仮宿泊所として使用していたトレーラーを、そのまま残してホテルとして開業したらしい。ぐるっとみるとトレーラー数は三〇以上はあり、一つのトレーラーは基本的に二つの客室になっているようで、客室としては六〇室ぐらいある面白いホテルだ。ここだったら明日フェリーが出港する岸壁までも歩いて三〜四分だから有難い。流石にチェックインまでは時間があったので、先ずは先ほどの湯ぽっぽという珍しい駅舎内温泉にゆっくり浸かることにした。受付で料金を支払い、タオルを買って階段を上がって行くと、二階にマッサージチェアが並び、三階が浴室になっている。浴槽に入ると、お湯の温度は程よく調整してあり、柔らかいお湯で人生に疲れた自分には有難い。弱アルカリ泉で、お肌もすべすべになる美人の湯だそうだ。あ〜幸せだ、もう患者なんてどうでも良い。金運もくそくらえだ。やっぱり酒だ、酒さえあればこの世は他に何も要らない。東京駅で三本買ってきたワンカップ日本酒は、新幹線でちびちび飲み、乗り換えた仙石線でちびちび続け、さらに石巻線車内で三本目が空になったので、午前一一時にはちょうど程よく出来上がっていたのだ。しかし湯ぽっぽの店員さんに聞いたら、当施設では飲酒は出来ませんと言われたので、一気に酔いが覚め、ここは大人しく首までゆっくりお湯に浸かることにした。

浴室をのんびり見渡せば、白を基調とした中に、何とも上品な青色の日本画のような森と鹿が小さなタイルを組み合わせて描かれている。正面の大浴槽にある壁の絵では、森の中で鹿が二匹顔を見合わせている。この大浴槽は、やや白濁している四四度ぐらいの熱い湯で、温かみのある石造りで落ち着ける。正面手前の左側の小浴槽は丸い小さなタイル造りで、壁の絵は大浴槽と同じサイズの四角タイルを用いて一匹の鹿が上を飛ぶ鳥を見あげている。この小浴槽は白湯温泉と呼ぶそうで、透明な湯は温度も四一度ぐらいでややぬるくてのんびり浸かれる。浴室の入口上部を見上げれば、お決まりの霊峰富士山があるが、ここの富士山はまるで日本画の世界に紛れ込んだかのような上品な落ち着きがある。富士山は天井の高さの山頂が美しい青色で、そこから裾野が次第に白いグラデーションとなり、左側の男湯と右側の女湯に向けて広がっていく。誰か有名な日本画家でも描いたのだろうか。

するとそこに、

「こら〜、誠っ！　お風呂で走っちゃ駄目だぞ〜」と、先ほどの祖父孫コンビが入って来た。

「お孫さんですか？」

「はい、三年生になって、ますます言うことを聞かなくなって困ります」

「あはは、小学生ですからそんなもんでしょう。元気が良くて楽しそうですねえ。どちらからですか？」

「はい、連休なので仙台から金華山詣りに来たんですよ」

「あれ、そうですか。これは奇遇ですねえ。私も今朝東京から来て、明日金華山詣りに行くんですよ。水鳥と申します」

「あれま、そうですか、これはほんとに奇遇ですね。私どもは白鳥と申します。名前に同じ鳥が付くというのもますます奇遇ですねぇ」

「ホントですねぇ、宜しくです。私は東京の神楽坂で内科を開業してるんですが、これがさっぱり流行らなくて……。神頼みで金華山にお詣りに来ることにしたんです」

「あはは、そんなことは無いでしょう。私は仙台の杜都《もりと》大学で、こちらこそ今どき全く流行らない日本の古代史を研究してます」とお互い流行らない同士で自己紹介している間中、孫の誠は大浴槽の縁を走り回ったり、浴槽内を泳ぎ回っていた。

「ホントに元気のよいお孫さんですねえ。それにしても明日ご一緒させていただきますが、金華山は昔から黄金の島と云われているそうですよね。本当に金が採れるんでしょうかねぇ」と水鳥が湯船に浸かりながら呟くように聞くと、

「なるほど、そうですねぇ」と白鳥が地元住民として分かる範囲で答える。

「奈良時代に陸奥の国（現在の福島、宮城、岩手、青森の四県全体として一つの国）で日本最初の産金があって以来、金華山がその産金地であるという伝説は平安時代頃から流布され始め、中世以降時代が下るにつれてさらに広まって、江戸時代には松尾芭蕉も黄金《こがね》花咲くと記述してるんですよ」

「へ～、それは凄いですね」

「奥の細道の元禄二年（一六八九）旧暦五月一一日の項に、終《つい》に路《みち》を踏みたがえて石《いし》の巻《まき》という湊に出、こがね花咲くとよみて奉《たてまつり》たる金花山海上に見わたし、数百の廻船入江につどひ、人家地をあらそひて竈《かまど》の煙り立《たち》つづけたり、と書いてるんです。牡鹿半島の裏側にあって、石巻からは本当は見えないはずの金華山への思いを馳せたんでしょうねぇ。仙台藩儒者の佐久間義和なんかは、享保四年（一

七一九）の著書奥羽観蹟聞老志《おううかんせきぶんろうし》で、金華山の海中には金砂《きんしゃ》を食べて育つ黄金色をした金海鼠《きんなまこ》が住んでいるなんて書いてますよ」

「ひゃ〜、黄金色のナマコですかぁ。そんなの見たことないですよ、それは食べてみたいなぁ！」と水鳥は嬉しい悲鳴を上げた。水鳥の歓声に勢いづいたのか、白鳥は続けた。

「驚くのはまだ早いですよ。橘南谿《なんけい》という人なんかは寛政七年（一七九五）に刊行した東遊記で、海砂《かいさ》皆金色に光り、波に映じていと見事なり。山中も岩石に金砂吹出て、道路の間も皆金色に見ゆ、なんて島中黄金だらけと書いているんですよ。そして旅人はこれらの黄金を持ち帰ることは固く禁じられ、帰路舟に乗るときも履いてきた草鞋《わらじ》を脱ぎ置いて、草鞋に付着した砂金の一粒とて置いて帰らなければならなかったというのですから凄いですねぇ。金海鼠《きんなまこ》は乾し堅めて万邦に伝えて皆珍重している、とまで途方もなく誇張したものですから、少なくとも明治初期までは多くの人々に金華山が我が国最初の産金地だと思われていたんですね。実際、大正四年（一九一五）四月まで鮎川浜で幼少期を過ごした伊吹皎三なんかでも、自著遥かなる鮎川で、金華山は岩が花崗岩で白く、砂は金色で、崖の上も金色に光っている、と少年時代の思い出を綴っているんですよ」と白鳥がダメを押した。

「それは明日行く金華山が、ますます楽しみになって来ました」

「恐らく金華山に多い花崗岩の中に含まれている金雲母が、きらきら光っている記憶が強烈に残っていたのでしょうかねぇ」と白鳥が慌てて水を差しても、既に遅かったようだ。それではまたと挨拶して、意気揚々と水鳥は湯船から上がった。見ると脱衣所にも、浴室と同じ大きさの四角いタイルを組み合わせて、木に様々な花々が散りばめられた絵が壁一面に広がっている。暖簾をくぐってみると、駅舎三階の南側はお休み処になっていて、一面に敷いてある広い畳に寝そべることもできる。

明日の期待に胸を大きく膨らませて、ぽーっと上気したまま湯ぽっぽを出ると、駅前広場には大きな鯉のぼりが二〇本ほど風に揺られて泳いでいた。よく見るとクジラ型の吹き流しも二〜三匹泳いでいる。流石にクジラで有名な町だ。確か以前はクジラの解体工場もあったとガイドブックには書いてある。右手には平成二三年（二〇一一）三月一一日に発生した東日本大震災・大津波後にかさ上げしたと思われる高台に、町役場や小中学校など公共施設が建ち並んでいる。その直下の平地にはこれも真新しい石巻警察署女川交番所も建っている。空を見上げれば、リヤス式海岸らしく左右から山が迫っている。何という山だろうか、右側の山はひときわ高い。この広場の右手で交番の手前に、白くて丸い石碑が建っている。近づいてみると次のように金文字が彫ってある。

皇后陛下御歌

春風も沿ひて走らむこの朝《あした》　女川《をながは》駅を始発車いでぬ

東日本大震災から四年が過ぎた平成二七年三月二一日に、石巻線がようやく全線復旧開通し、同日午前六時一九分に女川駅から始発列車が出発した。この知らせを聞いた平成皇后陛下がお詠みになり、翌二八新年に発表されたものだそうである。平成二八年三月一七日には平成天皇皇后両陛下が女川町に行幸啓されたのを記念して、丁度一年後の翌二九年三月一七日にこの記念碑を建立したと刻んである。

さっきは気付かなかったが、この広場の左手には開放的な大きい足湯施設があり、数人の中学生や親子連れが膝までズボンをめくって足湯をしている。湯ぽっぽを上がったばかりの水鳥であったが、早速再び靴を脱ぎ、ズボンの裾を挙げて、足湯仲間に加わった。青空と緑の山々、青い海を眺めながらの何とも気持ち良い湯加減に、さっきの上気が再び戻って来た。のんびりしていると、足湯の直ぐ前に小さな昔懐かしい手押し井戸があるではないか。足湯を出て行ってみる。ハンドルを三〜四回上下すると、勢いよく冷んやりした水が出て来た。風呂上がりで乾いた喉に柔らかく冷たい水が美味しくて、ゴクゴクと飲んだ。井戸水の台座には、オレンジ色の金属板に黒森山《くろもりやま》の麓水と書いてあった。その説明書きには、次のように書いてある。

「女川駅前広場西方近傍の波切不動尊（観音沢）下流地域は、古くから井戸通り（いどり）と称し、黒森山が育んだ豊かな水を享受するための井戸が数多く存在していました。震災復興へと進む今、先人達の暮らしの風景や史実が伝承され、人々が集う新たな出会いの広場に潤いと安らぎが身近に感じられるようにと、昔懐かしい手動ポンプ式井戸を設置します。平成二八年二月一二日」

美味しい井戸水で喉を潤した水鳥は、この広場からそのままゆっくりした下り坂をぶらぶら散歩してみることにした。この緩やかな下り坂は、ずっと先の岸壁まで続いている。シーパルピアと言うらしい両側には女川特産のウニやアワビ、ホタテ、ほや、牡蠣、マグロ、銀ザケ、イカ、サザエなどが満載された海鮮丼の店や、新鮮な海産物や干物、瓶詰加工品など女川特産の水産物店、土産小物店、おしゃれなミニ工芸店、ダイビング受付所などがひしめいているので、これらの店を冷やかしながらゆっくりこのプロムナードを下っていく。

このプロムナードは大震災後の復興の証として、その延長線は東に開く女川湾の彼方に浮かぶ初日の出が真正面から昇るように設計されたらしい。何とも粋なデザインじゃあないか。

「サンマの開きも美味しいよぅ」と魚屋の親父が陽気に声をかけてくる。女川と言えばサンマが有名である。これは何ですかぁと湯上り直後の上気した気分で聞いてみると、

「これは地元特産のツブっこだっちゃ」と威勢の良い声が返ってきた。

このあたりはハマテラスと言って、海の町女川ならではの観光客相手の地元産品市場にもなっているようだ。プロムナード突当りの岸壁辺りまで来てみると、鉄筋コンクリート製の小さな建物が無残な姿で横たわっているのが目に入った。見ると東日本大震災遺構「旧女川交番」とある。大震災後に周囲の土地がかさ上げされたために、今は相対的に二〜三ｍほど階段を下り降りて行くようになっているその場所には、左手に大津波で横倒しになったままの旧交番と引きちぎられたままの様々な電線、ぐにゃぐにゃに折れ曲がった金属の数々等を中心とした遺構が保存され、その周囲を回りながら、右側の壁に大震災直後の生々しい風景や復興して行く街の人々の姿がいくつものパネル写真として掲示してある。

この東日本大震災・大津波より四一年前の昭和三五年（一九六〇）五月二四日午前三時五〇分ごろ、女川町常備消防団の見張り係は湾内の異常な干潮を発見、両魚市場から金華山一の鳥居、越木根にかけて海底が見えるほどだったので、とっさに津波襲来の前触れと判断し通報した。これは前日チリで起こった大地震が、揺れのない大津波として日本に押し寄せたものであった。このチリ地震津波は波長が長く、四〇〜九〇分くらいの周期でゆっくり潮が上下した。第一波よりも第三・四波と波高が高くなり、引き潮の時は女川湾でも雄勝湾でも北上河口でも海底が露出し、ぴちゃぴちゃ跳ねる魚や貝

を拾う人が大勢いた。この津波による死者・行方不明者は三陸沿岸を中心に全国で一三九人、被害総額は二六〇億円に達した。女川町では消防団見張り係の機転が利いて、人的被害こそ免れたものの、それでも海岸から奥まった地点ほど波高が高くなり、最大五・四mの津波高を記録した。そのため流失民家や店舗など被害総額は全国の一割に近い約二五億円に上った。女川町の昭和三五年度一般会計予算額が約一億一〇〇〇万円であったことを思えば、経済的打撃は年間予算額の約二三倍にも上る極めて甚大なものであったといえる。小高い丘の上にある当時の女川一中への上り坂に住民が割烹着姿のまま多数避難して、今まさに押し寄せる大津波に飲み込まれようとしている女川駅を見降ろしている写真が残されている。しかしこれと比べて想像も出来ないほど、平成の巨大津波は桁違いに大きかった。平成二三年（二〇一一）三月一一日午後二時四六分に起こった千年に一度と言われるマグニチュード九・〇の大地震は、この女川町では震度こそ六弱であったが、直後に最大津波高一四・八m、最大浸水高一八・五m、最大遡上高三四・七mの大津波が押し寄せたため、震災時一万〇〇一四人あった人口の約八・三%に相当する八二七人の尊い命が奪われ、建造物総数六五一一棟のうち悉くと言って良い五五六五棟（八五・五%）が破壊された。この被害率は同大震災被害を被った三陸沿岸の市町村でも最大レベルであったことが示されており、日頃呑気に過ごしている水鳥も、この倒壊したままの旧交番遺構とパネルを見て、改めて被害の甚大さを認識させられた。

この大津波遺構から階段を上がって地上に戻ると、直ぐの所に黒い石碑が建ってあり次のような内容が書いてある。

記

昭和六年八月、彫刻家詩人高村光太郎は、その生涯の最も厳しき一時期に、ひとり三陸沿岸を旅し、漁港女川を訪れ、海とそこに生きる人々の逞しい生活に心打たれて、数々の詩歌・散文・素描を生んだ。この地に生を受けし者たち、愛する海をたたえ、ありし日のわれらが町の面影を記念し、ここに新たな文化の、更に芽生え育たんことを願って、力をあつめ、地を選び、光太郎の詩文を刻んでこの三基の碑を建てた。

平成三年八月九日

高村光太郎文学碑建立　実行員会　賛同者一同

原稿用紙に刻まれたままの高村光太郎直筆の文字を再現している石碑の文章を以下に一部引用する。

「金華山の頂上には大海祇神が祀ってある。果て知れぬ海と思った太平洋を金鋲のように此所で抑えている。此嶋の天極に海神を招じた日本民族の芸術性に微笑をおくる。……（中略）……人はむかし海から出て来た。海にかえる本能は強く深い。波に研がれた肌をひるがえして海の獲物を手づかみにする時、自分のものを自分で取る我を忘れたよろこびに人は身ぶるいする。漁撈は最も根源的な生業だ」

この石碑は固く磨かれた表面にも関わらず、三基とも表面に大きな引掻き傷が走っているのは、石碑が建立されて二〇年後に起きた大津波が残した爪痕であろう。表面こそ多少傷ついたが、よくぞ壊れたり流されたりせずに残ったものだ。ふと見ると「おながわ港まつり」のポスターが目に入った。昭和三一年（一九五六）から始まったおながわ港まつりは、今年は美しいコバルトブルーの海を大漁旗で満艦飾された船々に乗った各地区の獅子が、女川港内一円を勇壮に舞う海上獅子舞があるという。また町内小中学校の演奏披露、伝統芸能「江島《えのしま》法印神楽」「コガ」と呼ばれる丸い大きな樽に三人が乗り込んで競漕する「海上コガ漕ぎレース」などの披露、有名演歌歌手による歌謡ショーなどが賑やかに行われる予定と書いてある。特に夜の海上花火大会は迫力満点で、国内外からの観光客数万人が岸壁狭しと集結するという。夏の夜空を焦がすほど豪華な数千発の花火や、船から落とされる水中スターマイン、ジャンボスターマイン、女川湾をまたぐような四〇〇mに及ぶ大ナイアガラの滝などを間近で見られるそうだ。令和四年（二〇二二）年七月二四日（日）に開かれるこの第五五回おながわみなと祭りは、東日本大震災とコロナ禍を乗り越えて一二年ぶりの開催だという。

「これも見に来てみたいな」

そう思い、もう少し辺りをブラブラしながら、後でまた海鮮丼でも食べに来ようと思った。水鳥は一旦ホテルに戻りチェックインを済ませると、トレーラーハウスとはいえ、ホテル客室は思った以上にきれいで清潔感がある。今日はもう風呂には入ったので、先ほど下見しておいたシーパルピアに出掛けて、ビールを傾けつつ海鮮丼の大盛りを食べ、帰りに追加の缶ビールを買って、部屋持込みでゆったり飲みながら、いつの間にか寝込んでしまった。

二　金華山へ

昨夜はトレーラーハウスホテルでぐっすり眠れ、体調抜群の朝だ。白々と夜が明けて来たので外に出てみると、潮の香りが美味しい。見上げると、町役場から続く高台の西後方には真新しい住宅が建ち並び朝日が当たり始めている。二〇ｍほどだろうか、震災後の安全な高さにかさ上げされた土地の上に、新しい生活が始まっているようだ。真新しい階段を三～四〇段ほど上って町役場の前に行ってみると、丁度朝日が左前方の山の端から昇ってくる。日の出の勢いとは言うが、あっという間にあたりは明るくなり、雲一つない晴れ渡った空に、太陽も全貌が現れて輝くような黄金の光を放っている。

水鳥はしばらくそのまま日の出を眺めていたが、ふと足元をみると、緩やかな弧を描くように整備された町役場前のその場所は女川町東日本大震災慰霊碑と彫ってあり、横長の石碑を連ねたその慰霊碑には地区別に一人一人の死亡者名が刻まれている。またその近くには女川中卒業生一同の名前で「女川いのちの石碑」が建っており、千年後の命を守るために、として「夢だけは壊せなかった大震災」の句と共に、今は穏やかな女川湾を見下ろしている。眺湾荘と呼ばれる鷲神地区の高台に居ながら、押し寄せては町を呑み込んでいく大津波の凄まじさを見ただけで腰を抜かして地面から立ち上がれなくなり、家族の皆に両腕を支えられながら更なる高台にやっとこさ逃れた初老男性が居たことなどを聞いたことがある。しかし、目の前にはそんなことなどまるで無かったかのような静かな海面が広がっている。

そこからもう少し上に歩くと朝日を浴びた熊野神社の前に出る。女川町鷲神浜堀切山に鎮座する熊野神社は、東日本大震災後に新装なり、真新しい社殿が昇ったばかりの朝日を浴びて輝いている。これも真新しい石鳥居の前には、鷲神地名の元となった鷲石がその由来碑と共に鎮座している。この熊野神社の勧請は不祥ながら、畿内勢力の北上と共に勧請したものであろう。伊邪奈岐命《いざなぎのみこと》をご祭神として祀り、鷲神浜地区の氏神として鷲神側である南方を向いている。氏子数も鷲神浜の発展と共に増加し、明治四二年で二五戸、昭和一六年で四九〇戸、昭和三四年で七〇〇戸との記録がある。

ここから北のトレーラーハウスホテル方角に降りて行くと、途中に白山神社がある。ここも勧請不祥ながら延長五年（九二七）にまとめられた延喜式神名帳《えんぎしきじんみょうちょう》（巻九・十）で官社に指定された、全国の神社一覧にある牡鹿郡十社の一つ久集比奈《くすひな》神社のことであると比定されている。ご祭神は菊理比咩命《くくりひめのみこと》であるから、伊奘諾尊《いざなぎのみこと》と伊弉冉尊《いざなみのみこと》の縁結び（括《くく》り）あるいは大陸由来の白山信仰と関係が深いものであろう。氏子数は明治四二年には四五戸と鷲神浜より多かったが、その後は鷲神浜の発展に伴って抜かれて、昭和一六年で二〇〇戸、昭和三四年で五〇〇戸となっている。白山神社は女川町女川浜地区の氏神として鎮座しているため、女川浜地区である東方を向いている。

階段を降りてトレーラーハウスホテルに戻ると、ここは女川駅の南隣の敷地内にあるので、六時過ぎから石巻方面に向かって出発する始発列車や、学生らしい若い声がホテルの窓から聞こえて来た。

七時になったので朝食会場のトレーラーに行くと、既に二〜三組の客が食べ始めていた。ご飯とみそ汁をカウンターでよそって貰い、部屋番号が書いてあるテーブルに座って、地の焼き魚と納豆、卵焼き、焼き海苔、小鉢二つ、お新香などで美味しく頂いた。その後フロントから借りて来た新聞をいつもの診療所のスローペースでゆっくり読んでいたら、あっという間に八時になった。おっと、あと一時間で出港時刻だ。

チェックアウトをして、ゆっくり海岸の方に歩いて行くと、先方に昨日の祖父孫コンビが行くのが見える。岸壁では家族連れや少年たちが思い思いに釣り糸を垂らしており、バケツを覗くと体長一〇㎝ぐらいの根魚《ねう》（あいなめ）やイワシなどが二～三匹入っている。フェリーチケット売場に着くと、建物の中には既に一二～三名の行列ができており、予約名を言って料金を支払い往復チケットを受取った。今年もコロナ対策で六五人乗りの小型高速フェリーのアルティア号と、六二人乗りのベガ号の二台を乗客半数の三〇名程度に減らして、二台で金華山に向かうという。乗場の岸壁には金華山黄金山神社の赤い幟が数本海風にはためいている。

順番に乗船し、午前九時丁度にフェリーは金華山に向けてゆっくり離岸した。金華山までは約三五分の船旅である。定期便は毎週日曜日に往復一本ずつしか出ていないが、臨時便として観光シーズンには土曜日も一日一往復女川港と金華山を結んでいる。年末年始や今回のような金華山でのお祭り日は祭事・イベント便として一日二往復してくれる。これらのフェリーに乗れない場合は、海上タクシーをチャーターすることになるが、これは貧乏開業医にとっては無理な値段である。

小型フェリーは前部三分の二が屋根付き窓ガラスの船室で、後部三分の一は半分屋外に開放されている。フェリーチケット売場に掲示してあった昔の写真では、当時は一〇〇名ほどが乗った中型観光船のようで、船上に群がるカモメに餌をやる乗客達の弾んだ笑顔が、経済成長期にあった日本社会の明るさを象徴しているかのようだった。

フェリーが出ると直ぐに船上にはカモメが多数群がってきた。船内でカモメ用の餌が売っているので早速買って、フェリー後部に出てみた。手を伸ばして餌を突き出すと、一度に数羽がミャアミャア寄ってきて盛んに餌を突いてくる。怖くなって餌を指から落とすと、それを争って今度は船尾の白波にカモメが群がった。真東に太平洋側に向けて開けた二等辺三角形の形をした女川港の頂点から出たフェリーは、左手に東日本大震災後に新装なった魚市場を見ながら、右手に湾近くまで迫るリヤス式の山々や、以前は女川町の金華山一の鳥居があったという角浜《かどはま》辺りも過ぎると、底辺としての防波堤を過ぎていよいよ女川湾を出る。

ここは天然の良港として有名で、古くは慶長一六年（一六一一）に、伊達政宗がイスパニアの使節セバスチャン・ビスカイノやフランシスコ会宣教師ルイス・ソテロ一行に依頼して、気仙・本吉・桃生・牡鹿の三陸沿岸を調査させたことがある。野心家の政宗は、もし仙台藩領内に良港を発見したら、そこを当時イスパニア領であったフィリピンやイスパニア船の寄港地として便宜を図ると約束したのである。その調査結果を後にソテロが『金銀島探検記』というイスパニア国王への報告書の中で、「石巻湊から船路をとり、大原を経てウラガレ（女川）に着く、大きな湾がある。ここに二つの良港があって、一を石浜と言ひサン・アントンと名付け、他のウラジ（浦宿）と言ふ所をサン・トマスと命名した」とある。石浜とは現在の女川魚市場の続きの地名で、ここは当時から水深が深く、大型船の寄港に適しているとビスカイノやソテロも判断したのであろう。また浦宿とは現在の女川町中心部から石巻線上りディーゼル列車で石巻方面に向かって進んだ一つ目の停車駅のある地区で、やがて左手に見えてくる万石浦の最奥部（起始部）に位置している。今日のような陸上交通機関のない戦国時代にあっては、女川港で上陸したビスカイノ使節一行は、徒歩で石巻方面に向かい、小一時間でこの浦宿に到り視察したものであろう。その石巻線は今日では、浦宿駅から沢田駅、万石浦駅、そして渡波駅に至る合計四駅分の距離を以って、左手に万石浦の縁を回り込むようにして進む。万石浦は祝田浜で水道となり石巻湾へと繋がっているが、水深が浅いので浦内での小舟漁労は出来るものの、大型イスパニア船の入港停泊は無理であろう。なおこの時ビスカイノは雄勝湾にも足を延ばし、ここを「サンディエゴ」と命名している。

また明治六年（一八七三）に当時の大久保利通内務卿が、北太平洋航路開拓の目的もあって、横浜と函館の間の太平洋沿岸に一良港を開きたいとの考えから、オランダ人技師アルンスならびにウエルに依頼して、女川から近い石巻湾側の野蒜港を測量調査させたが、これは波浪による漂砂堆積で築港までは至らなかった。実際その後大正・昭和・平成と時代が下るにつれて海岸線が次第に海側に前進して行き、当時海辺にあった鷺の巣岩は内陸に位置するようになった。しかしこの時を契機に明治一八年（一八八五）五月になり、英国東洋艦隊司令長官ハミルトン中将が、旗艦アゥデシュス号以下五隻の艦隊を率いて、女川湾に仮停泊し周辺を詳細に測量調査したところ、波静かであり外洋を航行する軍艦の停泊地として好適な港湾であることを声明したものである。

万石浦は宮城県東部の石巻湾からさらに奥まった湾入で、牡鹿半島の基部を扼《やく》している。江戸時代に仙台藩主二代伊達忠宗により、この入江を干拓すれば米が一万石獲れる美田になろうと言われたことで命名されたものである。しかし古くは「奥の海」と呼ばれ、左記するように多くの歌枕に引用された。

前中納言藤原定家が新古今和歌集（鎌倉時代初期に成立）に、

「尋ね見るつらき心の奥の海よ　汐干の潟のいふかひもなし（訪れてみても、奥の海の潮の干潟には、これという美しい貝もない。おなじように辛いあの人の心の奥よ。愛の涸れた今となっては、何を言っても甲斐もない）」と詠み、

従二位藤原家隆が、

「さゆる夜はいくへか霜も奥の海　河原の千鳥月恨むらむ」と夫木《ふぼく》和歌抄（鎌倉時代後期に成立）に詠んだ。

鎌倉時代前期には、順徳天皇が、

「うしとても身をばいづくに奥の海の　鵜のゐる岩も波はかくらん」（続古今和歌集第一七〇六）と、また公卿西園寺実氏《さねうじ》（常磐井入道）が、

「たづねてもあだし心の奥の海の　あらき磯べはよる舟もなし」と詠んだ。

また前中納言冷泉為相《ためすけ》が新千載《せんざい》和歌集（南北朝時代中期に成立）に、

「よを寒みつはさに霜や奥の海の　川原の千鳥更けて鳴《なく》なり」と詠んでいる。

さらに後鳥羽上皇が、

「我がためはつらき心の奥の海に　いかなるあまのみるめかるらむ」と新続《しんしょく》古今和歌集（室町時代中期に成立）に詠み、同じ新続古今和歌集に花園左大臣は（巻十一、恋四、第〇一三八三）、

「をなしくはおもふ心の奥の海を　人に知らせでしつみはてなむ」と詠んでいる。

青森県平内町の夏泊半島は、陸奥湾を南側から東西に分けており、東側半分は野辺地湾として東辺は下北半島が位置し、西側半分は青森湾として西辺は津軽半島が位置している。野辺地は地を清める意味の乃別《のべち》という現地語に発し、古くこの野辺地湾は十符ヶ浦《とふがうら》と呼ばれ、時代が下るとこの辺りが奥の海と呼ばれるようになったという。

「あすは又いづくの野辺に枕せん　蝦夷が千島も遠くなりゆく」小磯氏女

万石浦の奥にある針浜の風土記には、「当浜都て海上を奥海と申唱候、又万石浦とも申唱候」と記している。封内名蹟志には、東奥瀛《おくのうみ》と書き鮎川浜に在りと記し、さらに「(牡鹿半島突端に位置する)黒崎の海上金華山の島の辺《あたり》是なり。一説に浦宿渡《わた》の波《は》の間なりといふ」との記事もある。近畿地方から見て近い海は、ちかつおうみ(近江、琵琶湖)で、遠い海はとほつおうみ(とうとうみ、遠江、浜名湖)で、それより遠い海は大雑把に奥つ海ということで、万石浦や鮎川・金華山周辺の海がそのように認識され呼ばれたが、畿内朝廷の支配領域が北方に拡大していくに従って認識範囲も北上して行き、次第に現在の青森県野辺地湾辺りが奥の海と呼ばれるように呼称変遷したと考えられている。

また万石浦や牡鹿半島の旧村々には阿部姓が多く、安倍貞任《あべのさだとう》伝説との関わりが伝わっている。石巻線浦宿駅と沢田駅の丁度中間点にある苔浦《こけのうら》の毘沙門社には、「京森山龍隠院殿貞寿国任大禅定門」という位牌が伝わっており、主は安倍貞任であるということが安永風土記に記されている。

この万石浦には、日本最後の仇討ちが行われた久米孝太郎仇討ちの碑がある。越後新発田藩の久米弥五兵衛が文化一四年(一八一七)同藩滝沢休右衛門に殺害された。その長男孝太郎が四一年間全国を探し回り、僧に変装し「黙昭」と名乗っていた滝沢を安政四年(一八五七)一一月二五日に、ここ万石浦の祝田浜梨木畑《いわいだはまなしきはた》で討ち果たしたものである。事件発生から仇討ちまでの期間は、日本における最長が、黒船来航の嘉永六年（一八五三）に母の仇を討った「とませ」のケースが実に五三年であったから、この久米孝太郎のケースは四一年とそれに次ぐ史上二番目に長いものであり、しかも日本最後の仇討ちとなった。仇討ちは、父母や兄などの尊属を殺害した者に対して目下のものが私的に復讐するもので、卑属（妻子や弟、妹など）に対するものは基本的に認められなかった。日本では武士が台頭してきた中世期からの慣行で、江戸時代には警察権の補完制度として認められた制度であった。しかし明治政府は西洋に倣って、明治六年（一八七三）二月七日に仇討ち禁止令を布告して、それ以後は警察権の強化と共に裁判制度を整備した。文明開化の明治期に西洋に倣ったこの制度は、私的な復讐をしなくても良いように、公権力が代わりに罰してくれるという制度である。その根底には、新約聖書ロマ書第一二章一九節にある「主云い給ふ、復讐するは我にあり」と聖パウロが主の言葉として引用して、自分で復讐せず神の怒りに任せなさい、というローマ信徒に宛てた手紙の中で書いてある精神が反映されている。この制度が正常に機能するか否かは、警察能力と司法制度に掛かっている。

なお日本三大仇討ちといえば、富士の巻狩りの曽我兄弟（高師直）、伊賀国上野の鍵屋の辻の決闘（荒木又右エ門）、赤穂浪士討ち入り（吉良上野介と大石内蔵助）である。日本の仇討ちとしては、その他に市ヶ谷浄瑠璃坂の仇討ち（宇都宮興禅寺刃傷事件）も有名であり、一部創作としては豊前中津の青の洞門、仇討ちではないが高田馬場の決闘（中山安兵衛）や、さらに女敵討《めがたきうち》、後妻打《うはなりうち》ち、官打ちというような風習も江戸時代までは存在した。

万石浦沿いに進む石巻線の沢田駅から万石浦駅辺りまでは流留《ながる》という地区で、江戸時代から昭和時代まで塩田があった。流留村の菊地与惣右衛門が寛永二年（一六二五）に、現在の千葉県市川市行徳に入浜式塩田を見学に行き、のちに二人の職人を招いて四五町歩の塩田をこの地に開いた。やがて製塩は仙台藩の直営事業となり、文化四年（一八〇七）には流留・渡波地区の塩生産量は約九万俵に達し、仙台藩内全体の半分を占めるまでに発展した。製塩業は明治以降も続けられたが、昭和三五年（一九六〇）に渡波塩業組合が廃止となり三二〇年の歴史の幕を閉じた。この万石浦は、水深が浅く海面穏やかなため養殖に適しており、今日では海苔やカキの養殖が盛んで、潮干狩りの季節には大勢の観光客が訪れることでも有名である。

高速フェリーが出ると直ぐ右手は先程の高い山々で、中でも一番高い山は聞くと望郷山《ぼうきょうざん》というらしい。やがて女川湾を出ると左前方に大きな出島《いずしま》が見えてくる。出島には八雲神社があり、島民は「八雲社の氏子だから」といって今でも胡瓜を食べないという。八雲神社は別名きゅうり天王とも呼ばれ、疫病退散の胡瓜を祭礼に捧げるためである。医者など居ない離島では、昔から海上事故と疫病が最も怖く恐れるもので、牛頭天王・スサノオを祭神とする疫病払い神を崇敬する気持ちが自然に高いものであろう。この出島の対岸は女川町の竹浦、尾浦、御前浜といった小良港が続いており、東日本大震災以前から牡蠣やホタテ、銀ザケなどの養殖も盛んであった。同震災時の大津波でこれら小良港は女川港同様に壊滅的な被害を被ったが、あれから十年以上が過ぎ、地元の官民一体となった必死の努力により、最近ようやく以前のような活発な養殖業が復興してきている。

出島を左後方に見送ると、今度は左手前に小さな二股島、その後方に富士型がきれいな江島《えのしま》を中心とした江島列島が見えてくる（図一、二）。平安時代末期の寿永年間（一一八二〜一一八四、安徳天皇と後鳥羽天皇の御代）に平家を滅亡させた源頼朝の軍勢が、今度は文治五年（一一八九）に奥州藤原氏を攻めた戦いの折に、藤原四代泰衡の従弟である日詰（樋爪）五郎季衡《すえひら》（岩手県紫波町日詰城主）が遁れて来て開拓したのが江島であると伝わっている。また江戸時代の伊達藩では、大宝律令の近流《きんる》・中流《ちゅうる》・遠流《おんる》の制に則り、軽微の犯罪は近流罪や中流罪として石巻湾内の田代島や網地島などが当てられ、この江島を重罪犯人の配流地と定めた。仙台藩は江戸時代中期の延亭二年（一七四五）になって刑法の改革を行い、永牢の刑を廃して流刑に換えることにし、喪心者はこの限りにあらずと定めた。また同一罪であっても、身分によって処刑中の待遇を異にしていた。文化五年（一八〇八）頃の流罪人取扱法には、武士については護送の際、帯刀は禁じられるが、それ以外は江島までは武士の資格にて足軽二人付き添いの上で送られ、女川に着いたら竹浦や尾浦、出島等からの組頭が付き添って江島まで行き、江島に着いて肝煎《きもいり》が預かった時点で初めて罪人となるなりとある。一方、町民百姓は女川より縄付きにて送られ、江島の肝煎り方に到着すれば荒菰《あらこも》に坐せしめ、添書きなる目安状（判決文）を読み聞かせたあと、島の取締役が縄を解いて組頭に引渡した。知能的な政治犯や、大河内源之助や赤坂七郎右エ門などの紙幣贋造者や、大内千代之助や高橋清左エ門といった才能のある配流者もあったため、この島の文化に様々な影響を残したと言われている。中でも藩主正宗時代に孝女阿郷《あごう》の件に連座した仙台藩士斎藤外記《げき》や、片桐且元次男で大阪城落城後に仙台藩満願寺で活躍したが、その後不敬罪の汚名で流された栄存法印は有名である。

一方、またこの江島には船着き場に唯一の淡水井戸があり、これを汲んだり洗濯をするために、江島娘が頭上に水桶や洗濯桶を載せて歩く「ササゲル」と呼ばれる姿が昭和三〇年代頃までは見られたが、今日では全く見られなくなった。このような習俗は京都の大原女や伊豆大島のアンコ娘と同様である。


水鳥長造がガイドブックに載っていたこのような面白い記事を思い出していると、

「綺麗な海ですねぇ」と声をかけて来たのは、さっきまで同じように船尾デッキでカモメに餌付けしていた長身の青年である。顔立ちも凛々しい好青年だ。目元も涼しげだが、瞳の色が日本人離れして薄いことに気づいて、水鳥は一瞬おやっと思った。

「ホントに青々としてますねぇ、カモメも結構寄って来ますねぇ」と応えると、

「金華山は初めてですか?」と聞いて来た。

「いいえ、昨年も来てとても楽しかったから、今年で二回目です」と水鳥。

「そうでしたかぁ、僕は初めてでとても楽しみにしてるんです」

「観光ですか?」

「そうですねぇ、半分は観光で半分は研究かなぁ。いや、やっぱり研究ですねぇ」と言い直した。

「僕は東京の大学で地質学を専攻しているんです」と差し出した名刺には、東都大学鉱山学部地質学科講師今野京一とある。新進気鋭の地質学者が何を研究しに金華山に来たのか知らないが、明るく楽しそうな青年である。

「おっと、申し遅れましたが私は神楽坂で小さな診療所をやっている水鳥と申します。今日はお詣りに来ていますので、お返しの名刺を持ち合わせてなくて済みません」

「いえいえ、勿論大丈夫です。あっ、あそこに見える小さい白っぽい島には、ウミネコが沢山いるでしょう。あの島は金華山と同じ花崗岩で出来ているし、大きい金華山から足みたいに離れて小さいから足島《あしじま》って呼ばれてるんです。それでも日本で数少ないウミネコと善知鳥《うとう》（ウミスズメ科）の一大繁殖地なんですよ」と、今野が指差す左手前方の白い小島は、確かに地面も上空もウミネコで一杯になり、ミャアニャアと離れた船上からでもうるさいぐらい泣き騒いでいる。

「済みません、ウミネコとカモメって違うんですか？」と水鳥が素朴な質問をすると、

「あぁ、そうですね、ちょっとだけ違いますね。嘴がカモメは黄色一色なんですが、ウミネコはちょっと長くて先端に黒帯と赤帯があるんですよね。鳴き声もカモメはウーウーと鳴くので漢字でも鴎や鷗と書きますし、ウミネコはミャーミャーと鳴くので漢字では海猫と書きますよね」と今野。

「なるほど、そうなんですね。それで向こうからミャアニャアと聞こえてくるわけですか」と水鳥。

「私は口下手でウーウーぐらいしか言えませんから、同じ水鳥でもカモメの方かな、アハハ」と哄笑すると、

「あはは、水鳥さんは面白いですね。そうはいっても、ウミネコは留鳥で一年中見かけますが、カモメは冬の渡り鳥ですから日本で実際に見かけることは少ないらしいですねえ」と今野が詳しく解説してくれたお陰で、何だか水鳥は自分がカモメと同じく日本に少ない渡り鳥であるという点に妙に納得した。確かに自分は父親から今の診療所を継ぐまで、あちこちの病院を渡り鳥のように転々として来たよなぁ。東京生まれだから故郷みたいなものも無いし。

「そうですか、それではあの小さいのがその善知鳥ですか？　そう言えばむかし、貧しく悲しい漁師

を描いた浜千鳥の善知鳥《うとう》という能を見たことがありますが、やっぱりこの辺りに多いのかなぁ」

「そうですよ、お能の善知鳥は青森県の外ヶ浜が舞台でしたね。ここの足島は日本での繁殖地南限で、北海道の天売島《てうりとう》と共に国の天然記念物に指定されているんですよ」

「わぁ～、凄いすご～い！」

フェリー前部の船室から後部デッキに出てきて甲高い歓声を上げたのは、ショートカットの活発そうなお嬢さんだ。

「やっぱり三陸カモメは凄いですね～、あれが足島ですかぁ」と言って、こちらに寄って来た。

「宮古でも大船渡でもカモメ（本当はウミネコ）が沢山寄って来たけど、ここも凄いですね～。やっぱり直ぐ近くに足島があるからかしら。あの島の上が凄いことになってますね～。産卵なのかしら」

毎年二月から六月頃まで、産卵子育てのため足島はウミネコで埋まる。

「観光ですか？」と水鳥が訊くと、

「いえ、取材なんです。わたし、岩手県奥州市の胆江《たんこう》新聞の記者で、今度久しぶりに奥州藤原氏の黄金文化を再特集連載することになって、東北の黄金ならという事で、先ずは金華山の取材に行って来いとうちの那須川《なすかわ》っていう鬼編集長から命令されて来たんです。あっ、私胆江新聞社会部の及川麻衣と申します、宜しくお願いしまーす」と、ウミネコの鳴き声とフェリーのエンジン音と海風で聞こえづらいはずの後部デッキ上でも良く通る、若く弾んだ声で挨拶した。

「へ～、奥州藤原氏と金華山ねぇ。これは黄金つながりで、何か関係あるんですか？」と、何となく含みを持った声で今野が訊くと、

「そりゃもちろん大ありですよ、何といっても奥州藤原氏は金華山を霊山と崇めて、金山寺《きんざんじ》と言う天台宗の一大道場を作ったんですからね。エヘン」

「へ～、詳しいですね」

「そりゃ何と言っても、奥州藤原氏地元新聞社の記者ですから、これくらいは当たり前です」と及川記者は自慢げに照れ笑いした。

「いやぁ、それにしても今野さんはいろいろと詳しいですねぇ。お陰様で観光ガイドさん要らずで、楽しいお詣り旅をさせて頂いてます。そう言えばウミネコも善知鳥《うとう》も、私と同じ水鳥でしたなぁ。一つだけ違う点は、あの鳥達は私のような飲兵衛《のんべえ》では無いということですねぇ、アハハ」自嘲的ながらも明るく笑い飛ばす水鳥に釣られて、今野もなるほどと思わず頬を緩めてしまった。

「ところでタンコウ新聞ってお聞きしましたが、奥州市辺りでは昔石炭が採れたんですか？　私の専門の地質学によると、あの辺りでは石炭は採れないはずなんですが？」と今野が聞くと、

「いえいえ、胆江《たんこう》っていうのは石炭採掘の炭鉱《たんこう》ではなくて、あの辺りの土地名で、北上川を挟んで奥羽山脈側の胆沢《いさわ》地区と、その反対側で北上山地にある江刺《えさし》地区の頭文字を合わせて胆江地域というんですよ。平成一八年（二〇〇六）の平成大合併の時に水沢市と江刺市、胆沢郡前沢町、胆沢町、衣川村が新設合併して奥州市が誕生したんです。ですから私の胆江新聞は、この奥州市と当時合併しなかった胆沢郡金ヶ崎町を中心として取材や地域情報の発信をしているんです。何といってもこの地域はアテルイや安倍氏、奥州藤原氏などが活躍して、古代から中世までずっと東北地方の中心地だったんですよ」と及川が胸を張って返す。

「なるほどねぇ。そう言えば、当時東北地方は未だ日本の朝廷には組み込まれていなくて、東北地方の平定は平安遷都した桓武天皇の最大政治目標だったんですよね」と水鳥が口を挟んだ。

「そうなんですよ。その独立王国を支えたのが東北地方で産出された黄金だったんだと、ウチのナスビみたいな顔をした那須川《なすかわ》編集長が言ってました」

「あはは、それはさすが編集長、詳しいですね。桓武天皇と平安朝廷の本当の目的は、当時国内では東北地方でしか採れなかったその黄金だったかも知れませんね」と今野。

「へぇ、黄金を巡っての戦いですか、それはどちらも譲れなかったから壮絶なものだったでしょうねぇ。近畿地方中心の朝廷は喉から手が出るほど欲しかったでしょうね」と及川の取材は大分捗ったようだ。

三人が楽しい会話をしているうちに、フェリーは牡鹿半島先端部東岸と金華山との間の、古くは奥の海と呼ばれることもあったという金華山瀬戸に差し掛かり、次第に金華山港接岸に向けて速度を落としてくる。この海峡は幅八〇〇mと狭い上に、直ぐ近くの沖を暖流の黒潮と寒流の親潮がぶつかっているため、海流が速くて危険な水域とされ、漁師仲間では古来より難所として知られている所である。後部デッキは接岸時は転落すると危ないので、前部の船室に三人で戻ると、船室内では子犬がエンジン音に驚いたのかワンワン吠えていた。

「あら、ロマネちゃん何も怖くないのよ」と派手な赤い服を着て頭がもしゃもしゃの金髪パーマをかけた中年女性が、携帯用犬運搬バッグを覗き込みながら犬をなだめていた。小さな犬はいま人気のコーギー犬のようだ。隣の連れのご主人らしい金持ち風に太った男性が、船室内で目立つのが困るように、ウォンと咳払いをしてワンちゃんと女性の双方に静粛を求めた。前方席を独り占めして、到着の嬉しさ余って大きな声でワイワイしているのは、如何にも山ガールといった細長いリュックに色とりどりのシャツや登山ズボンを履いた中年女性が五～六人のグループだ。よく見ると隅にいる男性二名も同じグループのようだ。船室の右後ろには、何だか日焼けして体格が良く太っている漁師といった感じの男が、暗い顔をして一人酒を飲んでいたが、その男に対して左後方に陣取ってペラペラしゃべっている学生風の若者四名が、時々見下すような視線を向けていた。

フェリーのエンジン音が次第に鈍い低音に変わって行くのが、船長の次第に高まって来た緊張感を表しているようで、日頃呑気な水鳥も思わず少し貰い緊張して入港と接岸を見守った。東日本大震災の大津波で大被害を受けたという金華山港も、一〇年以上を経てようやく元のようなフェリー接岸が可能になって来たのだろう。フェリーは無事に入港接岸し、乗客一同ひとまずホッとした。

三　上陸

女川港からのフェリー二隻は新型コロナ感染拡大防止対策のため、定員を通常の半数としたことと、明日からの初巳大祭《はつみたいさい》のためもあり、それぞれ約三〇名で満員だった。今日は年に一度の大祭に向けて、フェリーは臨時便としてもう一往復するという。この他にも昨年水鳥が来たように、仙台や石巻方面から自家用車や団体バスでコバルトラインを快適にドライブして、車窓の右手には支倉常長らがスペインに向けてサンファンバウチスタ号で出港した石巻湾月浦《つきのうら》を見下ろしながら、また左手には女川湾や女川原発を見下ろしながら、コバルトブルーの海を楽しむことが出来る。

江戸時代までの金華山街道は、石巻を起点として、まず渡波に入り、ここから二本に別れて牡鹿半島西岸部を石巻湾沿いに南下していく表浜街道と、渡波からそのまま東行してまず女川村鷲神浜に至り、そこから太平洋に面した牡鹿半島東岸部を南下していく裏浜街道とがあった。この二本は牡鹿半島最南端部で再び合流し、金華山瀬戸に面する山鳥渡《やまどりのわたし》に至る。

渡波↓（表浜街道）↓祝田浜↓折浜↓蛤浜↓桃浦↓月浦↓侍浜↓萩浜↓小積浜↓小網倉浜↓清水田浜↓大原浜↓給分浜↓小渕浦↓十八成浜↓鮎川↓一ノ鳥居↓山鳥渡

渡波↓（裏浜街道）↓沢田↓浦宿↓女川村鷲神浜↓横浦↓大石原↓野々浜↓飯子浜↓鮫浦↓大谷川浜↓谷川浜↓泊浜↓新山浜↓鮎川↓一ノ鳥居↓山鳥渡

しかし表浜街道も裏浜街道も、共にリヤス式海岸に沿う山坂を縫う道であることに変わりなく、多くの峠越えの難所が待つ陸路での金華山詣りは困難を極めるものであった。従って一般的には、渡波から海路を利用することが多かった。陸路で表浜・裏浜両街道の終着点である鮎川浜に着いたら、湊川を渡って村内に入って直ぐを東遷し、熊野神社を過ぎて牡鹿半島中央山脈の中に分け入り、一ノ鳥居まで登り、ここの茶屋で草鞋《わらじ》などを買い求めて渡海の支度をした。海路でも鮎川浜に上陸したのち、同じ道を進んで行く。女人禁制当時は、女性参拝者はこの一ノ鳥居茶屋で遥拝して戻らなければならなかった。男性参拝者は、皆この峠を越え、牡鹿半島東岸で金華山瀬戸に面した渡し口である山鳥渡《やまどりのわたし》に至る。ここからは対岸にある金華山の亀石湊がすぐ見える。この金華山道と金華山詣は日本遺産・みちのくGOLD浪漫に、令和四年（二〇二二）七月に追加認定された。

鮎川浜は町内を流れる湊川にアユが沢山いたから鮎川という地名になったと、江戸時代の文政風土記に記されている。しかしこれには異説もあって、中部地方や越前地方の古語では東風《こち》あるいは海風が強い陸地のことをアユと呼ぶので、そこからの命名であるとも言われている。実際左記のような使い方も古代にはされていた。

安由《あゆ》の風いたくし吹けば湊には　白波高み妻よぶと洲《す》鳥は騒ぐ　（万葉集巻十七、第四〇〇六）

この鮎川村にある一ノ鳥居は、江戸時代末期の天保十四年（一八四三）に、仙台藩費で石造りに建て替えられた立派なものである（明神型）。地面より総高約五・七五m、石柱直径約五〇㎝、総重量十数トンあり、稲井石で有名な稲井村で製造し、北上河口から船で鮎川湊に運び、そこから山鳥峠にかけての山道を十八成浜《くぐなりはま》などから手弁当持ちで集められた数百人の人夫が、二日がかりでやり遂げたと云われている。この稲井石はモース硬度七と硬く折れにくいため、鳥居などに用いる一本物の石柱に適している。山鳥という地名は、嶋を編と造りに分解したものと言われており、往時は山鳥庵という待合所兼宿泊所があった。山鳥は荒磯のために渡船を留めておけなかったので、客が来ると鐘を撞いて対岸の神社側に知らせた。山鳥で鐘を突くと、今度は神社側でも鐘を突いて応えておいて、亀石湊の船溜まりから船で迎えに来たという。金華山瀬戸の潮流や波風が激しいときは、参拝客は鮎川に戻るか山鳥庵に宿泊するしか無かった。

なお女川町にも以前は一の鳥居があって、これは石巻から渡波までの牡鹿軌道株式会社が、大正一一年（一九二二）に名称を金華山軌道株式会社と改称し、同時に渡波から女川まで延伸したのを機会に、当時の女川町鷲神浜の木村熊吉らが中心となって募金活動を進め、石造りの大鳥居をやはり稲井町の石屋阿部勇之丞に発注したものである。しかし当時五千円という石材代の募金が思うように進まず、完成して到着した大鳥居はそのままの状態で保管された。それから二一年後の昭和一八年（一九四三）になり、女川町民四名の篤志によりようやく支払いが完了し、地権者の厚意によって女川港に面した角浜《かどはま》の喜ヶ崎での建立に漕ぎ着けたものである。ちょうど戦時中のこととて、国民感情に鑑みて柱には完捷《かんしょう》祈願と記し、日付も海軍記念日の翌日である五月二八日と彫刻した。その少し前の昭和一四年（一九三九）に、先の金華山軌道株式会社が解散して、国鉄として名称も新たに開業となり、昭和二〇年の終戦を経て、次第に女川を経由して金華山観光に来る乗客が増加し、昭和三二年には実に約六万人の観光客がこの女川港に面した一の鳥居を見ながら金華山に向かった。

海路については、明治一六年（一八八三）からは塩釜～石巻～鮎川間に船での貨客運送が始まったが、明治二一年には汽船石巻丸が塩釜~石巻~金華山まで直接往復する航路を開発し、これまで山鳥渡から手漕ぎの船で参詣者を運んでいた金華山にとっては画期的なことであった。明治末期から進化した船の動力化によって、大正一二年（一九二三）から三陸汽船が塩釜~金華山直通航路を開き、また翌一三年から山西汽船も石巻~金華山直通航路を開いたため、多くの観光客には便利な航路開発競争となった。しかしこのことは逆に、鮎川に取っては素通り打撃となったため、大正一四年（一九二五）鮎川浜に鮎川捕鯨会社を設立し、後の近代クジラ産業へと発展する足掛かりを作った。

明治二六年（一八九三）に渡波から女川までの大幅な道路改修工事によって、渡波には牡鹿半島東岸の所謂裏半島や桃生沿岸の水産物が容易に集荷するようになり、県下有数の漁港に発展した。また女川港の築港の議が明治二〇年に起こったが、同二七年（一八九四）の日清戦争、続く同三七年（一九〇四）の日露戦争のため、牡鹿半島本体の鮎川浜までの道路改修は中止となってしまった。しかし太平洋戦争が終わって平和な時代となり、日本経済の高度成長期に当たる昭和四六年（一九七一）四月一日に有料道路牡鹿コバルトラインが開通し、牡鹿半島と金華山への重要な陸上ルートが確立し、年間七〇万人の観光客が牡鹿町鮎川浜に押し寄せた。この名称は当時珍しかった近隣町村住民からの公募で決まったものであり、牡鹿半島山脈の稜線から見える海の色がコバルトブルーだから命名が決まったという。

海の色と言えばエメラルドグリーンかコバルトブルーと相場が決まっているが、ここは本当に深いコバルトブルー色だと昨年水鳥は思ったものである。人間の視力では光の波長の三八〇~七八七ｎｍを可視光として認識する。虹の七色を構成する青と緑の中間が丁度五〇〇ｎｍであり、エメラルドグリーンはこの中間点から二〇ｎｍ分波長が伸びた五二〇ｎｍであり、コバルトブルーはこの中間点から逆に二〇ｎｍほど波長が短い四七六ｎｍあたりの色を指す。エメラルドグリーンは、主に南の海のプランクトンが少なく透明度が高い状態の渚に、白いサンゴ礁の破片が海底に石灰質として沈殿しており、そこに遠浅の海があることで明るい青緑色に見える。一方、コバルトブルーは水分子が赤い光を吸収することと、北の海はプランクトンが多いため透明度が下がるので、深く底知れない青さに見える。コバルト自体は銀白色の強磁性金属で青色は呈さず、医学的にはビタミンＢ１２類の構造中心に位置する遷移金属として重要な微量金属であることを水鳥は思い出した。本来は銀白色であるが、酸化コバルトになると青色の顔料として陶磁器や絵の具に用いられてコバルトブルーと呼ばれる色を呈する。このコバルト顔料は日本では呉須《ごす》と呼ばれて伊万里焼に、またドイツやオランダではマイセンブルーやデルフトブルーとして鮮やかな青色を発色させる貴重な顔料として珍重されてきた。

このコバルトラインはその後、平成八年（一九九六）四月からは無料開放されて、正式名称宮城県道二二〇号牡鹿半島公園線として今日に至るまで風光明媚で快適なドライブラインとなっている。現代の陸路での金華山詣りは、このコバルトラインのドライブを楽しむことが多いだろう。車で牡鹿半島最南端に着いたら、先ずは見晴らしの良い御番所《ごばんしょ》公園に行って、目の前の海上に浮かぶ金華山の富士山型の美しい山容を一望し、型どおり記念撮影してから鮎川港に降りて行く。鮎川港から金華山港まではフェリーで、通常は昼を挟んで一日一往復あるが、約二〇分で着くため船旅の楽しみはあまり無い。もしこの定期船に間に合わない場合は、海上タクシーをチャーターすることが出来、この場合は約一〇分で着く。このように女川港からの海路か、コバルトラインから鮎川までの陸路かは、浦宿からそのまま女川方向に直進するか、あるいは浦宿で右前方に折れてコバルトラインに入るかで決まるのである。

　水鳥長造は昨年のコバルトラインルートも良いと思ったが、勧められて採った今年の海路もなかなか良いと思った。リヤス式海岸の島々を船上から眺めながらの観光は、ウミネコの餌付けも楽しめ、近世の流刑地江島《えのしま》や特別天然記念物足島《あしじま》のウミネコなどの美しい風景も間近に観られたし、また思いがけないイケメンボランティアに詳しくガイドして貰ったのは収穫だった。

　金華山港の亀島は亀を伏せたような形をした一枚岩で、港を風雨から守る位置にあるが、現在では堅牢な防波堤の中に閉じ込められて、身動きできなくなっている。中世の大金寺《だいきんじ》時代に、若い僧侶に恋をしたカメというら若い娘が居たという。カメは恋人を慕って、山鳥渡から急流の金華山瀬戸を泳いで島に辿り着いたが、当時の金華山は真言密教の聖地として、女人禁制を布いていたため直ちに追い返された。しかしカメはこれを拒んで、悲しみの余りその港で石になってしまったので、その岩が亀石と呼ばれるようになったのだと言い伝えられている。

　この亀岩を取り込む形で整備されているコンクリートの岸壁に水鳥たちが上陸すると、丁度ほぼ同じ時刻に、桟橋の反対側に着いた鮎川発のフェリーからも乗客がぞろぞろと下船して来た。中年女性達だけ数名の団体さんが、上陸した岸壁で賑やかにがやがやしている。先頭のことさら元気そうな女性がガイド代わりをしているのか、小さな手製の黄色い幟に「日本五大弁財天ツアー」と太書してある。重そうで立派な一眼レフカメラを首から二個もぶら下げた、プロカメラマン風の日に焼けた逞しい中年男性も上がって来た。また離島観光客が多い中で、場違いに立派なスーツ姿の紳士も革靴で上陸している。女川からの乗客と鮎川からの乗客が、がやがやぞろぞろと、まずは一礼して大鳥居を潜った。桟橋から坂道の参道に入る入口で参詣者を迎えてくれるこの大鳥居には、両側に紫色の大きな幟が立っており、金華山黄金山神社大前と白文字で大きく染め抜いてある。ここから始まる急な坂道が、黄金山神社まで伸びているのだ。白鳥は去年の地獄のような苦しさを思い出してめまいがした。黄金山神社まで続くつま先上り三十度もあろうかという目の前の急峻な坂道を見上げただけで、楽しかった船旅の余韻は一気に吹き飛んだ。還暦を過ぎても毎日の酒量は減らず、また日頃全く運動不足の自分にとって、この急坂は心筋梗塞ものである。しかしこれも金運招福のためと首を横に振って、去年の悪夢を追い払い、覚悟を決めて登り始めた。

さすがに若い今野君はどんどん坂道を登って行くが、自分は五歩登ってはハアハア、七歩進んではゼイゼイ。いくら喘息が専門のヤブ医者とはいえ、呼吸循環器系の自己管理がこれ程悪いとは、本人も一年ぶりで再び反省したが後の祭りだった。

ようやく鹿山あたりまで登って来ると、ちょうど鹿が数匹雑草を食んでいる。ご利益を期待するお詣りだから、本来なら右手に続く小さな朱塗りの開運橋を渡って表参道を神社まで登るのが正しいお詣りなのだろう。開運橋の向こうには朱塗りの二ノ鳥居がこちらに来なさいと手招きしているようだった。しかし、何せ鹿山入口辺りで五分以上休んでもハアハアゼイゼイが止まらないヤブ医者は、結局ズルを決め込んで、表参道と裏参道の中間にあって、勾配もやや楽な、鹿山を左手に見ながらの近道を選んだのである。それでも死ぬ思いで大汗かいて、ようやく社務所の手前まで辿り着いたのは、下船してから三〇分以上は掛かったであろうか。目の前に今まさに満開を過ぎつつある八重桜が日差しを浴びて輝いている。

ちょうどその時、後ろの方から男同士の大きな怒鳴り声が響いて来たので、坂道の下方を振り返ると、何やら太った中年男性が若い男三、四名と言い争いをしている。聞こえて来た怒鳴り声から判断すると、どうやら同じフェリーに乗って来たあの太った漁師風中年男が、酒に酔って坂道をフラフラ登っているうちに、後から来た若者達に追い越されざまに突き飛ばされて転倒し、坂道を二、三メートル転がり落ちたらしい。怒鳴って悪態をつく中年男と周りを囲んで呆れ顔を見合わせる若者達。同じ中年男として助け船を出そうかどうか一瞬思案した時に、後ろから「放っておきましょう。ここは神聖な神様の島なんだし、明日は大事な大祭がありますから」と戻って来た今野から腕を掴まれて、そのまま境内に連れて行かれた。

この表参道と裏参道との間の中間道から境内に入ると、右手の表参道からの入り口そばに欅《けやき》の大木があって、見に行くと樹齢八〇〇年以上のご神木という。幹の基部は直径二m近くもあり、周りの四方に柵を設けて保護されている。そこから左回りにぐるりと能舞台のような舞殿があり、次いで小川を挟んで大黒様と恵比寿様の巨大な青銅像が立っており、その手前に黄金山神社の由緒という大きな看板が目に入る。早速行って読んでみると、次のように書いてある。

御祭神　金山毘古神《かなやまひこのかみ》　金山毘売神《かなやまひめのかみ》

今から凡そ千三百年前、聖武天皇の御代天平二十一年（西暦七四九年）に、それまで日本では採れないと考えられていた黄金が陸奥の国で発見され、国守百済王敬福より砂金九百両が朝廷に献ぜられた。当時東大寺大仏建立にあたり、鍍金《めっき》用黄金の不足に頭を悩ませていた天皇はこれを大いに喜び、年号を改元、産金者らには昇叙賜姓、免税がなされ国家的な一大慶事として祝賀された。万葉歌人大伴家持は

すめろぎの　御代栄《みよさかえ》んと東《あずま》なる　みちのく山に　黄金《こがね》花咲く

と詠ってこの記念すべき初産金を祝福し、以後、みちのく山とよばれていた秀麗な島は金花山又は金華山と呼称され、その地に慶祝をこめて、金を司る金山昆古神、金山昆売神の奉祀神社を創建したのが金華山黄金山神社である。

中世以降、神仏習合時代は大金寺が中心となり東奥三大霊場の一つとして修験者が活躍、福神辨財天信仰が広まり繁栄した。

そして明治二年の神仏分離令後は黄金山神社に復古、現在は黄金発見に因む金運、幸運、開運招福の御神徳に福神辨財天の芸術面の御利益も加わり、広く全国から篤い信仰を集めている。

宮城県石巻市黄金山鎮座　黄金山神社社務所

まだ息をハアハアさせながら読んだ水鳥の心に、何かが引っ掛かった。当時日本初の黄金はこの金華山で発見されたのではなかったのか、それなのに何故陸奥の国と書いてあるのか？　当時の国守が何故日本人ではなく百済王なのか？　もしこの金華山で産金したのでなければ、別のその地にこそ奉祀神社が創建されたはずで、その地はどうなったのか、また何故敢えてこの金華山に産金を奉祝する神社を創建しなければならなかったか？

息切れで未だゼイゼイしながらボーっと看板を見ている水鳥を見かねたのか、「さぁ行きましょう」と再び今野に腕を掴まれて、めまいが残る中を境内の祈禱受付所に連れて行かれ、今晩の参籠宿泊の手続きをさせられた。受付の大柄な神職は昼間から酒でも飲んでいるような赤ら顔で、頭もつるつる目もぎょろりとして、何となく頭と目玉以外は自分に似ていて、恐らく酒飲みだろうなと水鳥は飲兵衛同士の直感で分かった。「今日は初巳大祭前日なので混んでいますから、相部屋で宜しいですか?」と聞かれ、「はい、それは勿論結構です」と答えた。受付所の奥の方では、先ほどフェリー船室内でコーギー犬を連れていた金髪女性が大きな声で、「私たち埼玉から毎年お詣りに来て、今年で連続四年目になるんですよ。でもこのロマネちゃんがいるから巳待ちのお籠り（参籠）は出来ませんけど、それでもご利益ありますよねぇ?」と受付神官を困らせていた。

祈祷受付所から出ると、隣の大きな建物は祈禱者待合室と書いてあり、豪壮な桃山様式の玄関両脇には大きな下足箱と、奥には参拝者なら誰でも休憩できる大広間が広がっている。この祈祷者待合室（同時に参拝者休憩所）の広い前庭には大木が一本盛んに葉を茂らせており、根本近くに立札があり、見ると相生の松と楓とあるので、実は二本であることが分かった。確かに焦げ茶色の松と白肌の楓が根元から二メートルほどの高さまで完全に融合して何とも縁起の良い大木である。明日の大祭を前に受付所内は何かと忙しそうに見えたし、聞いたら今晩は参籠客で満室らしい。島内の宿泊施設はここしか無いので、溢れた人々は鮎川か女川のホテルに前泊して、当日朝を待って島に渡ってくるのである。

「今野さんはどの部屋ですか?」と聞くと、

「僕は四〇七号室ですね」と今野。

「あら、それじゃ僕と同じ部屋ですね～、これは良かった！」と、水鳥は船上で気心が知れた今野と一緒の部屋と聞いて喜んだ。

この前庭から石段を数段降りると立派な参集殿がある。鉄骨五階建て合掌造りの参集殿の正面玄関と社務所受付窓口は三階部分で、四階と五階は参拝者用の参籠室（宿泊施設）、階下の二階は大参集場と小参集場、一階は一般参詣者用の食堂と厨房になっている。社務所の窓口で、「すみません、今晩宿泊でお世話になります」と声をかけると、誰も居ないかと思った奥から、「はい、何号室ですか？」と低い声で八〇歳がらみの細くて小さなお婆さんがぬっと出てきて、じろりと水鳥と今野の風体を確かめるように一瞥した。先ほどの受付所で渡された宿泊カードを見せると、「それではここでスリッパに履き替えて、四階の部屋に行ってください」と何処となく恐くて低い声音のまま顎で指示した。

この参集殿三階のロビーには、鳳龍殿という別名を墨書した立派な額縁が掛けてある。この揮毫は長崎平和祈念像を彫刻し、昭和三三年（一九五八）に文化勲章を受章した北村西望《せいぼう》が、昭和四七年（一九七二）に、一枚漉きの大きな越前和紙に書いた傑作である。また現在は一般向けに公開されていないが、大正から昭和時代の有名な絵師吉田初三郎が描いた金華山全体の色鮮やかな大きな鳥瞰図があるという。乗ってきたフェリー内のパンフレットにも載っていた吉田初三郎が描いた金華山の鳥瞰図は、六幅一二枚の屏風で出来ており、右側一〇枚の中心に金華山が大きく聳えている。島には仁王崎をはじめ、大函崎《おおはこざき》、小函崎《こはこざき》、千畳敷、千人沢《せんにんさわ》、金華山灯台、東ノ崎、船着場、神社境内、頂上奥の院などが細かく書き込まれている。残る左側二枚にわずかに牡鹿半島突端の黒崎方面から牡鹿半島の根元に向かって奥のほうに伸びて行き、その先上方に向かって万石浦や石巻湾、松島湾が望め、はるか遠くは、かすかに霞む山々が薄い茶色あるいは灰色で描かれている。

明治一七年（一八八四）京都生まれの吉田は、一〇歳で友禅染の図案画工から始まり、のち二五歳で洋画家の鹿子木孟郎《かのこぎたけしろう》に師事した。鹿子木は岡山市出身で、関西美術院長を務めフランス政府からレジオンドヌール勲章も受章した関西画壇の大御所である。この師の勧めで商業デザイナーに転向した吉田は、二九歳時の大正二年（一九一三）に手掛けた鳥瞰図「京阪電車御案内」が大評判となり、時の皇太子殿下（のちの昭和天皇）にも称賛されたため、それ以後日本各地の鳥瞰図を次々に制作した。地形を大胆にデフォルメし、実際には見えない遠景までパノラマ風に描き込む独特の構図と色彩の美しさで一世を風靡し、大正時代の歌川広重（大正広重）とまで謳われた。吉田の作品は全国各地の老舗旅館などにも保存されており、例えば千葉県銚子市の暁鶏館《ぎょうけいかん》では、銚子の美景を中心に右に大利根川、そしてはるか遠くに東京と富士山が描かれており、宿泊客の目を楽しませている。また女川町誌の巻末には、女川港を中心に周囲を囲む牡鹿の山々や、江島、出島、金華山あたりまでの島々が、遠く東京と富士山を望む大胆な構図で描かれている。吉田は円熟期の昭和八年（一九三三）に金華山を訪れ、屛風六曲一双のこの大鳥瞰図「金華山之図」と「金華山二十五勝景」を完成させた。また吉田は富士山が好きなことでも知られ、しばしば鳥瞰図に富士山をさりげなく描き込むことが多い。この金華山之図でも左端の屛風に、石巻や松島湾のはるか遠くに霞む山々の薄い茶色あるいは灰色の景色の延長上の左手奥に、かすかに雪を頂いた富士山がごく薄く一見分からないように、しかしさりげなく描き込まれている。これらの金華山絵図は絵葉書として金華山参拝者休憩所で手にすることができる。多数の傑作を残し金華山を去った吉田は、昭和三〇年（一九五五）に七一歳で死んだ。

この鳳龍殿は昭和四七年（一九七二）に開殿したが、国内の神殿によく見られる屋根上に板が交差する千木《ちぎ》こそ無いが、茅葺《かやぶき》屋根の押さえとして鰹節に似た堅魚木《かつおぎ》（鰹木、あるいは堅緒木、勝男木とも書く）を持つ形式を残した独特な建築物である。内部は和室一二〇畳敷きで舞台付の大広間（大参集場）や食堂、和室三四畳敷きの小広間（小参集場）、一五畳敷宿泊用和室が二三部屋あり、合計一〇〇名が宿泊できる。また隣の別棟には潔斎場（大浴場）があり、この潔斎場の窓から眺める牡鹿半島に沈み行く夕日の美しさは、黄金山神社約一三〇〇年の長い歴史を偲ばせる。また運が良ければ、窓から思いがけなく金華鹿や金華猿の戯れる姿を見ることもできるというのは、明日の大祭に向けた緊張と期待を程よく盛り上げてくれるだろう。

先ほど受付所でもらった宿泊カードの裏面には、スケジュールが手書きしてあり、前夜祭午後四時、潔斎《けっさい》（入浴）午後五時、直会《なおらい》（夕食）午後六時、明朝起床六時、一番護摩祈祷午前六時半、本祭午前一〇時と書いてあるから有難い。

部屋に入ると思いがけなく先客がいて、昨日湯ぽっぽでご一緒した白鳥祖父孫コンビが将棋をしていた。

「あれ、白鳥さんともご一緒ですね、これは嬉しいなぁ」と水鳥が云うと、向こうも「あら、これはこちらも有難い、水鳥さんとはご縁がありますねぇ」と応えた。

「あ、私東京から来た今野です、宜しくお願いします」と今野が早速頭を下げると、誠が、

「オジさんたちも一緒に金華山詣りやろうよ、四人まで参加できるから～」と元気よく申し入れた。

「金華山詣りって将棋で?」と今野が聞き返すと、

「うん、そうだよ、知らないの？　なら僕が教えてあげるよ」といって誠が新入り二名に早速解説した。仙台の家で使っている将棋の駒と携帯用の紙将棋盤を持参して来たようで、部屋の座卓テーブル上に広げなおした。四人だから先ず四隅にそれぞれの持ち歩を置いて、金将の駒四個を紙盤上に放り、金将と書いてある表が出たらその数だけ前進し、一周ごとに香車、桂馬、銀将、角行、飛車と出世して行き、最後の王将で一周した後、進行方向を盤上の中央に変え、盤中央まで四コマ目で上りとなる。放る金将が四個とも表なら四コマ進んだ上にもう一回投擲可能で、逆に四個とも無地の裏面なら二〇コマ進める。放った四個のうち何処かが重なったら、ビタといってその数だけ後退しなければならない。昔懐かしい将棋すごろくに、水鳥と今野も夢中になった。放る金将の駒が横に立てば五コマ進み、縦に立てば一〇コマ進める。もし奇跡的に上下逆に立ったものなら、一〇〇コマ進めるのである。四つの金将が全て裏面となる二〇コマを出すには特別な技があるようで、何回繰り返しても、

「ほら、やっぱりまた僕が一番だったサァ」と誠が得意がった。

「ほんとに上手いねえ、誠君、小学何年生？」と今野が聞くと、

「僕はインターナショナルスクールだから九月入学だけど、日本の小学校なら三年生かな」と元気よく答えた。

「それよりオジさんたち、夕方まで時間があるから、これから一緒に金華山の頂上まで行かない？　僕お祖父ちゃんと登るけど、一緒に行こうよ」と誘われた。

まだ正午を過ぎたばかりであり、元々登山しようと思っていた今野は、水鳥の顔を窺った。二人に取り囲まれた水鳥はもう観念するしかなかった。

四　登山

初巳大祭は金華山黄金山神社の四大祭の一つで、弁財天信仰に基づき、弁財天のお使いが蛇（巳）であることから、毎年五月最初の巳の日より七日間、古式に倣い厳粛かつ盛大に斎行される黄金山神社最大重要な祭儀である。今年の大祭は明日の五月四日から十日までである。大祭前日は前夜祭が夕方四時から斎行され、自分たちのような参籠者はこれに参加出来るという特典を頂くことが出来るのだ。しかし坂道は嫌いだ。つい先ほどフェリー降り場からこの社務所まで来るだけで、息がハァハァゼィゼィしたことを思い出して、水鳥は再びめまいに襲われたほどである。しかし参集殿という境内の社務所から金華山頂までは通常登り六〇分、下り三〇分とされており、これから直ぐに出発すれば、体力のない自分の足でも二時間ほどあれば往復して、午後四時までには帰って来れるであろう。そう観念した水鳥は、如何にも心許ないという表情で、「分かりました、それでは一緒に登りましょう」と頭をうなだれた。

今野京一と水鳥長造と白鳥透・誠祖父孫の四名で参集殿を出たのは昼過ぎの午後〇時三〇分頃であった。未だ日は高いが、孤島の風はやや肌寒いぐらいであった。境内を進むと右手の大きな絵馬殿を過ぎ、左手の手水舎を見ながら、ご本殿に至る階段の正面に大きな石造りの鳥居があり、横に広がっている注連縄の上に明治弐拾七歳網地濱阿部三郎兵衛同荘松の名入り献納額が黒地に金文字で掲げてある。この真新しい石鳥居は平成二三年（二〇一一）の東日本大震災で倒壊したものを復元したということである。ここから大理石造りの階段を三〇段ほど登った先に、桃山様式の重厚な随神門が聳えている。四名ともここで再び一礼して門をくぐり、そのまま続く御拝殿までの急階段七〇段をふうふう言いながら登りつめると、両脇に大理石の上に乗った巨大な青銅の灯籠が迎えてくれ、御拝殿に辿り着く。この灯籠も先の大震災では拝殿に向かって左側の一基が倒壊したというが、今は基台の大理石も真新しく復されている。現在の御拝殿は明治一二年（一八七九）に落成し、正面には当時の有栖川宮熾仁《たるひと》親王御真筆の大額「感應殿」が掲げられている。これは一匹の龍神の彫刻が枠全体を囲むように力強く絡みついており、落成から一四〇年以上を経た今日でも、その迫力が伝わってくる大額となっている。その向こう正面に御本殿の門扉を垣間見つつ、ここで一同、二拝二拍手一拝したのち、右奥に進んで小川を渡り、下の境内から始まっている登山道に合流して踏み入った。

小川を左に見ながら登山道を登り始めると、すぐ左側に貯水池があり、その奥に滑石神社《なめらいし》が見える。ここは太古の昔、武甕槌大神《たけみかづち》が神鹿《しんろく》を従えて金華山に渡ってきて、そのままここに鎮座したと言われている。武甕槌大神といえば茨城県鹿島神宮の御祭神である。鹿島神宮に以前お詣りしたことのある水鳥は、この黄金山神社御本殿のすぐ裏手に当たる場所に滑石神社が鎮座していることが少し気になった。鹿島神宮とこの黄金山神社は何か繋がりがあるのだろうか。しかしまあ今の自分は既に息も上がり始めたところで、それどころではない。ここから直ぐのところで、小石の上を飛び飛びに再び小川を横切ると、ここから先は岩場が始まり、いよいよ登山が本格的になる。小川の水溜りには、水芭蕉に似た濃紫色の花が咲き始めている。上の方をみると、誠少年は既にはるか遠くをひょいひょい軽々と登って行くのが見えて羨ましい。青年の今野がそれに続く。小川のせせらぎを右手に聞きながら、休み休み登っていくと、先に登っていた白鳥透が小岩に腰かけて一息ついていた。

「いや〜、ホントにきついですねえ」と水鳥もこれ幸いと隣りに腰かけると、初老の二人は共に汗だくとなっている。持参してきた手拭いで汗を拭き拭き、

「仙台から何度もお詣りしているんですか？」と聞くと、

「いいえ、それが私は若い頃に一度来ているんですが、孫と来るのは今回が初めてなんですよ。昔は楽に上れた記憶があるんですが、流石に年には勝てませんねえ」と穏やかに息を整える白鳥。

「私は仙台の杜都大学で日本の古代史を研究しているんですが、この金華山は古代史上も重要な存在で、久しぶりに現地調査と観光を兼ねて仲の良い孫を連れて来たんです。何しろ仙台の自宅では、仮面ライダーの好きな孫と良く一緒に将棋すごろくの金華山詣りをしてますから、今回はホントの金華山詣りに来たってわけです。明日は大祭が済んだら、帰りは石巻市内にある仮面ライダーミュージアムに寄ってから仙台に帰るんですよ」と嬉しそうにスケジュールを教えてくれた。

再び立ち上がって初老の二人で休み休み登っていくが、一向に歩は進まない。途中先ほど酒飲み男と揉めていた学生らしき四人組や大阪から来たという五大弁財天ツアーの中年女性五人組、湘南横浜から来たという中年山ガールトレッキンググループなどに次々と追い抜かれていった。

「あら、これクリンソウじゃない？　カワイイ！」と山ガールの一人が嬉しい発見にはしゃいでいる。これぐらいの山道は余裕なのだろう。確かに登山道には所々に濃いピンク色の小さなクリンソウや、赤紫色も鮮やかなキンカアザミ、黄色のニガナ、かたくり、赤緑の小さな実をつけたマムシグサ、水

芭蕉のような形で濃紫色の仏炎苞《ぶつえんほう》も瑞々しいうらしま草、耳型天南星《みみがたてんなんしょう》などがひとときを楽しませてくれる。

「あっ、これは黒いけどコガネムシですかねぇ？」と素人の水鳥が聞くと、

「ああ、これはオオセンチコガネですね、黒光してますねぇ。金華山には鹿の糞が沢山あるので、これを食べるセンチコガネも多いみたいですねぇ」と、地元の白鳥が解説してくれた。オオセンチコガネはセンチコガネより体表の輝きが強くて美しく、金緑色や金青緑色、金赤紫色など地域によって色合いに違いがあるが、背中の細かい縦筋が光を反射して美しい。金運を求めて金華山に来た水鳥にとって、何ともありがたい黄金虫との出会いであった。

　五月初旬の金華山は未だ新緑も届いておらず、登山道の傍らにわずかな緑が芽生えはじめているといった感じである。大分息が上がってきた初老の二人は、やがて欅《けやき》と思しき大きな木に遭遇した。幹回り三〜四ｍはあるその基部は、一個五〜六㎝ほどのイボイボが集まって直径三〇〜四〇㎝ほどの大きな固まりを作っており、まるでイボの中から大木が空に向かって成長したかのようである。周りの木々も未だちらほら新芽が出始めたばかりなので、さっきから直射日光を浴び続けて汗だくの二人は、これ幸いとこのイボ大木の日陰を選んで腰かけて二度目の休憩とした。

「いやぁ、頂上まではまだまだありそうですねぇ。この辺りでまだ五合目あたりでしょうか？」と水鳥が汗を拭き拭き語りかけると、「そうですねぇ、そのあたりでしょうかねぇ」と白鳥が応じる。息が上がっているので、長い会話はお互いに出来ない。

「金華山は黄金の山として有名なんですよねぇ。昔はこの島でかなり金が産出されたんでしょう？」

と水鳥が例によって素朴な質問をすると、白鳥が「はい、確かに奈良時代から江戸時代まで長くそのように信じられて来ましたが、現代では金華山に元々黄金は無かったことが分かっていますね」と白鳥から意外な返しが来た。

「あれっ、そうなんですか？　でも金華山から黄金が出たから、この名前になったって聞いたし、それで三年続けてお参りしたら、一生お金に困らないってんで、今年もお詣りに来たんですけどねぇ」

と水鳥が困惑して問いかける。

「そうですね、その辺りは私の専門分野なんですが、三世紀後半から六世紀末までのいわゆる古墳時代に日本国内で盛んに作られた様々な古墳からは、副葬品として様々なアクセサリーが出土していますね。特に五世紀は朝鮮半島でも当時の倭国でも金そのものや、銀・銅に金メッキや金箔を貼った金銅《こんどう》を用いたアクセサリーが、盛んに製造されて国際交渉にも用いられました。特に五世紀後半には、耳飾りの鎖を長く連ねて、その下部を黄金で延長するような、朝鮮半島の大伽耶系のアクセサリーが倭国内で流行したんですよ。これは大伽耶国から輸入したか、あるいは大伽耶国からの渡来工人が倭国内で製造したものと考えられていますね。当時の朝鮮半島南部は、東の新羅と西の百済と真ん中の伽耶国がありましたが、特に新羅の慶州皇南大塚古墳《コリナン》からは、頭部の冠から下に向かって、耳飾り、首飾り、指輪、帯飾りまで黄金のアクセサリーが出土していますね。靴こそ金製ではなく金銅製ですが、埋葬した当時は全身黄金色というような感じだったでしょうね。冠なんか漢字の出の形をした出字型戴冠に冠帽と鳥翼型飾りの三点セットで、これを被って歩くと飾りが揺れてキラキラ光るように、歩揺と言われる精巧な細工を施してあるんですから驚きですよね。日本でも奈良県新沢《しんざわ》遺跡では、靴以外のアクセサリーがフルセットで出土していますし、群馬県高崎市の剣崎長瀞西遺跡や香川県女木島《めぎ》の丸山古墳からも様々なアクセサリーが出土しています。でもあれだけ流行した黄金アクセサリーも、六世紀末の古墳時代が終わり、飛鳥時代に入ると途端に終焉したんですから不思議ですね」

「へぇ、面白いですねぇ。でもその色んなアクセサリーが、仮に当時国内で製造されたとしても、その黄金はやっぱり輸入だったんでしょ？」

「そうなんですよ。丁度その古墳時代は倭王権の誕生から確立への過程と同時進行で、渡来人が多数来日した時期でもあるんですね。先ず応神天皇一四年（二八三）に、秦の始皇帝三世孫孝武王の末裔と言われる弓月氏《ゆづきし》がシルクロードを経由して来日して、後の秦氏《はたし》の創始者として機織り技術を日本に伝えましたね（表一）。この人達は朝鮮半島三韓時代に辰韓（秦韓）を作り、稲作や養蚕を生業としていましたが、その辰韓を構成する一二か国のうちの斯蘆（しろ、さろ）が台頭してきて、やがてその後の新羅に発展する過程の動乱のなかで、日本に一二〇県《あがた》（一県＝一〇〇人）を率いて亡命入植して来たので、やっぱり秦都西安があった中国陝西省《せんせいしょう》方言があるんですね。だから来日してからも、秦氏と呼ばれたし、駄洒落みたいですけど、彼らが作る絹織物があまりに柔らかく、まるで肌のようだからハタと呼んだとも伝わってますね。弓月というのは三日月のことで、日に日に大きくなることから成長発展の象徴として、昔からシルクロード諸国で崇拝されてきましたから、現代でもイスラム世界の国旗などには多数使われていますね。天山山脈の西方に、現在のカザフスタン共和国内と、東側が一部新疆ウイグル自治区にかかるバルハシ湖の南イリ川付近に弓月国があって、ここはシルクロードの北方ルート上に位置しており、早くからユダヤ教からキリスト教化されました（古代東方キリスト教=景教、ネストリウス派キリスト教)。この弓月城(クルジア)から東南五〇キロメートルほどの所に野馬渡《ヤマトゥ》や雅馬図《ヤマト》と呼ばれる地名があるんですよ。また百数十キロ東(現在の新疆ウイグル自治区の新源県東部)の草原は那拉提《ナラティ》と呼ばれていますね。ヤマトゥはヘブライ語で『ヤー・ウマトゥ』と呼んで『ヤハウェ(神)の民』とも読めるそうですよ。ユダヤ教では弓月のことをナラヤマトゥって言うんですが、この発音を聞いたら日本人なら誰でもエッと聞き返すような音韻ですよね。三日月は元々ラテン語でCrescere(成長する、増大する)と呼ばれていたので、その後の英語ではCrescentと呼ばれていますし、パンのクロワッサンも同じ語源ですね。太陰暦の一日目は月齢〇日なので全く見えず、二日目の月も殆ど見えなくて、三日月が最初に確かに見える月なので初月とか若月とも言われていますね。ですからイスラム暦(ヒジュラ暦)では、三日月が出た日からひと月が始まるようになっています。物事の始まり、そして成長の象徴が三日月ということです。音楽でもクレッシェンドがだんだん音が大きくなり、英語のincreaseなども同じ語源ですね」

「へ~、そんなことがあるんですか、面白いですねえ」と、水鳥は昨日からの酒がすっかり醒めたような声で驚いた。

「この辰韓は西暦三五六年に滅亡しましたから、弓月氏はその前にタイミングよく日本に亡命できたと言えますね。この弓月君や秦氏たちは、日本国内の主に豊前や山城国太秦《うずまさ》、針間(播磨)、相模国秦野市、杉並区久我山あたりに入植して、養蚕業などで日本の文化発展に貢献して来ましたね。そして日本に氏神として松尾大社や伏見稲荷大社を建立しました。子孫としては、忌寸《いみき》氏や勝氏、薩摩島津氏、長曾我部氏、赤松氏、東儀氏などが有名な氏族で、最近では忠臣蔵の大石内蔵助や、漫画家のつのだじろうなんかもその子孫らしいですね」

「へえ、そんな昔に結構日本に移民してきたんですね」

「そうですね、移民や亡命というのは、昔も今も故国で迫害を受けたり、戦争で故国そのものを失った人達が緊急避難したり、新しい故郷を求めて命がけで移動してくることが多いですね。日本でもこの弓月君の大量移民からたった六年後の応神天皇二〇年（二八九）には、漢の辺境支配地域だった帯方郡より桑原氏や佐太氏と共に党類《ともがら》一七県（約一七〇〇人）を引き連れて、今度は中国の後漢末霊帝（劉宏、全一四代皇帝までの第一二代目）の曾孫阿智王《あち》（阿知使主《あちのおみ》）とその息子都加使主《つかのおみ》を祖とする東漢氏《やまとのあやうじ》が移民してきたんですよ」

「へえ、そんな直ぐにまたそんな大量移民じゃあ、当時の倭王権もてんてこ舞いだったでしょうねえ」

と水鳥。

「そうですね、たった六年後ですからねえ。この漢氏《あやうじ》は共通の先祖伝承で結びついた複合氏族で、飛鳥に近い檜隈《ひのくま》を拠点として、氏神を奈良県明日香村の於美阿志《おみあし》神社に祀り、氏寺として檜隈寺を建立したんですね。この辺りには、高松塚古墳やキトラ古墳など大陸風の壁画古墳がありますね。また子嶋《こじま》寺などがあって、興福寺の僧でのちに京都に音羽山《おんわさん》清水寺を創建した賢心（のち延鎮と改名）はここで修行していたんですよね。大和に居住する漢氏は東漢氏《やまとのあやうじ》となり、河内に本拠した漢氏は西漢氏《かわちのあやうじ》として別れたんです。ただ西漢氏は、百済から日本に渡来して千字文と論語を伝えたとされる王仁《わに》の子孫と自称しているので、この辺は良くわかっていませんね」

「あれっ、私が昔観光で行ったことがある岡山県倉敷市の美観地区の中心部に小高い丘があって、そこに阿智神社というのがありましたが、あそこもこの阿智一族と関係あるんでしょうか?」と、水鳥にしては珍しく的を突いたコメントを返した。

「そうです、そうです」と思いがけない反応に白鳥も勢いづいた。

「あそこは春は桜、初夏は見事な藤棚が有名ですねぇ。私も一度観光で行ったことがありますよ。御祭神は宗像三女神《むなかたさんにょしん》で、御利益は航海安全と交通安全と縁結びだそうですよ。明治までは妙見宮と称された時期もありましたが、元々はこの阿知使主《あちのおみ》が御祭神ですね。JR倉敷駅の西隣りには西阿知なんていう駅もありましたねぇ。織物工芸に長じていたので、漢と書いてアヤと読ませたんですが、秦氏とは違って織物業だけではなく、土木工事や製鉄業、軍事なども司り、はじめ蘇我氏の警護なども行っていたのです。蘇我馬子の指図によって東漢直駒《やまとのあやのあたいこま》が実行役として崇峻天皇を暗殺しましたが(西暦五九二年)、のちの壬申の乱(六七二年)の際には一転して蘇我氏と距離を置いて命脈を保ったんですね。この一族はその後、武人を多く輩出し、最も有名なのは平安時代初期に蝦夷《えみし》征討等で活躍した坂上苅田麻呂《さかのうえのかりたまろ》と田村麻呂《たむらまろ》父子でしょうね。その他にも日本の中では平田氏や丹波氏、調《しらべ》氏、谷氏、文部氏、佐太氏、井上氏などとして発展してきましたね。この直径子孫は、のちに天武天皇によって忌寸《いみき》の姓を賜り、他の氏族と区別されることになりました。いやぁ、大分話し込んでしまいましたねぇ、すみません。そろそろまた登りましょうか」と、笑いながら白鳥に促された。しかし水鳥はまだ重い腰を上げることは出来なかった。

ふと見ると、登山道脇には小紫色の小さな花びらが密集したサクラソウの一種だろうか、細い軸を直線的に天に向けて二〇㎝ほどの茎に十数個の小さな花びらを付けている。大きな一眼レフカメラを二台も首から下げた中年男性も下から登ってきた。

「いやぁ、意外に息が切れますねぇ」と向こうから掛けてきた声は明るく、見た目より若かった。座って休憩している初老二人に、座らずに立ち止まったままで話しかけた。

「私は山の風景写真を撮りに初めて金華山に来たんですけど、この参道の小さな花々も綺麗ですねぇ」などと話して、直ぐに頂上に向かって歩き出した。元気が良い。東京から来た写真家で、小野寺匠《たくみ》と名乗っていた。

大分休憩したおかげで、少し呼吸が楽になったので、初老二人も小野寺を追いかけるように、ようやく再び登り始めた。少し行くと、これまでずっと右側を流れていた小川が浅く小さくなって登山道に近づいてきた。前方を見上げると左手に小さな祠があり、その右手に山道の両脇に坐った地蔵が赤い頭巾と赤い前掛けをして待っていた。着いてみると「水神社《すいじんじゃ》」と掲示があり、どうやらこの辺りが水源で、ちょろちょろであるが水が湧き出しているのが分かる。金華山頂に降った雨や雪が一旦地下に沁み込み、浄化されてこの辺りから自然に湧き出しているらしい。立札にはこう書いてある。

「水を司る天水分神國水分神を祀り、黄金山神社の飲料水源泉が涸れることのないようにと願って、立てられたものである。附近に昔、大金寺《だいきんじ》があった当時の賑わいが想像される、両部大日如来の石像、弘法大師が座禅を組んだと伝えられる坐禅石、孔雀石、孔雀池がある」

縦横各一ｍぐらいの小さな祠ではあるが、しっかり注連縄に神垂《しで》紙が五連下がっており、中央には鈴と可愛い三〇㎝ぐらいの鈴紐が付いているので、思わず水鳥は小さな鈴を鳴らして両掌を合わせ、金華山の水の神にご挨拶した。この辺り四～五ｍ四方はわずかな平地の湿地帯になっており、そこを飛び飛びに越えると、両脇のお地蔵さんにご挨拶して、もう少し上に登って行く。ふと下を見ると足元に紫色のカタクリの花が、疲れた水鳥と同じように下を向いて数個咲いている。この辺りは気候的には未だ早春に近いのだろう。広葉樹の枯葉の下から顔を出しているシダ類の若緑と共に早春の気配が感じられるような気がした。

途中、多くの登山客に追い越されながら、もう少し登ると急に視界が開けて来て、青空も木々の邪魔なしに大きく広がって来た。と、見ると右手上方に向かって石造りの手すりが整備されており、正面を上って右上に折れる地点までたどり着くと、案内板が立っている。

「ここは、八号目」

右上に向けて「金華山頂上（大海祇神社）〇・二八㎞」

左下に向けて「山神社・愛宕神社」と分かれ道であることを示している。

「あ〜、ここがようやく八合目ですかぁ」と、大きな息をついた水鳥であったが、

「そうですね、でもここから初めて海が見えますねぇ。方角から言ったら、あちらが太平洋なんでしょうね」と、白鳥の方はやや余裕をもって指南してくれた。

「ほんとですねぇ、見渡す限りの水平線ですねぇ。左側は牡鹿半島で、あの向こうのあたりが今日フェリーで出て来た女川あたりでしょうかねぇ」と、絶景と詠われる金華山からの眺望に、しばし疲れを忘れた。

五　金華山頂

不思議なことに、八合目からの尾根道は、眺望も手伝ってか水鳥も白鳥も、思いのほか楽にひょいひょいと頂上まで登れた。金華山頂上は遠方の船上からは尖って見えたが、実際に頂上に立ってみると意外に広く、金華山頂上四四四・九ｍという立札を中心に、大きな花崗岩を積み重ねたような頂上岩と、そばに山頂神社が鎮座している。

「オジイちゃんたち遅かったねえ～」と誠が上半身はだかで、タオルで汗を拭き拭き元気よく頂上岩の上に立って、余裕でニコニコしながら手を振って迎えてくれた。

「お～、早かったねぇ、流石に子供は元気が良いや～」と祖父白鳥透が目を細める。すぐそばの頂上奥の院は、およそ五ｍ四方の柵内に、銅葺屋根に地面に対して水平に削られた内削ぎの女神を象徴する二本の千木の間に、鰹木が横に五本美しく並んでいる。

神社の説明書きにこう書いてある。

頂上奥の院　大海祇《おおわだつみ》神社

古くは龍蔵権現と称された神社であるが、現社殿は、大正十一年仙台市の伊沢平左衛門氏の寄進により建立されたものである。祭神の大海祇神《おおわだつみのかみ》、市杵島姫神《いちきしまひめのかみ》（弁財天）は、共に海上安全、大漁豊漁の守護神として漁民の信仰は極めて厚い。江の島、厳島、竹生島、天川と共に我が国五大弁天の霊地である。この附近一帯は、金華山の山頂で海抜四四五米、太平洋の雄壮な海洋美を一望し得る景勝の地で、特にここから眺める日の出の光景は、荘厳華麗、比類のない美観と称されている。

柵内に入った水鳥と白鳥は一緒に参拝することにした。神社正面の額にも白文字で大海祇神社とある。示は神を祀る祭卓の形で、下線のある祗が敬《つつ》しむ意で、下線のない祇と通用することがあると聞いたことがある。鈴紐を引いて参拝の証しを神様に告げた。昨年はここまで辿り着けなかったので、今年はここ一番とばかり、水鳥はしっかり金運を祈願した。この奥の院は金運の神様ではないようだけれど、医者の自分が漁師で患者が魚と思えば、大漁祈願もあながち金運祈願と遠くもなかろうなどと、いつも以上に自分勝手で不謹慎なご利益を祈願した。

市杵島姫神《いちきしまひめのかみ》は、古事記と日本書紀をはじめ三女神の神名や配列などに古来より種々の違いがあるが、現在では宗像大社の社伝に基づいて玄界灘の沖から九州本土に向けて、沖津宮《おきつのみや》（沖ノ島）の田心姫神《たごりひめのかみ》、中津宮《なかつのみや》（筑前大島）の湍津姫神《たぎつひめのかみ》、辺津宮《へつのみや》（九州本土宗像田島）の市杵島姫神《いちきしまのひめのかみ》の順に鎮座しているとされることが多い。ここは海の神だから綿津見（わたつみ、綿積）とも書くのだろうが、それなら山の神はと言えば、それは確か瀬戸内海の大山祇《おおやまづみ》神社だったなと水鳥は思い出した。昔お詣りに行ったときに、あそこの楠《くすのき》は大木だった。大山積神《おおやまつみのかみ》は仁徳天皇の御代（古墳時代中期、四世紀末～五世紀前半）に百済から渡来して来て、一旦摂津国御島《みしま》（現在の高槻市三島江の三島鴨神社）に鎮座したあと、推古二年（五九四）に瀬戸内海の大三島に遷座したと言われている。静岡県の三嶋大社と合わせて日本三大三島神社となっている。元々は山の神であるが、大山祇神社が瀬戸内海交通の要衝に位置することから、山の神・海の神・戦いの神としての性格を持つようになり、歴代の朝廷や武将から尊崇を集め、源氏や平家などから多くの武具が奉納され、国宝・重要文化財の指定をうけた日本の甲冑の約四割がこの神社に集まっていると宝物館で見たのを思い出した。

水鳥が昔行った瀬戸内海のことを思い出した後にも、隣の白鳥は何を祈願しているのか、長々と両手を合わせたまま瞑目していた。祈り終わり、「さて、行きましょうか」と白鳥に促されて、二人は誠の真似をして頂上岩の上に立った。

頂上岩の上に立つと四方に視界が開けており、北北西方向には牡鹿半島の山並みが遠く追波湾の方まで望め、西は金華山瀬戸と牡鹿半島突端、田代島、網地島、さらに遠く石巻湾から仙台湾が霞んで見える。南から東には広大な太平洋が何処までも広がり、幸い今日は晴天に恵まれて、ぐるりと二〇〇度ぐらいのパノラマ角度で水平線が広がっている。

「いやぁ、あの説明書きではありませんが、ホントにここは素晴らしい眺めですねぇ」と水鳥が感嘆する。

「ほんとにそうですねえ、太陽もまぶしいですね」と今度は初夏の気配を二人は感じた。と、白鳥が東の海上遠くを見つめたまま動かなくなった。

「どうしました白鳥さん？」と水鳥が聞くと、東方の海上遠くを指さして、

「あの辺りが震源地なんですよねえ」と自分に言い聞かせるように白鳥が呟いた。

「えっ、震源地って、あの東日本大震災のですか？」

「そうです、一一年前の二〇一一年三月一一日午後二時四六分に、マグニチュード九・〇は国内観測史上最大だったでしょう。地震の最大震度は七で、一九九五年の阪神・淡路大震災と二〇〇四年の新潟中越地震以来、観測史上三回目の震度七でしたよね。私も仙台の大学で仕事をしていたんですが、持続時間も三分と異常な長さでしたし、本当にびっくりしましたね。でももっと驚いたのは、そのあと最大高四〇ｍもの巨大津波が押し寄せてきて、今日フェリーが出た女川町もあの津波で壊滅的な被害がでましたね。震源がまさにこの金華山東南東沖約一三〇㎞（北緯三八度〇六分、東経一四二度五二分）の海底約二四㎞の深さの場所だったんですよ。ほら、丁度あのあたりでしょう」と指さすほうを遠望すると、何かそのあたりに巨大なエネルギーが渦巻いているように水鳥には感じられた。

「私にはね、ここに立つと、あの辺りにとてつもなく大きな龍神様が居るような気がしてならないんですよ。東日本大震災・大津波は、貞観大地震・大海嘯《だいかいしょう》以来の千年に一度の大災害だったということで、千年に一度しかできない勉強を今させて頂き、次の千年に備えなければならないと思っているんです」と白鳥が呟いた。

ふと見ると誠の姿が見えない。

「お～い、誠～」と白鳥が大きな声で呼ぶと、頂上からやや下がったあたりから、

「お祖父ちゃん、こっちだよう」と返って来た。そこは頂上の狭い広場から、南側に三〇ｍほど木々の中の緩やかな小道を下ったところに空が開けた場所があって、コンクリート製の小さな青空休憩所がある。二人で行くと、休憩所は誠を中心に湘南から来たという山ガール数人や今野などで盛り上が

っていた。山ガールが入れてくれたコーヒーを手に、話題は誠の好きな仮面ライダーの最新変身マシーンの話が中心のようだ。中に場違いな感じで派手なジャケットを着て、低目のヒールにスカート姿の女性がいて、

「誠君、それは仮面ライダーゼロワンじゃないの?」と聞くと、

「オバさん、それ古いよ。今は仮面ライダーリバイスで、人類の修正のために戦ってるんだよ～」と忽ち修正されるのである。

「あら～、誠君ホントに詳しいわねぇ。それにしても人類の修正だなんて何だか怖いわねぇ」と、指摘された中年女性が赤いバッグをゆすりながら更に感心した。

「あら、狐崎《きつねざき》さんて、お堅いだけのやり手社長さんかと思ったら、仮面ライダーのことも知ってるなんてさすがだわね～」と、皮肉っているのか、ゴマを擦っているのか分からないようなコメントがどこかから飛んできた。

「そうよ、わたし狐崎玲子は、フェリー会社の新しい航路を開拓したくて金華山に下見に来てみたんだけど、やっぱりここはこれからまた発展するわねぇ。来てみて正解だったわ」と、聖地の山頂にふさわしくないビジネスの話をしたので、一同がやや腰を引いた。

　この小さな青空休憩所からもう二〇ｍほどなだらかな芝地を南に降りて行くと、そこは山頂から続く尾根の肩になっていて、木の標識には左方向に千人沢《せんにんさわ》・千畳敷《せんじょうじき》一・八㎞とあり、南下方には二ノ御殿一㎞と書いてある。この芝生の肩に腰を下ろして、今野、水鳥、白鳥の三人が話を始めた。

「それにしても、誠君は元気いっぱいですねぇ」と今野が改めて感心すると、

「いやいや、元気良すぎて私みたいなお祖父さんは付いていけませんねえ」と白鳥透が応える。

「さっきは人類の修正だなんて物騒なライダーの話でしたが、そもそもこの地上に人類が誕生したのは三〇万年前頃だったんですよね」と、水鳥が医者としてのプライドをわずかに示した。

「そうですねぇ。最新の研究では、この宇宙がビッグバンで誕生したのは一三八億年前で、僕らの地球が誕生したのがそれから九三億年後の四五億年ぐらい前でしたね。それから更に十億年下った約三五億年前に、この地球の原始の海で最初の生命体が誕生したと云われています。やがて光合成植物が誕生して、四億年前から少しずつ植物が陸上に進出していったんですよ。さらに下って一億年前の中生代白亜紀後期になると、地殻深部のマントル対流によって今の日本列島の一部である北上山地や阿武隈山地、西日本の一部がユーラシア大陸から離れ始めたんですよね。一五〇〇万年前には日本海が急速に拡大し、樺太と北海道日高山脈がひと続きの細長い島となり、北上山地、阿武隈山地も独立した島となりましたね。この大陸からの分離期に、地殻に生じた裂け目から熱水鉱床としての金鉱脈が形成されたんです。日本での金鉱山は殆どがこの時期にできたものですね」と、地質学専門の今野が宇宙誕生から生命の発生、日本の形成、金鉱脈の誕生までを一分ぐらいでまとめてくれた。

「へ～、面白いですねえ。日本はそうやって出来て来たんですね。だから金鉱脈は日本でも、主に岩手県の北上山地や福島県の阿武隈山地付近に多いんですね」と水鳥が感心する。

「そうなんですよ、ですから金華山を含む東北地方東部は日本でも昔から金山開発が盛んに行われてきましたね。その一方で、東北地方西部はグリーンタフ（green tuff）と呼ばれる地層なので金は取れないんですよ」

「そのグリーンタフって何ですか？　やっぱり緑色の地層なんですか？」

「そうですね、日本語で緑色凝灰岩と呼ばれている淡緑色〜緑白色を呈する凝灰岩ですね。新第三紀中新世（二三〇三〜五三三万年前）の頃に、日本海側〜北海道西部にかけて、日本海の海底火山活動が活発になり、火山岩や火山灰が大量に噴出堆積して、現在の北海道西部から奥羽山脈を含んだ東北地方西部地域（青森県西部から秋田県、山形県、新潟県、福井島県西部、群馬県、埼玉県西部、伊豆半島付近まで）が形成されたんですね。岩石に含まれる輝石・角閃石などの鉱物が熱水変質によって緑泥石という粘土鉱物に変化したため、緑色を呈してるんですね。この石は柔らかく加工しやすいため東日本を中心に住宅用石材として採掘されて、秋田県大館市比内町の十和田石や、栃木県の大谷石《おおやいし》、福井県の笏谷石《しゃくだにいし》（越前青石）、伊豆青石などとして有名ですね。中でも大谷石は特に有名で、多孔質で柔らかみのある独特な風合いは、アメリカの建築家フランク・ロイド・ライトによって東京の帝国ホテル旧日本館に用いられました。帝国ホテル旧日本館は大正一二年（一九二三）の関東大震災でもその耐震性が証明されましたね。渋谷駅ハチ公像の台座・額・由来案内板はこの十和田石製ですし、笏谷石は古墳時代の船形石棺にも使用され、越前朝倉氏の一乗谷では多数の石仏が作られたそうですね。江戸時代には笏谷石は北前船で全国に出荷されましたし、明治三一年（一八九八）には、同地出身の第二六代継体天皇を彫り上げた笏谷石像をご神体として、笏谷神社が創建されたんですよ」

「はあ、グリーンタフって色々役に立っているんですね」

「そうですね、このグリーンタフ堆積と並行して、日本では西日本において対馬の南を軸として四七度右回りに回転し、この頃に中央構造線が出来始めて、一〇〇〇万年前になると大地溝帯（フォッサマグナ）が出来始めましたね。一五〇〇万年前から三〇〇万年前までは、マリアナ海溝から伊豆にむけて次々に火山島がぶつかり、当時海峡だった今日の関東を形成し、東日本と西日本をつないだことで、今日の本州の原形が出来あがったんですね。

一方この時期アフリカでは、五〇〇万年前に人類の祖先となる猿人が誕生しました（アウストラロピテクス）。三〇〇万年前になると、日本列島はほぼ現在に近い骨格が固まって来ましたが、瀬戸内は未だ陸地だったんですよ。この三〇〇万年前に日本列島付近では、これまで北向きに運動していたフィリピン海プレートが深部で太平洋プレートと衝突して、力負けして北西方向に進路を変えたため、この力によって、北アルプスを中心とした中央山岳帯が形成されたんですよ。そのあと地球規模での氷河期となったため海岸線が後退し（海退）、いったん離れた日本列島は再び大陸とつながったんですね。一八〇万年前には原人が出現し（ホモエレクトゥス、北京原人やジャワ原人）、二〇万年前には旧人（ネアンデルタール人）が出現したんですね。九万年前になると、瀬戸内は内海となりほぼ現在の形になったんですが、四万年前には新人（クロマニョン人）が出現したんですね。私たちの直接の祖先であるホモサピエンスは、既に三〇万年前にアフリカで誕生し（古代型サピエンス）、二〇～一〇万年前頃にそのままアフリカ大陸内で現生人類（現代型サピエンス）に進化したと云われているんですよ。六～五万年前にこの現代型ホモサピエンスがアフリカを出て他の大陸に移動し始めたんですね。そして四万年前頃にはホモサピエンスが日本まで到達したと考えられており、主に陸上からの北海道ルート、海上からの対馬ルート・沖縄ルートの合計三ルートが考えられていますね。今日のインドシナ半島からマレー半島、ジャワ・スマトラ島を含む地域は、氷期にはスンダランドと呼ばれる一つの広大な大陸を形成しましたが、その後の温暖化による海面上昇で消失しましたよね。日本へのホモサピエンス移動の沖縄ルートは、もしかしたらさらに南のこのスンダランド辺りまで辿れるかもしれませんね（表二、三）。丁度この七～一万年前が地球規模での最終氷期に重なっており、中でも一万年前は前後合わせて二〇〇〇年間が最寒冷期となり、海面は一二〇ｍ低下し（ＬＧＭ、海退）、のち一万年前から現代までは後氷期の海進と共に一万六〇〇〇年前から三〇〇〇年前まで日本における縄文時代が進んできたんですね。鹿島神宮のある地域は鹿行台地と呼ばれていますが、六〇〇〇年前のこの縄文海進期でも、北浦の東側に半島として、筑波山などと共に陸地として残っていました。このような土地が信仰を集め、後年になって神社や山体信仰に発展していったのは面白いですね」

「いやぁ、今野さんは地質学だけじゃなくて、人類の誕生までとても詳しくて、医者の私は全く脱帽です」と水鳥はしきりに頭を掻いた。そこに、

「今野さ～ん、水鳥さ～ん」と、下の方から手を振りながら息せき切って登って来たのは、胆江新聞社の及川麻衣記者である。

「あれっ、どこに行ったのかと思っていたら、そっちで何をしていたんですか？」と今野が聞くと、未だ息をはぁはぁさせながら、

「いや、キレイの何のって。ねぇ、安部さん？」と、後ろに同じく息を弾ませながら登ってきた青年を振り返った。

「あ、どうも初めまして、九州の別府から来た安部宗夫です」と爽やかな挨拶が飛んで来たので、思わず三人も新客をにっこり笑顔で迎え入れた。

「へ～、九州からとはまた遠路ご苦労様でしたねえ、観光ですか？」と水鳥が聞くと、

「いえ、盛岡に先祖詣りに来たついでに、黄金島で有名な金華山にお詣りしてから帰ろうと思いまして。それにしてもさっきの千畳敷は素晴らしい眺めでしたねぇ、及川さん？」と安部が相槌を求めると、

「そりゃもう最高でした。私山頂に登る途中で安部さんとお会いして、奥の院をお詣りしてからそのまま、ほら、そこの道を降りて行って今までご一緒してきたんです。そこを降りて行ったらすぐに大きな一枚岩があって、黄金石っていうんですよ。ホントあれ、大きかったですよねぇ」

「ほんと、大きかったですね」と、一緒に行った安部が今度は相槌を返した。

「それがね、聞いてくださいよ。そこからもうちょっと降りて行ったところに、今度は天柱石っていう縦長の大きな岩があったんですよ。天柱石は高さ二〇ｍほどの巨石で、投げ上げた小銭が石の上に乗っかれば願い事が叶うと書いてあったんで、私早速五円玉を投げ上げたんです。そしたら何とばっちり上に乗っかったんですよ～。楽しみ～、これからお金がジャンジャン儲かるかも」とよほど嬉しかったと見えて、及川はきゃあきゃあ騒いで皆に報告した。

「それは凄いじゃあないですか。それじゃ僕らも後でやりに行きますか？」と、金運目当ての水鳥も身を乗り出したが、今野と白鳥はにやにやするだけの反応であった。

「ほんと、及川さんはラッキーでしたよね。大阪から来たって言ってたオバ様たちは、何回やっても一人も上にお金が乗っからなかったですもんね」と安部。

「へ～、大阪あたりからもお詣りの人たちが来てるんですね？」と白鳥がびっくりして聞き返すと、

安部が答えて、

「ええ、私と同じく鮎川からのフェリーで来た五人位の女性達で、何でも日本五大弁天様お詣りツアーの仕上げに、金華山に来たって言ってましたよ。ホントに元気の良いオバ様たちですね。その天柱石は別名水晶石ともいわれる白石英が変化したもので、天に向かって立つ高さ約二〇mの姿がまるで柱のようだからこの名が付いたのだそうです。ほんとかどうか分かりませんが、昔は現在の二倍の四〇m位の高さがあったけど、落雷のために折れて今の姿になり、その時折れた石は坂を転がり落ちていって海底に沈んだと伝えられているそうですよ」

「でもね、安部さんたら酷いんですよ。高さが半分に減ったということは、ご利益も今は昔の半分かもね〜、ですって！」

「アハハ、それは及川さん残念かもねえ〜」と、一同顔を見合わせて安部の絶妙なコメントに大きく笑った。

「そこから三十分ほど、時々鹿さんやお猿さんに会いながら下って行ったら、急に視界が開けて来て、それはそれはキレイな太平洋の、あれって、大海原っていうんでしょうか、どこまでも青くて遠い海が見えて来たんです。波打ち際は四〜五mや一〇mぐらいの白い大きな岩がきれいに敷き詰められた感じで広々とした景色だったんです。千畳敷は金華山の景勝地でテーブル状の花崗岩が続く海岸に太平洋の荒波が打ち寄せるってガイドブックには書いてあったんですが、荒波どころか今日は波も殆どなくて、まるで湖みたいに穏やかな海面でしたよ。その白い岩に座っていたら、安部さんが持って来たおにぎりを半分下さって、それを頂きながらさっきまでしばらく海を眺めていたんです。そしたらその大阪から来た弁天様ツアーのオバ様たちも、しっかりお弁当を広げてランチしてましたよ。さすがに旅慣れてますねぇ」とさっきまでの興奮をまた及川は思い出していた。

「そのオバ様たちから聞いたんですけど、金華山東端の大函崎《おおはこざき》は、金華山に福をもたらす東福門に当たっていて、伝説では弁財天女がそこの海中から出現したっていうことらしいですよ。だからオバ様たちは、ランチしたら早々に大函崎に向かっていきましたね。でもね、オバ様たちを途中まで一緒に見送って行ったら、すぐそばに岩が絶壁みたいに深く切り立って、下を覗こうとしたら三〜四〇mぐらい深そうで、怖くなって足がすくんじゃいましたぁ。あそこは何だか怖かったですう」と及川は今でも足がすくむとばかりに肩をすぼめ目をつぶった。

「あぁ、それは千人沢《せんにんさわ》ですね」と、今野が解説した。

「千人沢は千畳敷と並ぶ金華山の景勝地で、高さ数十mの断崖が垂直に切り立っていて、チャーター船で海側から見ると本当にきれいだそうですが、陸上から見下ろしたら怖いみたいですねえ」

「及川さん、それは怖かったでしょう。あそこはちょっと怖い伝説がありますからねえ」と物知り顔に白鳥が火に油をそそぐと、及川は
「え〜、それってどんな伝説なんですかあ?」と身を乗り出して来た。

「いえ、それは安土桃山時代の慶長元年（一五九六）に、仙台藩主伊達政宗公が朝鮮役で不在の時に、留守居役の屋代《やしろ》勘解由《かげゆ》兵衛《べえ》景頼が金華山に多数の従卒とともに渡って来て、僧侶の嘆願も聞き入れずに鹿狩りを行って、神様の怒りに触れて従卒一〇〇〇人が悉くこの沢に落ちて死んだという伝説が残っているんですよ。罪滅ぼし目的もあったのか、これ以後仙台藩では金華山全島を一山除地《いっさんよけち》（免税地）

として、多くの堂宇の建て替えなどに藩費を用いて援助し、手厚い保護を加えてきたと云われてますよ。記録によれば屋代は驕恣《きょうし》（おごり高ぶって礼節がない）と評されてますから、きっと神罰が下ったんでしょうね。案の定、政宗公が帰国してから、屋代は追放されましたね」

「きゃ～、それじゃあ私が感じた恐いものって、もしかしたらその亡霊たちの怨念ですかぁ」と気の弱い及川は気を失いそうになった。

「もしかして、その屋代ってヒト、金を掘りに金華山に来たんですか？」と、何時の間にか皆の背後に来て聞き耳を立てていたように、鋭い目をした狐崎玲子が割り込んできた。

「いや、そこまでは私にはわかりません。伊達政宗がこの辺りを治めるようになったとき盛んに金山開発をしたんですが、伝説ですけど牡鹿半島では過酷な鉱山労働で死んでいった人夫たちの幽霊なんかも出るらしいですよ」と、吃驚した白鳥が身を引きながら頭を掻いてこの話は区切りとなった。話題を変えるように安部が、

「及川さんが怖いというので、そこからご一緒して反対方角の南側から、緑が多いせせらぎの森をゆるゆる登りながら、二ノ御殿《ごてん》跡って書いてある二ノ峠を通ってここまで戻って来たんですよ」と一周してきたことを報告した。

「二ノ峠の立て札には、西に向かえば造林小屋とホテル廃屋《はいおく》を経て、神社境内に戻れると書いてあったんですが、やっぱりあちらの方が近道でしたかねえ？」と、安部が来た道を振り返った。すると白鳥がいやいやと首を大げさに横に振りながら、

「いえ、それはやはり一旦この頂上に戻って来て正解でしたよ。ここから皆で一緒に元《もと》来た登山道を

帰ることにしましょう。その昔あったホテルの廃屋は誰も住んでいないまま長年放置されてきたので、今は蛇の巣窟になっているそうですよ。オレンジ色のマムシがうじゃうじゃとぐろを巻いていたりなんかしたら、その傍を通っただけで咬まれそうですよ。いくら弁天様のお使いが巳だといっても、やっぱり本物の蛇は怖いですよねえ。赤い蝮《まむし》の毒は強力らしいですよ」と、本気か冗談か声音まで段々脅かしモードになってきたので、一同一旦頂上に戻り、そこから元来た道を帰ることで意見が一致した。

頂上に戻って、元来た道に入ろうとしたら、西方向に小峯掛道と小さな標識があるので、五～六m行って覗いてみると、そこは金華山瀬戸を眼下に見下ろし、牡鹿半島方向の眺望は素晴らしく、半島の左端から御番所公園、駒ヶ峰（三二四m）、大草山（四〇二m）、光山（四四五m）、大六天山（四四〇m）、望郷山（二九〇m）と連なり、半島の向こう側海上には左手に網地島、右手に田代島が浮かんでいる。さらに向こうには遠く松島や仙台湾が望め、そのまた向こうには遠く蔵王連峰が霞んでいる。すぐ下の大岩上で数人が弁当を広げて絶景の眺望を楽しんでいた。

「それじゃあ、この金華山頂上がこの辺りでは一番高いんですね」と晴れ晴れとした声で今野が呟いた。

「そうですね、あの大六天山が金華山頂より五mだけ低くて、牡鹿半島では最高峰の眺めらしいですよ。コバルトラインの途中に展望台があって、以前行ったらあそこからの眺めはとにかく最高でしたねぇ」と地元在住ならではの白鳥が解説する。

「そうそう、昨年私もコバルトラインで来るときに、展望台に行ったら、そりゃ最高の眺めでしたよ」

と水鳥も同調した。

「大六天って、面白い名前ですね」と及川が取材すると、白鳥が返す。

「仏教では六道《りくどう》とその上の十界があって、その六道は下から地獄界、餓鬼界、畜生界、修羅界、人間界、天上界と分けられているんですね。私たち普通の人間はこの人間界に生きているんですが、それより上の天上界の中で人間界に近い欲天はさらに細かく六段階に分かれていて、これが六欲天と呼ばれて、下から四天王、忉利天《とうりてん》、夜魔天《やまてん》、兜率天《とそつてん》、化楽天《けらくてん》、他化自在天《たけじざいてん》となるんですが、この下から六番目で最高位の他化自在天が第六天（大六天）なんですね」

「ひゃ〜、難しくて良く分かりませんが、とにかく輪廻する六道の中でも最高の辺りの世界なんですね？」

「ハイ、仰る通りです。この第六天は欲界の最高所ですから、それに因んで、ここは自由自在に四方を眺め得られる地点ということなんでしょう。誰が付けた名前か分かりませんが、中々味のある名前ですね。実際あの大六天山は牡鹿半島の最高峰で、頂上からの眺望は遮るものがなく、東の遠い水平線から西は旧南部藩領、仙台藩領、相馬藩領一帯を望むことが出来るので、安永風土記には三国山と書かれていますね」

　女川町の大六天様《だいろくでんさま》（三国神社）はむかし前網浜《まえあみはま》の白窪浜（別名釜の浜）から上がったご神体であるという。白窪浜で塩煮していた職人が海の底で光っているものを見つけて引き揚げてみると、それは黄金で造られたご神体で金色の光を放つものだったため、いまの前網浜の大六天様の場所に祀った。ところがある日乞食のようなみすぼらしい姿をした者に盗まれてしまい、その後一時女川町針浜に持っていかれ、また井内町真野に移されたという。そこでご祈祷をしてもらった所、「高い所に少し登れば前網浜からでも見えるところで、前網浜側に向けて祀るように」といわれ、いまの大六天山に祀ったのだという。一説にこのご神体は衣川で滅んだ安倍一族に関係した者が半島に逃れて来た時、移動の途中で海に落として行ったものではないかと言われている。

「あれっ、そう言えば、その大六天って、確か織田信長が自称した天主大魔王が住んでるところですよね」と最近のゲームソフトから仕入れた知識を及川が急に思い出した。

「アハハ、良く知ってますねぇ。この第六天魔王は仏道修行を妨げる悪魔としても有名で、元亀四年（一五七三）に武田信玄が織田信長に挑戦状を送ったときに、比叡山延暦寺を焼き討ちした信長を揶揄して、あたかも自分は仏教保護者であるみたいな天台座主沙門《てんだいざすしゃもん》信玄と署名したので、これに対抗した信長が売り言葉に買い言葉という調子で天主大魔王と自称して返書したということが、キリスト教宣教師ルイス・フロイスの本国スペインへの報告書に書かれてます。両雄は相戦う前から、火花バチバチだったんですねぇ」と白鳥が解説した。

「白鳥さんは、地元の方とは言え、ホントに良くご存じですねぇ。あちらの望郷山てのもちょっと気になる名前ですね」と水鳥が右方向を指さして呑気に聞くと、これも白鳥が解説してくれた。

「あぁ、あの望郷山ですね。あそこはこの辺りでは大六天山に次ぐ高さで、丁度女川町からなら何処からでも右手に聳えて見えますし、逆に山頂からは女川町の大部分を俯瞰することが出来るんですよ。昭和の初め頃までは、確たる山名も無かったということでしたが、昭和一一年（一九三六）の秋に、当時の女川小学校（校長相沢清六）の職員と生徒が遠足としてこの山に登ったときに、名前がないのは不便だということで、職員が知恵を絞って色々な山名の案を募集した中から望郷山の名が選ばれ、それ以来『ぼうきょうざん』と地元で呼ぶようになったということですね。三年前に国際連盟を脱退した日本が国際的孤立を回避するため、同様に国際連盟から脱退したドイツ・イタリアと接近するために、丁度この年の一一月二五日に、日独両国の間に防共協定が結ばれたので、この音韻が望郷山の命名に拍車をかけたということかも知れませんね。昭和一二年には、望郷山頂上に向けて本格的な登山道路を整備し、全児童が毎月二回の登山を開始しましたが、二年後の昭和一四年には望郷山に明治神社を建て、出征者の武運長久を春秋二回祈願したそうです。何でもその後太平洋戦争中には、頂上の明治神社まで小学校の先生方と生徒が夜に松明を持って勝利祈願の登山をしたことがあって、その時は女川港岸壁に多数の住民が集まって、女川小学校辺りから山の頂上まで続く松明の長い火の列をずっと見ていたそうですね」

「なるほど、そうですか。それはさぞかし綺麗だったでしょうね」と、訊ねた水鳥ではなく、思いがけなく今野が遠い声で呟いた。

頂上奥の院から八合目まで戻る道は急な下り坂で、細かく砕けた花崗岩質の砂や小石で滑りやすい足元に注意しながらの道であった。しかしはるかに開けた東方海上の眺望は奥の院の看板に記してあった通りで、まさに太平洋の雄壮な海洋美を一望し得る絶景である。ここから眺める日の出の光景は、さぞかし荘厳華麗、比類のない美観であろうと水鳥は思った。

「本当にそうなんですよ。私が昔学生時代に大みそかの夕方に仙台をでて、午前三時頃に女川港から当時の古い観光船に乗って金華山に初詣に来たときは、とにかく観光船も二〇〇人位満員で、黄金山神社で年を越し（歳旦祭）、そのまま元旦未明の真っ暗な中をぞろぞろと何百人もの人たちがこの参道を登って初日の出を拝みに来てましたねえ。真っ暗なのに意外と足元が良く見えていたのは、星明りのためか、それとも目が暗さに慣れてきたためか、不思議と山登りは快適でしたよ。あの時は午前五時頃に頂上付近に着いたんですが、もう既に頂上には二～三〇〇人位の人で一杯で、自分達はこの九合目あたりで日の出まで二時間近く、すごく暗く寒い中で日の出を待ったんです。皆完全な防寒対策をして、ポケットにホッカイロを入れていましたが、中には温めたワンカップを持ってきて、お屠蘇代わりにチビチビやりながら初日の出を待っている人たちもいましたねえ。新年の厳粛な雰囲気で静かに話をしながら、あるいは無言で祈りを込めながら待つと、あいにく水平線上には薄雲が掛かってはいましたが、それでも向こうの空が次第に明るくなってきて、やがて暁色に染まって来て、薄雲の向こうから太陽が姿を表すと、一斉に歓声が上がって皆さん思い思いに掌を合わせていましたね」

「そうなんですか～、それならいつかまた今度は初日の出を拝みに来てみようかなぁ」と水鳥が決意を示すと、それを聞きつけて、

「私さっき天柱石でお金が上に乗ったから、これで来年初日の出を拝みに来たら、ますますご利益ありそうですねえ」と先を進んでいた所から振り向いて、及川も同じ決意を示した。

「あはは、及川さん、金華山は三年続いてお詣りしたら一生お金に困らないということですから、それで二回プラス一回にしたらどうですか？」と今野も及川を焚きつけた。

イボけやきの大木まで降りてきたら、先にピョンピョン下りて行った誠が、座って汗を拭いている埼玉県から来たご夫妻とニコニコ話している。

「そうなの、ボク小学三年生なのね〜」と夫人が話しかける。

「そうなの、仙台から来たの？　頂上どうだったぁ、お姉さん達は今年で四回目なのよ。来たら必ず頂上までお詣りするんだけどね、このワンちゃんが居るからお参籠は出来ないのよねえ。お参籠は出来ないけど、三回以上続けてお詣りしてるんだから、きっとご利益あるわよねえ」と、またも自分を納得させるように誠にも聞いている。与り知らないご利益については答えず、誠が、

「この犬何て言う名前ですか？」と聞くと、

「これはねえ、ロマネちゃんていうのよ、コーギー犬で足が短いけど可愛い女の子でしょ。まだ四歳で小さいけど、賢くてすばしっこいのよ。」と教えてくれた。良く見ると、茶色を基調とした全体の毛並みに、首筋が真白にふさふさとしており、つぶらな黒い瞳に茶色い顔で耳の輪郭は黒く縁どられ、口元と四本足は短い毛が純白であり、このような配色は完全セーブル型というらしい。それまでずっと寡黙だった夫が、

「そろそろ、行こうか？」と促すので、

「それじゃ、誠君また来年会おうね」と言って、その榊夫妻は明日の本祭に出席できず、今日このまま鮎川経由で埼玉まで帰るのだという。

「は〜い、また来年ね〜、ロマネちゃんも〜」と手を振って誠が見送った。

　そこで皆と合流して、社務所に帰ったのは午後二時半頃であった。登山でくたくたになった水鳥長造と白鳥透は参籠室（宿泊室）に入るとお茶を一口飲んだ後、そのままゴロリとして居眠りを始めてしまった。

先ほどの祈祷受付所と休憩所との間に、お守りやおみくじを売っているコーナーがあったので、今野はちょっと覗きに行った。コーナーの手前まで来ると、誠が子供用携帯電話で誰かと電話をしていた。よく見ると泣いているようだ。あまり見ないようにしながら、それとなく聞いてみると、どうも引いたおみくじが、望み通りの大吉ではなかったのが悔しくて母親に泣きを入れているようだ。

「そんなこと言っても、やっぱり末吉は末吉だから、悔しいよぅ。もう一回引いても良い？　でももうお小遣いも無いんだよぅ」と電話口でヒクついている。

「おや、誠君どうしたの？　おみくじ、どうだった？」と見かねた今野が思わず声をかけると、サッと涙を拭いて誠は元気なふりをして、

「いや、今野のおじちゃん、何でもないよ」と、そのまま部屋に走って戻って行った。残された今野は自分も引いてみたくなり、コーナーに行っておみくじを一つ買った。おみくじコーナーには何処の神社にもあるお守りや木札のご神符が並べてあった。その中でおみくじは、小さな鹿の木造り人形が、細く丸めた御籤紙を横に咥えて数十匹が座って整列している中から一つ選ぶのである。以前行ったどこかの神社では、陶器製小鹿の胎内におみくじが仕込んであったが、ここ金華山で木製小鹿が口に咥えているのは、如何にも神様からご託宣を預って運んできてくれた実感がした。この木製小鹿の背中には白い点々があり、耳や口も白く彩色され、目玉や足爪、尻尾を小さく黒墨してあり見た目も可愛い。神様から運んできてくれたそのおみくじをそっと口から外して開けてみると、吉と書いてある。大学講師として今野の関心事である学業の個所は、実力を越えた分不相応の目標でなければうまくいくと、やや辛めに書いてある。また心の奥底にある交渉・取引の個所は、ここらで内容を固める時と

書いてあった。このおみくじを読んで唇をかみしめたあと、今野は同じ休憩所のお土産売場に行って、金華山お神酒と書いてある徳利を三個と神盃金華山と書いてあるお猪口三個を買い求めて、誠の後を追って宿泊室に戻った。

六　前夜祭

夕方三時半過ぎに館内放送があり、水鳥たちははっと居眠りから目覚めた。参籠者は各部屋から出て、緩やかな傾斜の廊下を静かに昇って行く。祈祷殿に至ると誘導に従って、間を詰めて四人掛けが左右七列に配置された白木白布の胡床《こしょう》に座って祭壇を静かに見守る。

全部で四〇名位が出席している。祭壇には高坏《たかつき》が前後二列に並び、遠目には御神酒や米、大鏡餅、塩、鯛、野菜、果物のようなものが供えられ、手前中央に榊が立っている。この祈禱殿は、明治三〇年（一八九七）二月に本殿が炎上した直後に仮神殿として造営され、本殿竣工後は専ら祈禱に用いられているが、それ自体大変立派な建物である。

午後四時になると、大太鼓がどーんどーんと鳴らされ、祈祷殿の窓ガラスがガタガタと振動した。笛の音に続いて、笙の音と共に神官数名が入場して正面祭壇の間に上り、宮司以下三名が首座である右側に座り、次いで残り三~四名が左側の副座に並んで正座した。「修祓《しゅばつ》の儀」と黒ぶち眼鏡をかけた丸い神官の宣言を受けて、神官の一人が大幣《おおぬさ》を左、右、左と振って、まず首座、副座の神官たちを清めた。次いでこちらを向いて、参列者全員を左右左とお祓いした。

やがて一同立ち上がり、宮司、神官に続いて祈祷殿を出て、木製の長い階段をギシギシ音をさせながらゆっくり昇って行き、数十段で拝殿に至る。宮司と主な神官はこの拝殿と向こうの本殿との庭間に着座し、雅楽隊は拝殿前方の廊下に正座した。参籠者四〇名ほどは、その後ろの拝殿の間に三〇人ほどが一杯に坐り、また両脇の畳に各五名ほどが膝を詰めて正座した。参籠者の最後部に座った水鳥たちが後ろを振り返ると、正面石段下方はるかに金華山瀬戸が望め、そこから初夏にしてはまだ冷たい海風が心地よく背中に向けてゆっくり吹き上がってくる。この拝殿は、明治一二年（一八七九）に完成し、間口一〇間、奥行六間、正面階段七段、総欅《けやき》製、千鳥母屋造の極めて重厚なもので、棟梁は名取郡岩沼の安達俊作、工事費三万円余であった。外正面には仙台の紳士商大石太吉が寄進した故有栖川宮熾仁《たるひと》親王（一八三五～一八九五）の御真筆「感應殿」の大額が掲げられた。拝殿内正面の高い所には、横一m縦二mほどの縦長の大額に金文字で黄金山神社と掲げてあり、大勲位彰仁《あきひと》親王書と脇書してある。彰仁親王（一八四六～一九〇三）は小松宮である。その直下には六角台座約八〇cm高の上に青銅製かあるいはめのう製の大灯籠が一対鎮座してあり、その頂上には鳳凰が額に赤玉を頂いている。本殿の門扉は既に開けられており、その奥の上方に本殿が垣間みえる。

前夜の参籠者だけが参加できる前夜祭が始まった。まず宮司が中央に進み出で、これに合わせて一同拝礼した。続いて黒漆塗りの大箱から神官が取り出した鍵を宮司が恭しく受け取り、これを持って宮司が階段左側を左足から数段昇って本殿域に入り、内庭からそのまま本殿に至る階段を同じように左側を左足から一〇段ほど昇って、本殿扉に辿り着いた。ここで一同低頭する中で、一人宮司だけが「お～お～お～」とゆっくり大きな唸り声を上げながら本殿扉を御開帳した。宮司の唸り声に背筋がゾクっとして、思わず水鳥が低頭したままちらっと横を見ると、低頭しているはずの参籠者のなかで、今野京一と、山頂で会った狐崎玲子と、酔っ払いのたしか高橋竜司、それから山岳カメラマンと云っていた小野寺匠、そしてもう一人着崩れた風体で怪しく日に焼けた無精ひげの青年が、じっと本殿扉の奥を盗み見ているのに気がついた。

御開帳したあと宮司がそのまま扉左側に座し、続いて神官が本殿扉前、本殿階段下、本殿内庭、庭間と四名縦列し、献饌《けんせん》が始まった。先ほど祈祷殿の祭壇に供えてあった高坏を、米やお神酒、大鏡餅、鯛、寒天と帯昆布、白菜盾、野菜、パイナップルとみかん、塩など八杯ほど次々に順番に本殿内に運び入れた。

ここで再び一同低頭して、宮司が祝詞《のりと》を奏上した。始まった宮司の祝詞は、白鳥や他の参拝者にとってはありふれた神への感謝と崇敬を込めた内容と感じたが、今野だけは宮司の声音に何処となく遠い異国の風を感じた。と見ると、隣に座っている水鳥は、低頭したままもう居眠りを始めている。やがて宮司の祝詞が終わり一同が姿勢を戻すと、いつの間にいたのか気が付かなかったが、左手から衣擦れの音と共に現れた巫女を見て、今野ははっと息を飲んだ。美しいっ。それも並大抵の美しさではない。すぐに小太鼓、笛、唄いに合わせて巫女の浦安の舞の奉納が始まった。

巫女はまず扇子を持ち、白地に緑色の榊刺繍を施した上衣装に朱袴で一人舞った。それにしても美しい。この美しさは決して神に仕える巫女の姿だからではなく、すらりと伸びた姿勢から発する清らかな空気、厳かな所作の中に秘められた底明るい調べの佇まい、うつむき加減の横顔に垣間見える凛々しい眼差し、そのどれもが今野には衝撃だった。歳格好はおよそ二二、三であろうか。輝くような何か侵しがたい美しさがある。

巫女は続いて鉾先鈴に持ち替えてさらに舞った。雅楽に合わせて四、五分舞う巫女の姿に今野の目は釘付けになった。色白中高のすっきりした瓜実顔の中央に大きな眼が正面を向いたり、伸ばした腕の先で鳴らす鉾先鈴を左右に見上げる眼が動く度にキラキラと妖しく光った。あたりがやや薄暗くなってきたためか良く見えないが、大きな両眼は暗色ではないように見えた。そう言えば本殿扉前に座っている初老の宮司も、自分ほどではないが上背があり、流石にお腹は多少出ているが、どこか高貴な静けさを湛えている。もしかしたら父娘だろうか？　今野は足の痺れも忘れて、様々な想像を巡らした。今日初めて見たはずなのに、いつか遠い昔に会ったことがあるような、何か不思議な懐かしさを覚えたのは何故だろうと今野は自問した。さっきまで宮司の祝詞では居眠りしていた水鳥も、奉納舞が始まると目を覚ましたのか、うっとりと見惚れていた。

ちなみに浦安の舞は、昭和天皇の御製である「天地の神にぞ祈る朝なぎの浦のごとくに波立たぬ世を」に、昭和一五年（一九四〇）の皇紀二六〇〇年を祝賀して、宮内庁楽長多忠朝《おおのただとも》が作曲ならびに振付をした神前神楽である。

近世の日本の村々には各地に巳待講《みまちこう》があった。巳待ちは巳の日の夜にお籠りをする、あるいは前日の辰の日の夜にお籠りをして巳の日を迎えることである。巳には元来陽気を盛んにして陰気を籠《こも》らせるという意味があるが、これも蛇が卵の殻を破って出てくる様を現している。この巳待ちは牡鹿半島では昔の鮎川浜や現在の金華山黄金山神社で年一回、五月の初巳に合わせて行われて来た。千葉県君津郡富津町（現在の富津市）では、毎月の辰の日の夜にお籠りをしている。また年一回でも、四国や島根隠岐地方では一二月の初巳に行い、宮城県津山町横山の水沢では二、六、一〇月の年三回行う所もあり、全国的には一定していない。しかし、いずれもお籠りをして巳の日を迎え、それまでの不幸不運を取り除き、新しい日々を迎えて再生発展することに意味があった。蛇を使者とする福神の弁財天を信仰することによって、禍根を除き福運を招来するという縁起を説き、金華山がそれを現実化させてくれるという修験者の説得は、人々が持っている根源的欲求に応え、人々の心を捉えて来たものであろう。盛んに出開帳もして広報に努めた修験者たちの努力が実って、北は北海道から南は関東の各地に金華山講が生まれて行った。つまりそれまでの村単位での巳待講が、もう少し広域的な金華山講として発展して行ったのである。現在でも金華山講は大小五〇〇に達すると云われ、出羽三山があり元々修験道が盛んな山形県を筆頭に、福島県、宮城県、岩手県、秋田県、北海道、千葉県の順位で金華山講が多い。第二次世界大戦が終わり戦後復興が始まりつつあった昭和二九年（一九五四）頃には、旧国鉄も金華山講を募集して、全国からの団体客を国鉄列車で石巻駅に集め、市内に一泊した後、翌朝中町船着場から五色のテープに見送られて、満載の客を乗せた直行便が金華山に向けて船出していった。

この金華山は弁財天で有名であるが、今この目の前で踊っているのが、まさにその弁財天女が天上から舞い降りて来たかのように、多くの参籠者には感じられた。紀元前一〇〇〇年頃のリグ・ヴェーダ時代のインドでは、インド大陸北西部のインダス川とサラスヴァティー川が神聖な川とされていた。サラスヴァティー川はインダス川の南を並行して走り、インダス文明の遺跡群の中央を流れていたと考えられている。しかし今日ではその流域はタール砂漠となってしまい、川としては消失してしまっている。弁才天は梵語でSarasvati（サラスヴァティー）、巴語（パーリ語）でSarassati（サラサーティ）を漢訳したものである。梵語とは、古代インド大陸でのサンスクリット語の起源が、全ての造物神ブラフマン（梵天）にあるからそう呼ばれるのであり、ヒンズー教の礼拝用語として用いられ、また大乗仏教の多くの仏典もサンスクリット語で記されている。巴語（パーリ語）とは、タイ語や南伝上座部仏教の典籍で用いられる言語で、古代中西部インドにおけるアーリア系言語プラークリットを代表する言語である。弁才天は、この聖なる川サラスヴァティーの化身とされている水の女神であることから、流れる水を豊かで美しいと感じた古代インダス文明の人々が、流れる水から音楽や福徳、学芸を連想し象徴するようになったものである。後年、中国は唐時代の長安三年（七〇三）に義浄によって漢訳され、早くも養老二年（七一八）には日本に伝わった金光明最勝王経の巻第八には、大弁才天女や大吉祥天女などが記されており、その中で弁才天女については美神や戦闘神であり、この最勝王経を奉持する行者を守護して利益すると説かれている。そのため日本では吉祥天などと習合したり、記紀に登場する宗像三女神の市杵島姫命《いちきしまひめのみこと》と見なされることが多く、また特に日本において財宝神としての側面に信仰が集まり、弁財天と書かれることも多い。

このように弁財天は、水や水辺の神として、川や湖、池、島、湾口などに祀られるようになった。また日本では中世以降に蛇神である宇賀神とも習合し、頭上に翁面蛇体の宇賀神を頂く様々な像も作られた。戦勝神の性格も持つことから、弁才天像は二臂（肘のこと、転じて腕とも）像や四臂像、八臂像などの姿が多い。その手には、知恵の本や数珠、ヴィーナ（琵琶、梵語でヴィーガ）、水瓶、弓や矢、刀、矛、斧、羂索《けんじゃく》（投げ縄）などの武器を持つことがあり、蛇神である宇賀神と習合したのが竹生島の八臂の弁天坐像や、江島神社の八臂の木造弁財天坐像である。金華山では弁財天と記しており、同神社に奉納されている大きな絵には、弁財天が波の上で穏やかに座って二臂で琵琶を持ち、その左下に宝玉を入れていると思われる黄金の壺と、それを二重にとぐろを巻いて守っている白蛇と、その右後方には直剣を捧げ持つ黒い従者が描かれている。

古来より、金華山の銭洗い弁天で紙幣を洗うと二倍になって返ってくると言われており、殆どの参拝者は期待と確信を込めてここで紙幣を洗っている。また鎌倉市の銭洗弁財天宇賀福神社では、境内奥の洞窟内の湧き水で銭を洗うと数倍になって返ってくると言われている。明治になって神仏分離令によって、日本五大弁財天社も主祭神を様々に変更せざるを得なくなった。奈良県の天河大弁財天社では弁財天を市杵島姫命に変更し、琵琶湖の竹生島宝厳寺では弁財天堂とは別に新しく市杵島姫命を祀り、安芸宮島の厳島神社では弁才天像を大願寺に移し、神奈川県江島神社では弁才天を摂社とし、代わりに主祭神を宗像三女神と改めた。金華山黄金山神社では主祭神を金山毘古神・金山毘売神に復古し、金華山頂上の奥の院（大海祇神社）に大綿津見神と共に市杵島姫神（仏号・弁財天）として祀った。

なお弁財天の真言は以下のようになっている。

おんそらそばていそわか

真言冒頭のオンは梵語aumの音写で、禅宗ではエンと発音するが、いずれも帰命の敬意を表す神聖慣用接頭句であり、真言末尾のソワカは梵語svhの音写で、成就あれの意となる慣用接尾句である。その間に挟まれたソラソバテイが弁才天を表す梵語Sarasvatiであることは言うまでもない。

吉祥天は梵語Sri-mahadeviシュリー・マハーデヴィーの漢訳で、元々ヒンズー教のラクシュミー(Laksmi)が、帝釈天や大自在天などと共に早くから仏教に取り入れられたものである。美や富、豊穣、幸運、繁栄、幸運などを司るため、後になり弁才天と習合することが多くなった。奈良県天河の上空で吉祥天女の舞を目撃した天武天皇が、役行者《えんのぎょうじゃ》に相談して伊勢神宮内宮に祀られていた天照大神の荒魂《あらみたま》（瀬織津姫《せおりつひめ》）を天河大弁財天社に日輪弁財天として祀った。このとき吉祥天女が振袖を五回振ったのは、現在でも五節の舞として宮中での慶事で披露されている。なおこの瀬織津姫は記紀には登場していない神道の大祓詞に登場する神であり、水神、滝神、川神として水に関係している。

一方、やや時代が下ってガンジス川流域にインド文明の主流が移った頃に、ガンジス川に棲む鰐《わに》（サメ）を神格化した水神としてクンピーラ（梵語Kumbhira）が創造され、ガンジス名の由来ともなった女神ガンガーのヴァーハナ（乗り物）でもあることから、特に舟乗りから信仰された。日本では漢訳音として金毘羅あるいは金比羅と記述されており、蛇形を採りつつ古くから海上交通の守り神である金毘羅権現として信仰されてきた。同様なご利益が期待される弁財天と吉祥天は日本では容易に習合したが、同じような水神であっても弁財天はインダス川そのものの女神であり、金毘羅はガンジス川に棲む鰐であることから、当然ながら日本において同じ境内に摂社祀りすることはあっても、容易に習合することは無かった。

巫女の浦安の舞が終わると、宮司が本殿内庭に降りて来るのに合わせて、神官五人が本殿内庭に昇殿合流し、神官計六人が本殿内庭で拝礼した。続いて宮司のみ再び本殿扉脇に戻り、参列者の中から代表五名が名前を呼ばれて、玉串を献奉しに拝殿から庭間を経て、本殿内庭に昇殿した。代表者五名に合わせて参列者全員で二拝二拍手一拝したところで、黒ぶち眼鏡の丸神官から撤饌《てっせん》の宣言があった。副宮司が本殿内に入り、先の塩、果物、野菜と逆順に下膳し、「ご本殿の御簾が閉ざされます」との発声とともに一同低頭しつつ、「お～お～お～」と再び宮司が三回唸りつつ閉扉した。そのまま宮司が庭間に降りてきて、鍵を保管神官に渡し、それが大きな保管重箱に戻され、宮司拝礼で終了した。

「それでは皆様、前夜祭はこれで終了ですから、参集殿にお戻り下さい。お風呂はもう入れますので、夕食前でも夕食後でも、夜九時までには明日の大祭に備えてお身体のお浄めをお願いします。夕食は六時からですので、大広間にお集まり下さい」と丸神官からの案内が終わると、参籠客は皆ぞろぞろと緩やかな廊下を下って、宿泊部屋に戻って行った。気がつくと、先ほどの美しい巫女はいつの間にか姿を消していた。

七　潔斎（入浴）

「お風呂に入って来ましょう」と誰ともなく誘って、水鳥・今野・白鳥祖父孫の四人で階下三階に降りると、ロビーには湘南山ガールの女性たち数人が既に潔斎して来たようで、ソファーに座って涼んでいた。

「良いお風呂だったわ～、やっぱり金華山《きんかさん》は良いわね～。わたし以前に岐阜の金華山《きんかざん》にも行ったことあるけど、あそこもホントに良かったわ。あそこの金華山に登ったときにね、中腹まではロープウェイがあったけど、山ガールのプライドがあるのでそれは使わずに、徒歩で山頂まで登ったのよ。そしたら日頃山歩きが慣れている私でも、かなりきつい坂道だったわ。でもね、山頂に辿り着いて岐阜城に立ってみたら、その眺望はホントに素晴らしくて、琵琶湖の向こう遥か彼方に比叡山も見えたのよ。やっぱり織田信長って凄いわ～って思ったわ。そうそう信長って言えば、下山する前に展望レストランに寄ってみたら、金華山名物『信長どて丼』っていうのがあったから早速食べてみたのよ。あれは美味しかったわ～！　岐阜味噌でじっくり煮込んだ豚ホルモンと牛すじがアツアツご飯に載って出てくるのよ。これに刻みネギを掛けて、マスタードを絡めて食べたら、柔らかいし美味しいしで、モ～最高だったわ。何でも平成二四年（二〇一二）岐阜市ご当地B級グルメコンテストでグランプリも取ったそうよ、そりゃあの味だもん、当然だと思うわ」

「ここはキンカサンだけど、岐阜はキンカザンって呼ぶのよね〜？　読みは違うけど、漢字が同じだから関係あるのかしらね〜？」

しかしここは皆お互い顔を見合わせて首をかしげた。

岐阜市の金華山《きんかざん》は標高三二九ｍで、古く稲葉山（因幡山）と呼ばれていた。それは山麓にある伊奈波神社《いなばじんじゃ》に由来する。倭王権時代の第一一代垂仁天皇（三世紀後半〜四世紀前半）の皇子で、第一二代景行天皇の同母兄である五十瓊敷入彦命《いにしきいりひこのみこと》が、朝廷の命令により陸奥国を平定しに出掛けた。しかし同行した陸奥守豊益にその成功を妬まれ、謀反の心ありと讒奏《ざんそう》された。そのため帰路に朝敵として攻められて、この伊奈波神社の地で討たれたという（伊奈波神社の主祭神）。伊奈波神社は、五十瓊敷入彦命の外祖父である彦多都彦命《ひこたつひこのみこと》が因幡国造であったことにより稲葉神社とも呼ばれる（稲葉郡志）。この五十瓊敷入彦命が陸奥国より金石を持ち帰ろうとした時に、似た石が八個並んでいるのを見てどれが本物かと迷った。しかし亡き母の日葉酢媛命《ひばすひめのみこと》（伊奈波神社の配祭神）から、真の金石は鏡を破るというお告げの助けがあったので、遂に本物の一石を見分けることができ、それを持ち帰って厚見郡《あつみぐん》椿原《つばきはら》（現在のJR岐阜駅南）に置いた。ところが翌朝起きてみると、その石が一夜にして三六丈（三六〇尺、約一二九ｍ）の山となったため、破鏡山あるいは一石山あるいはまた金華山と呼ばれるようになったという（因幡社本縁起）。また一説に、平安時代初期の第五四代仁明天皇《にんみょうてんのう》（西暦八一〇〜八五〇年、嵯峨天皇の後継）の頃、在原行平《ありはらのゆきひら》が陸奥国から金花石を運んで来て、この地の秀麗な山に残して上洛してしまったために、この山を金華山と呼ぶようになったという。そしてこの石は金《こがね》大明神（現在の金神社《こがね》）と号した（美濃国諸国記）。さらに別説では、むかし方県郡雄総村《かたがたぐんおぶさむら》に一人の放蕩息子がおり、勘当されて家を飛び出した。この少年は諸国を放浪して、やがて陸奥国に辿り着き、当時すでに霊山として名高かった金華山に渡って、そこにしばらく参籠した。暫くして改心したのか里心が付き、参籠記念に金華山の石を持ち帰ろうとしたところ、「金華霊山からは砂一粒も持ち帰ってはならぬ」と巫女のお告げがあった。しかしこれを無視して、石を持ち帰ってしまった。美濃国に帰って親にその石を見せたところ、親は「お前は何も改心していない」と激怒し、少年が持ち帰った金華山の石を長良川の対岸に投げつけた。翌朝になってみると、驚いたことにその石が落ちた場所で一夜にして大きな岩山となっていた。これに恐れをなした少年は、これ以後本当に改心して暮らすことになった。そのためこの山ははじめ一石山と呼ばれ、後になって金華山と呼ばれるようになったという（稲葉郡志）。ちなみに一石山は今日でも岐阜土産の丸い羊羹として知られている。

古くこの美濃国稲葉郡加納地区にある山が稲葉山、その入り口が井ノ口と呼ばれていた。岐阜城は美濃国井ノ口の稲葉山頂にあり、鎌倉幕府の政所令二階堂行政《まんどころれいにかいどうゆきまさ》がここに砦を構えたのが築城のはじめである。戦国時代になって斎藤道三が整備して、のち奪取した織田信長がこの地を井口から岐阜と改名し、楽市楽座を開いた。金華山という名前はこの山に多いどんぐり（ツブラジイ、小椎）の白黄花が、初夏に一斉に開花する様が金色に輝くように見えるからだという説もある。しかし岐阜城が使われていた時代は、古図などによれば針葉樹の松林だったようで、その後徐々に椎木《しいのき》を中心とした広葉樹にとって代わっていったので、金華名の由来がどんぐりの花の色という説は採りがたい。現在は山全体が、ツブラジイやアラカシを主とした照葉樹で覆われており、照葉樹林の最終的な姿である極相林《きょくそうりん》となっている。

東大寺縁起絵巻によれば、奈良時代の聖武天皇が大仏建立に際して優れた仏師を全国に探策させたところ、美濃国に派遣された使者が芥見《あくたみ》（岐阜城のやや上流で長良川の同岸地区）の願成寺《がんじょうじ》で、「明日最初に出会う者が探している人物である」とお告げがあった。翌朝使者が長良川河畔を下流に向かって少し歩いて行くと、対岸の雄総《おぶさ》という場所（岐阜城の対岸）で川水で牛を洗っている日野金丸《ひののきんまろ》という童子に出会った。まさかと思ってお告げに従って粘土で仏像を作らせてみると、あまりに良い出来栄えだったので、確かにこの童子こそ探していた仏師になると奈良都に連れ帰った。奈良都で期待に応えて見事な仏師に成長した日野金丸は、大仏開眼供養の際にご褒美として聖武天皇から金色の鉢を下賜された。この金色の鉢は金銅獅子唐草文鉢《こんどうししからくさもんはち》という名のお供物を入れる器であり、今日では岐阜市で唯一の国宝に指定されている。

日野金丸は、天平勝宝四年（七五二）に行われた開眼供養を見届けたのち、二〇歳代半ばと推定される同年に美濃国に帰り、雄総の地に護国寺（現在の護国之寺《ごこくしじ》）を建て、その寺の本尊である千手観音になったと伝わっている。日野金丸については、キンマロという音韻の共通性もあって、続日本紀にある国中連公麻呂《くになかのむらじきみまろ》に比定されることがある。国中連公麻呂は百済系渡来人三世として、大仏師でもあり、東大寺大仏造立事業の統括責任者として、無事に大仏の鋳造を完成させ、宝亀五年（七七四）に四七歳で亡くなった。

今日では硬い堆積岩であるチャート質の美濃国金華山と、火成岩である花崗岩質の陸奥国金華山が同じ地質でないことは明白である。それにも関わらず美濃国金華山が陸奥国金華山から持ち帰った石で出来たという点で共通している右の三つの命名説は、いずれも陸奥国金華山の美名を美濃国の秀麗な山が共有したということを示唆している。往古畿内から東山道を下った果てに陸奥国金華山があり、その美しい姿を見て来た帰路に必ず通るこの東山道要衝の地で、同じように秀麗な山容を見上げた旅人が数多く居たであろう。また日野金丸が下賜されて持ち帰った国宝金銅獅子唐草文鉢は、銅を打出し、獅子を四方に配して、唐草文様や連珠紋、魚々子地《ななこじ》（鏨《たがね》を連続して打ち、魚の卵のような細かい粟粒状に仕上げる技法）等を彫金で精緻に埋め尽くしたものに鍍金《めっき》したもので、東大寺大仏開眼供養を記念した特別のお供物入れである。施された鍍金《めっき》の金も陸奥国産であろう。これらの事実は、同じ金華山名の理由として、大仏建立に際して陸奥国は黄金を供給し、美濃国は仏師や人夫を供給したことで、奈良都における地方出身者同士の人的交流があったことを窺わせる。また度重なる陸奥国からの黄金輸送を担った人夫たちは、重い荷駄を運んで来た長い道のりの終着間近であり畿内への入口ともなる美濃国に漸く辿り着いて、出発地の山と似た秀麗な山容を見上げて故郷を思い出したかもしれない。

　水鳥や今野ら四人が三階奥の潔斎場（大浴場）に行くと、既に先客が二人入っていた。無精ひげに浅黒い痩せた長身は、フェリーや登山では見かけなかった男だが、先ほど拝殿にいたのと同じ男であろう。もう一人はあの酔っ払いの高橋竜司で、境内に至る坂道で学生たちに絡まれていた筋骨逞しい黒眼の男である。広い湯船の中を近くに寄って、二人は何かひそひそ話をしていたようだったが、皆が入ってくると急に離れて口をつぐんだように黙りこんだ。痩せた長身の方は、そのままザーっと立ち上がって浴室から出て行った。何となく暗い目つきが今野には気になった。

それはともかく広々とした湯船に浸かると、今日一日の様々な景色が思い出される。水鳥にとって、これで今日お風呂に入るのは二回目である。否、足湯を加えて三回目である。

「いやぁ、女川駅中にある湯ぽっぽも良い風呂でしたよぅ。足島のウミネコは凄かったですねぇ。それにしてもさっきの巫女さんは美人でしたねぇ」などと今日を振り返る。

「あれっ、水鳥さん、そこだけはしっかり起きてたんですね」などと今野も軽口を返す。

「あっ、おじいちゃん、鹿だ！」と、湯船で泳ぎながら窓の外を見ていた誠が指さす。

「そうかぁ」と珍しくもなさそうに白鳥は答えたが、今野は直ぐに立ち上がり、腰の辺りまでの湯船の中をザブザブと歩いて窓のところまで行った。

「見て下さい、水鳥さん、鹿ですよ。あれっ、何か食べてる。あっ、猿もいますよ、二、三匹います」と嬉しい発見に今野がはしゃぐ。それに応えて、水鳥は座って首まで湯船に浸ったまま、ゆるゆると窓のところまでいざって来て、思わず、

「ホントだ。あれっ、片方だけ角のある鹿が頭を下げて、もう一匹を威嚇してますよ。恋の季節なんでしょうかねぇ、凄いねぇ」と新発見を報告する。

「恋と言えば、今日フェリーで通ったあの江島《えのしま》の隣の小江島《こえのしま》は、『恋の島』って言われて悲しい恋物語が伝ってるんですよ」と地元の白鳥が話しかけると、今野が、

「へえ、それはどんなお話ですか？」と若者らしく興味を示した。

「いや、それがありがちな話なんですけど、昔若い美男の僧が、太平洋の荒波打ち寄せる孤島で坐禅

断食修行をしたいと思って、江島に渡って来たんだそうです。地元の人に聞いて伊勢崎や南小島で坐禅を始めてみたのですが、島の人々が物珍しがって入れ替り立ち替わり様子を見に来るので、さっぱり坐禅に集中出来なかったそうです。それを見かねたある漁師が、それならと小舟で送ってくれたのがあの小江島なんですよ」

「はぁ、それが何で恋の島に？」

「そこなんですよ、今野さん。その漁師はこの小江島の小屋まで、三日に一度安否を心配しながら、一八になる一人娘と水を届けに通ったんだそうです。坐禅断食のために、あれほど美しかった若僧が次第に痩せて衰弱していく姿を、心配しながら見守っていた漁師と娘は、予定の二一日間の坐禅断食修行が無事に終わってから、江島本島に連れ帰り、自分の家で衰弱した若僧を手厚く介抱してあげたんだそうです」

「あらら、無事にお勤めが完了して良かったですねえ」

「ところが、次第に体力が回復して来ると、若僧は父娘に厚くお礼を申して早々に立ち去ってしまいました。修行中の若僧の方に恋心などはありませんでしたが、年頃の娘にとっては日頃見ている島の若漁師達と異なり、美貌で知的で崇高な若僧への心配と献身が愛情に変わるのは早かったのでしょう。若僧が立ち去ったあと、娘の心には思慕の情が日に日に募りました。せめてもの慰めにと、娘は若僧が修行した小江島に三日ごとに渡り、その小屋で一日中泣き暮らして来るのでした。可哀想にそうして半年もすると、娘は次第に痩せ衰えて死んでしまったそうです。それ以来島の人たちは、この島を恋の島と言うようになったらしいです」

「なる程そうなんですか、それは悲しいお話ですね」と今野が同感した。

「島ついでに話は変わりますが、水鳥さん。さっき山でお話の出た倉敷市の阿智神社ですが、この神社のある鶴形山《つるがたやま》は、古代は瀬戸内海に浮かび内亀島と呼ばれる小島で、そのあたりは吉備の穴海《あなうみ》と呼ばれる内海が広がって小さな島々が点在していたんですよ。西を流れる大河高梁川《たかはしがわ》の堆積作用によって、次第にこの内海は平安時代始め頃から干潟になり、阿知潟《あちがた》と呼ばれるようになったようですね。その後、安土桃山時代の宇喜多秀家による干拓と新田開発が始まり、江戸時代も引き続き干拓が進み、次第に現在のような平地が形成されていったそうですね。この阿智神社には、磐境《いわさか》、磐座《いわくら》と呼ばれる日本固有の古代祭祀遺跡である多くの石組が残っていて、中でも本殿西側にある鶴亀の磐境《いわさか》は、日本固有の信仰と大陸文化を融合させた神仙蓬莱様式となっているんですよ。つまり大陸から渡って来た阿知一族の一部があの地に帰化するに当たって、日本固有の信仰を尊重しつつ、また彼ら祖国の陰陽思想も取り入れて、両者の調和を図ったものと考えられているんですね」と、白鳥が専門の日本古代史の知識を披露した。

「確かに故郷を失って、遠い異国に来た人たちは、その地に帰化するのにいろいろ工夫混合して大変だったでしょうねぇ」と、長風呂でのぼせて来た水鳥が呑気な相槌を打った。と、急に思い出したように、

「そういえばあの時、阿智神社から少し降りて来た鶴形山麓に観龍寺という大きな真言宗寺院があって、阿智神社との関係も深いらしく、備中国西国第二十九番札所として、御詠歌に、
罪《つみ》も咎《か》も消えよと祈る観龍寺　遠き国より参る身なれば

とあったのは、やっぱり後漢末に故郷から朝鮮半島を経由して、遠く逃れて来ざるを得なかった古代の人々の悲しみを表しているんでしょうかねぇ」と、ほぼ水没しそうな状態で水鳥が誰にともなく呟いた。

「たしか江戸時代には神仏習合により妙見宮と称したけど、明治二年（一八六九）の神仏分離令によって、現在の阿智神社の名称になったと書いてあったなぁ」と云ったきりもう水没して、顔上半分だけお湯の上に出ている。そこを今野が引き取るように、

「この金華山の御祭神である弁財天は、その阿智神社のご祭神である宗像三女神のうちの辺津宮の市杵島姫神《いちきしまひめかみ》と神仏習合して交通や交易の安全を司るだけでなく、財宝や美、芸能の神として信仰を集めているんですよね。江戸時代に妙見宮と称したのは、大陸の陰陽思想に基づく北斗七星信仰なので、大陸文化と繋がりが深い阿智神社では、当然の事でもあったでしょうねぇ。阿智神社の毎年一〇月の例大祭では、御神輿の御神幸行列だけでなく、海上交通神らしく倉敷美観地区での三女神の川舟巡幸や三女神の舞が奉納され、賑わっているらしいですね。また毎年五月初旬は藤まつりが開かれ、人々の目を楽しませてくれるようです。ここの藤は樹齢五〇〇年もあって、曙藤《あけぼのふじ》という品種の中では日本一の大きさで、阿知の藤として見事な花を咲かせるそうですよ」

「ホント、そうでした。また見に行きたいなあ、そのうちにご一緒しましょうよ」と白鳥が皆を誘ったところで、

「おじいちゃん、晩御飯にはねぇ、クジラが出るらしいよ、さっき料理のオバさんから聞いたんだ」と誠がはしゃぐ。

「そうか、それは嬉しいねぇ。このあたりの金華山沖はクジラが捕れるんで有名だもんねぇ」と祖父白鳥透も頷く。

「今晩はクジラですか、それは嬉しいなぁ。酒飲みにはたまらないねぇ。東京あたりじゃ食べられないもんねぇ」と水鳥が浮上してきて歓喜した。

「そりゃ、東京湾には居るわけないですもんね」と今野も相槌を打った。ところが、今まで遠くで押し黙って聞くともなく聞いていたあの酒飲みが、赤い顔をしてぶっきら棒に反論して来た。

「いや、東京湾にクジラなんてまさかと思うだろうけどよ、実は過去に一度だけ現れたことがあるんだぜ。俺は今でも時々クジラ漁をしてるから知ってるけどよ。今のＪＲ品川駅から東海道線に沿って、十分ほど散歩がてら八つ山通りを南へぶらぶら歩いていってみなよ。そこに旧品川宿の小さな船溜まりがあって、ここは今でも屋形船や江戸湾内への釣船の出発地になっていて、俺もちょいちょい朝釣りに利用するんだけど、そのすぐ先に小さな公園があってな、そこにクジラの実物大の頭部が地面からにょっきり現れているんだぜ、ヒクッ。この黒い巨石で出来たクジラは生きいきとした肌感で作られていて、まるで海面から今まさにクジラが巨体を現したかのような迫力があるんだよなぁ。俺も初めて見た時にゃ、ビックリさぁ。目もまるで生きているようで、俺は朝釣りに行くたびに、この公園に寄ってこの巨体頭部をペタペタ触って叩いて、存在感を確かめて豊漁祈願をしてから釣りに出るんだよ。本当に本物そっくりなんだよ。日本の公園でクジラの巨体が地面から現れるなんて、恐らく此処だけじゃねえか。この公園には幼児向けの小さく可愛いクジラの乗り物も二体あって、近所の子供が上に跨ってゆらゆら揺すって遊んでいるんだよ」

「オジちゃん、僕そのクジラに乗ってみたい」と誠。

「へ〜、それは初めて聞きました、品川ですね？」と今野がびっくりした。

「ほんとに今まで聞いたことが無かったなぁ」と東京仲間の水鳥が続ける。その高橋竜司と名乗る酒飲みは調子づいたのか、話を続けた。

「そうよ、公園の奥には利田《かがた》神社という小さな神社があって、あんたらがさっき言っていた弁財天をお祀りしてあるんだよな。この境内に東京で唯一の珍しいクジラ塚があるんだぜ。この利田神社は、元々は旧目黒川の河口に突き出ていた砂州に、江戸時代初期の沢庵《たくあん》和尚ってのが弁財天を祀ったことが始まりで、当時は洲崎弁天と呼ばれていたとよ。当時の品川辺りは江戸湾に直接面していて風景が美しいので、この洲崎弁天は江戸名所図会や歌川広重の浮世絵にも描かれているらしいよ、ヒクッ。この公園は昭和六二年（一九八七）に品川区から、区制施行四〇周年記念として制定された『しながわ百景』にも指定されたって書いてあるよ。また利田神社は河口に東京湾を望んだ時代の名残を残して、ミツウロコを四段の波が囲むという珍しいご神紋で、今でも福寿弁財天社として氏子や地域住民に親しまれているよ。品川は江戸湾に面していて、室町時代の昔から港として開けたところで、江戸時代には大消費地の江戸に近いので、漁業や海苔作りが盛んになったんだって。またこの品川浦は江戸市中からの手軽な行楽地でもあって、四季折々に鱚《きす》やハゼ釣り、舟遊び、潮干狩りの人々で賑わったんだよな。埋め立てが進んだ現在は海はかなり遠くなったけど、それでもこの利田神社辺りまでは今でも江戸湾が引き込まれ残っているんだよ、ヒクッ」と時折酒しゃっくりしながら、赤い顔がのぼせて益々赤くなってきた。

「オジちゃん、それで東京にはいつクジラが出たの？」と誠が泳ぎながら高橋竜司に近づいて聞いてきた。次第に得意になって来た高橋は、自慢気に誠に向かって話を続けた。
「それはな、ボクが生まれる二〇〇年以上前のな、江戸時代末期の寛政一〇年（一七九八）の五月一日に、折からの暴風雨に揉まれながら、大クジラが江戸湾内品川近くに這入り込んで来たんだよ。これを見つけた漁師たちが、船を出して遠巻きに囲みながら洲崎弁天に近い天王洲あたりに追い込んで、浅瀬に乗り上げて動けなくなった所を捕獲したんだとよ。測ってみると体長は何と九間一尺（約一六・五m）、高さも六尺八寸（約二m）もあった大物クジラだったらしい。この大事件はたちまち江戸中で大評判となって、この辺りは物見高い江戸町民や、瓦版を見て集まってきた見物客で大賑わいとなったらしいで。噂は遂に時の第一一代将軍徳川家斉《いえなり》にも達し、見てみたいという将軍様の要望に応えて、五月三〇日になり品川浦の漁師たちは、この大クジラの巨体を芝の浜御殿（現在の浜離宮恩賜公園）の沖まで船で引っ張っていき上覧させたんだとよ。この時感激した家斉将軍は、
うちよする浪は御浜のお庭ぞと　くじらは潮をふくはうち海
と詠んだんだってサ。このクジラは解体された後、骨が洲崎弁天の境内に埋められ、その上に三角形のクジラ塚が建てられて今でもそこにあるよ」
これを聞いた今野が急に思い出して、
「そう言えば先日、そのJR品川駅を通ったら、JR東日本品川駅オリジナルキャラクターしなくじら誕生！　ってポスターが貼ってありましたよ。何でも誕生日が五月七日で、品川駅自由通路レインボーロードをモチーフとして、虹の七色のお腹がチャームポイントだって。好奇心旺盛で素直な性格

で、何でもかんでも語尾に～シナ、と付けるのが癖なんだとかで、よろしくシナ、みんなに会えるのが楽しみシナってポスターに書いてありましたよ。令和四年（二〇二二）は日本での鉄道開通一五〇年記念の年だそうで、品川駅の仮開業の明治五年（一八七二）六月一二日は、当時まだ併用されていた旧暦では五月七日だったからなんですって。僕は品川駅のキャラクターが何でクジラなのかってその時は思ったんですが、このクジラに因《ちな》んで付けたんですね、なるほどなぁ」

「でも今野のオジちゃん、それならそのしなクジラの誕生日は、江戸湾に現れた五月一日にすればよかったのにねぇ」と誠が口を挟む。

「確かにそうだね、誠君。因みに鉄道の新橋・横浜間が開通したのは同じ年の九月一二日（新暦一〇月一四日）だったので、今の鉄道記念日はこの日になってるね。何でも本当は、重陽の節句でしかも大安でもある九月九日にする予定だったけど、折悪しく当日は豪雨となってしまったので、仕方なく三日後の友引の一二日になったんだって。祝賀列車には明治天皇はじめ、金華山ご拝殿外正面に『感應殿』の大額を書いた有栖川熾仁《たるひと》親王や、参議の西郷隆盛、大隈重信、板垣退助、司法卿の江頭新平、海軍大輔の勝安房《あわ》（海舟）、陸軍大輔の山形有朋など錚々たる明治政府の要人が乗り込んだそうですよ」と今野。

「そんな日付やオエライサンのことはどうでも良いさ。俺は品川駅に行くと必ず一番線ホームの常盤軒に寄って立食いそばを食べるのさ。ここは創業大正一二年（一九二三）だから今から一〇〇年も前だけど、はじめは高輪で作ったサンドイッチなどを販売していたらしいで。そりゃ当初、駅構内での営業許可は難しかったらしいが、この創業者小松重春の先祖が小松帯刀《たてわき》といって、幕末の薩摩藩家老として西郷隆盛や大久保利通と共に活躍し鉄道建設にも貢献したということで、特別に認められたんだとよ。それが昭和三九年（一九六四）から、乗客に温かい食べ物を食べさせたいということで、今のような駅そばの営業も始めたというから、駅そばだけでも既に六〇年近く営業してるんだよな。他にはないイカ下足《げそ》の入ったあそこのかき揚げは旨くてなぁ、それを載せたかき揚げそばや品川丼は俺の大好物なのさ。そうだそれより、さっきの品川にあるクジラ塚には、当時の俳人谷素外の、

江戸に鳴る　茗荷《みょうが》やたかし　なつ鯨

と刻まれているんだよ。現在はこの初代クジラ塚の隣に新しい二代目クジラ塚が建って、その前には小さな池の金朱の鯉を江戸湾のクジラに見立てて泳いでいるよ。俺は今でもクジラを時々捕ってるから、クジラのことは詳しいんだよ。この金華山沖は昔マッコウ城といって、抹香鯨がわんさか居たんだよなぁ、ヒクッ。このクジラ騒ぎは、享保の象、寛政の鯨、文政の駱駝として、江戸を驚かせた三大動物の一つになっているんだよ、ヒクッ」

「へ～、面白いなぁ。それじゃオジさん、今度はその象とラクダのお話してね」と誠がおねだりしたのを機会に、

「さぁ、上がりましょうか」と皆で湯船から上がった。

皆が脱衣所に行くと、そこで何をしていたのかあの怪しいヒゲ面の長身男が、逃げるように出て行くのを今野は見逃さなかった。

八　直会（夕食）

長風呂から上がって、何だかお腹が空いて来たら、ちょうど夕食の六時になったので、水鳥、今野、白鳥祖父孫の四人は一緒に二階大広間に降りて行った。ここは既に気の早い参籠客が多数集まっていて、テーブルに並んだ夕食やビール瓶、小徳利を前にして思い思いの座布団に座って、がやがやと賑やかに話が弾んでいた。

「あれ、これは立派な額ですね。土井晩翠って書いてますよ、白鳥さん」と、目ざとい今野が大広間の入口に近い壁に設置してある大きな額を指さして聞いてみた。すると我が意を得たりとばかりに白鳥が解説を始めた。

「あぁ、これは確かに土井晩翠ですね。仙台の旧制二高の教授だった土井晩翠は、大正三年（一九一四）一一月一日（四〇歳）に、同僚の中島、林両教授や科学部の生徒二〇数名と共に金華山登山をしたんですよ。その時あまりに雄大な太平洋の眺望に感激して、七節一四二行の長詩『金華山』を詠んだんですね。これはその時の冒頭五行を直筆で書いたものを、額縁に納めたものでしょう。大変貴重なものですねぇ」

さすが白鳥は、現在勤めている大学の前身教授のことはよく知っているようだ。達筆すぎて水鳥には難しいが、額縁にはこう書いてあるように読める。

ああ金華山　千載の
　昔に聞きし　黄金は
今その胸に　空しとも
　霊境永く　霊ありて
無声の教え　登臨の
　子にとこしえに　施すか
感謝捧げよ　名山の
　鎮むるところ　東海の
この邦永く　愛すべく
　この民ながく　頼むべし

「さすがに格調高いですねぇ。そういえば今朝は通り過ぎてしまいましたが、フェリーから降りて登って来た鹿山公園に、この詩を刻んだ青銅版が嵌め込まれた白い大きな晩翠詩碑が昭和二八年（一九五三）に建てられたんですよ。もっとも、この話をとても喜んだ晩翠自身は、完成を見ることなく前年一〇月に仙台市の草堂（晩翠草堂）で八一歳で亡くなったんですけどね」

白鳥の解説が終わったところで、四人は低いテーブルを挟んで、向かい合って座布団に座った。

御供えする神様と一緒に頂くということで、お寺の精進料理とは異なり、テーブル上には生ものであるマグロと生エビ、サーモンの刺身盛りに加えて、大きい焼エビ、オクラの小鉢、ひじきの小鉢、ホヤと薄切りキュウリの酢の物、ホタテのクリーム焼、クジラの刺身にご飯・味噌汁と豪華な品々が並んでいる。

隣のテーブルには、五大弁天様お詣りツアーで大阪から来たという元気の良い五人の中年女性達が既に陣取っていて、

「ホント、頂上は素晴らしかったわねぇ」

「そうそう、最高だったわね」

「これで私たちの日本五大弁天様お詣りツアーも無事に完了ね」

「私たち五人がそのまま弁天様みたいよね〜、オホホ」などと盛り上がっている。

「ねえねえ、どうかしら。これでお詣り完了だから、最後の記念に明日朝は、あの大函崎《おおはこざき》っていう弁財天女がお出ましになった岬に、日の出を拝みにいかない？」と、リーダー格の蛇好美香《じゃこうみか》が提案すると、

「あら蛇好《じゃこう》さん、ほんなら明日は朝暗いうちにここを出なきゃならないから、何だか怖いわよ」と早起きが苦手なようで、天童きよみが難色を示した。すると今度は隣りに座っている吉村待子《まちこ》が、

「あら、天童さん大丈夫よ、夜道でも今日一度行ったから道は良く分かってるし、頂上まで一時間、そこから下り一時間として、日の出時間の朝四時半に大函崎に着くには、今晩早く寝て、明日朝ここを二時過ぎに出れば間に合うわよ、ねぇ、渡辺さん？」と賛成票を投じた。

「そうね、マコちゃん。確かに私たちのツアー最後を飾る素晴らしい企画ね。今晩は三日月ぐらいだけど、晴れて星明かりもあるし、明日朝は快晴らしいから、絶対記念になる素晴らしい弁財天女様を拝めるわ」と渡辺桃子からも西川典子からも大賛成が返ってきた。

「ほんなら、あとは天童さんだけや、どないする？」と、マコちゃんと呼ばれた吉村待子《まちこ》が詰め寄ると、半分諦め顔に、

「ホンマにミカちゃん・マコちゃんには叶わんなぁ。よっしゃ、分かった、皆で行こか」と笑顔に変わって賛同した。

「ほな、決まりや。私あとで厨房にお願いして、朝日の弁天様をお迎えしながら食べるおにぎりをお願いしとくわ」と蛇好美香《じゃこうみか》が皆の意見をまとめた。

「ホンマに楽しみになって来たなぁ」と待子が期待感を盛り上げて続けた。

「ウチの御本家は石川県のかほく市あたりにあるんやけど、何でも日本で初めて黄金が出た涌谷町黄金迫から直ぐの宮城県登米市米山町にも同じ名前の人が多いというから、やっぱり蛇好《じゃこう》家は弁財天様やないけど、何か黄金とご縁が深いんかもなぁ」と蛇好美香。

「ホント私たち、良くお詣りしてきたわよねぇ。自分の名前が弁天様のお使いの蛇だからって、蛇好《じゃこう》さんの発案でここまで回って来れたのよねえ。私たち先ずは地元の奈良県吉野の天河大弁財天社から始まって、そのあと琵琶湖の竹生島神社、広島の厳島神社、それから関東に来て湘南の江ノ島、そして最後を飾るのがこの黄金の金華山やもんね。日本五大弁天様を全部回るなんてなかなか出来ないわよねぇ。天河の大弁財天社は創建が飛鳥時代の役行者《えんのぎょうじゃ》と言ってたからかなり古いわよねぇ。役行者が大峯山《おおみねさん》の開山に際して、蔵王権現より先に勧請したらしいし、この地で天武天皇がご覧になられた五節の舞というのは、現在でも宮中の慶事で舞われてるそうや。それから奈良時代に空海が修行をしたり、南北朝時代に南朝の皇居が四七年間も置かれたなど、何しろ由緒が凄いわぁ。それにしても何故

山中深いところに水神の弁財天様が祀られているかというと、創建に関与した天武天皇と役行者が相談して、伊勢神宮内宮に祀られている天照大神の別体を、天河の日輪弁財天として祀ったからなんやったわよね」

「そうそう」と渡辺桃子が引き取って、

「それから滋賀県長浜市にある竹生島神社は、都久夫須麻《つくふすま》神社とも呼ばれて、五大弁財天の中では創建が最も古く雄略天皇三年（四五九）で、祭神が市杵島比売命（弁財天）と宇賀福神、浅井比売命《あざいひめのみこと》（産土神）、龍神と四柱もあったわよね。ホントあそこも素晴らしかったわ」

「安芸宮島の厳島神社もキレイだったわよね。確か創建は推古天皇元年（五九三）で、ご神体を宮島頂上の弥山《みせん》として、主祭神は宗像三女神の市杵島姫命《いちきしまひめのみこと》（弁財天）と瑞津姫命《たぎつひめのみこと》、田心姫命《たごりひめのみこと》の三柱だったわよね。湘南江ノ島も主祭神は同じ宗像三女神だったけど、ここ金華山ではご本殿が金山昆古神《かなやまひこのかみ》・金山昆売神《かなやまひめのかみ》で、頂上奥の院が大海祇神《おおわだつみのかみ》、市杵島姫神《いちきしまひめのかみ》（弁財天）なんやから面白いわねぇ」

「この弁天様ですけど、平安時代後期に成立した諸寺縁起集には、倭王権の国内支配が始まった頃に、大己貴命《おおなむちのみこと》と久延彦命《くえびこのみこと》が大龍神に命じて日本国を一つにまとめる神杭を打つよう命じたところ、この大龍神はこの金華山と富士山、江ノ島、竹生島、厳島を結んだそうよ。やっぱり何か深い繋がりがあるのかしらねぇ」

「私ね、皆と一緒に色々回って面白いと思ったのは、主祭神は共通の弁天様でも、ご神紋がそれぞれ違っていたわよね。天河は主祭神を市杵島姫命（弁財天）とし、ご神紋は菊の御紋と三魂《みたま》むすびの五十鈴だったわよね。次に行った竹生島のご神紋は弁財天のお使いである巳で、八角形の中心に蛇がとぐろを巻いているデザインでカッコ良いというか、ちょっと怖いぐらいなパワーを感じたわぁ。そうそう、それもそのはず。確か巳という字は、元々草木の成長が頂点に達した状態を示していて、生命力が最高潮にパワーを発揮している状態なんですってね」

「へ〜、それはすごいパワーね〜、私は金運パワーを貰いたいわぁ」

「三番目に行った厳島神社のご神紋は、花剣菱の入った二重枠亀甲が三つ合わさった三つ盛り二重亀甲でカッコ良かったわよねぇ。日本五大弁財天では、この厳島神社だけが世界遺産に認定されているでしょう。でもこの前遊びに行った横浜元町の厳島神社とはご神紋が違っていたから、厳島神社がすべて安芸の宮島厳島神社と同じご神紋ではないということなのかしらねぇ」

「そう言えば四番目に行った江ノ島神社のご神紋は、面白かったわよね。何でも源頼朝と共に元暦二年（一一八五）に壇ノ浦合戦で西に平家を滅ぼし、返す刀で文治五年（一一八九）に東の奥州藤原氏を滅ぼして、天下を平定した北条時政が、建久三年（一一九二）の鎌倉開府に先立つ建久元年（一一九〇）に子孫繁栄を祈願して、湘南の江ノ島に参籠したところ、満願日の夜にご祭神の弁財天様が現れて、願いを叶えることを約束したのちに大龍となり海に消え、後に三枚のウロコが残されたんですって。そこで時政はこのミツウロコを北条家の家紋としたと言われてるのよね。だからこの逸話をもとに作られた江ノ島神社のご神紋は、ミツウロコを中心にしてその両側に波が六個ずつもあるカッコ良いデザインだったわよね。でもミツウロコに波紋をあしらうのは江ノ島神社だけではなく、関東地方では他にも広く見られるみたいで、鎌倉の銭洗弁天や浅草浅草寺の弁天様でもそうだったわよ。あとは西伊豆の弁財天社がミツウロコに対波紋五個みたいだし、さっきの横浜元町の厳島神社もミツウロコだったし、クジラ公園で有名な品川の利田《かがた》神社もこの珍しいミツウロコに波紋だったわよ。面白いところでは、都内人形町にある水天宮内の別社としてある弁財天も波にミツウロコ紋なのは、出産が水神様と関係しているからかしらねぇ。あとこの前引退した元横綱白鵬がミツウロコ紋というのも面白いわよねぇ」

「えっ、それは？」

「何故って、そりゃ昔元寇で日本を攻めてきたモンゴル人の子孫である白鵬が、その対戦敵手である北条氏の家紋ミツウロコを紋章にしているんだから面白いでしょ？」

「な～るほど、それは確かに面白いわ。今日来てみたら、ここ金華山のご神紋は五三の桐で、三葉の桐の葉の上に中央は花を五つ、その左右に蕾を三つずつ配した紫色で、高貴な感じがしたわぁ」

「ホント、そうねぇ。桐の木は、古来から聖王の出現を待って現れる鳳凰がとまる嘉木とされてきて、平安時代や鎌倉時代の頃は桐と竹と鳳凰で一組になった文様が天皇家のみに用いられたけど、この中で次第に桐だけが天皇の象徴として独立して来て、時には戦功によって紋章として下賜されることもあったんだわよね。例えば足利尊氏や豊臣秀吉は天皇から下賜されたし、三好義興や松永久秀、上杉謙信、織田信長、細川藤孝などは足利将軍から下賜されたわね。秀吉が賜った桐紋は、五七の桐で三葉の桐の葉の上に中央は花七つ、その左右に蕾五つずつを配した特別のものだわよね」

　ここで四〇名ぐらいの大広間に、あの丸坊主ギョロ目神官からアナウンスが入り、これから宮司の挨拶があるという。先ほどの白装束姿から、下をいま話題になっていた桐色のような紫の袴に着替えた宮司が、少し白髪の混じった長身でマイクの前に立ち、良く通る声で次のように挨拶した。

「皆さま、今年も当神社の初巳大祭にご参加くださり有難うございます。先の大震災の時は三ノ鳥居が倒壊し、ご本殿前の灯籠が倒れ、金華山頂上にある奥の院の一部が倒壊するなど大きな被害が出て、本当にどうなることかと大変心配しましたが、この一〇年以上にわたる信者ならびに参拝者の皆様のご支援により、少しずつ復興して参りました。本当に有難うございます。当神社としても引き続き復興に努力してまいりますので、これからもどうぞ宜しくお願い申し上げます」

さすがに立派な挨拶に、出席者全員から熱心な応援の拍手が湧きあがった。しかし今野の眼には、何処となく浮かばない表情で、やや日本人離れした薄い瞳の色の中で、何か遠いことを考えているような感じに映った。いや、しかしそれは恐らく今野の単なる思い過ごしであろう。

「おビールと徳利のお酒は当神社からのお礼です、どうぞお召し上がりください。それでは、静岡県三島市からお越しの牧野様に、乾杯のご発声をお願いします」とのアナウンスに従って、七五歳ぐらいの白い短髪に真珠の首飾りをしたご婦人が挨拶をした。

「私は大震災以後毎年お詣りさせて頂いてきて、今年で一一回目となりましたが、毎年少しずつ復興されて行くのを見ることが出来て大変有難いと存じます。それでは皆様、金華山黄金山神社のますますのご発展を祈って乾杯をしたいと思います、ご唱和ください」との発声に合わせて、一斉に「乾杯〜」となり、ここから先は宮司や神官たちも退席したので、自由に夕食が始まった。

ずっと向こうのテーブルでは、昼間高橋竜司をからかっていた学生四人組が気勢を上げている。こちらのテーブルでは山ガールグループが乾杯を重ねている。その隣りには、三〇代の母親と小学四年生ぐらいの息子らしい二人が座っている。山ガールグループの一人の友人らしい。その隣で狐崎玲子が、相変わらず派手なスーツのままで、鋭い目つきをしてビールをコップに注ぎつつ、皆の会話にじっと聞き耳を立てながら、一人で箸を進めている。今野の隣りには、胆江新聞記者の及川麻衣と別府から来たという安部宗夫が座った。

水鳥たちも、早速ビールで乾杯した。ご飯のおかずをつまみにしながら、ビールをグイっとあおる今野を見て、水鳥が「今野さんもなかなか行ける口ですなあ」「いえいえお付き合い程度で。水鳥さんこそお強いですねえ」などと、ビールをお互いのコップに注ぐ。次第に日本酒に進みながら、

「それにしても今日の巫女さんは美人でしたねぇ」と水鳥が打ち解けた調子で今野に聞くと、今野も、

「ほんとですねぇ、吃驚しました。ここの職員さんではないような気がしたんですが」と返すと、それを一人で聞いていた先ほど乾杯の発声をした牧野が、

「知らないの？　あの人リクさんよ、奥海陸《おくうみりく》、宮司さんのお嬢さん。美人でしょ、仙台の大学時代はミスキャンパスとかいうコンテストで優勝したってことですよ。そりゃ、あれだけ美人で、スタイルも良くて、頭も良いなんて、三拍子も四拍子も揃ってるわ」と教えてくれた。

「へ～、そうなんですね、それにしても見たことないような美人ですよね～。さっきの浦安の舞も何だか気高くて、本当の天女が舞っているような感じでしたよね」と今野がうっとり顔で水鳥を見ると、顔を見合わせて頷きながら水鳥が、

「ほんと、私なんか、まるで弁財天女様が今まさに地上に降り立たれたのかと思って、掌を合わせて金運・財運をお願いしましたよ」

「でも宮司の君《ふとし》さんは、気さくな酒好きで、相撲好きで、特に外人力士が好きらしいわよ」と牧野。

「はぁ、それはお父さんは庶民的な宮司さんなんですね」と途中から白鳥も話に入ってきた。

「そう、意外に庶民的なんだけど、人に言えない悩みもあるようで。今回も長年音信不通だったグレた長男が初巳大祭に戻ってきているらしくて、さっきのご挨拶も何となく表情が冴えなかったでしょ。確か晃《あきら》さんとか言っていたわね。今回は偽名で百武《ひゃくたけ》とか名乗って来たらしいと、社務所の人達は何か騒ぎを起こすんじゃないかって心配してたわよ。私は書道家でこの神社と特別な関係だから、教えてもらってるのよ」と、この部分は周りに聞こえないよう、声をひそめて牧野文子は教えてくれた。今野と水鳥は、さっきのアレだと顔を見合わせて、風呂場で会った長身で目つきの暗い無精ひげを思い当たった。でもこの夕食会場には姿が見えない。

「でもお名前が奥海だなんて、今日お昼に女川の湯ぽっぽで白鳥さんに聞いた、万石浦や金華山瀬戸と同じで不思議ですね」と水鳥が思い出したように話すと、

「お名前そのものが、金華山と一心同体ということですね」と、白鳥もため息をついた。

「なるほどね〜」と納得した水鳥が、今度は今野に向かって、

「今野さんは地質学がご専門とお聞きしましたが、難しい学問をおやりなんですねぇ。今回の金華山参りは仕事半分、旅行半分とおっしゃっていましたが、どんなお仕事なんですか？」

「いえいえ、地球の古い地質学を専門にして、あちこちに旅してはそのあたりの岩を金槌で叩いて、砕けた石を持ち帰って分析するなんていう地味な仕事なんですよ。ただこの牡鹿半島や三陸海岸、北上山地は、日本でもとても古く、また珍しい地質で、金鉱脈も多いんですよ」

「ほほう、金鉱脈ですか！　それは面白そうですね。そういえば金が採れないと言われていた日本で

初めて産金したのは確かこの辺りでしたよね？　東大寺大仏の鍍金《めっき》に使われて、聖武天皇が大喜びしたとかいう？」

「そうそう、水鳥さん良くご存じですね。古墳時代から日本と交流のあった百済が、唐と新羅に囲まれて斉明六年（六六〇）に滅亡したんですが、その子孫が全国で砂金探索をした結果、どうもこの三陸海岸南部と北上山地南部が有力だということで、現在の陸前高田市辺りでは天平時代から砂金採掘が始められたようですね。そのあたりは当時から玉山金山と呼ばれる地区で、その後かなりの量を産金したそうですね」

「きゃ～、嬉しい！　玉山金山でましたぁ」と及川記者がまたネタを掴んだ。

「そもそも金というのは、地球にどれぐらいあるもんなんですか？　やっぱりマグマの影響で、今でも毎年少しずつ産生されているんでしょうね」と、今度は安部宗夫も急に関心が出て来て、身を乗り出してきた。

「いえいえ、金そのものの埋蔵量は、地球が出来たときに決まっているんですよ」

「あれ、そうなんですか？　それじゃあ、採り尽くしたらもうお終いですか、金鉱床というやつですよね？」と及川。

「そうなんですよ、その辺りは僕の専門なんで簡単にご説明しますとですね」と今野は酒が回ってきたことも手伝って大分饒舌になってきた。

「鉱床というのは大きく三つに分類されているんですが、一つは火成鉱床と言って、マグマが地下でゆっくり冷却されて固まるときに、比重や凝固温度の異なる各鉱物がその特性に従って分離濃集して出来るものですので、火山の爆発のような急冷状態の岩石ではなく、深成岩という地中深いところで出来る岩石に含まれる鉱床なんですね。このような火成岩はマグネシウムや鉄分を含有する比率によって四種類に分けられ、含有率が二〇%以下と低いものは白っぽい外観で、花崗岩と呼ばれているんです。さっき船から見た足島やこの金華山島はまさにこの花崗岩の塊で出来ているんですね。マグネシウムや鉄分のような有色鉱物の比率が上がるにつれて、岩石の色も茶褐色から黒褐色になり、岩石名も閃緑岩《せんりょくがん》、斑糲岩《はんれいがん》、橄欖岩《かんらんがん》と変わっていくんです。花崗岩は別名フェルシック火成岩とも呼ばれ、鉱物資源としてよりは、どちらかといえば建築材として良く使われていますよね。斑糲岩《はんれいがん》はマフィック火成岩と呼ばれて、こちらはマグネシウムや鉄分も多く含まれていますので、カナダのサドベリー鉱山のニッケルや南アフリカのブッシュフェルト鉱山のクロムなどは鉱物資源産業上で重要ですね。

　でも金はこれらの火成鉱床からは採れませんで、熱水鉱床という第二型の鉱床から採れるんですね。熱水鉱床というのは、地下深くある高温高圧のマグマ内の熱水中に溶かされていた鉱物が、マグマの上昇に伴って次第に圧力と温度の低下に伴って溶解度が下がってきて、熱水とともに地下断層面などに沿って流れ、冷却される過程で析出沈殿したものなんですね。この析出温度は鉱物によって異なり、錫やタングステン、モリブデンなどは約三〇〇〜五五〇度、銅や鉛、亜鉛は約二〇〇〜三五〇度、金や銀は約一〇〇〜二五〇度と比較的低温なんですね。純粋な金は、深い地下のような三六気圧下の弱アルカリ（pH七〜八）環境で最も水に溶け、硫化水素（H_2S）のような硫黄種がある還元状態の水中では、何と二PPMまで濃縮するんですよ。基本的な地殻中濃度が〇・〇〇四PPMなんですから、五〇〇倍まで濃縮するなんて凄いですよね。だから鉱物の中では比較的低い温度で析出することから、他の鉱物よりは地表近くにあって、露出もし易い深さで析出するんです。まあそれでも地下二〇〇〇～四〇〇〇mですけどね。またもし熱水の流れる方向が水平だった場合は、錫から銅、金の順番でより遠方に鉱脈が形成されるんですよ。地殻変動でこの金鉱脈がより地表に近づいてきたり、長年の風雨によって地表の浸食が進めばなお露出しやすいですね」

「なるほどねえ、金の出来方にも法則があるんですねえ、面白いなぁ」と安部。

「そうなんです。熱水鉱床にはこのような鉱脈鉱床として、今は鹿児島県の菱刈金山が有名ですが、その他にも塊状熱水鉱床と言って海底での噴出孔部で急冷された熱水から析出するタイプとして、別子銅山や花岡鉱山が有名です。またスカルン鉱床と呼ばれるものもあって、これは母岩マグマと石灰岩が接触したことによる母岩の変化によって析出した特殊な鉱床ですが、タングステンや錫、鉄、銅、亜鉛、鉛等の鉱床が形成されるんですね。奈良時代にその銅を東大寺の大仏建立に献上した山口県の長登《ながのぼり》銅山や、近代では岩手県釜石鉱山で採れた大量の鉄や銅が有名ですね」

「そうなんだ、噴出する熱水の中から金が析出するなんて驚きだねえ」と素直に驚く水鳥。

「はい、その他にも第三の鉱床としては、堆積鉱床と言って、地表での岩石の風化に伴って風雨に流される鉱物が、その比重や溶解性に従ってそれぞれに析出しやすい環境に集中して堆積するもので、例えば砂金の鉱床なんかがこれですね。つまり金を含んだ岩石が長年の風化に伴って河川に運ばれる途中で、流速の遅い場所で重い金が沈殿して溜まって鉱脈を形成することになるわけです。まあ石炭や石油といった生物由来の化石燃料も、広い意味では堆積鉱床と言えるでしょうね」

「いや、面白いですね。それじゃあ金鉱脈というのは、その鉱脈鉱床と堆積鉱床の二種類あるということですね？」と安部。

「仰る通りです、鉱脈鉱床から採掘された金塊の中で、一つの塊としては七一七gもある世界最大のラトロープ金塊が有名ですね。これは英国ヴィクトリア朝の一八五五年に、当時の植民地オーストラリアで、統治していたラトロープ大臣の目の前で掘り出されたものです。サイコロみたいな金がごつごつ集まって一つの大きな金塊となっているのは凄い眺めですよね。また金は時々熱水鉱脈の中に石英と共に析出することもあって、ニュージーランドの石英鉱脈中で石英にサンドイッチされた形で発見された、薄く大きい金塊も有名ですね。豊富な黄金を活用した政治支配もしばしば行われ、アフリカのアシャンティ王国が西暦一七〇〇～一九〇〇年頃の約二〇〇年間にわたって現在のガーナに相当する地域に君臨した原動力となったのが現地で採掘された黄金で、そのアシャンティ国王のライオンを模した金の指輪は今日まで残されていますね。またタイのバンコクにある黄金の仏像は約五・五トンの巨大な黄金で出来ていて、世界の最も光り輝く高価な美術品としても有名ですね。これはまさにタイ王室の至宝でしょう」

「いや、凄いの一言ですね。何だか話を聞いただけでも、黄金の光で目がクラクラして来ましたよ。いやや、何時になく酔っ払ったのかな。いつか僕のしがない診療所にも患者が押し寄せてきて、本物の黄金を拝める日が来ることを期待したいですね。今毎日拝んでいるのは閑古鳥ばかりですからね、ハハハ。金華山の黄金山神社さまさま、何とぞ金運を宜しくお願いします」と、水鳥は箸をおいて、また両掌を擦り合わせた。

「すみません、私の胆江地区や三陸沿岸での金は、そういう鉱脈鉱床とは違いますよね？」と、ここで新聞記者の及川がまた口を挟んできた、取材である。

「そうですね、古代東北では金が沢山採れましたが、これは採掘技術が初歩的だったため、主に堆積鉱床としてたまたま川床に集積していたものを見つけて、薄いお盆のような形の木製容器を用いて、水と共にゆっくりぐるぐる回して、混じった小石を少しずつ流しだして、最後にお盆の底に残る金粒を採集したものでしょう。恐らく鉱脈鉱床が川の上流にあって、長年の風化作用により地表に露出した金粒が風雨で下流に流されてきて、その重さのため水流の弱い場所に沈殿したところから、産金作業が始まったものでしょう。ですからそれらは産金というよりは、集金に近いものだったでしょうね。鉱床金鉱脈が数百年から数千年万年かけて地殻変動によって地表近くまで上昇し、長年の風雨によって鉱床が地表面に露出するのです。この鉱床がやがて風化によって崩れ、沢水から小川へと流れ込み、下流に流されるに従って、金の重さによって砂底に沈殿したものが砂金として見つかるんですね。このような堆積鉱床での集金はパニングと言われる選別作業で、及川さんもどこかの観光金山でやったことがありませんか？　このようなパニング作業による産金や集金は、一九世紀中頃に、カリフォルニアのゴールドラッシュでも行われましたね。一八四八年にカリフォルニア州の農夫ジェイムズ・マーシャルがアメリカン川で砂金を発見したことをきっかけに、アメリカ国内はもちろん世界中から一獲千金を求めて大勢の人達がカリフォルニアに押し寄せて来て、今日のカリフォルニア州発展の基礎となりましたね。また宝石で有名なミャンマーのイラワジ川流域などでも見られるように、このような砂金採りは世界中で盛んに行われてきましたね」

「やりました、やりました。以前取材で行った陸前高田の玉山金山跡の小川で観光砂金採りをしたことがありますよ」

「そう、それです。その川の上流にきっと金鉱脈があったはずですね。鉱脈の規模は埋蔵量に依って違いますが、例えば鉄の鉱床では長さが数百〜数千㎞の巨大なものもあって、この場合は露天掘りで大量に採掘できますね。でも金鉱床の場合は岩石中に金粒が散在していたりすることが多いので、幅も数mで長さも数百m程度のものも多いんですよ」

「それはホントに貴重ですね、活発に採掘したらあっという間に枯渇してしまいそうですね。だから岩手南部でももう産金しなくなったのかなぁ。でも自然界で一定量は産生され続けているんでしょう？」と及川の取材が突っ込んでくる。

「いえ、この地球上には、極めて少ない一定量の金しか存在していないんですよ」

「へえ、そうなんですか？　それじゃあ、世界中で採掘しつくしたらもうお終いなんですか？」

「そういうことですね。そもそもこの地球の地殻中には金が最も少ない鉱物とされていますね」

「きゃあ、そうなんですか？」

「はい、例えば地殻中の主な元素や鉱物の含有量を質量で比べてみると、酸素が最も多く四六・六％と圧倒的な量を占めていて、次にケイ素、アルミニウムと続いて、四番目の鉄が五・〇％となり、それ以下は極めて少量ずつの元素や鉱物となって、銅は五五PPM（〇・〇五五％）、ウランが一・八PPM、銀が〇・〇七PPM、白金が〇・〇一PPM、そして金が最小で〇・〇〇四PPMとなっているんです。PPMは％の千分の一ですから、金が〇・〇〇四PPMということは、PPMのさらにまた一〇〇〇分の四ということですから桁違いに少ないことが分かるでしょう。それで地球全体における金の埋蔵量は全部で約二三万トンあることになって、そのうち既に一八万トンは採掘されて来ましたから、残りはわずか約五万トンで五〇ｍプール一杯分と言われているんですよ」

「ひゃあ、そんなに少ないんじゃあ、やっぱり私には回って来そうにないなぁ」と、今度は水鳥が絶望的な悲鳴を上げる。

「そうですね、人類の文明の発展に対して金属類は全般的に大きく貢献してきたと言えますが、逆に採掘しつくすと大変ですね。人類が初めて金属を使用したのは、現在のトルコにあるアナトリア高原のヒッタイト族と言われていますね。ここでは初め自然銅が柔らかいため道具に加工され、次第に銅鉱石からの精錬も始まりました。その後この銅に錫を混ぜた青銅が作られると、これは銅よりも硬くて強いので武器や道具に多用されるようになったので、この時代は青銅器時代と呼ばれていますね」

「はい、聞いたことがあります」と神妙に聞き入る及川記者。

「やがて砂金から金製品が作られるようになり、既に古代エジプトでは多くの金製装飾品が作られました。ツタンカーメン王の黄金のマスクは知ってるでしょう。世界史的には長い青銅器時代を過ぎて、このヒッタイト族が初めて鉄器を紀元前一六〇〇年頃から作り出しましたね。この鉄はその後の人類の歴史を大きく変えたものの一つでしょう。実際ヒッタイト族も、青銅器のように戦闘で折れ曲がったり折れたりしない鉄製武器を用いて、アナトリアを中心に中東全域を支配するようになりましたね」

「金が限られた量しかこの地球に存在しないとしたら、そもそもどのようにして金は出来たんですか？ダイヤモンドは地球で新しく作られるんですよね？」と科学者の端くれでもある水鳥が面白い質問をする。

「そうです。ダイヤモンドは原子番号（陽子数）六の炭素が、地球深部の特殊な環境下で純粋な配列に基づいて結晶化したものですから、金とは違いむしろこの地球内部でオリジナルに産生されたものと言えますね。もともと地球の深い所にあるマントルが、地表近くまで一気に移動したときに、高温・高圧状態だった炭素が、グラファイトへの相転移を起こさずに結晶化したのがダイヤモンドなんですね。ですから、橄欖《かんらん》石と雲母を主要構成鉱物とするマントル起源の火成岩である雲母橄欖岩《うんもかんらんがん》（キンバーライト）の認められる安定大陸に存在が偏っていて、地質構造が新しい日本において一般的にはダイヤモンドは産出されないんですよ。それに対して、金は宇宙や銀河の誕生とともに出来たといわれていますね」

「へえ、それはどういうことですか？」

「はい、ビッグバンで宇宙が誕生した時点では、宇宙には水素（原子番号一）やヘリウム（原子番号二）と、わずかなリチウム（原子番号三）といった質量の小さい物質によるガスしか無かったと言われていますね。それが次第に集まりあって、均質なガス空間の中に不均一なガス集積部位が恒星として誕生していき、やがてその恒星の中心部では高温と高圧環境の中での核融合によって、炭素（原子番号六）や酸素（原子番号八）など質量の重い元素ができるようになり、原子番号二六の鉄ぐらいまでは生成できるんですね」

「なるほど、それじゃ金や銀なんかは？」

「はい、原始の宇宙空間で核融合が発生し、中性子を次々に捕獲してさらに質量の重い金銀銅などが生成され、それがその後の超新星爆発によって宇宙空間にばら撒かれて宇宙全体に貴金属ガスが誕生したと言われてます。太陽の一〇倍近い恒星が寿命の最終期になると、爆発して小さい超新星になり、この時のエネルギーでパラジウムや銀までの貴金属元素が生成されるんですが、このような銀を生成する超新星は質量が小さく放出される金属量も少ないんですね。でも金を生成する大型の超新星よりも数が多いので、結果的にその宇宙空間における超新星の大きさと数の差が、この地球における金と銀の埋蔵差に反映されているという説もあるんですよ」

「なるほどねえ、金も銀も遠い宇宙からやって来たんですかぁ、凄いわぁ」と取材。

「別な研究者はブラックホールの関与を挙げていますが、これは恐ろしい仮説ですよ」

「えっ、それはどんな？」と突っ込み取材。

「はい、通常の恒星が命の終焉を迎えたのちに発生するブラックホールとは異なって、ビッグバンの最初期に宇宙エネルギーの歪みとして発生した原始ブラックホールが中性子星の内部に入り込んで、一万年ぐらいかけて中性子星を内部から飲み込んでいくんですよ。この過程で次第に中性子星は小さく収縮し、自転速度がますます高速化していくんですね。そうすると中性子星に付着していられなくなった中性子を多量に含んだ小破片が宇宙空間に振り落とさればら撒かれ、やがて中性子が融合して金・銀・プラチナ・ウランといった重元素に成長していくための反応場所になっていくというんです」

「きゃあ、それは確かに何だか怖いですぅ。中性子星を蝕む寄生虫のような、恐ろしいブラックホールですねぇ」と取材者悲鳴。

「そうなんです、このような重元素を多量に含んだ矮小銀河は、ほんの少ししか見つかっていませんし、天の川銀河の中心部に中性子星が発見されていないという観測事実とも合致しているんだそうですよ。ところが最近の研究はもっと面白くて、この超新星爆発ではなく、何と中性子星が合体するときの衝撃によって中性子の巨大な融合が起こり、これが中性子の供給元となり貴金属やウランが生成するなんて仮説もあるそうですよ。それが瞬時に宇宙空間に拡散したんだそうです」

「なるほど、確かに鉄ぐらいまでは、陽子数と中性子数が同じくらいですが、金銀銅などの貴金属では陽子数の一・五倍ぐらいまで中性子数がありますね。金は陽子数が七九に対して中性子数が一一八ありますし、ウランなんかは陽子数九二なのにやたら中性子数が一四八もありますしね」と、にわか科学者水鳥。

「そうですね、確かに質量数の増加には中性子の貢献が大きいですよね。だから金銀銅やプラチナ、レアアースのような金属類は、中性子を素早く（rapid）捕獲する過程で合成された元素ということで、R過程元素なんて言われてるんですよ」

「きゃあ、R元素だなんて、何だかアクションスパイ映画みたいでカッコイイわぁ。このネタ頂いても良いですか？」と及川記者には収穫があったようだ。

「もちろんですよ、及川さん。これは学会で通説になっていることですから。それでね水鳥さん、先ほど僕がこの金華山に来た目的が旅行半分・仕事半分と申し上げたのは、実は最近、こんな絵図を神田神保町の古本屋街で見つけたからなんですよ」と、周りのテーブルには聞こえないよう、ここから急に声を落として、ズボンのポケットから和紙に書かれた古い図面を取りだした。

その港文堂《こうぶんどう》という古本屋のオヤジの話では、何でも江戸時代に伊達藩の江島から古文書を盗んで江戸に逃亡した流人の子孫が、明治時代になって持ち込んだものだという。そのボロボロで小さな図面

を開くと二〇㎝四方ぐらいの大きさで、皆で覗き込むと金華山の絵図面が墨で書かれてある。それを指さして今野が、

「ここを見てください。×印が小さく書いてあるでしょう」

「ホントだ、しかも紙の上に金華山黄金と書いてますね？　これって黄金の在処《ありか》を示しているってことですか？」と、急に水鳥が真剣な目つきに変わってきた。

「そうなんですよ。場所から云うと、どうも千人沢の北で大函崎方向に向かって直ぐの辺りなんですよね。これを見つけたときは、もしかしたらここが金華山中の金鉱脈への入口か、あるいはまたここに黄金が埋められているということかなと思ったんですが、でも擦《かす》れていますが良く見ると、この×印の下に小さく〇長と読めませんか？」と今野。

「そうですね、下の文字は確かに長いと読めますが、上の文字はかなり擦れてますねぇ、何でしょうね。海でしょうか、否《いや》でもサンズイではないですねぇ。威かな、それとも咸《ことごと》くかな？」と、皆が知恵を集める。

「難しいでしょ、私には成に読めるんですよね。でもこの×印が金鉱脈の入口としても、あるいは黄金の在処《ありか》を示すとしても、それが成長するなんてことは、先ほどお話ししたようにあり得ないことなんですよね。ですからそれを確かめたくて今回お詣りに来た、というのが残り半分の目的なんですよ」

「へ～、成長する黄金ですかぁ！」と思わず声が大きくなった及川を、今野が、

「しッ」と辺りを窺うように窘《たしなめ》た。

「ね、おかしいでしょ。仮に埋められた黄金だったとしたら、盗掘で減ることはあっても増えること

はありませんし、金鉱脈だったとしても大きな地殻変動でもない限り成長することはあり得ませんよねぇ。ですからここは、専門地質学者としても放っておけない所だったわけです」

「確かに黄金が成長するなんて、ホントだったら私にもお裾分けが回ってくるかもしれないから嬉しいけど、先ほどのお話を伺うと、ちょっとあり得ないような話ですねぇ」と水鳥はグイっと、今度は少し期待を込めてお猪口酒をあおった。さっきまで一人手酌で小徳利を繰り返していた狐崎玲子が、いつの間にか水鳥の背後からじっと絵図を覗き込んでいたと思ったら、

「私さっき、それと同じものを見たわよ」と言った。

「えっ、どこでですか?」と一同が仰天して聞き返すと、小声で、

「夕食が始まる前に、この参集殿の玄関あたりで、百武とかいう背の高い痩せたヒゲのお兄さんが、クジラ漁師の高橋竜司さんと何かひそひそ話をしていて、絵図がどうとか、千人沢がどうとかって言ってたわ。今日フェリーを降りた岸壁で、鮎川から来た誰かに聞かれたんだって」

「え〜、僕はこの絵図のことは誰にも話してないけどなぁ。一体誰だろう」と今野は急に疑心暗鬼になって、再びあたりのテーブルを見渡した。しかしそこには百武と名乗る背の高い痩せた男は見当たらないが、高橋竜司は一人大広間の片隅で手酌している。

「ですから明日、初巳大祭が昼前に終わったら、午後帰りのフェリーが出るまでにちょっと探検に行って来ようかと思っているんですよ」と今野が言うので、お宝見たさの気持ちも山々あるが、今日の登山を思い出しただけで心臓が止まりそうになる自分のことは誘わないでくれよと、水鳥は内心冷や冷やした。

と、向こうのテーブルで歓声が上がった。

「ボクちゃんたち有難う、美味しく頂くわぁ」と、お酒も捗って大分出来上がりつつある山ガールグループや五大弁財天お詣りツアー客のテーブルを中心に、誠ともう一人の少年がビール瓶を両手に掲げて、「ビールは如何ですかぁ」と声高にアナウンスしながら練り歩き、次々に差し出されたコップに泡立ちも勢い良くビールを注いで回っていた。

「こら～、誠っ！　他のお客様たちにご迷惑をかけちゃいかんぞぉ」と祖父白鳥透が慌てて止めに走った。

「あら、お祖父ちゃんですか、楽しいお孫さんですねぇ」とお世辞を言われても、白鳥は冷汗を拭いながら、自分たちのテーブルに誠を連れ戻した。どうも何処に行っても人気者になるらしい。一緒にビールを注いで回った少年も来て、

「僕は岡山県の倉敷から来たんだよ、三宅圭太です」とこちらも明るくオジさんたちに挨拶した。今度はこれを見た圭太の母親の三宅舞子が、慌てて自分のテーブルに呼び戻しに来た。

「すみません、息子がお邪魔しまして」と頭を下げると、

「いやあ、倉敷からとは随分遠くからご参拝ですね。有難うございます」とまるで宮司にでもなったような口調で、水鳥が感謝の挨拶を返した。

「倉敷の美観地区には以前行ったことがありますよ。倉敷川の柳もきれいでしたが、丁度五月の連休の頃で、阿智神社では藤まつりが開かれて奇麗でしたねえ。三宅さんという名前はあの辺りに多いんでしょう?」

「阿智神社にお詣り頂いたそうで、有難うございます。はい、むかし朝鮮半島の百済から三人の王子が児という字を旗紋として亡命してきて、備前の島に漂着したので、そこを児島（現在の倉敷市児島）と呼びならわすようになりました。この備前児島の東二一村を指す三宅郷という名前から後に三宅を姓とし、鎌倉期には佐々木氏に仕えて今日に至っています。その一族のうち、備前国邑久《おく》郡（現在の岡山県瀬戸内市）豊原荘《とよはらのしょう》一帯を本拠地としていた宇喜多氏が、後に戦国大名となって五七万国余りを治めたのです。三宅の名は、備前国に置かれていた古代倭王権の直轄地である屯倉《みやけ》に由来するとの説もあるんですよ」とすらすら答えたので一同吃驚した。

「へ～、由緒ある名前なんですねぇ。羨ましいなぁ、私なんかただの白鳥ですからねぇ」と透祖父が嘆くと、

「何を仰います。白鳥さんも、ヤマトタケル伝説に因んだ由緒ある名前ではないですか。私こそ名もないただの水辺の鳥ですからねぇ」との自嘲で、水鳥が皆から慰めの言葉を集めた。

三宅母子が部屋に戻っていくと、テーブルでは金華山の話題に戻った。

「金華山は、昔はみちのく山と呼ばれたそうですね」と、さっきから会話に参加したがっていた安部宗夫が白鳥に聞いてみた。

「そうですね。飛鳥時代中頃に起きた大化の改新（皇極天皇四年、西暦六四五年）のあとに朝廷の中での地理的位置づけにおいて、朝廷のある場所から見て東山道のはるか北の端を、はじめ道奥国（みちのおくのくに）と呼んだんですよね。しかしこれは程なく陸奥国（みちのくのくに）に改称されたんです。ただ日本書紀には越前国（こしのみちのくのくに）や、越中国（こしのみちのなかのくに）、

備後国（きびのみちのしりのくに）などという国名が見えますから、この当時としては道奥国といっても、特別に辺境であることを誇張して命名された国名ではなかったのかも知れませんね。ただ他の国々はまず確かな国名があって、その次に『なかのくに』や『しりのくに』という、畿内朝廷から見た距離に応じて前中後と命名している序列（国名呼称の原則）があるのに対して、陸奥国というのは単なる道の奥という呼称であって、本来あるべき国名そのものが欠落していることから、畿内朝廷としても、良く分からないが兎に角地理的に遠い遠隔地にあって支配が及んでいない地域という程度の位置づけだったのでしょうね。日本書紀には、斉明天皇五年（六五九）七月の条に、小錦下坂合部連《さかいべのむらじ》石布《いわしき》と大山下津守連《つもりのむらじ》吉祥《きさ》を使いとして唐国に遣わし、そこで道奥の蝦夷《えみし》の男女二人を唐の天子のご覧に入れたとあり、道奥と記述しています。しかし翌六年（六六〇）三月の条になると、阿倍臣を遣わし軍船二〇〇艘を率いて粛慎《みしはせ》国を討たせたとあります。粛慎は中国の春秋戦国時代から秦漢の時代に中国東北境外に住んでいたツングース系民族です。ここで阿倍臣が陸奥の蝦夷を自分の船に乗せ、ある大河のほとりについたところ、渡嶋《わたりしま》（今日の北海道か？）の蝦夷《えみし》一〇〇〇人が海辺に集まり、河に向かって軍営を構えていたとあるので、この六六〇年には陸奥表記に変わっているんですよ」

「へ～、初めから陸奥ではなかったんですねぇ」と、安部も今野も水鳥も頷いた。

「そうですね、鎌倉時代後期に編纂された夫木《ふぼく》和歌集に藤原光俊の歌があって、康元元年（一二五六）年一一月かしま社にまうでて、浜に出て逍遥するに、丑寅《うしとら》（東北の方角）にあたって雲の絶え間より、山のほのかに見えたる云々として、次のように二首詠んでいます。

　浪高き鹿嶋の崎にたとりきて　東のはてを今日見つるかな

みちのくの山をそかひに見渡せば　あつまのはてや八重のしら雲

鹿島や香取の海から船出して黒潮に乗れば、逆らわずして到達できる牡鹿の山々は陸奥そのものであり、当時みちのく山と呼ばれた金華山は陸奥の象徴でもあったでしょう。現在よりはるかに大気の透明度が高く、視界も広く遠くまで見通せたはずの古代にあっても、直線距離で四〇〇㎞はある金華山島が、茨城県南部の鹿島神宮から見えたのかどうか果たして疑問ではありますが、見たこともない遠い憧れの歌枕の地ではあったのでしょう。しかし実際に船で行こうと思えば、やっとたどり着いた牡鹿の海は当時奥の海と呼ばれ、荒波逆《さか》まく海の難所であり、特に潮流の速い金華山瀬戸や魔の黒崎（牡鹿半島突端部）は今も昔も海難の頻発地でした。この藤原光俊の歌は、後年になって仙台藩儒者佐久間洞巌によって、金華山が産金地そのものであるという誤解を招く大きな根拠となったことでも有名なんですよ」

「なるほど、古代人にとって、この金華山は憧れと恐怖の伝説島だったんですね」と、及川が特集記事のタイトルを思いついたようだ。

「他にも金華山の伝説はありますか？」と、別府で万葉集を専門に研究している安部がもっと知りたい感じで催促すると、白鳥がその期待に応えた。

「そうですね、明日は折角の初巳大祭ですから、その関連の伝説をちょっとご紹介しましょう。この牡鹿半島の浦々は金華山付近の漁場に依存して生活してきましたから、金華山への感謝と畏敬の念が特別に強いんですね。鮎川町網地島の長渡浜《ふたわたしはま》にはこんな伝説が伝わっていますよ。金華山の五月の初巳大祭の時は、同浜の大金神社に居る姉神様が竜になって金華山に渡っていくので、当日は絶対漁に出てはだめだ。もしそれを見てしまったら、必ず目が潰れるからということで、一斉に漁を止めるそうです。また別の伝説では、初巳大祭の前夜に、網地島の姉神が大蛇（竜蛇）となって、潮を噴きながら真夜中に妹神の金華山に手伝いに泳いでいくという。これを実際に見た人もあるといい、また見た人は必ず変死するといわれている。このほかカザアナの蛇とか千人沢の蛇とかの怪異が信じられていたんですよ」

「へ～、その姉神様というのは、やっぱり宗像三女仲のお姉様である田心姫命《たごりひめのみこと》とか、瑞津姫命《たぎつひめのみこと》なんでしょうか？」と及川記者が突っ込むと、白鳥が受け答えた。

「恐らくそうなんでしょうね。他にも金華山の伝説としては、こんな話も伝わっていますよ」と白鳥が続ける。

むかし対岸の山鳥渡の近くに若い宮大工が住んでいて、どこからともなく嫁いできたのが、巳年の巳月の巳日に生まれた賢い娘で、夫への仕事上の助言が上手く当たり、夫の仕事はどんどん繁盛したが、これが逆に周囲の大工らの妬みを買うことになり、殺す計画が立てられたそうだ。しかし早くも察知した妻が、夫と金槌を頭の上に乗せて海峡を泳いで金華山に渡って来た。しかし、渡ったあと仕事がなくなった宮大工と妻は、山のキノコや海のアワビを食べ、小さな畑に稗《ひえ》や粟《あわ》を植え、時にはシカや猿も食べたという。そのうちこの山を活かして、何とか人のために生きたいと宮大工が相談すると、妻が「ほんだら、木も沢山あるのだから、沖を通る人のために働くべ」ということになり、山の古木を伐って、比較的明るい夜は島の一番低い一の御前（御殿）で沖人のために火を焚いた。すると沖人達は「ああ、火が見える、気を付けて行けば大丈夫だ」といって海を行った。中ぐらいに暗い夜は、二番目に高い所で火を焚くと、「あそこは二の御前（御殿）だな、あそこに危ない根（岩礁）があるから気を付けて行こう」と沖人が行く。そして月もない真っ暗な夜には、一番高い三の御前（御殿）で火を焚くと、「ああ、この暗い晩にどこのどなたが火を焚くのか、こいつぁ神事だ」と喜んだ。二人でこうして一生懸命働いて暮らしたが、年を取って妻が先に死んだので、宮大工は今までの妻のことを有難く思って、小さいお宮を作って金華山の守り神として祀って上げた。これが金華山の始まりで、やがて宮大工も亡くなると、誰かがそのお宮の近くに祀った。二人が亡くなっても火はいつまでも見えたそうだ。だから漁師の人達は、金華山はオラ達の守り神だと、必ずお参りしてから沖へ出て行くのだ。

現代のような羅針盤やGPSが無かった時代には、漁師は沿岸と漁場との距離を測る目安として、山アテを使うのが安全な漁撈や航海に欠かせないものであった。世界三大漁場である金華山沖に漁に出るには、金華山の姿が三分の一程度水平線に沈んだ辺り（およそ二〇海里）を三ノ御殿《さんのごて》と称し、次いで三分の二沈んだあたりが二ノ御殿《にのごて》となり、島影が微かに小さい星形に見える地点（約四五海里）を乳穂星《におぼし》、そして完全に水平線下に没すると山無《やまな》しと称したという。出漁に際しては金華山で祈祷を受けてから出港し、山無しの沖で漁撈をして、帰る祭には乳穂星《におぼし》を見つけただけでも非常な安堵感が広がるという。江戸時代末期の安政五年（一八五八）一一月二五日から翌年一月八日にかけて行われた仙台藩の軍艦開成丸の航海においても、航路に就いた水夫達は金華山を航海安全の神として信仰し、大金寺が視界に入ると「御山御山《おやまおやま》」と唱え、手を洗い口を漱いで、灯明を点して白米を海中に撒いて拝礼したという。

「あ〜、それで今日帰りに登って来たところが、二の御殿というんですか。昔はあそこで、沖の船にかがり火を焚いて上げたんですね」と及川がなるほどと頷いた。

鮑荒崎《あわびあらさき》に立っている白亜の金華山灯台は、英国土木技術者であるリチャード・ブラントンが設計した所謂「ブラントン灯台」の一つであり、日本の灯台五〇選に選ばれている。二年の歳月をかけて明治九年（一八七六）五月二七日に完成した金華山灯台は、ドーデー式四重式芯火口による三万六〇〇〇燭光の白色光を一九・五海里（約三六㎞、昔の二ノ御殿と三ノ御殿の中間点辺り）の海上まで届けることが出来るようになった。金華山の海上交通の要衝としての重要性は、古代から中世・近代を経て、GPSが使えるようになった今日まで不動の地位を占めている。近世の仙台藩による本石米の江戸廻米に際して、牡鹿半島の鮎川浜に近い小渕浦などは、北九州から日本海沿岸、酒田、津軽海峡を経て太平洋に出て、奥州から関東へと上る東回り航路の穀船親船の寄港地となり殷賑を極めた。現代においても金華山灯台は船舶にとって極めて重要な道しるべとなっており、特に北米航路の船舶にとってはシアトルやサンフランシスコを出港すると、ひたすら金華山灯台を目指すコースで太平洋を航行するのである。これらの船舶にとって金華山灯台が初めて目にする日本であり、遠くに輝く灯火を見て、船舶乗組員は日本に辿り着いた感慨に浸るという。

金華山灯台の初点灯は明治九年（一八七六）一一月一日である。金華山灯台の霧笛吹鳴回数は昭和五四〜五八年の五年間の資料によれば、年平均〇・二〜三七・六回あり、特に濃霧が発生しやすい六〜八月は毎月五〇回以上となり、洋上航行の安全を確保している。一一月から翌年三月までの冬期は洋上の見通しが良くなるため、逆に霧笛の必要性は低下する。昭和三五〜六二年の金華山灯台の観測資料によれば、金華山の年間平均気温は一二・二℃で、対照とする石巻市の一一・三℃よりやや温暖である。また年平均最高気温は一五・一℃（石巻市一五・三℃）、年平均最低気温は九・七℃（石巻市七・八℃）であり、石巻市より暑すぎず寒すぎない安定した気候である。年間降水量は一〇七一㎜（石巻市一〇七六㎜）で、年間降雪量一三・二㎝（石巻市五九・〇㎝）であるが、月平均日照時間が一五九・四時間（石巻市一七八・一時間）と少ないのは、夏場の濃霧の影響がデータに反映しているものであろう。

「ほんと、金華山は沿岸漁業でも太平洋航路でも、長い間ずっと船乗りたちに希望の光を届けて来たんですねぇ。これも金華山の黄金なのかしらねぇ」と及川記者が感嘆する。

金華山は、北緯三八度一七分三二秒、東経一四一度三四分一三秒に位置する太平洋上に突出しているピラミッド型の孤島で、標高四四四・九ｍの頂上を頂点としたその秀麗な山容は、遠く洋上からもひときわ目立ち、古代より海上交通や漁業上の重要な目印となってきた。島の周囲はすべて海蝕崖に囲まれ、砂浜らしい所は見られず、低位の海岸段丘が断崖となって海に迫り、孤立したピラミッド島は距離約八〇〇ｍの金華山瀬戸を挟んで、牡鹿半島東南端にある対岸の山鳥渡《やまどりのわたし》と対峙している。島の北端仁王崎の南西より起こる山嶺は、半島部とは逆に北北西から南南東方向に連なり、金華山頂を経て東ノ崎で海に没する急峻な山であるが、半島部と同じように標高一〇〇ｍ以下の山麓は傾斜がゆるやかになり、その末端に数多くの舌状台地が見られる。金華山は全島が花崗閃緑岩と石英閃緑岩で占められていて、島の西北部の一部に変成岩があるだけで産金は認めない。島全体に花崗岩が露出しており、特に七・八合目以上は峻険な山容となり、太平洋の海風で風化した花崗岩質の砕けやすい砂利は、下山の際にしばしば足を取られ、滑落する危険性がある。金華山を構成する花崗閃緑岩は、金華山瀬戸の断層（金華山構造線）によって切り離されている対岸の牡鹿半島部の新生代御番所山層や、中生代の山鳥累層、その西に連なる牡鹿層群とは、全く異質の岩石で出来ており、遠く北北西に八〇km先の岩手県大船渡地方の立根《たちね》付近の花崗岩に似ているという。参道や社務所付近を構成する石英閃緑岩は、中粒で片理が強く、新鮮な露出面では角閃石を多量に含むために青色を帯びている。島内の無数の沢から流れ出る河川はいずれも短く、精々一km前後のものが多いが、水量は豊富で至る所に小さな滝を作り、このうち黒沢と呼ばれる比較的大きなものは、大正時代に三kWの自家発電設備も設置された。

古代において畿内から陸奥国に向かうには、日本海沿岸の海路と、東山道の陸路と、常陸国鹿島湊を起点とする海路の三方面からの北上ルートが存在した。日本書紀光仁帝の宝亀七年（七七六）七月の条に「安房、上総、下総、常陸の四国に船五〇隻を造らしむ。陸奥国《みちのく》に置き、以って不慮（の事態）に備う」とある。また五年後の天応元年（七八一）二月の条にも、「穀一十万斛《こく》を相模・武蔵・安房・上総・下総・常陸等の国に仰せて、陸奥の軍所に漕送せしむ」とある。この時期は奈良朝末期にあたり、宝亀五年（七七四）の桃生城襲撃事件や宝亀一一年（七八〇）の宝亀の乱（伊治公呰麻呂が道嶋大楯と紀弘純を弑す）などの奈良朝を揺るがす大事件が陸奥国で頻発し始めた時期であり、奈良朝は征夷のための武器・食料等の軍需物資を、陸路だけでなく、一度に大量輸送ができる海路でも周到な準備を進めていたことが分かる。

常陸国の鹿島湊をひとたび出航すれば、何も目印のない単調な陸地に心もとない航海を続ける中で、黒潮に乗ってやがて見えてくる金華山の秀麗な山容とその左側の太平洋上に鋭く突き出ている牡鹿半島は、一路北上する船人にとっては唯一絶対の目印で、最も安全確実に船を陸奥国に導いてくれる存在であった。羅針盤など無かった古代には、夜は不動の位置にある北極星を頼りに進み、昼は海上から陸地の目印を頼りにした山アテをしながら進んだ。鹿島から北の平坦な海岸線はなかなか山アテが出来ない単調な航路である。しかし黒潮に乗って一気に此処まで来れば、後は金華山を右に見て石巻湾側に入り、北上川河口の牡鹿柵か、さらに進めて多賀城に軍事物資を運び入れるか、それとも金華山を左手に見ながらさらに船で北上し、女川湊を過ぎて追波湾から北上川河口に入り、川を遡上して事件現場である桃生柵やさらに北上川を北上して蝦夷の中心地である胆沢地域まで一気に進入することが出来る。

奈良朝にとって金華山は、それほどまでに重要な軍事上の交通分岐点であった。つまり古代にみちのく山と呼ばれた金華山は、奈良朝や平安朝にとってまさに陸奥国への入口、あるいは陸奥国そのものを象徴する存在であったと言える。

「オジちゃん、このクジラ肉美味しかったよ。さっきの続きで、昔の江戸の三大ビックリ話を教えて～」と、誠が酔っ払いの高橋竜司に風呂場での続きをおねだりすると、

「あ～、オジちゃんは忙しいから、また明日な」と言い捨てて、隣の席の誰かの日本酒小徳利を一本手にして、大広間を出て行った。

九　黄金

無口で何となく怖くて近づきがたい雰囲気の高橋竜司が出て行くと、緊張感が取れた大広間内は少しホッとした空気になった。そこで珍しく安部宗夫が、

「金華山で黄金が採れないとしたら、本当はどの辺りで産金したんですか？」と、身を乗り出してきたのを、

「それは私がお答えしましょう」と古代史専門の白鳥が引き受けた。

「まず天平の産金以前のわが国の金銀事情を簡単に書いてみましょう」とテーブル上の紙ナプキンに、ペンで箇条書きにしてみた。

後漢　建武中元二年（五七）光武帝から漢委奴国王の金印綬あり（後漢書）
魏　景初二年（二三九）明帝から邪馬台国卑弥呼へ親魏倭王金印紫綬あり（魏志倭人伝）
推古一三年（六〇五）推古帝が丈六《じょうろく》の仏像制作（元興寺伽藍縁起）高麗国から黄金贈与
天智七年（六六八）越国から燃える土と燃える水の献上
天武三年（六七四）対馬国から貢銀
持統五年（六九〇）伊予国から貢銀

文武二年（六九八）因幡国から貢銅
文武四年（七〇〇）丹波国から貢錫、金の探査命令が陸奥国と対馬国に下される
文武五年（七〇一）対馬から貢金あり、年号を大宝と改元（大宝元年）、のち虚偽と判明
慶雲元年（七〇四）常陸国と近江国で鉄を産出
慶雲五年（七〇八）武蔵国から和銅を献上、年号を和銅と改元
神亀元年（七二四）多賀城設置で本格的な陸奥経営が始まった
天平六年（七三四）光明皇后造仏所作物《さくもつ》帳（錬金約四四〇両）、全て海外贈物か交易品
天平十五年（七四三）聖武天皇、近江紫香楽宮で大仏建立の詔勅
天平十七年（七四五）聖武天皇、平城京に戻る
天平十九年（七四七）大仏鋳造開始（大安寺伽藍縁起）
天平二一年（七四九）真実の黄金発見（陸奥国小田郡）、貢金九〇〇両（百済王敬福）

「一番初めの漢委奴国王の金印は江戸時代に志賀島で出土発見されましたね。次いで魏の明帝から邪馬台国卑弥呼へ親魏倭王金印紫綬とともに金八両と銅鏡百枚が下賜されました。この金八両は古代中国での重量単位で、漢代から唐代まで基準が変化したので注意が必要です。日本の金重量制度は後の唐制に倣っていますね。日本では宣化天皇三年（五三八）、あるいは欽明天皇一三年（五五二）に百済聖明王から金銅製釈迦仏像一体と幡《はた》、蓋《きぬがさ》、経典を贈られた時点を日本における仏教伝来としています。それまで倭国内での金の需要は貴人の装飾品が主でしたが、この仏教伝来以後はそれに加えて、仏像

や仏具、寺院内装の目的、さらにまた国際的な決済通貨としても金の需要が急増してきた事情があるのです。推古天皇の丈六《じょうろく》（約四・八五ｍ）の仏像制作にも見られるように、天平勝宝四年（七五二）の大仏開眼以前にも、既に輸入金で仏像などは作られていました。ただこの推古帝のときは、高麗国大興王から黄金三二〇両の贈与を受け、保管金を合わせて金七五九両を使ったとされています。また光明皇后が母橘三千代の供養のために天平五年（七三三）から六年にかけて建立した興福寺西金堂の造営と造仏に関する報告書である造仏所作物帳《さくもつ》には、そのために錬金約四四〇両が用意されたとありますが、その黄金の全てが海外贈物か交易品でした。しかし大仏建立は桁違いには大量の黄金を必要としたわけです。鉱物資源の不足に悩んだ文武・元明・元正の三代にわたる天皇は、積極的な鉱物資源探索策を採りました。まず文武天皇は文武天皇五年（七〇一）の大宝令で、『凡《およ》そ国内に銅鉄を出《いだ》す処ありて官《くわん》未だ採《と》らずば百姓私《わたくし》に採るを聴《ゆる》せ、凡そ山沢《せんたく》に異宝《いほう》、異木《いもく》、および金《こむ》、玉《ごく》、銀《ごん》、彩色《さいしき》、雑物《ざふもち》ありと知らば、国用に供《ぐ》するに堪《た》へば皆太政官に申して奏聞せよ』としたんです（大宝令最終巻である第一〇巻の最終篇である第三〇篇雑令全四一条のうち、第九銅山私掘条、第十異寶異木条）。次の元明天皇（在位西暦七〇八〜七一五年）の代には、鉱物資源の探査員を全国に派遣した結果、慶雲五年（七〇八）に武蔵国秩父郡の和銅山から良質な自然銅が発見され、年号も和銅に改元しました。この武蔵国秩父郡における和銅産出においては、無位から従五位下、のちに伯耆守にまで出世した新羅系渡来人である金上元が関わったとされています。霊亀二年（七一六）に高麗郡を建郡したことと鉱物資源開発とも関係あるかもしれませんね。また東大寺大仏に対する献銅に貢献した山口県長登銅山でも秦部や宇佐恵勝《えすぐり》などの渡来系工人が関与したと言われていますよ。三代目の元正天皇（在位西暦七一五～七二四年）は、養老二年（七一八）の養老律令で贖銅法《しょくどうほう》などという変な規定まで作って、銅を官納したら刑を減免するとしたんです。本当に三代にわたって奨励したんですね。この結果、文武天皇五年（七〇一）対馬から我国初の貢金ありとして、年号を大宝とまで改元したのです。このとき発見者である家部《やかべ》宮道は正八位上に叙階され、冶金に派遣された三田首五瀬《みたのおびといつせ》は正六位上に叙階、嶋司と郡司の主典以上は位一階、産金した郡の郡司は位二階を進めました。しかしのちにこれは三田首五瀬《みたのおびといつせ》の詐欺であることが発覚してしまいました（続日本紀）。これが本当に金に目がくらんだと言うことでしょうか、怖いですねぇ。ですから平安時代になると、この対馬からの調は銀と定められ、延喜式によれば大宰府に毎年調銀八九〇両を納めるよう命じられたんですよ。それ以後も対馬からの貢銀は続いたようで、永観元年（九八三）に宋へ渡った日本僧奝然《ちょうねん》が太宗皇帝への上奏文で、東奥州産黄金　西別島出白銀　以為貢賦（東の奥州は黄金を産出し、西の対馬は白銀を産出して租税とする）と出ていますね（西暦一三四五年に成立した中国の宋史）。

同じ七〇一年に陸奥国司からも黄金発見の報告があり、この場合は凡海宿禰荒鎌《おおしあますくねあらかま》が冶金目的で陸奥国に派遣されました。この凡海宿禰荒鎌《おおしあますくねあらかま》（大海とも書く）は、全国の海人（海部）を管掌した伴造《とものみやつこ》氏族である安曇《あずみ》氏なんですね。阿曇宿禰氏の始祖は海神である綿積豊玉彦神《わたつみとよたまひこのかみ》の子の穂高見命《ほたかみのみこと》です。この氏族の阿曇連比羅夫は滅亡寸前の百済国を救うために、倭国に人質となっていた王子豊璋を新百済王に仕立てて、白村江の海戦に向けて西暦六六二年に倭国から朝鮮半島に連れて行きました（続日本紀）。今日では凡海宿禰荒鎌《おおあまのすくねあらかま》が探索したのは、下野国那須郡に隣接する陸奥国白河郡の八溝山《やみぞさん》域であったろうと推定されています。もともと海洋氏族である凡海《おおあま》氏は、朝鮮との交易によって鉱山採掘や冶金技術にも長けていたので、その能力を買われたものでしょう。というのもこの凡海氏は、祖神として宇都志日金拆命《うつしひかなきくのみこと》あるいは火明命《ほあかりのみこと》を持つ火を用いて冶金する金属技術集団でもあるんですね。しかしこの時の調査は結局産金には帰結しなかったので、誤報ということになりました。丹後国加佐郡に凡海《おおあま》郷があり、いまの宮津や舞鶴の少し東部にあった小半島でしたが、これは後の大地震で水没したと言われています。古代阿曇《あずみ》氏は摂津国を本貫地とし、大海人皇子の乳母（壬生）もした氏族なんですね、だから大海人皇子《おおあまのおうじ》（後の天武天皇）というわけです。天武天皇が西暦六八六年に崩御した際には、この凡海宿禰荒鎌が弔辞を述べたほど深い関係にあったので、天武朝内ののちの文武天皇や元正天皇が一貫して金属技術の近代化や金属の収集を奨励したことの背景にそのような金属技術集団安曇氏族との関連も推定されているんですね。そういうことで、天平一九年（七四七）に大仏鋳造開始した時点では、聖武天皇の手元在庫としては、錬金＋砂金で合計五二一両一分しか無く、しかもこれらは全て海外贈物か交易品という状況での言わば見切り発車だったわけです」

「いやはや、いろいろあったんですねえ。この燃える土と燃える水の献上ってのは何ですか？」と、テーブル上の箇条書きを覗きながら不思議そうに安部が聞く。

「はい、それは恐らく今で言う原油だったのではないかと考えられています。今でも新潟や秋田では原油が採れますでしょう」と白鳥が返す。

「あ～、確かに以前秋田に学会で行ったら、油田があるってんで、見に行ったことがありますよ。日本でもオイルが採れるなんてビックリしましたよ」と今度は水鳥が合わせた。

「そうですね、この七〇一年のニセ黄金発見の知らせに刺激されて、同じ年のうちに飛鳥朝は大宝令を発布して、鉱物資源発見の際の届け出や鉱業権に関する条項をわが国で初めて定めたんですね。その結果、国産の銀や銅、錫、水銀等の開発が進められ、天平二一年（七四九）の産金までの約五〇年間で、黄金以外の金属については大仏鋳造材料調達の見通しが立つようになってきたんですね。そこで聖武天皇は紫香楽宮で天平一五年（七四三）に大仏建立の詔勅を発してはみたのですが、諸般の事情で同一七年（七四五）平城京に戻ってこの地で工事をやり直しはじめ、同一九年（七四七）に本格的な鋳造を始めたんです。しかし続日本紀には、塗金足らず金少なし、とあるように、それまでの海外交易や献上品による備蓄だけでは全然足りず、依然として黄金だけ国産の見通しが立たなかったんですよね」

「そうだったんですかぁ、そんなところに本当の金が出て来たなら、それは聖武天皇もさぞかしお喜びになられたでしょうねぇ」と、及川の声も上ずって来た。

「もちろん大喜びだったみたいですよ。頭を抱えていた聖武天皇のところに、天平二一年二月二二日（西暦七四九年三月一八日）に、早馬使者によって真実の産金の知らせが陸奥国からもたらされたんです。驚喜した聖武天皇は、四月一日に百官を引き連れて工事中の大仏に直接行幸して産金を報告したほどでしたよ」

白鳥が続ける。

「古代の産金については、天平二一年（七四九）正月の扶桑略記ならびに同年二月の続日本紀に、陸奥国小田郡から我が国初めての産金ときちんと記されているんですね。しかし何故か、その後永く金華山で産金されたと信じられてきたのです。この伝説に一石を投じたのが、江戸時代末期の伊勢国の学者沖安海《おきやすみ》（本名＝沖正蔵）ですね。本居宣長の門人で、後に養子となって家督を継いだ本居大平に師事した沖は、染型紙販売を家業とする傍ら、国学や和歌を大平に学び、嘉永三六歌仙の一人に数えられるほど学識の高い人だったそうですよ。この沖は、商売柄たびたび奥羽地方にも行商に来ていたようで、その過程でこの陸奥国における産金に関心を持ったものでしょうか。その結果、文化七年（一八一〇）に著した陸奥国小田郡黄金山神社考の中で、延喜式記載の『小田郡一座　小　黄金山神社』が今日の宮城県大崎市涌谷町にある黄金山神社であること、また天平二一年の陸奥国産金地が、当時まで巷間信じられていた金華山ではなく、この涌谷町黄金山神社付近であることを論考したんですね。

天平時代（七二九～七四九）に、丁度この小田郡は畿内朝廷の支配が及ぶ陸奥国の最北地点だったんです。それは現在の宮城県大崎市の涌谷町と美里町を中心に、田尻町の一部、松山町の一部、鹿島台町の一部、米山町の一部、河南町の一部から構成される大崎平野東部から石巻地方に向けて広がる北上川下流域の平野部辺りだったんですね。そこで後年になって、大伴家持の『みちのくの小田なる山に金あり』とした小田郡みちのく山というのは、北上川下流域の平野にあって旧迫川と江合川に挟まれていて東側を流れる大河北上川にほど近い篦岳《ののだけ》丘陵（標高二三六ｍ）と、その真南で矢本町寄りにある旭山丘陵（標高一七四ｍ）、篦岳丘陵より西南に位置して鳴瀬川すぐ南にある鹿島台《かしまだい》丘陵（標高一二二ｍ）のどれかであると比定されてきたんですね。そのような中で文化七年（一八一〇）に沖安海が自著の中で、それが篦岳丘陵麓の黄金迫と呼ばれている場所であり、延喜式の神名帳にある黄金山神社跡であると提唱したんですよ。ここは陸奥国府多賀城の北北東約三〇㎞に位置しているんですね。

その後、現在までの遺跡調査によって、天平と刻まれた瓦が出土しており、江戸時代末期に再建された現在の涌谷町黄金山神社拝殿の場所に、天平時代に産金を記念した径九・九mの六角堂または円堂が建立されたものと考えられているんです。このお堂跡から出土した屋根瓦のうち鐙瓦《あぶみがわら》は、同時代の多賀城から出土した単弁八葉蓮花文様とは異なる単弁六葉蓮花文様であって、またこれと組む宇瓦《うがわら》の太い偏向唐草文様も多賀城や陸奥国分寺から出土する九小葉とは異なる十小葉となっているんですね。これらのことから、産金という一大慶事に因んで、六角堂（あるいは円堂）と共に特別仕様で制作されたものと推定されているんですよ。それだけ飛鳥朝の地方行政機関としても、喜びが大きかったんでしょうね。この地は昭和三二年（一九五七）の発掘調査によって現在の宮城県遠田郡涌谷町黄金迫の黄金山神社付近と確定され、これを受けて昭和四二年（一九六七）年一二月には、国指定史跡天平産金遺跡に指定されました」

「それは本当に日本始まって以来の大発見だったんですね」と及川の取材が熱を帯びて来た。

「確かにそうですね。何しろ四八年前の文武天皇五年（七〇一）の対馬からのニセ産金の時は、元号まで大宝と改元したのに、結局ウソとバレたんですから、今回は本物なのかとよほど警戒したのと大騒ぎしたのと両方だったでしょうね」

「アハハ、確かに」と及川。

「でもこの小田郡の産金には、別な疑問が指摘されているんですよね」と今野が意味深長な声音で切り込んだ。

「あれ、今野さん、良くご存じですね。そうなんですよ、この産金の中心人物だった百済王敬福《きょうふく》は、天平一〇年（七三八）頃に陸奥介《むつのすけ》（地方次官）に任ぜられ、同一五年（七四三）陸奥守《むつのかみ》に昇任し、三年後の天平一八年四月一日（七四六）いったん上総守《かずさのかみ》にご栄転したばかりなのに、わずか五か月後の九月一四日付けで再び陸奥守に戻らされたのは変だと思いませんか？　だって上総国は親王任国《しんのうにんごく》といって、皇室の親王が国守に任じられる特別の国であって、国級も正四位以上が任官位とされる大国なんですね。この親王任国は坂東では上総、常陸、上野の三国しか無いんですよ。天長三年（八二六）以降これらの国守は太守と呼ばれるようになりましたが、実際に赴任するのは次官である上総介《かずさのすけ》でした。ですから、当時従五位上だった敬福が上総守に昇進したこと自体が異例であったことに加えて、一旦名誉あるこの上総守に昇進したのに、上級国から短期間で降格人事とも思える陸奥国守に再び任じられたんですから、絶対何か理由がありますよねぇ」

「確かに変な人事ですね。普通の会社なら意味不明人事って、社員全体から不評を買いますよねぇ」

と今度は水鳥が身を乗り出してきた。

「そうでしょう？　再着任実働たった二〇か月で貢金九〇〇両を可能にしたのは、敬福の前任期中すでに多賀城以南の探金調査は終了していて、残る多賀城以北地域の探索も恐らくかなりの所まで進んでいたのではないでしょうか。その報告を受けていた朝廷が、大仏建立用の黄金調達のため、敬福に産金継続を特命したものではないかと私は推定しています」と白鳥の推理。

「確かにおかしいですね。冬の間は戸外での採金作業が滞るでしょうから、この期間を多量の砂金を溶錬して錬金作業に費やすものとして差し引けば、残りの実働はわずか半年余りで九〇〇両を採金したことになって、それは絶対無理でしょう、明らかにおかしいですね」と水鳥が計算する。

「でしょう？　延喜五年（九〇五）に醍醐天皇の命により編集が始まり、二二年の歳月をかけて延長五年（九二七）に完成した延喜式によると、諸国より京への運脚日数は、約一五〇〇里（一里は約五四〇ｍ）ある陸奥国の場合は、貢物を担って上京する上り行程は五〇日、空荷で帰る下り行程を二五日と定めているんです。この間の早馬は別に行程七〜八日と定まっているんですね。この延喜式より約一八〇年も前の敬福時代は、道路も一層整備不良だったでしょうし、恐らく更に時間がかかったものと思われます。それでも駅々を結ぶ伝馬による馳駅使が、遅くとも二月一五日には多賀城を出発して、平城京に産金を奏上したのが天平二一年二月二二日（西暦七四九年三月一八日）でした。この早馬使者が陸奥国に戻って上京の命を受けた敬福は、直ちに上京し、四月一日に聖武天皇が大仏殿に行幸し、工事中の大仏に産金を報告した式典に、かろうじて間に合ったんですよ。この式典に晴れがましくも産金功労者の代表として参列した敬福は、聖武天皇により従三位に特進叙階されました。翌四月二日には大赦が行われ、同月一四日には天平感宝と改元され、早馬の敬福から時間差で遅れた黄金九〇〇両の荷駄は、四月二二日に無事に平城京に到着することが出来たんです。これを見た聖武天皇の驚喜は如何ばかりであったか。五月一一日には敬福以外の功労者にも次のような叙階を与え、同月二七日には陸奥国の調庸を永久に免除（永免、ただし年限は後の勅によって修正された）とし、全国の今年の田租を全て免除とするなど、聖武天皇の感激ぶりが全国に波及する大慶事となりました」

日本初の産金という大慶事の功績によって、叙階された主な人は左記のとおりである。

百済王敬福《きょうふく》　陸奥国守従五位上　↓　従三位（三位以上は上下の別なし）

佐伯宿禰全成《またなり》　陸奥国介従五位下　↓　従五位上
大野朝臣横刀《たち》　鎮守判官従五位下　↓　従五位上
余足人《よのたるひと》　大掾正六位上　↓　従五位下（帰化人）

金を獲た人
丈部大麻呂《はせつかべのおおまろ》　上総国の人　↓　従五位下
朱牟須売《しゅのむすめ》　左京の人、無位　↓　外従五位下（帰化人、丈部妻とも）
丸子連宮麻呂《まるこむらじ》　小田郡の人、私度沙弥　↓　師位（応宝法名も授与）

冶金した人
戸浄山《へのじょうせん》　左京の人、無位　↓　大初位上（帰化人）

金産出山の神主
日下部深淵《くさかべのふかふち》　小田郡の人　↓　外正初位下

「産金の報告に驚喜し、四月一四日に元号を天平感宝と改元し、大仏開眼の目途が立ったことで一段落したのか、同じ年の七月二日に聖武天皇は退位してしまいました。

この叙階者の中で、丈部大麻呂《はせつかべのおおまろ》は上総国の人であり、敬福が陸奥国守に再任された時に上総国から連れて来て産金を担当させたものと考えられます。丈部（はせつかべ、あるいは、はせべ）とは東国に広く分布する軍事的部民《べみん》の名で、「直《あたい》」姓をもつ東国の一族は丈部を統率する地方の伴造であろうと言われています。この丈部大麻呂《はせつかべのおおまろ》は産金成功に依って従五位下に叙階されましたが、その後も順調に出世して、のち斎宮頭、延暦三年（七八四）には従五位上に昇進し、さらに織部正、隠岐守にまで任ぜられました。

下総国銚子の常世田付近や、上総国九十九里浜南端にある上総国一宮の玉前《たまさき》神社付近、内房の木更津付近、安房国館山北の多田良《たたら》浜付近などは、黒い砂浜のいわゆる砂鉄海岸です。これらの地域は浜砂鉄の一大産地であるため、早くから渡来系集団や物部氏などによる製鉄が行われてきました。特に利根川河口一帯は、出雲と並んで古代における一大製鉄地帯であり、ともに一ノ宮として発展してきた常陸鹿島神宮と下総香取神宮が極めて近接した場所にあり、どちらも出雲の国譲りに貢献したというのは、その製鉄技術を用いた武器供与によって倭王権の西日本統一に貢献したということでしょう。

またこの地域に根強く残る白神信仰は、新羅系の製鉄工人集団が北極星を祀ったもので、航海民に方位を示してくれる神ですよね。定住を基本とする農耕民族においては、主として太陽信仰が重要であり、弥生文化の継承者である倭王権も天照大神を信仰し、のちに国名も日の本としましたよね。一方、移動を基本とする中国大陸の中原北方の遊牧民族や、ユーラシア大陸東岸に生きる海洋民族にとっては、季節によって伸縮する日照時間や毎日変わっていく日出日没場所を示す太陽よりも、揺るぎなく変わることのない北極星を中心とした星の運行こそが、何も道しるべのない広大無辺な草原や大海原を生きていく人間にとっての最大の羅針盤となってきたものでしょう。仏教を保護した古代蘇我氏の根拠地であった南河内郡太子町あたりは、高句麗や新羅、百済からの渡来集団を積極的に受入れた場所でもあったので、草原を馬で移動しながら生きてきた彼らが、故国で信仰していた北極星を中心とした北辰尊星王を持ち込み、やがて奈良朝末期から次第に仏教と習合して、妙見尊星王（妙見菩薩）となり、のちの妙見信仰に発展して行きました。実際、利根川河口の川口神社は、昔は白紙《しらかみ》明神と言われていたそうですし、青森県の白神山地にも多くの鉱山があるそうですよ。鹿島神宮のある常陸国には幡田郷や大幡郷があるように、秦氏（後の新羅となる辰韓出身）が古くから入植しており、また百済王遠宝や阿部狛（高麗）臣秋麻呂など百済系や高句麗系の国司も常陸国を統括していました。秦氏系の赤染氏などは、まさにその名の通り、産銅・産鉄を業としつつ朱や丹を以って染める呪術も行っていました。金華山の初巳大祭では最終日の七日目に、お神輿が参道を下って行き、港で氏子たちに担がれたまま、海に入ってわっしょいわっしょいお神輿が潮に浸かって清められますが、この九十九里の玉前《たまさき》神社でも、祭りの時はお神輿を東浪見《とらみ》海岸に入って神輿を波しぶきで揉むそうですから、何だか凄く似ていますし、この玉前神社もご祭神は金山彦神で金華山と同じというのも面白いでしょう。また現在では木更津の矢那川上流に上総アカデミアパークという研究施設がありますが、この辺りには砂鉄を炭で溶かす製錬炉や炭窯などの遺跡もあるんですよ。

またこの小田郡のお坊さんである丸子連《まるこむらじ》宮麻呂というひとは、私度沙弥人《しどしゃみにん》といって、大宝令で禁じられた官許ない私度坊主であったのですが、修行で山野を跋渉《ばっしょう》し小田郡内の地理に詳しかったために、郡司の推薦で探金の案内役を務めることになり、遂に発見者の一人となったのですから、運の良い人でしょう。この功績によって、大宝令違反の状態から、一般人なら位階五位相当の師位という上級官僧位を与えられ、そのうえ応宝という法名まで授与されたのですから笑いが止まらなかったでしょう。この丸子連が金華山に神社を建立したというのですから、これには別のいわくがあったのではないかと勘ぐるのは私だけではないと思います。

さて話は飛んでしまいましたので、元に戻しますと、聖武天皇があっさり退位したあとは、娘の孝謙天皇が即位しましたが、この時に天平勝宝（七四九年、のち七五七年まで）と改元したのは、それほどまで飛鳥朝における興奮が強かったことを表していますね。だって大仏建立のための黄金調達目的で遣唐使を企てたりまでしたんですもんね。そんな時に折よく、宇佐八幡宮から大仏建立に対して必ず上手くいくとの協力的託宣が出たんですよ。また最後の神頼みということで、良弁《ろうべん》法師を遣わして近江国志賀郡瀬田の石山寺の如意輪観音像に産金の祈願をさせた直後に、言葉は悪いですけどウソから出たマコトみたいに陸奥国から産金の吉報が届くなんて、タイミングが良すぎると思いませんか？」と白鳥が長い話の終わりに疑問をぶつけてきた。

「確かに嫌にタイミングが良いですね。大量の産金は事実だったでしょうが、単純な慶事ということではなく、その裏に何か別の動きがあるような気もしますね？」と受けた水鳥は今野に同調を求めたが、珍しく今野は目を合わせずどこか遠くに視線を泳がせた。

「それで結局、大仏の建立には間に合ったんですか？」と及川が先を知りたくなった。

十　大仏

「それじゃあ、ここに東大寺大仏（盧舎那仏像《るしゃなぶつ》）に関わる流れを簡単に書いてみますね」と、古代史専門の白鳥透が、再び紙ナプキンに書き始めた。

欽明天皇一三年（五五二）日本に仏教伝来↓二〇〇年後が大仏開眼（七五二年）
神亀元年（七二四）聖武天皇即位
神亀五年（七二八）皇太子一歳未満で夭逝
天平元年（七二九）天平と改元、長屋王の変
天平六年（七三四）四月七日畿内七道大地震（生駒断層）マグニチュード七・〇
天平九～一一年（七三七～七三九）日本国内で天然痘の大流行、国内人口の三分の一死亡
天平一二年（七四〇）二月、聖武天皇、智識寺の盧舎那仏拝観で大仏建立を着想
　八月、藤原広嗣の乱（一一月広嗣誅死）
　一二月、聖武天皇、金鐘寺《きんしょうじ》で四十歳奉祝の華厳経講義を拝聴
天平一三年（七四一）一月恭仁京《くにきょう》遷都、同月藤原広嗣の乱の処分決定、国分寺建立の詔
天平一四年（七四二）紫香楽宮遷都（より上流で琵琶湖に近い、甲賀市、甲賀寺）

天平一五年（七四三）発願、一〇月一五日近江紫香楽宮で大仏建立の詔を発布
天平一六年（七四四）難波宮遷都、聖武天皇倒れ一時重態となる
天平一七年（七四五）平城京に戻る、金鐘寺で大仏造像開始（柱、土など）
天平一七〜一八年（七四五〜七四六）畿内で大地震群発、国家安全祈願
天平一八年（七四六）聖武天皇、盧舎那仏の燃灯供養を行う（鋳造の原型完成）
天平一九年（七四七）九月九日、大仏鋳造開始
天平二一年（七四九）二月陸奥国小田郡で国内初産金の報
　七月二日聖武天皇退位
　七月二日聖武帝娘の孝謙天皇即位、天平勝宝と改元
　一〇月二四日鋳造完了
天平勝宝二年（七五〇）正月に鋳加作業始まる（空洞充填や不整部整復などの仕上げ作業）
天平勝宝四年（七五二）三月十四日鍍金開始、四月九日開眼供養（聖武天皇欠席？）
天平勝宝七年（七五五）正月に鋳加作業終了→こののち表面やすり後、鍍金作業に入る
天平勝宝八年（七五六）五月二日聖武天皇薨去（五五歳）
天平宝字元年（七五七）鍍金完了（五年掛っている）
天平宝字二年（七五八）孝謙天皇退位、淳仁天皇に譲位
天平宝字四年（七六〇）金貨「開基勝宝」を作る、藤原恵美押勝
天平宝字七年（七六三）光背作成開始

天平宝字八年（七六四）孝謙重祚称徳天皇
天平宝字九年（七六五）七月四日、橘諸兄《たちばなのもろえ》の子奈良麻呂の乱
神護景雲三年（七六九）宇佐八幡宮神託事件（聖武帝娘重祚称徳天皇と道鏡への反発）
宝亀二年（七七一）光背完成
斉衡二年（八五五）地震で大仏の頭部が落下
貞観一一年（八六九）貞観大地震で東北地方太平洋側に津波大被害
治承四年（一一八〇）平重衡の兵火で主要な伽藍が焼失、のち重源が大勧進職として再興に奔走
永禄一〇年（一五六七）松永久秀と三好三人衆の兵火による焼失、のち数十年放置状態
貞享元年（一六八四）僧公慶《こうけい》が江戸幕府から大仏再興許可受ける
元禄五年（一六九二）大仏開眼供養
宝永六年（一七〇九）大仏殿落慶、現在に至る

「この年表で分かるように、神亀元年（七二四）に聖武天皇が即位したあと、将来を期待した皇太子が一歳で夭逝したので元号を天平に改元しましたが、それでも長屋王の変が起きたり、畿内七道に大地震が発生したり、天然痘の大流行で藤原四兄弟が全員死亡したり、藤原広嗣の乱が起きたりで、国内は乱れ聖武天皇は公私ともに疲れ切っていました。この時の天然痘の猛威は最近の新型コロナどころではなくて、何と日本の人口の三分の一が、また和泉国では人口の四五％が死亡したということですから、まさに地獄のような三年間だったことでしょう。特に高句麗遺民が建国した渤海国と同盟し

て、反新羅の外交軍事路線を主導してきた藤原四兄弟（武智麻呂《むちまろ》、房前《ふささき》、宇合《うまかい》、麻呂《まろ》）が一度に亡くなったことは国内政治バランスに変化をもたらしました。その結果、唐留学から帰国した吉備真備と僧玄昉《げんぼう》が台頭してきたことで、藤原広嗣が大宰府小弐に左遷され藤原氏の勢力は削がれました。

天平一二年（七四〇）は東大寺大仏の歴史で重要な年となりました。まず大宰府に左遷された藤原広嗣が反乱を開始し始め、その鎮圧部隊を派遣しました。そのあと聖武天皇が難波宮への行幸途中で河内国大県郡（大阪府の柏原市、生駒山地南部大和川北側）の知識寺（現在の太平寺）で盧舎那仏《るしゃなぶつ》を拝観し、ここで大仏建立のヒントを得たとされています。知識とは同じ信仰の同志、あるいは同信という意味で、大和国国分寺であると共に日本の総国分寺でもある寺として東大寺を鎮護国家の中心に据えようと思い付いたのでしょう。同じ年の一二月になると、聖武天皇は四〇歳の誕生日に際して、金鐘寺《きんしょうじ》（のちの東大寺）において僧審祥《しんじょう》が行った奉祝の講義を拝聴しました。この審祥《しんじょう》は新羅学生ということで、新羅で華厳経を学んで来た人とされており、新羅人か日本人か不明ではありますが、僧良弁《ろうべん》が金鐘寺で始めた華厳経講説でも三年間講師を務めるなど、良弁と共に日本華厳教の基礎を築いた人として知られています。四十にして惑わずと言いますが、聖武天皇にとってこの年は不惑どころか、まさに迷いの真っただ中であったと言えるでしょう。

その迷いを反映したかのように、翌天平一三年（七四一）一月に恭仁京《くにきょう》に遷都しましたが、ここは奈良と宇治間を流れる木津川の中流にあって、藤原氏に代わって国内安定と軍縮路線を採り、妻光明皇后の異父兄でもある橘諸兄の本拠地なので、聖武帝にとって安心感があったのでしょう。この地で国分寺建立の詔を発しました。次いで遷都した紫香楽宮で大仏建立の詔を発布し、この時は国銅を尽くして象を鎔しなどと強い決意が汲み取れます。翌年またまた今度は難波宮に遷都し、心労が重なったのでしょう、遂に倒れて一時重態になったと伝えられています。水鳥さん、これは何の病気だったのでしょうかねえ？」とそれこそ水を向けた。急に指名された水鳥は、しかしここは慌てもせず次のように考察した。

「そうですね。心労が重なった人が急に倒れ、その後数年間は公務に復帰したんですよね。天皇の病状ですからあまり公的な記録には残らないようにしているのでしょうが、四四歳で急に発病し、一時重態にまで陥ったもののその後少し回復して五年間も在位を続けた後に退位し、大仏開眼供養は恐らく欠席したものの、五五歳で薨去しているわけですから、発病後一一年間は存命したのですよね。死亡したのも急ではなかったような感じですから、恐らく心配性の人が度重なる心労によって血圧が上がって、脳出血を起こしたのではないでしょうかねえ。癌ではないでしょうから、現在でしたら心筋梗塞なんかでもあり得るとは思いますが、奈良時代の食生活や生活様式を考えれば心臓よりは脳卒中が最も考えやすいかな」

「なるほど、脳出血かも知れなかったんですね、有難うございます。それでは話を大仏に戻しますと、大仏は天平勝宝四年（七五二）四月九日に開眼供養されましたが、当初予定されていたお釈迦様の誕生日である四月八日（花祭り）には挙行できなくて、翌日に延期されたものでした。この理由は天候不良など取り沙汰されてきましたが、恐らく先ほど水鳥さんが指摘された病気のために聖武帝の体調が許さなかったものと思われますね。この開眼時、大仏の鍍金もまだ始まったばかりなのに、開眼供養祭を行わざるを得なかったことも、聖武帝の健康不安のための前倒しだったものと思われます。なお初産金時に免除されたはずの課税と陸奥からの貢金がこの年から再開されました。

聖武天皇が亡くなると、少しずつ不比等や仲麻呂といった藤原氏の復権が進行し、天平宝字九年（七六五）に逮捕された橘諸兄の子奈良麻呂の乱は明らかな藤原氏の逆襲だったでしょう。また続いて起こった宇佐八幡宮神託事件は、天武朝側である重祚称徳天皇と道鏡に対する天智朝側の攻撃と和気清麻呂の忠誠を象徴するものでした。斉衡二年（八五五）の大地震では大仏の頭部が落下してしまい、この時は損傷が大きかったため、修理完成まで実に六年間掛かっています。因みにこの大地震から一一年後の貞観一一年（八六九）には貞観大地震が東北地方太平洋側を襲い、同地域に大津波による大被害が発生しましたから、この金華山辺りもその時は大被害が出たことでしょうね。

やがて戦国時代に焼失した大仏と大仏殿は、江戸時代に再建され今日に至っていますね。再建された現在の大仏において、天平創建当初の部分としては右腋から下腹部の部分と、両手の前膊と袖の大半、両脚の全てですから良く残っていたなと思いますね。また台座についても、後部の蓮肉と蓮弁が天平創建当初のものと言われています」

「いやいや、さすがに長い歴史ですねえ」と水鳥が驚くが、

「アハハ、すみません、これでもかなり簡略化したんですけどね」と白鳥が頭を掻いた。

「開眼供養には聖武太上天皇（のちの上皇と同じ）と光明皇太后、娘の孝謙天皇が列席し、参加者は一万数千人に及んだとされていますね。開眼導師はインド僧菩提僊那《ぼだいせんな》（菩提僧正）が務めました。この開眼供養の時点で、大仏本体の鋳造は概ね完了していましたが、細部の仕上げや鍍金、光背の制作は未だ完了していませんでした。開眼供養で大仏の瞳を描きいれる儀式では、長大な開眼縷《かいげんる》（長い紐）

を多数の出席者がこの紐にすがって大仏に結縁《けちえん》したんですよ。何しろこの縷《ひも》は長いもので一九〇ｍもあったというんですから、さぞかし壮観だったでしょうねぇ。

ところがこの日開眼儀式を執り行うはずだった聖武太上天皇は、よっぽど健康状態が悪かったようで、結局出席できず菩提僧正が代理を務めたんですよ。聖武太上天皇と光明皇太后が大仏殿に入御されたときに、宇佐八幡の神明霊威により、内裏に天下太平の文字が出現したので、これは瑞祥ということで、娘孝謙天皇が五年後に年号を天平勝宝から天平宝字に改元したということですね。大仏開眼を見届けた聖武太上は四年後に亡くなり、その遺品は東大寺に納められ正倉院と名付けられましたね」

「わたし奥州市のざっつぁか祭り（奥州水沢夏祭り）が好きで、毎年浴衣で踊りに参加するんですけど、この開眼供養って飛鳥時代最大のお祭りみたいだったんでしょうね」と、お祭りというだけで及川は盛り上がった。

「ほんと、盛大だけど荘厳な国家的お祭りといった感じだったかも知れませんねぇ。華厳宗は、中国陝西省《せんせいしょう》長安県出身の杜順《とじゅん》を開祖とし、天台宗と並ぶ中国大乗仏教の双璧ですね。西暦四〇〇年頃に中央アジアで成立した華厳経は、中国を経由して五世紀に六〇巻本が六十華厳として、また七世紀末に八〇巻本が八十華厳として日本に伝わったんですね。盧舎那仏《るしゃなぶつ》とはこの華厳経に説く蓮華蔵世界の中の中心的存在であり、世界の存在そのものを象徴する絶対的な仏なんですよ。六十華厳では盧舎那仏《るしゃなぶつ》、八十華厳では毘盧遮那仏《びるしゃなぶつ》と書かれ、いずれも元々はサンスクリット語のヴァイローチャナ（Vairocana）の漢音訳であり、後の密教におけるマハー・ヴァイローチャナ（Mahāvairocana）と同じ語源ですね。華厳経の教理は、すべての事物が完全にとけ合って障りなく、仏のはたらきやその教えが真実で完全円満であること（円融無碍《えんゆうむげ》）ということですから、成立の起源はゾロアスター教の善の最高神アフラ・マズダーにあるとする説もあるみたいですよ」

「いやぁ、あの時代は結構アジアとつながりが深かったんですねぇ」と呑気な水鳥が感心した。

白鳥が続ける。

「華厳宗は、日本では東大寺を総本山として、仏教が国家の保護する学問であった奈良時代の宗派ですね。光明皇后と父親藤原不比等は、もともと国家仏教の確立を目指しており、天平一五年（七四三）頃の聖武天皇が居ます紫香楽宮周辺での不審火や、行基教団への弾圧は、光明皇后側の聖武天皇への嫌がらせだと考えられています。光明皇后が建立した福寿寺をルーツとさせて東大寺を建立したのも、聖武に対して甲賀寺で挫折を与えるための方略だったのでしょう。人事も聖武に重用された僧玄昉や行信が左遷され、光明皇后の支持を背景に、藤原仲麻呂が台頭してきました（不比等＝光明皇后＝仲麻呂ライン）。

これに対して、天平二一年（七四九）の宇佐八幡宮からの大仏建立に対する協力的託宣は、聖武天皇と娘の孝謙天皇側の大仏建立における主導権奪還の反撃だったとされていますね。つまり宇佐八幡宮は聖武＝孝謙派であり、七四九年の、われ天神地祇を率い、必ず成し奉る。銅の湯を水となし、わが身を草木に交えて障ることなくなさん、という宇佐八幡宮の大仏建立に協力的な託宣は、明らかに聖武天皇の意を酌んだやらせだったでしょう。

しかしこのような宇佐八幡宮の父聖武＝娘孝謙サポート体制は、その二〇年後の神護景雲三年（七六九）五月の第二の宇佐八幡宮宣託事件においては逆転しましたね。初め孝謙重祚称徳天皇に対して、

『道鏡が皇位に就くべし』と託宣しておきながら、のち八月に参上した和気清麻呂に対しては、『我が国は臣をもて君とする、いまだこれあらず、無道の人はよろしく早く掃除すべし』と託宣を一八〇度変えたのは、その時々の利害状況によってご神託が都合良く製造されるということを示しているのかも知れません。ですから同じ天平二一年の託宣で、不足する金は必ず国内から出るであろうと述べ、これが実際その年のうちに陸奥国で産金が現実となったのは、どこかで陸奥産金の知らせが宇佐八幡宮に事前に漏れていたか、あるいは託宣を受領しに行った使者に、何かしら内密な指令が託されていたのではないかとも疑われますね。そうでもなければ話が上手すぎ、タイミングも絶妙すぎるとしか言いようがありませんね」

「それはつまり、陸奥国守敬福と宇佐八幡宮が裏で直接繋がっていたか、あるいは使者を決めた朝廷内高官と敬福とが繋がっていたということでしょうか？　私はご先祖が陸奥国出身ですが、現在は宇佐八幡宮が鎮座している大分県人ですから、それは気になりますねぇ」と、安部宗夫が興味津々で突っ込んできた。

「いえ、ここのところは確たる証拠は掴めていないんですよ。でもやっぱり聖武天皇を中心として様々な思惑や利害、欲望と権力闘争、奈良朝内での主導権争いが交錯していたことは事実なんでしょうね。大仏の開眼供養式に聖武太上天皇が臨席したというのは、東大寺要録にあるのみで、続日本紀には娘の孝謙天皇行幸の記載しかないので、聖武太上天皇が本当に臨席したかどうかは不明のままなんですよ。実際この開眼供養式の前後には聖武太上の病気記事が出ているので、やっぱり聖武太上は臨席出来なかったのではないかという説が根強いんですよね。開眼供養まであと三年もあって、これから本当に大事な時期に入るというのに、産金に感激した直後に娘の孝謙天皇にあっさり譲位してしまったのも病気のためでしょう。

聖武天皇は大宝元年（七〇一）生まれで、天平勝宝八歳（七五六）五月二日に五五歳で薨去した第四五代天皇ですが、在位は神亀元年（七二四）二月四日〜天平〜天平感宝元年（七四九）七月二日の約二五年五か月で、娘の孝謙天皇に譲位しています。七四九年二月二二日に陸奥国からの早馬で産金の報告を百済王敬福から受け、四月一日に行幸して大仏建設現場で報告を行いはしたものの、そのわずか三か月後の同年七月二日に退位し、天平勝宝四年（七五二）四月九日の開眼供養まで在位しなかったのは、やはり体調にかなり重大な問題があったのだろうと推測されますね。聖武太上は天平勝宝四年（七五二）の開眼供養を見守りましたが、それから足掛け五年掛かった鍍金の完了を見ることなく、前年の天平勝宝八年（七五六）に薨去しました」

「聖武天皇、黄金大仏の完成を見られなかったなんて、ちょっと可哀想だわ」と及川が同情した。

「それにしても、大仏の表面に鍍金《めっき》するだけで五年間も掛かったそうですし、大仏完成までに一体どれぐらいの金を使ったんですか？」と水鳥が問うと、白鳥が続けて答えた。

「そうですね、東大寺の資料では錬金《れんきん》四一八七両一分四朱、銅約二四一トンとされており、他に金銅の寄進が三七万二〇七五人から、材木の寄進が五万一五九〇人からあり、労働力は五一万四九〇〇人と記されています。一方、宇佐八幡宮由緒によれば東大寺大仏に使われた金属は、銅四九九・〇トン、錫八・五トン、水銀二・五トン、金四〇〇kgとしています。この鋳造に用いた銅は、主として現在の山口県美祢《みね》市の秋吉台南東に隣接する長登《ながのぼり》銅山から調達し、約五〇〇トンを集めたといわれています。

実際に大仏殿西回廊横から出土した銅塊と、長登銅山の砒素濃度が近似しているので間違いないでしょうね。この長登銅山はその後も長く採掘され続け、昭和三五年（一九六〇）の閉山まで約一二〇〇年間の長きにわたって採掘が続きましたね。またこの大仏の鋳造に伴って、錬金溶剤として用いられる水銀による中毒と、銅に含まれている砒素による中毒患者が数百人に上ったといわれており、救護院の整備や環境汚染が大問題となったようですね。それにしても、この陸奥国から平城京に運ばれた総計一万〇四四六両の黄金によって東大寺大仏が完成したと東大寺要録には書かれているので、敬福以来十年余にわたって毎年九〇〇～一〇〇〇両もの黄金が平城京に貢納され続けたというから驚きですね」と、白鳥がまとめた。

「聞けば聞くほど、凄い話ですねぇ。奈良朝はどんだけ金が欲しかったんでしょう」と呆れかえるように及川も同調した。

陸奥国民に対して庸調を永久に免除（永免）したはずの租税は、しかし舌の根も乾かぬ三年後の天平勝宝四年（七五二）二月になって、奈良朝廷は新たに詔を発布して復活した。しかも陸奥国多賀以北諸郡の二一～六〇歳の良民男子である正丁四人単位で、調庸として金一両を納めるようにと、今度は小田郡以外の広範囲からも金の貢納を無理に要求し始めたのである。これは四人一組での連帯責任を課した訳で、一人が足りない時は残り三名の負担が増すという過酷な課税制度であった。このような苛斂誅求が二〇年後の三八年戦争を引き起こす素地を作ったとも考えられる。

「小田郡からの最初の貢金は九〇〇両だったんですよね。宇佐八幡宮由緒ではキログラムになっているので、そのあたりの換算方法はどうなっているんですか？」と今度は水鳥が聞いてきた。

大宝令で定められた重量単位は一斤＝十六両、一両＝二四金朱、の三段階であるが、当時はまだ一両＝四分、一分＝六金朱の換算率も使われていた。この単位にそれぞれ大称と小称があり、大一両は小三両である。飛鳥時代の大宝令では、銀と銅は小を単位として用い、鉄などその他は大を用いよと定められていたが、奈良時代になると金の重量は大小ともに用いられた。しかし敬福の貢金は大仏造立工事記録や、九世紀前半に書かれた大仏殿碑文などを用いた様々な試算により、今日では大称を用いたものと考えられている。中国の唐における重量単位は日本の大宝令でも踏襲され、大一両は三七・五gで、小一両は一二・五gである。今日世界中で用いられている金貨重量単位である一トロイオンス＝三一・一〇三四七六八gと比較すると、当時の大一両は今日のトロイオンスより一・二倍重く、小一両は今日のトロイオンスの約四〇・二％の重さであった。従って敬福の貢金九〇〇両は大称であれば三三・七五kg、小称であれば一一・二五kgに相当する。大仏殿碑文によれば、大仏の鍍金《めっき》に要した錬金《れんきん》（鉱石から精製した金）は一万〇四四六両、水銀は五万八六二〇両で、金：水銀＝一：五・六のアマルガムとしたものである。また東西両塔の露盤（相輪）には一五二〇両二分の金が用いられ、大仏の両脇士には金箔が使用された。従って大仏と露盤だけで約一万二〇〇〇両（一五〇kg）の金が使用され、これに光背や脇士、仏具、幡などにも金具として使われた金も併せて、全部で一万三〇〇〇両すなわち四八七・五kg以上の金が使われたとされているので、宇佐八幡宮由緒の四〇〇kgにほぼ等しいと考えられる。因みに江戸時代の通貨単位は甲州の田舎目を継承したもので、一両＝四分＝十六朱＝六四糸目で通用した。

「今野さん、そのトロイオンスって何ですか?」と及川記者が素朴な質問をすると、

「あぁ、済みません。トロイオンスとは金貨にのみ使われている世界的な重量単位のことで、中世にヨーロッパ商業の中心地だったフランスのトロワ市（Troyes）の名前から付けられたんですよ。トロワはパリの南東約一五〇kmに位置しているシャンパーニュ地方の中心都市で、西へ向かうセーヌ川、東へ向かってモーゼル川からライン川へ、そして北のベルギー方面に向かうマース川に囲まれた立地のために、中世にはヨーロッパ各地からの商人が集まるシャンパーニュの大市が開かれたんですね。そこで決済に用いられる通貨としての金貨や銀貨の基準が必要とされて、自然にトロワで通用する標準的な重量という風になって来たんですね」

「まぁ、シャンパーニュ地方だなんて、一度で良いから行ってみたいわ」と及川が目を輝かせると、今野が小鼻をピクピクさせながら火に油を注いだ。

「そうですね、シャンパーニュ地方では有名な高級ワインのシャンパーニュの畑が沢山ありますし、白ワインのシャブリなんて銘柄もひしめいてますから、以前国際学会で行った時のドメーヌ巡りは楽しかったですよ」

「やだ〜、今野さんズル〜い」と、及川は地団太を踏んで悔しがった。

慌てた水鳥が上手く話題を戻して、

「いやあ、それにしても東大寺大仏では膨大な量の黄金を使ったもんですねぇ。さっきの及川さんじゃないけど、鍍金《めっき》だけで五年間も掛かったとは結構大変だったんでしょうねえ」と今更のように不思議がった。

「あはは、確かにそうですね、白鳥さん。でもあの大きな大仏の全体を鍍金するにはそれぐらい掛かるんですよ。大仏では、アマルガム法と言うめっき方法が用いられたんですね。アマルガムとは、水銀と他の金属の合金を総称する用語であり、用語自体は比較的新しく、西暦一四〇〇年頃以降に使われ始めたもので、ギリシャ語の柔らかい塊malagmaに由来して、中世ラテン語amalgamaや古フランス語のamalgameとして使われ始めたものなんですね。水銀は、鉄やプラチナ、コバルト、マンガン、ニッケルを除く殆ど全ての金属を溶かして合金を作れる性質があり、金も水銀に溶けて見えなくなることから、日本では古くから滅金《めっきん》と呼ばれ、さらに鍍金《めっき》と呼ばれるようになったんです。

鍍金《めっき》は英語ではplateと呼ばれますが、方法自体は古く紀元前一五〇〇年頃のメソポタミア文明時代から既に行われており、メソポタミア北部のアッシリアでは錆止めや装飾性のために鉄器や装飾品に錫めっきが行われていました。錫は原子番号五〇で鉛などと同様の貧金属（金属と非金属の境界に近い）で、融点が二三二℃と低いので、簡単に液状になり、これを塗ることで簡単にめっきが出来るんですね。日本には仏教と共にめっき技術も伝来したといわれています。大仏で使われた金アマルガム法では、金と水銀の合金であるアマルガムから、鹿皮や反古紙などによって余分な水銀のみを絞りだして先ずは硬度を調整するんです。一方、鍍金を施される大仏の青銅製表面を磨きあげて、梅酢などで洗浄したのちに、金アマルガムを表面に塗布するんです。これを火にかざすと、水銀が蒸発して金のみが鍍金《めっき》として表面に残るんですね。水銀は原子番号八〇のポスト遷移金属で、融点はマイナス三九℃、沸点は三五七℃であり、金は融点だけでも一〇六四℃、沸点は二八五六℃ですから、金アマルガムを塗布した仏像表面を、松明の炎や炭火で五〇〇℃程度で加熱すると、水銀だけが蒸発して金が固着して残り、鍍金が出来るけしめっき（金消）法でした。このとき蒸発した水銀を作業中に吸い込むことで水銀中毒が多数発生したようですね。このようにして残った金表面は細かい凹凸が残っているので、鉄ヘラのようなもので丁寧に平均化するヘラ磨きという作業を行って完成させて行くんです」「へ～、これは面白い方法ですねぇ。昔の人も意外に高い技術を持って居たんですねぇ」と安部宗夫もしきりに感心した。

なお水銀は自然界では主に硫化物として辰砂《しんしゃ》（HgS）あるいは自然水銀（Hg）として産出する。無機水銀に比べて、有機水銀は毒性が非常に強く、特にメチル水銀は神経毒性が強く、水俣病やイタイイタイ病の原因として有名である。また自然界に微量存在する水銀は、非酵素的反応や微生物により有機水銀となり、これが海生食物連鎖によって、金目鯛やマグロ、クジラ、イルカなどに濃度高く蓄積していると言われている。一方、同じマグロ肉に含まれる成分としてのセレンは、逆にメチル水銀の毒性を軽減することも知られている。またメタロチオネインは、無機水銀や有機水銀を毒性の低い金属水銀（Hg^0）に変える酵素であり、環境浄化技術としてbioremediation（生物を用いた環境浄化）へも応用されている。この金属水銀は基本的には毒性が低いので、体温計や血圧計、蛍光灯、朱肉、消毒薬マーキュロクロム赤チンキ、性病薬水銀軟膏など身近で使用されているが、蒸発しやすく、多量に吸い込むと肺や腎臓、脳などが冒されることがある。また酸化水銀HgOは、逆にその毒性を利用して防腐剤として使われており、目に触れると結膜炎や角膜潰瘍を起こすことがある。水銀鉱山としては、世界的にはスペインのアルデマン鉱山（マドリッド南西部山岳地帯）が古代ローマ時代から二一世紀まで採掘が続けられたものとして有名で、日本では古代からある丹生《にう》鉱山（三重県多気町）や、最近では北海道のイトムカ鉱山（北見市）が有名である。中国陝西省西安の北東三〇㎞にある秦始皇帝陵は二万㎡もある広大なものであるが、司馬遷が書いた史記には棺の近くに水銀の海と川が作られたと記されている。近年の発掘調査では、蒸発した水銀の痕跡が確認されている。また永遠の命を求めた始皇帝は、東方海上の蓬莱島（日本）に徐福を遣わして不老不死薬を求めさせたり、不老薬として水銀を飲んでいたとも伝わっている。インドでは水銀はシヴァ神の精子で出来ているとされ、全ての金属を溶かし飲み込んでしまう性質があるため、全宇宙が究極の神シヴァ神に溶け入ることの象徴とされている。またこのシヴァ神の力にあやかるために、ラサ・シャストラという錬金術書に従って、水銀アマルガム製のパワーストーン仏像（parad shivalingam、ラサシバリンガム、ラサリンガム）や水銀宝珠（rasa mani、ラサマニ）と呼ばれるアクセサリーが作られている。

金銅《こんどう》とは、銅や青銅に金めっきをしたり、金箔を押したりしたもので、東大寺大仏も本体はこの方法で造られた。このような日本における鍍金を使った金銅仏は、飛鳥時代と奈良時代が中心で、奈良時代後期から平安時代においては、黄金が不足したからなのか、朝廷の財力が枯渇したためか、乾漆像や木造が主流となっていった。しかし、武士が台頭してきた鎌倉時代になると、再び金銅仏が盛んになった。この理由は武家の財力向上、権力誇示目的、黄金好きの織田信長の影響、豊臣秀吉の黄金風呂の影響などが考えられる。漆の表面に金箔を施した漆箔《しっぱく》もあるが、金銅仏より価値は下がる。また純銅の素銅《すあか》は小豆《あずき》色であるが、これに金を一％（墨色）、三％（青黒、赤銅刀装具）、五％（烏銅）、八％（紫金）と混ぜて行くほど黒色に変わっていく。赤銅《しゃくどう》とは三〜五％の金銅合金なので青紫がかった黒色で、日焼けした肌も赤銅色といわれる。最近では金銅仏の表面を蛍光X線解析することで、主成分の銅や錫以外に、鉛や鉄、ヒ素の含量なども簡易に測定できるようになり、鋳造された国や後世の修復部分とオリジナル部分の識別などが詳細に解明されるようになって来た。

「なるほど面白いですねえ。それではここからは、万葉集が専門の私にも少しお話させて下さいね」

と安部宗夫が皆から了解を取り付けて、次のように話した。


先ほどの話題にも出たように、天平二一年（七四九）二月二二日、陸奥国守従五位下百済王敬福《きょうふく》は、部内《くにうち》（領国内）の小田郡より黄金が産出したことを、使いを以って奈良都に報告した。五七四〇平方尺（約五二七平方m）もある大仏の表面積に必要な鍍金《めっき》四一八七両一分四朱（延暦僧録）の調達に苦慮していた聖武天皇は、献上された黄金九〇〇両が必要全体の約二一・五％に当たるため、これでようやく大仏完成の目途が立ったと驚喜した。そこで早速、畿内七道の諸社に奉幣してこの朗報を告げると共に、自らも四月一日に皇后、皇太子、百官を率いて東大寺に行幸し、盧舎那仏の前殿にお出ましになり、左大臣　橘　諸兄《たちばなのもろえ》をして黄金出金を大仏に告げる次の有名な宣命を読み上げさせた。

「この大倭《やまと》の国は天地《あめつち》の開闢《ひら》けてより以来《このかた》に、黄金《くがね》は人国《ひとくに》より献《たてまつ》ることはあれども、斯の国に無き物と念《おもへ》るに、聞《きこ》し看《め》す食国《をすくに》（天皇の統治なさる国）の中の東《ひんがし》の方《かた》陸奥国守従五位下百済王敬福い、部内《くにうち》の小田郡に黄金在りと奏《まを》して献《たてまつ》れり。此を聞きたまへ、驚き悦び貴《たふと》び念《おも》はくは、云々」

続いて従三位中務石上朝臣乙麻呂《いそのかみあそみおとまろ》に長文の宣命《せんみょう》を読み上げさせたが、その中で大伴と佐伯両氏について特別に名を挙げて、皇室への先祖代々の忠節とそれに対する厚い信頼を述べ、

「大伴佐伯の宿祢《すくね》は、常も云ふ如く天皇朝《すめらみかど》守り仕へ奉ること顧《かえりみ》なき人どもにあれば、……今朕《わ》が御世に当りても、内兵《うちのいくさ》と思ほしめしてことはなも遺わす」

そして黄金出金に関連した叙位においてもこの両氏が多くの恩恵に浴した。当時の大伴・佐伯両氏は藤原氏の台頭によって昔日の面影を失い、政治的には中枢から次第に遠ざけられ力を失っていく時期であった。それだけに天平一八年（七四六）六月に越中国司に任じられ約三年間任地高岡にあった大伴家持は、この宣命を伝え聞いて大感激したのである。五月一二日越中国衙において、有名な陸奥国より金《くがね》を出せる詔書《おおみこと》を賀《ことほぎ》する五三二文字の長歌一首、並びに反歌三首を詠んで大伴一族の奮起を促し、また陸奥国小田郡の産金を次のように祝った。

陸奥國《みちのくのくに》より金《くがね》を出《いだ》せる詔書《みことのり》を賀《ことほ》く歌一首　並に短歌

葦原《あしはら》の瑞穂《みずほ》の國を天降《あまくだ》り　しらしめしける天皇《すめろぎ》の　神の命《みこと》の御代《みよ》重ね
天《あま》の日嗣《ひつぎ》（皇位を継承すること。また、皇位）としらし来る　君の御代御代敷《し》きませる　四方《よも》の國に
は山河を　広み淳《あつ》みと奉る　御調宝《みつぎたから》は数え得ず　尽しも兼ねつ　然《しか》れども
吾大王《わがおおきみ》の諸人《もろひと》を　誘《いざな》ひ給ひ　善き事を始め給ひて　金《くがね》かも　確《たし》けくあらむと（たしかであるさま）
思ほして　下《しも》悩ますに　鶏が鳴く　東《あずま》の國の陸奥《みちのく》の　小田なる山に
金《くがね》ありと　奏《まを》し給へれ　御心《みこころ》を　明《あき》らめ給ひ天地《あめつち》の　神相納受《あいうづな》ひ　皇御祖《すめろぎ》の御霊《みたま》助けて
遠き代に　かかりし事を朕《あ》が御代に　顕《あらは》してあれば　食國《をすくに》　は　栄えむものと神ながら
思ほし召して　もののふの　八十伴《やそとも》の雄《お》を　まつろへの　向けのまにまに　老人《おいひと》も女童児《をみなわらは》も其《し》が願ふ
心足《たら》ひに撫《な》で給ひ　治め給へば此《ここ》をしも　あやに貴《たふと》み嬉しけく

いよよ思ひて　大伴の遠つ神祖《かむおや》の其《そ》の名をば　大久米主《おほくめぬし》と負ひ持ちて仕えし官《つかさ》　海行かば水浸《みづ》く屍《かばね》　山行かば草生《む》す屍　大皇《おほきみ》の辺《へ》にこそ死なめ　顧《かえり》みは為《せ》じと言立《ことだ》て　大夫《ますらを》の清き彼《か》の名を　古《いにしえ》よ今の現《をつつ》に流さへる　祖《おや》の子等《こども》ぞ　大伴と佐伯《さへき》の氏は　人の祖《おや》の立つる言立《ことだて》　人の子は祖《おや》の名絶たず　大君《おほきみ》に奉仕《まつろ》ふものと言い継《つ》げる　言《こと》の職《つかさ》ぞ　梓弓《あずさゆみ》　手に取り持ちて剣大刀《つるぎたち》　腰に取り佩《は》き　朝守り夕の守りに大王《おほきみ》の御門《みかど》の守護《まもり》　我をおきて　人はあらじと弥立《いやた》て　思ひし増《まさ》る　大皇《おほきみ》の御言《みこと》の幸《さき》の聞けば貴《たふと》み　（万葉集　巻一八、第四〇九四）

反歌三首

大夫《ますらを》の心思ほゆ大君《おほきみ》の　御言《みこと》の幸《さき》を聞けば貴《たふと》み　（万葉集　巻一八、第四〇九五）

大伴の遠つ神祖《かむおや》の奥津城《おくつき》は　著《しる》く標《しめ》立て人の知るべく　（万葉集　巻一八、第四〇九六）

すめろきの御代栄えむと東《あずま》なる　みちのく山に金《くがね》花咲く　（万葉集　巻一八、第四〇九七）

須売呂岐能《すめろきの》　御代佐可延牟等《みよさかえむと》　阿頭麻奈流《あづまなる》　美知乃久夜麻尓《みちのくやまに》　金花佐久《くがねはなさく》

天平感宝元年五月十二日　越中国守の館にて大伴宿祢家持之を作る。

この長歌の中で「鶏が鳴く東の国の陸奥の小田なる山に金《くがね》ありと奏《まを》した賜《ま》へれ」とあるので、少なくとも家持は産金地が小田という土地の山であることは聞き知っていたものと思われる。しかしながら、この歌の影響力が強かったようで、金華山大金寺別当長雄が仙台藩に書上した『金華山風土記』

に、この家持の歌以来「みちのく山」の呼び名が廃れて、「金華山」と称するようになったとある。またこの反歌第四〇九七は、東大寺歓学院の庭に万葉の歌碑として現在も人々の心に刻まれている。

また長歌の後半で大伴氏の言立てを再掲することで、改めて天皇に対する忠誠を誓い、大伴氏への奮起を促した背景には、大伴氏や佐伯氏といった古くより畿内朝廷を支えてきた氏族が、新興勢力の藤原氏に取って代わられ、次第に地方官僚を転々とするだけの没落に追い込まれてきている実感が籠っている。平成のあとの新元号「令和」の典拠として脚光を浴びた「梅花の宴」(天平二年=西暦七三〇年一月一三日)は、家持の父旅人《たびと》が平城京から左遷された大宰府長官として催したものである。この前年には旅人を支持していた長屋王《ながやおう》が藤原氏の讒言で自害しており、宴の最中も旅人の心中は心から寛いだものではなかったはずである。しかしそのような状況下において、詠まれた序文や歌の数々の春を寿ぐ華やかさの中に、束の間の細《ささ》やかな平穏をせめて楽しもうという気持ちも読み取れるものとなっている。

家持が再掲したこの言立ての「海行かば水浸《みづ》く屍《かばね》　山行かば草生《む》す屍　大皇《おほきみ》の辺《へ》にこそ死なめ」の部分は、日中戦争や太平洋戦争の戦雲立ち込める昭和一二(一九三七)年に、戦時体制への精神教化用軍歌として信時潔《のぶときききよし》が作曲した。この歌は太平洋戦争末期には、大本営発表等での準国歌また玉砕報道の鎮魂歌として放送された。

万葉集には東北地方を詠んだ歌が六か所九首あるが、そのうち八首は現在の福島県内の土地であり、安達太良《あだたら》や信夫《しのぶ》もぢ摺《ず》りなど古代より歌枕として有名である。そして残る一首がこのみちのく山であり、ここで詠まれた現在の涌谷町黄金山が万葉北限の地ということになる。万葉集に収集された歌が詠まれた時代は、その人々にとって陸奥国もその南部のみ、つまり現在の福島県あたりまでが良く知る地域ということで、古墳時代の倭王権やその後の飛鳥・奈良朝の勢力が及ぶ範囲もこの辺りまでだったということが分かる。因みに万葉集に詠まれた地名の西限は美弥良久《みねらく》崎（現在の長崎県南松浦郡三井楽町）、南限は薩摩の迫《せ》門《と》（現在の鹿児島県阿久根市と長島の間）である。美弥良久はみねらく、あるいはみみらくと読み、現在の三井楽の古名である。三井楽町は五島列島最南最大の福江島の西北端に位置し、東シナ海に面しているため、古来より遣唐使船最後の停泊地であった。この三井楽町の北端に柏崎海岸があり、この辺りが万葉集に詠まれた美禰良久の崎であろうと比定されている。延喜式によれば、筑紫六か国は対馬の島民と防人のために、毎年二〇〇〇石の米を交替で運送することになっていた。貞観一八年（八七六）には、その人夫として一六五人が割り当てられたが、当時の遭難漂流率は約六〇％と大変危険な労役であった。大宰府の役人が対馬に向けて食糧を送る船の小役人として任命した宗像郡の百姓宗形部津麿が、高齢を理由に、志賀村の白水郎《あま》（海人）荒雄に、自分の代わりに食糧輸送を頼んだ。快諾した荒雄は（何故か）福江島の美祢良久《みねらく》の港から出航して、沖の水鳥の鴨という名の船に乗って、やがて無事に博多湾内の能古島也良《やら》崎を廻って帰ってくるはずだった。しかし暴風雨に遭ってしまい、遂に帰らぬ人となってしまった。これを悲しんだ妻子あるいはそれを代弁した当時の筑前国守の山上憶良が次の歌を詠んだとされている。

沖つ鳥鴨とふ船の帰り来ば也良《やら》の崎守《さきもり》早く告げこそ（万葉集巻一六、第三八六六）

沖つ鳥鴨とふ船は也良《やら》の崎廻《た》みて漕ぎ来《く》と聞え来ぬかも（万葉集巻一六、第三八六七）

また万葉集南限の歌は二首あり、いずれも九州八代海南端で鹿児島県長島と阿久根の間にある黒之瀬戸と呼ばれる海峡を次のように詠んで、奈良朝からの赴任先での風景や、赴任前に見た吉野への懐旧が表れている。

隼人《はやひと》の薩摩の瀬戸を雲居なす遠くも我は今日見つるかも（長田王《ながたのおほきみ》、巻三、第二四八）

隼人の瀬戸の巌も鮎走る吉野の滝になほしかずけり（大伴旅人、巻六、第九六〇）

万葉集は、飛鳥時代以前である雄略天皇時代の七世紀前半から、孝謙天皇後の淳仁天皇時代の天平宝字三年（七五九）までの約一三〇年間の歌を主に大伴家持が収録編纂し、この天平宝字三年（七五九）年から宝亀一一年（七八〇）頃に成立したものと考えられている。万葉集巻一の一番雄略天皇御製から第五三までは持統天皇や柿本人麻呂が主に編纂し、巻一後半から巻二は元明天皇や太安万侶が主に関与し、巻三から巻一六の一部までは元正天皇や市原王、大伴家持、大伴坂上郎女らが主に関与し、その後も含めた全二〇巻について、大伴家持によって延暦二年（七八三）頃までに完成したと考えられている。しかし家持は、その翌年の延暦三年（七八四）に持節征東将軍として陸奥国多賀城に赴任して、一年半後の延暦四年（七八五）八月には任地で死去してしまった。しかもその直後に起こった藤原種継暗殺事件の首謀者として家持が除名・領地没収され、恩赦により罪が赦された延暦二五年（八〇六）以後に本当の完成を迎えて日の目を見ることになったものである。

万葉集には様々な写本があるが、完本としては西本願寺本万葉集が鎌倉時代後期ものとして最も古

い。越中国守として家持が五年間在任した高岡で詠んだ歌は二二〇余首あり、そのうち、

玉くしげ二上山に鳴く鳥の声の恋しき時は来にけり

と詠んだ高岡市二上山に現在では銅像が建っていて、また高岡駅北口にも別の銅像が立ち、高岡市のゆるキャラ家持くんも活躍しているという。

家持はその後、天平宝字二年（七五八）に因幡国守として赴任したが、その翌年元日は豊年の吉兆とされる大雪が積り、また月の満ち欠けで定められた正月新年と太陽の運行で定められた二十四節気での立春新年が重なる珍しい「朔旦立春《さくたんりっしゅん》」であった。この朔旦新年は約三〇年に一度起こるとされており、非常に縁起の良い日であった。このとき詠んだのが、家持自身最後の歌となり（約四〇歳頃）、また万葉集の最後として収録された次の歌である。

新しき年の初めの初春の今日降る雪のいやしけ吉事《よごと》（巻二〇、第四五一六）

天平宝字三年（七五九）一月一日（大伴家持）

つまりこの四〇歳頃に詠んだ歌を最後に、家持は延暦四年（七八五）に六七歳で亡くなるまでの二六年間は歌を詠まなくなったのである。

家持は晩年に陸奥按察使鎮守将軍《むつあぜちちんじゅしょうぐん》として多賀城に赴任し、そこで没している。文献等の記録には無

いので、家持がこのみちのく山すなわち小田郡黄金山神社を訪れていたかどうかは不明であり、そこでの歌も残っていないのは、恐らく訪れなかったのではあるまいか。創作者としての歌人家持が四〇歳で早々に引退してしまったのは、父旅人が六五歳にして大宰府で梅花の宴を開いて秀歌を残したのに比べても早すぎ、武人あるいは地方官として藤原氏との確執における政治上の浮沈に翻弄され続けたためかも知れない。

「へ〜、自ら旅人と名乗るなんて、家持のお父さんも何となく悲しい境遇ですね」と及川は大きな溜息とともに同情した。ふと見れば周りにはもう既に誰も居なくなったので、大人五名と孫一名は二階大広間を出てそれぞれの宿泊室に戻った。

古代陸奥国を詠んだ万葉集九首のうち、残りの八首は、左記のように全て現在の福島県あるいはその近傍を詠んだものである。

一、陸奥の真野《まの》の草原《かやはら》遠けども　面影にして見ゆといふものを（第三巻三九六番、笠郎女）
（陸奥の真野の草原は遠い異国ですが、面影には現れるというではありませんか）

二、陸奥の安達太良真弓《まゆみ》弦《つら》はけて　引かばか人の我を言《こと》なさむ（第七巻一三二九番、作者不詳）
（陸奥の国の安達太良産の弓で矢をつがえて引くように、彼女の気を引くようなことをすれば、人は私について、あれこれ噂をたてるだろうな）

三、会津嶺《あひづね》の国をさ遠《どほ》み逢はなはば　偲《しの》ひにせもと紐結ばさね（第一四巻三四二六番、作者不詳）
（会津嶺のある国は遠くて簡単に逢えなくなるので、お互いを偲ぶよすがにしよう、着物の紐をしっかり結び合って）

四、筑紫なるにほふ子ゆゑに陸奥の　香取娘子《をとめ》の結《ゆ》ひし紐解く（第一四巻三四二七番、作者不詳）
（土筆のように美しいので、陸奥の香取の子の結んでいる着物の紐を解く）

五、安達太良の嶺《ね》に伏す鹿猪《しし》のありつつも　我れは至らむ寝処《ねど》な去りそね（第一四巻三四二八番、作者不詳）
（安達太良山の鹿猪がそのまま寝床を変えないように、私はいつもの寝床に行くから、そのまま寝床を変えないでほしい）

六、陸奥の安達太良真弓《まゆみ》はじき置きて　反《せ》らしめきなば弦《つら》はかめかも（第一四巻三四三七番、作者不詳）
（陸奥の安達太良山の真弓を弦をはずしたままにしておいたら、再び弦を張ることなどできないだろう。恋歌）

七、まつが浦にさわゑうら立ちま人言《ひとごと》　思ほすなもろ我が思《も》ほのすも（第一四巻三五五二番、作者不詳）
（まつが浦に波が騒ぎ群れ立つように噂が激しいとお思いでしょう、私も同じです）

八、安積山《あさかやま》影さへ見ゆる山の井の　浅き心を我が思はなくに（第一六巻三八〇七番、作者不詳）
（安積山の影さえ見える山の湖水のような浅い心などで思いをかけたりしません）

十一　参籠

部屋に戻った水鳥、今野、白鳥透の三人は座卓を囲んで改めて飲み直すことにした。

「私もご一緒して良いですかぁ?」と、照れながら男性部屋を覗いたのは及川であった。孫の白鳥誠は、はじめ一人でまた将棋の金華山詣りを始めたが、直ぐに倉敷市からやってきた三宅圭太を誘いに行って、二人で何か廊下で遊び始めた。

「さっき前夜祭の帰りに、休憩所で売っていたんで、お酒とお猪口三個を買って来ておいたんですよ」と飲兵衛らしく水鳥が皆にお猪口を配った。

「あれっ、僕も皆さんと後でやろうと思って、下山した後で徳利三本とお猪口三個を買って来てたんですよ」と今野が驚くと、

「アハハハ、それは偶然でしたねぇ。それじゃ遠慮なくご馳走になります。これで一杯飲み直しましょう」と白鳥がまとめ、及川もお猪口の配分に預かった。

四人の前に陶器製の白い徳利が六本置いてある。先細の注ぎ口からそのまま下に降りて、途中から急にふっくらと体部が丸くなる正面に、「金華山　御神酒」とコバルトブルー色に墨書してある。細い注ぎ口は黄金色紙で被われ、その上を青紫色の細紐で結んである。高台部に貼ってあるシールには、清酒、原材料　米（国内産）、米麹（国産米）、アルコール分一五度以上一六度未満、内容量三〇〇㎖

と書いてある。醸造所は宮城県北の加美郡加美町字西町の田中酒造店である。この田中酒造店は創業が寛政元年というから西暦では一七八九年であり、フランスでは丁度大革命が始まった年である。田中酒造店が立地する加美町は、宮城県のコメどころである大崎平野の西部に位置し、奥羽山脈に発する鳴瀬川源流の三川が合流し、米の大産地と清澄な伏流水の両方に恵まれた地域で、直ぐ近くには有名な音楽堂バッハホールも建っている文化的にも高い地域である。天平時代には、色麻柵の鳴瀬川を挟んだ北対岸に位置する地理的に要衝の地であった（図三）。

注ぎ口のコルク栓を指で回しながら引き抜くと、注ぎ口から芳醇な香りが立ち上ってくる。左手元にある「神盃金華山」という小さな箱に入っている白い盃を取り出すと、直径五㎝、高さ四㎝ほどの小さな白い盃が金縁取りされており、盃内底には金華山と金泥してある。この小箱にはセト市竹鳳と印字してあり、愛知県瀬戸市にある登り窯の古窯七鳳と関連があるらしい。この盃にお神酒をそろそろと注ぐと、薄い黄金色の日本酒が現れる。香りはやはり上品な芳醇さで、飲み口はまろやかな味わいながら、御神酒らしく何処となく端正さとすっきりした気品がある。小盃一杯をグイっと飲み頂くと、何とも有難いという気持ちになるから不思議である。盃器の白さと、文字や酒自体の黄金色がこれほどまでにマッチしているのは、西方遠くドイツアルプス山中に忽然と現れるリンダーホーフ城の内装にも匹敵するほどの豪華さと神々しさと言っては誇張になるだろうか。

ちなみに創業二三〇年以上この地で生産を続けてきた田中酒造店は、平成二一年（二〇〇九）以降三回も全国新酒品評会で金賞をとるなど、定評がある造り酒屋である。大吟醸「金紋真鶴《まなつる》」は特に有名であるが、それ以外にも江戸時代の酒造りを再現した「生酛《きもと》づくり」の純米酒や、オリジナル曲で熟成させた「音楽酒」、宮城県米に新しい酵母を用いたワイン風酒など新しい試みを行っているそうである。また変わり種として全国燗酒コンテストで、お値打ち熱燗部門でも最高位金賞を受賞したというのは、冬の寒さをお酒で美味しく過ごすための知恵が詰まっているからでもあろうか。

さて続日本紀の天平勝宝元年（七四九）正月四日条にある陸奥産金功労者のうち、現地の陸奥守百済王敬福と大掾の余足人は百済系渡来人であり、渡来技術の重要性が窺われる。一方、奈良の左京に居た朱牟須売《しゅのむすめ》と、同じ左京で冶金を担当した戸浄山《へのじょうせん》の二名も唐系の渡来人であった。従って当時は、探金と冶金ともに海外から輸入した生産技術であったことが分かる。小田郡の初めての金は天平二一年（七四九）二月に発見され、同年四月に献金されたのは九〇〇両であったが、その後も陸奥国からの産金は続いたようで、約二〇〇年後の天暦八年（九五四）には年料三〇〇〇両を陸奥国司の藤原倫寧《ともやす》が納付しており、また約二五〇年後の天元五年（九八二）三月の小右記においては右大臣藤原実資《さねすけ》が「金は他所の土産にあらず、ただ奥州より貢献される」と日記しているので、天平以降も長期間にわたって順調な産金が続いていたものと考えられる。ただこのような継続的な産金は、陸奥国自体の北への拡張（奈良・平安朝廷側の進出）に依存しており、次第に現在の岩手県南沿岸部の産金地の開発へと進んでいった。すなわち畿内朝廷側の領土拡大目的の一つに、この黄金獲得があったことは疑うべくもない。

「今野さん、宮城県小田郡や岩手県南部の金は、品質的にはレベルが高いものなんですか？」と、及川の直撃取材が始まった。

「あ～、そこは地質学専門の私にとって得意ではありませんが、分かる範囲でお答えしますね。まず金鉱脈から採れる金鉱石の品位（金含有率grade）は、鉱石一トン当たりの金含有量（g／t）として表されるんですね。日本における古代から前近代まで砂金の品位はおよそ〇・五～一〇g／tであり、山金の方が一〇～一〇〇g／tぐらいと高いんですね。でも砂金はpanningなどによる選鉱が容易なので、前近代までの最終的な集金効率は砂金の方が容易《やさし》かったでしょうね。先ほども話したように、日本の金銀鉱床は全てマグマ熱水系に関係したものなんです。地下八㎞付近に生じた巨大マグマ溜りから、花崗岩の近くへマグマが貫入することによって熱水鉱床が誕生します。このうち地下のやや浅い一㎞～数百ｍの深さで生じたものを浅熱水金銀鉱床と呼び、これに対して、地下三㎞付近で生じた地中の割れ目に噴出する水中に生じる金鉱床を中熱水金鉱床と呼ぶんですね。浅熱水金銀鉱床の金粒は小さく、佐渡相川鉱脈で長径〇・〇〇一～〇・一㎜で、平均サイズが〇・〇一㎜大ですもんね。一般的に山金から川に流れ出て砂金になったものは、供給源の鉱脈中よりサイズが大きく、佐渡西三川の砂金では長径〇・一～〇・三㎜で、最大一・三㎜とやや大きいですね。一方、中熱水金鉱床では金粒が大きく成長するので、山金における粗粒金で有名な、宮城県気仙沼市南部にある大谷金山の金粒サイズは平均で長径〇・一～〇・二㎜ですが、大きいものでは一〇倍の二㎜程度まであったそうですから、肉眼で見てもキラキラした金粒が鉱石中に良く光って見えたでしょうね」

「お～、大谷金山やりますね。それはやっぱり、地中深い所で出来た中熱水金鉱床で、金粒が大きく成長したからなんですね」と及川が納得する。

「及川さん、その通りです。それから金の品質という点では、この鉱石中金含有率（品位）とは別に、もう一つ取り出された金粒の純度（金位、finess）というのがあって、金の重量百分率で表されています。一般に鉱石中の金粒は、金一〇〇％ではなく、少量の銀が混じっている金銀合金であることが多いんですね。この銀含有率が二〇％以上（つまり金位八〇％以下）のものは、エレクトラムと別に呼ばれて、色もいわゆる黄金色ではなく白みがかった淡黄色なんですよ。この金位は中熱水金鉱床で高く七五～九〇％、浅熱水金鉱床でやや低く五〇～八〇％とされているんですね。ですから宮城県大谷金山や甲斐金山のように深部で生成された鉱床での金位は九〇％以上と高く、佐渡金山や院内金山、伊豆金山、薩摩金山など浅い金鉱床ではエレクトラムが多く、金位も五〇～八〇％程度とやや落ちるんですね。エレクトラムからは、採鉱した後で精錬によって金を選別する工程が必要で大変なんですよ。

そのような金の採れ方とは逆に、銀は自然銀としてはごく少量しか存在せず、輝銀鉱（argentite）や形状によって針銀鉱（acanthite）と呼ばれる硫黄（硫化銀）やアンチモンとの化合物として産出するのが一般的なんです。ただ歴史的には、鉛鉱脈や亜鉛鉱脈中に銀を〇・二％程度しか含まない方鉛鉱から精錬する方法の方が容易なので、これが主流だったんです。この方法は、まず微量銀を含んだ方鉛鉱を熱して溶融状態にしたところで、空気を当てると鉛が酸化されて酸化鉛（密陀僧）になります。この溶融状態の酸化鉛は流れやすく、また灰の中に沁み込みやすくなるので、溶融液を灰に沁み込ませると、銀のみが浮かんで選別されるんですね。この灰吹法は紀元前二〇〇〇年頃のメソポタミア文明では既に使われており、中国では戦国時代（紀元前五〇〇年頃）以降に用いられました。日本でも朝鮮半島を経由した灰吹法により、天武天皇三年（六七四）の対馬からの日本初産銀が実現したんですよ」

「なるほど、品位と金位の二つが重要なんですね。でもその先の金の選鉱や製錬というのも大変なんでしょうね？」と及川が食い込む。

「はあ、これも僕はあまり詳しくはないんですが、金は単独で鉱床を作りますが、銀は銅や鉛と一緒の鉱床を形成するんですね。浅熱水金銀鉱床や中熱水金鉱床のように、地下深くで生成された金鉱床が、数百万年〜数億年の風化や断層によって、上部岩盤が削剝され、地表に露頭（outcrup）して目に見えるようになったものを柴金と言います。この柴金から風雨によって川などに流れ出た金が川金（砂金）として川底などに沈殿していき砂金鉱床と呼ばれます。日本における中熱水金鉱床は、北から北海道渡島《おしま》半島の今金《いまかね》金山や岩手県南部太平洋岸の金沢金山、玉山金山、宮城県気仙沼の大谷金山、甲斐の黒川金山などが有名ですね。一方、浅熱水金銀鉱床は佐渡の相川金銀山や、伊豆半島の大仁・土肥、九州大分県の馬上・星野、鹿児島県の芹ヶ野、鹿籠金山などが知られています。砂金鉱床としては、岩手県南部から小田郡や牡鹿郡を含む宮城県北にまたがる太平洋沿岸が一大産地であり、他に佐渡西三川砂金がありますね。

　次に採鉱としては、地表採鉱と坑内採鉱に大別されますね。川金などの砂鉱採取はこの地表採鉱の特殊型であり、採取した砂礫から、流し掘りや樋《とい》流し法（sluncing）と『汰《ゆ》り取り・汰《ゆ》り洗い（汰り板や汰り椀）』や椀掛《わんかけ》（panning）などで比重選鉱が行われました。樋《とい》流し法は傾斜した板の面を、鋸目をつけたセリ板によって粗めの金粒採取に適用したり、板状面に木綿や筵《むしろ》などを敷いてより微細な金粒を採取するネコが使われました。柴金は古来北上山地などで広く採掘された方法で、川金は川床砂金（川金）や段丘砂金、水田下の平原砂金などがあります。日本では七世紀には北部九州に新羅系の渡来人が鉱業技術をもたらしたと言われており、河川（川金）や段丘の砂礫層に含まれる金鉱（柴金）を採掘しました。天平二一年（七四九）の百済王敬福の金発見は、古代中国や朝鮮半島で行われていた砂金採取の経験を駆使して、河川や沖積平野部を探査した結果であると推測されています。

一方、坑内採鉱では、まず採掘した鉱石を粉砕し、さらに細かく粉状にする粉成（こなし）が必要で、そのための道具として鉱山臼があり、工程によって手島臼、挽臼、磨臼の三種あります。佐渡の上挽臼が巨大なのは、それだけ鉱石が固いからなんですね。挽臼はその形から黒川型と湯之奥型があって、近世になるに従って次第に定型型と呼ばれるような上臼中央部の鉱石供給口の中に、リンズと呼ばれる下臼との接合軸固定装置付きのものが普及して行きました。粉成《こなし》作業における選別としては、ネコ流し法とセリ板採りの二方法があります。

金の製錬についてはカワラケと呼ばれる小型の素焼土器に金粒が付着したものが出土しており、このカワラケが様々な工程で使われたことが分かっています。カワラケは直径七～八㎝の素焼きの皿でサイズも丁度良いので、宴会の盃にも使われたようですね。現在では地方の食品名として残っており、岩手県平泉町のかわらけ煎餅やかわらけかりんとうは美味しいですよ。兵庫県の天橋立でも、かわらけ投げという小フリスビー型の煎餅が美味しかったですね。鉛や灰も使わず、金粒を溶解して粒状態にしていく方法は戦国時代に開発され、その結果作られた碁石金《ごいしきん》は広く活用され、政治目的ならびに軍事目的両方に重要な役割を果しました。良くテレビドラマで、小さな巾着袋に詰めた碁石金を、ジャラジャラと手に取る場面が出てくるでしょう、あれですね」

「あ〜、それは何度か見たことがあります。あれ、碁石金って言うんですね、確かに碁石みたいですもんね」と及川が納得した。

「やっぱり古代でも、金と政治権力とは深い関係があったんでしょうね？」と水鳥が素朴な質問を向けると、今度は白鳥が我が意を得たりとばかりに解説してくれた。

「そうなんですよ、水鳥さん。奈良時代から平安時代にかけての陸奥国は黄金は採れるけど、まだ完全に畿内朝廷勢力の支配権が及んでいないので、そりゃもうがむしゃらって感じで侵攻して行ったんですよ。続日本紀の天平九年（七三七）四月条にある天平五柵（中山柵、牡鹿柵、色麻柵、玉造柵、新田柵）は、多賀城を中心として現在の宮城県北に広がる大崎平野北縁から石巻平野にかけて弧を描いて、八世紀前半の陸奥国北辺を形成した黒川以北十郡の言わば軍事防衛線となっています（図三）。霊亀元年（七一五）頃に建郡された黒川以北十郡とは、全て大崎平野と石巻平野に所在し、黒川・賀美・色麻・富田・玉造・志太・長岡・新田・小田・牡鹿郡です。この十郡の中の小田郡あるいは新田郡を分割して、反抗蝦夷を強制移住させて水田農耕地帯に田夷村とし、これを発展させた十郡プラスワンとして、天平九年（七三七）までに遠田郡が設置されたのです。当初小田郡であった黄金山神社の場所は、この時以来平成の大合併で大崎市の一部になるまでずっと遠田郡涌谷町に属していたんです。ほらっ、こんな感じで」とテーブルに紙を広げて簡単な地図を白鳥が描く。

「この軍事境界線は小田郡家《ぐうけ》（小田郡政庁、図三の九）推定地の場所で、小田郡黄金山神社付近をぎりぎり取り込んだ形になっていますよね（図三、四）。つまり当時この地域では、境界線より北に勢力を張る現地勢力と接して、かなり危険な状況の中で採金作業が進められていたことが分かります。一方、これらの円弧状防衛ラインに対して、これらからひとり北方に飛び地している伊治柵《いじさく》（現在の栗原市、図三の十二）は奇異に見えるでしょう。これはこの当時すでにこの地域で産金したか、あるいは有力な産金候補地が認識されていて、それを死守するために後方の軍事防衛ラインから孤立してでも、進出しなければならない城柵であったものと思われます。つまり軍事防衛ラインを守り、伊治柵のような飛び地でさえも、軍事力を背景に死守することで、産金の安定化を企図したものでしょう。それだけ奈良朝が黄金を欲しがっていたということですが、そのための軍事防衛ラインを作ったことも、のちのちの畿内朝廷側と現地勢力側との長い全面戦争を招く遠因になっていた訳です。実際この伊治柵の置かれた地域は、炭焼藤太《すみやきとうた》伝説の発祥地とされ、その名もずばりの金成町など産金にちなんだ地名が多数認められますよね。後世の江戸時代以降になると、この伊治柵跡の奥羽山脈側は、細倉鉱山として銀や鉛の一大産地として昭和時代まで発展を続けることになりましたね。細倉鉱山は初め銀山として出発しましたが、後に鉄砲玉の需要増加に伴って銀の副産物である鉛の採掘に重点が移り、仙台藩屈指の鉛山として発展し、明治以降は東北本線の石越駅から沢辺、金成町を経て細倉鉱山まで鉄道が開通し、実に昭和六二年まで採掘が続いたんですよ。現在では細倉マインパークとして地元でも人気がありますね。東北本線石越駅から若柳駅、沢辺駅、津久毛駅、栗駒駅を通って細倉マインパーク駅まで行くくりはら田園鉄道は、男はつらいよシリーズの映画で平成元年（一九八九）寅次郎心の旅路の舞台にもなりましたね。あの時の主演女優は竹下景子さんで、ウィーン郊外のドナウ河畔で、竹下景子さん扮する久美子が寅次郎を故郷の塊みたいな人と言ってましたね。牡鹿郡における金山は伊達藩時代の記録によれば、鮫ノ浦金山、八十八成《くぐなり》金山、網地《あじ》金山、鮎川金山が掲載されています」

「きゃあ〜、むかしは黄金を巡る欲望と血なまぐさい戦いが結構繰り広げられたんですね、怖いですぅ」と、及川が歴史の真実に触れてビビって来た。そこで白鳥が少し話題を変えてみる。

「ホント、怖いですよね。ちなみに小田郡より南の国（現在の栃木県）での産金については、東大寺要録中に記事があり、天平一九年（七四七）九月に近江国栗太郡に如意輪観音を安置し、祈願を続けたところ、同年一二月になって下野国より黄金発見の知らせが奏聞《そうもん》されました。しかしこれは報告があっただけであり、産金された実物の行方も分からないため異説が多く、通説ではやはり二年後の天平二一年の陸奥国小田郡の産金が国内初とされていますね。対馬の時もそうでしたが、いつの世もガセネタはあるようです。でもそれから約九〇年後になると、下野国での産金は嘘から出たマコトみたいになって、承和二年（八三五）に黄金が本当に採れたんですね。そこで平安朝は、沙金（砂金）を採る山に坐すとして、現在の宇都宮市北東約四〇㎞で茨木県境に近い下野国武茂神《むものかみ》に従五位下を授け、続けて翌年には下野陸奥両国にまたがる八溝《やみぞ》山系にある陸奥国白河の八溝黄金神にも従五位下を授け、『能く遣唐の資を助くるを以ってなり』と授与理由が続日本紀に出ているんです。下野国那須郡武茂《むも》は、今日の那珂川右岸が比定されています。この発見により、下野国での産金は平安時代初期頃には陸奥国と並んで京の都で有名となり、歌枕にも読まれているんですよ。

宗尊親王の

あふ事はなすのゆりがねいつまでか　砕けて恋に沈みはつべき（三百首和歌）

また、三御子の、

下野やなすのあおがねななはかり　ななよはかりて会はぬ君かな（後葉和歌集）

は、那須地方で行われていた椀掛作業の椀を揺り動かす様子や、精錬過程での不純物を含んだ青金《あおがね》のことなどが、風趣をもって読み込まれていますよね。飛鳥朝の持統天皇時代（六九〇〜六九七年）に、朝鮮半島から帰化した新羅人を三度に渡って積極的に下毛野国《しもつけのくに》に入植させたことは、律令体制の北方への拡大と共に、新天地での鉱業生産奨励を目論んだのでしょう。こうした背景があって、約一五〇年を経て八溝山《やみぞさん》系で、真実の産金がもたらされたのでした。この那珂川右岸の那須郡武茂郷では古墳が多数発見され、近くの崖面には那珂川を西方に見下ろす位置に横穴墓が多数見つかっていますね。このような横穴墓は、陸奥国牡鹿柵が置かれた今日の赤井遺跡群の西方崖面にも同じように認められ、この時期における支配階層と従属層の存在を示していると言われていますよ」

「へ〜、何だか段々産金場所が広がって行ったんですね。でもね、今野さん、黄金て錆びないから価値があると思うんですけど、あれって何で錆びないんですか？」と、及川が大分酔っぱらって来て、馴れ馴れしく今野に話しかける。

「あぁ、及川さん、それなら任せてください」とこちらも酔いが回ってきているので、必要以上に胸を張って今野が解説を始めた。

「一般に金属と云うものは、地球上では元々殆どが酸化物や硫化物として存在しているんですね。それを人間が様々な精錬技術で純化させて行って、最終的に純粋な単体化された金属として使用して行く訳なんです。でも金やプラチナはそれらとは全く逆で、元々地球上に純粋な単体として存在しているんですよ」

「へ〜、ということは、金やプラチナ以外の金属は、人工的に純化させて金属単体として人類が使って、それがやがて酸化されたり硫化物となって再び錆びて行くと言うことなんですね？」

「そうなんです。ですから金やプラチナ以外の一般的な金属にとって、錆びるということは、それが本来地球上に存在していた状態に戻って行くと言うことなんですよ」

「なるほどね～、でもどうして金やプラチナだけはそのような酸化や錆から守られてるんですか？」

「はい、酸化を例にとると、酸化と言うのは酸素などによって、その金属原子の中にある電子が奪い取られて、イオンになって行くことなんですね。錆による腐食と言うのは、このイオン化された金属が、空気や水分に触れて金属表面から脱落して落ちて行くことなんですよ。ですから、鉄なんかは酸素と水に晒されるとたちまち錆びるのは、そのためなんですね。まあ元々錆びるという現象は、金属工学的に難しく言うと、酸素と金属といった二つの物質間の電位差によって発生する電気化学反応で、この反応の際にイオンになるものと単体になるものに分かれ、イオンになるものの方がイオン化傾向が大きく錆びやすく、単体になるものの方がイオン化傾向が小さく錆びにくいと言えます。このイオン化傾向と言うのは二つの異なる物質間の相対差なので、一覧表としてランキングして並べることは難しいんですが、参考としてイオン化されるのに必要な単位として、標準電極電位というものがあるんですよ。このランキングでは金が一・五二〇Eと圧倒的に高い第一位で、次いでプラチナ一・一八八、パラジウム〇・九一五、銀が〇・七九九と上位を占めており、これらは貴金属と呼ばれているんですね。これに対して、それ以下の水銀〇・七九六、銅やステンレス鋼〇・三四〇、鉛マイナス〇・一二六、鉄マイナス〇・四四〇、亜鉛マイナス〇・七六三などは卑金属なんて可哀想な名前で呼ばれてるんですよ。これを見ても金は断然イオンに成りにくいことが分かるでしょう」

「ホント、それは確かに凄いわ」

「ついでにお話しすると、金属をイオン化するために必要な力関係には、このイオン化傾向を表す標準電極電位以外にもう一つあって、これをイオン化エネルギーと言うんですね。これは原子から電子を奪い取るのに必要なエネルギーの事ですが、たった一つの電子を奪い取るにしても、例えば金属類では水銀が一〇〇七・一ｋＪ／ｍｏｌと一番高くて、次いで金八九〇・一、プラチナ八七〇・〇、パラジウム八〇四・四、鉄七六二・五、銅七四五・五、銀七三一・〇、鉛七一五・六、錫七〇八・六などの順番で、このランキングでも金とプラチナ、パラジウムが上位を占めているでしょう。このような性質があるため、金やプラチナ、パラジウムは常温では塩酸や硫酸、硝酸のような強酸でも溶けないんですよ、凄いでしょう。でもさすがに塩酸と硝酸を三：一に混合した王水にだけは溶けるんですね。銀は硝酸には溶けるんですよ。こんな感じですから、やっぱり金やプラチナ、パラジウムなんかは、普通の状態では空気による酸化はまず有り得ないんですね。エジプトのツタンカーメン王の黄金マスクは、何千年前もそのような変わらない輝きが古代の人に永遠性を想像させ、その稀少性と相俟って、金の価値が認められて来たんでしょうねぇ」

「やっぱり金てスゴイわ。そうしたら金と言うのは昔々宇宙で出来たものが、この地球にたまたまやって来て微量に存在し、それは宇宙の果てで数億年以上前に出来たままの状態で、私達がいま眼にすることが出来るなんて、素晴らしいですわ。ますます金に憧れちゃうなぁ。でも私みたいな地方新聞の貧乏記者には、到底買えませんけどねぇ」

「でも金が酸化やイオン化されにくいと言っても、酸化金や塩化金、水酸化金なんてものもあるんですよ」

「へえ〜、でもそれは純粋な単体じゃないから価値の無い金ですね」と、急に水鳥が割り込んできた。

「いえいえ、確かに宝飾品としては使いませんが、工芸品や金属加工品、医薬品として、社会では重要な資源なんですよ」

「あれ、そうだっけ？」と、医薬品と聞いて水鳥が急に頭を掻き始めた。

「はい、酸化金はガラス工芸の世界では、透明感のあるピンクがかった高級な赤色を出すので、金赤ガラスと言って、高価な添加物として使われていますよ。ゴールドルビーとかクランベリー赤とか言われて、ランプやボール、切子のカットグラスなんかに使われていますね。王水に溶かした金や塩化金を使って作るんですよ」

「あのう、私友達からもらったお土産で、赤いベネチアグラスがあるんですけど、あれも金ですか？」と及川。

「いいえ、ベネチアグラスの赤い色は、主に銅赤と言って亜酸化銅や金属銅粉を使っていますから、金赤とは違ったやや落ち着いた赤色を発色しますね。ただグラスの縁には金を使って豪華に仕上げているのが多いでしょう。この銅赤は教会のステンドグラスなんかにも多く使われていますね。そうそう、それからさっき言った水酸化金は、十九世紀半ばに新しく開発されたポジ画像を撮る写真技術ダゲレオタイプにも使われ、また現在でも金メッキに使われていますね」

「それって、江戸末期から明治時代に日本でも使われた銀板写真ですか？」と水鳥。

「そうですね、金が高いので銀メッキをした銅版も使われたので、銀板写真とも言われますね。これはポジ画像として現物一枚しか存在しないので、よく割れて失われたりしましたが、現在はネガ画像による大量のコピーが出来るようになりましたね」

「へえ、金はいろいろ実用的な役にも立っているんですね。医学的には水鳥さんがお詳しいでしょう?」と及川が、頭を掻いた水鳥を攻めて来た。

「そう言えば、すっかり忘れていましたが、今野さんに言われて今思い出しましたよ。昔リウマチの治療に使うって、医学生の頃に習いましたよ。関節リウマチは、分子標的医薬品なんていうすごく高価な薬が出たおかげで、最近では大分治療もし易くなりましたが、大昔からあった病気で、何でも中世ヨーロッパでは、高価な金を食べれば病気が治るなんて言われたそうですよ。だけど本物の金はあまりにも高いんで、代わりに金色をしたサフランを食事に入れたりしたそうですね」

「ひゃあ、それってあまり代用になりませんよねぇ」とビックリの及川。

「いえいえ、金もさることながら、サフランも色々と医学的効用があるんですよ。いずれにしても貴金属が本格的に医学応用されたのは、一八八二年に結核菌を発見した、あの有名なロベルト・コッホ先生が、八年後の一八三〇年に猛毒のシアン化金に、結核菌の増殖抑制効果があると見出してかららしいですね。と言うのも、当時は体中の関節が次々と炎症による痛みと変形を繰り返していく関節リウマチが、結核の一種だと考えられていたようで、その後この結核に効くシアン化金をリウマチにも試しに使ってみたそうです。日本では金チオリンゴ酸やオーラノフィンといった金製剤が、それぞれ注射や内服薬として今でも少数ですが使われていますね。これらの商品名にも、Ａｕ（オー）という金を表すラテン語表示が使われているんですよ。金製剤の効能については、炎症を起こすマクロファージの遊走や、炎症を強めるライソソームの放出を抑制したり、分子のＳＨ基を阻害するなどの酵素活性を示すことが知られています。でも臨床効果が発現するのに二～三か月かかるし、効果の手応えもう一つなので、今のような特効薬的な新薬が出てからはあまり使われなくなって来ましたねぇ」

と珍しく水鳥が長々としゃべった。

「金が医薬品にも使われているなんて、ホント面白いですねぇ」と及川の取材は大分捗っているようだ。調子付いた水鳥が、

「その点プラチナなんかは、今でもシスプラチンやカルボプラチン、ネダプラチンなどとして、肺癌や子宮癌、胃癌などへの抗癌剤として広く使われていますね」と追加すると、

「このプラチンと言うのが、プラチナという意味なんですね？」と反応があった。

「その通りです、さすが敏腕記者！」

「あのう、さっきサフランも身体に良いって仰いましたよね。私パエリアが好きで、良く作って食べるんですよ。でもあのサフランを入れた瞬間のぱぁーっと広がる何とも言えない香りと、あの鮮やかなオレンジ色で一気に気分が地中海になるんですよ。一度で良いから、本場のスペインで食べてみたいわ」と及川が期待を込めて水鳥に聞く。

「そうですね、サフランはアヤメ科クロッカス属のクロッカス・サティウス（Crocus sativus）という、自分では増殖できない自家不和合性という、特殊なクロッカスのめしべを乾燥させて作られますね。根茎といわれる球根を、分割して植え付け続けなければ増殖できないから、その維持にはとても手間がかかるんですよ。元々は地中海の古代クレタ島で発見され、クレタ島では女性の羊毛ボレロを

染色したり、蜜蝋などと混合して口紅を作ったりしたそうです。その後幅広く香辛料や香料、薬用として使用され、古代ギリシャではサフランの黄色を王族だけが使用できる、ロイヤルイエローとされた時代もあったそうですよ。またクレオパトラが求婚者と面会する前は、必ずサフランを入れた馬乳風呂に入ったそうですよ、さぞかし良い香りとすべすべのお肌で、求婚者は何でもプレゼントしちゃったでしょうね。ローマ帝国時代には、公共空間を彩る目的で、サフラン色素を地面に敷き詰めたりしました。また中世の騎士たちは、卵白とサフランを混合して、写本を作る際の金色のツヤツヤした黄色い顔料を作ったそうですよ。サフランに含まれる抗酸化成分が体内の炎症を抑制し、性機能不全やうつ病の治療などにも使われ、腺ペストの解毒剤としても処方されたそうです。現在はサフランの約八五%はイランで生産されているそうですね。及川さんがお好きなスペイン料理のパエリアやペルシャ料理のピラフには、確かにきらめく太陽色をしたサフランの黄色がなければ、美味しくないですよね。サフランの主成分は、アルファ、ベータ、ガンマカロテンで、他にも色素配糖体で水溶性のクロシン（黄色の素）や、苦み配糖体のピクロクロシン（風味の素）、そしてテルペンやクロセチンを含み、香りの主成分としてサフラナールを含んでいるんです。クロセチンは直線的な構造で二重結合部分に抗酸化効果があるんです。このクロセチンは、くちなしの花が秋になってつける赤黄色の実の主成分でもあり、この実をお湯で煮出すと胆管や腸管の弛緩作用がありますし、果実を乾燥させた粉末は山梔子《さんしし》あるいは梔子《しし》と呼ばれて、漢方薬として消炎、止血、鎮痙などの目的で黄連解毒湯や湯清飲などに使われています」

「そうなんだ。それじゃサフランは漢方薬として日本でも古くから使われて来たんですね？」と及川記者。

「いえ、サフランは日本には江戸時代に薬として伝わり、当時は番紅花、あるいは泊夫藍と書いたのです。それから明治時代中頃からは商品化栽培が進み、現在は大分県竹田市が一大産地で、その他に宮城県塩釜市でも栽培されていますね。サフランは高価なので、昔から偽物が横行してトラブルになってきたんですよ。なんと中世ヨーロッパでは、ビーツやザクロ皮などの混ぜ物をして品質偽装した商品を売ったものは死刑にするといった、過激なサフランの束法なんていう法律も作られたそうですよ、怖いですねえ。現在では産地による等級に加えて、含有成分の分析結果に基づく国際標準化機構ISOの認定も実施されているんですよ。中でも有名なブランドとしては、イラン産の最高級（サルゴル）から、上中下級としてそれぞれプシャル、束、コンゲの等級付けがされていて、スペイン産でも最高級のクーペから上級（マンチャ）、中級（リオ）、並（スタンダード）、下級（シエラ）と定められています。古くから地中海世界で広く使われ、今日でも南仏のブイヤベースやスペインのパエリア、ミラノ風リゾット、モロッコのクスクス、インドのサフランライス、トルコのサフランティーなど様々な場面で親しまれていますね。生薬としては鎮静効果や鎮痛効果、通経作用が知られています。サフランの黄色素成分であるクロシンには、大腸がんの予防効果があるとも言われていますよ。クレオパトラじゃないですけど、サフランの花びらやサフランを少しお風呂に入れると、ピンク色になってお肌もすべすべになって美人の湯に変身しますよ。江戸時代の絵師葛飾北斎はシーボルトと親交があったそうですが、送られてきた赤い糸くずでご飯を炊いたら、黄金色のご飯が炊けたと大喜びしたそうですね。この色を見て北斎は、これは風の色だ、突風の黄色だと叫んで、それ以後は風を表す部分にこのサフランの黄色を使ったそうですよ。何でも文政九年（一八二六）五月にシーボルト（一七九六～一八六六、在日一八二三～一八二八の五年間）が江戸入りした時に、オランダの定宿だった旅館を北斎（一七六〇～一八四九）が訪れて、西洋の遠近法などについて議論したといいますから、もしかしたらその時にサフランの話なんかも出たかもしれませんねぇ。実際シーボルトは北斎から絵画六点を銘無しで購入して、本国オランダに持ち帰ったものが、最近北斎自筆のものと鑑定されたそうですよ。そういえばゴッホの糸杉も、黄色い渦巻きが怪しい風のようなグルグルを描いてますね」

「ほんと、サフランの黄金色は身体にも心にも芸術にも良いんですね。私も一度サフラン風呂に入って、クレオパトラみたいに美人度を上げようっと」と、張り切って決意した及川に賛同したものは一人も居なかったので、釣り好きの白鳥が慌てて話題を逸らした。

「そうそう、黄金と言えば、大航海時代に黄金を求めて南米に渡ったスペイン人が聞いた伝説として、アンデス山脈の奥地に存在するとされた黄金の土地は、エルドラード（黄金郷）と呼ばれているのはご存じですよね。実はそこに住む魚が黄金色をしており、その名もドラード（金）と呼ばれているんですよ。これは南米のアマゾン川やラプラタ川（白銀の川）に生息して体長一mにも達する大型の淡水魚なんです。全身が黄金色に輝くその魚は、獰猛な肉食系の引きの強さと、その金色の見事さとから川の虎とも呼ばれて、世界中のフィッシャーマンの釣り意欲を掻き立てているんですよ。私も一度はこの黄金魚に挑戦してみたいと思っているんですが、何しろ南米は遠くて。それよりこの金華山周辺は、私のような釣り好きには天国と言われる有名なスポットで、年に一度ぐらいは仲間と一緒に数人で女川からチャーター船でこの辺りまで来るんです。丁度高さ数十mの断崖が続いている千人沢辺りが、そりゃ海からの眺めも最高ですし、入れ食いって感じで、ネウやソイ、ベッコウソイ、金華ヒラメ、金華サバ、イナワラ、ワラサ、それに一〇kgサイズのブリなんかがジャンジャン釣れるのでたまらないんですよ。家に帰って、あの引きを思い出しながら、自釣りの魚を刺身にして一杯やるのは堪えられませんねぇ」と俄かに涎を流しそうになった白鳥に、同じく酒好きの水鳥が相槌を打とうとしたが、全く釣りに関心のない及川が機先を制した。

「釣りは良いけど、今野さん、ちょっと教えてくださいよ。こんな私でも一応一八金のピアスぐらいは持ってるんですけど、あれは何で金の含有率を%で表さないで、二四金とか一八金とかって言うんですか？　以前買った宝石店で店員さんに聞いたけど、良く分かりませんって言われたんですよ」

「あ～なるほど、そうですね。確かに金の純度は一八金とか二四金と表記していますね。先ほど、採掘するときの純度は品位（鉱石中の金含有率）と金位（合金粒中の金含有率）の二つが重要だとお話ししましたが、今度はそれを製品化して販売する際の金の純度を表すのにカラット（karat）という単位を用いるんですね。これはダイヤモンドなど他の宝石に用いるカラット（carat）とはスペルも違うんですよね。ほら、こう綴るんですよ、金はK、その他の宝石は全てCのカラット。つまり同じカラットでも、金の純度を表すKのカラットと、宝石の重さを表すCのカラットという別の単位が使われているから間違えやすいですよね。それは金は純度に価値があって、宝石は大きさや重さに価値があるからなんでしょうねぇ。英語の発音がどちらもケラットとかキャラットと、全く同じなのも紛らわしくて困りますよねぇ。

この金の純度を分かりやすい百分率ではなく、二四分率で表す理由は色々あるようですね。このK

で表されるカラットは、もともとギリシャ語のケラーティオン（動物の角、英語ではcarob）から来ていて、これはイナゴ豆のことなんですよ。その当時金の取引には、このイナゴ豆二四個の重さを単位として、量りの分銅として用いられたんですね。そこで二四という数字が金の単位になったそうですよ。イナゴ豆は地中海東部原産で、温暖な乾燥地帯で育ち、高さは数mから高いものでは一〇m以上にもなり、今でもあの地域では街路樹などに良く見られますね。ふさふさ茂った葉っぱの間から覗くイナゴや動物の角、とぐろを巻いた蛇のような形をした豆の鞘は糖分を含んで甘いので、古代エジプト時代から茶色く甘いジュースとして飲まれてきましたね。新約聖書マタイ伝（第三章四節）では、『預言者ヨハネはラクダの毛衣を着、腰に皮の紐を締め、イナゴと野密（イナゴ豆の鞘）を食べ物としていた』と書かれていますよ。その鞘の中味の豆を乾燥させると一個あたり〇・二gほどの均一な重さになるため、計量の際の分銅として使われたそうですね。

まあ人間の指が一〇本ありますから、世界的にはどうしても十進法の言語が多くなるんですが、フランス語は珍しく二十進法で有名ですよね。ところが金の単位にも使われている十二進法は、人類の文明が始まった古代エジプトやメソポタミアで発明されたでしょう。あの辺りで暦を作った時に、太陽の巡りである一年が月の巡りでは一二か月であり、さらに一日を昼と夜に分けてそれぞれを一二に区切った日時計も作られたんですね。ですから、この十二進法は言語上の数詞とは無関係に、古代における時間軸の計測と把握という必要性から生じたもので、主に時間の単位や、西洋占星術、東洋の十二支に使われていますね。一方、数値としての百分率という概念は、古代ローマ帝国時代にはラテン語のper centrumから来ていますから、この頃から使われ始めたのでしょうね。ですから金の純度を示す二四表記は、ローマ帝国よりずっと古い古代エジプト時代から使われている単位なので、今日まで商慣習上でずっと常用されて来たということなのでしょう。実際、百分率が登場してから普及した銀やプラチナの方は、Silver900とかPt950というふうに、百分率をさらに精密にした千分率で表記されていますね。たださすがに金でも、金塊や延べ棒などのインゴットでは、千分率で二四Kを九九九・九と表記されていますね」

「ひゃあ、そんな金塊や延べ棒など見たこともないですから分かりませんが、確かに古代エジプト時代からの歴史の中で、現在のような表記が続いてきたんですね」と例によって水鳥が絶望する。

「そうですね。黄金の人類文化への貢献は計り知れないものがありますが、その一つに金泥《きんでい》といって、純粋な金を粉末状にしたものを、膠を溶かした水（膠水）と混合して文字墨や絵具としても使われましたね。同じように銀で作ったものは銀泥または白泥と呼ばれましたが、この金泥や銀泥の手法は、奈良時代に中国から伝わったとされ、絵画上では描線に用いられる方法と、金泥引や銀泥引と呼ばれて刷毛《はけ》で表面を広く塗って用いられる方法があり、いずれも大変高価な技法ですね。これらの装飾経あるいは荘厳経《しょうごんきょう》と呼ばれる経文は、平安時代後期の中尊寺に奉納された中尊寺経や、そのおよそ五〇年後に厳島神社に奉納された平家納経があり、いずれも国宝に指定されていて特に有名ですが、両者ともその後の滅亡を考えると感慨もひとしおですね」

「出た出た、中尊寺。これで取材もバッチリになって来ましたぁ」と、及川が鬼編集長の茄子顔を思い浮かべながらはしゃいだ。これを古代史専門の白鳥が引き取って、

「はい、その中尊寺経は、正確には紺紙金銀字交書一切経《こんしきんぎんじこうしょいっさいきょう》といって、初代清衡が度重なった戦争によ

る犠牲者の慰霊と、東北地方の恒久平和を黄金の永遠性に託して祈願し、紺色に染めた紙のうえにお経の文字が一行ごとに金字と銀字で交互に書写されていますね。一切経というのは、仏教経典を集大成したもので、一セット五四〇〇巻近い経典から成り立っていて、各巻の巻頭部分に金泥で描かれた絵も、その豪華さと言ったらまさに黄金の奥州藤原氏といった感が圧倒的ですね。平家経もまた盛者必衰の理《ことわり》を表してますね」

ふと見ると、誠は高山圭太との遊びも終わっていつの間にか部屋に戻っており、登山疲れと話がつまらないのとで、もう眠ってしまっている。

「ちょっと変な質問ですけど、金はどうして金色なんですか? つまり黄色くなくっても良いような気がするんですけど、でもやっぱり金色だから有難いのかな?」と、及川から再び素朴な取材が飛び出して来た。

「あはは、これは面白いけど、ちょっと難しい質問ですねえ。相対性理論って知ってますか?」と今野はやんわり問い返した。

「え〜と、それは確かアインシュタイン博士だったかしら?」

「そうそう、それです。相対性理論ってのは、光速近くで運動する物体では質量、つまり重さが重くなるという現象を表した理論です。金みたいに原子番号が大きくなって核電荷が大きくなると、原子核の周りを回っている一番内側の電子は強烈に核に引きつけられて、速度が光速の五八%にも達するスピードになるらしいですよ。その重くなった内側の電子とのバランスを取るために、元素の電子配置を決める軌道に影響が及ぶんですね。これを相対論効果と呼んでいます。金銀銅以外の遷移金属は電子軌道のうちのｓ軌道とｄ軌道のエネルギー準位差が小さいので、照射した光を吸収せず反射するため白色に見えるのです。これが銅↓銀↓金と進むにつれて、ｓ軌道とｄ軌道のエネルギー準位差が大きくなっていくんですね。一般に人の目に見える可視光の波長は、紫から青、水色、緑、黄、橙、赤の七色で大体三八〇～七八〇ｎｍであり、そのうち黄色は五六五～五九〇ｎｍで、赤色は六二五～七八〇ｎｍなんです。銅はｓ軌道とｄ軌道のエネルギー差があり、ここで短中波長の光エネルギーを吸収するため、残りの長波長側を反射して赤色に見えるわけです。銀はｓ軌道とｄ軌道のエネルギー差がちょうど紫外線のエネルギー領域に相当するので、この領域波長のみ吸収して、残りの殆どの可視光領域を反射しますから白く見えるんですね。金は原子核が大きすぎるためちょっと特殊で、先ほどの相対論効果によって、ｓ軌道とｄ軌道のエネルギー差が銅の場合より少し大きいぐらいになるんですね。ですから吸収する波長も銅の場合より少し短波長側に偏るため、反射光も銅より波長の短い黄色～橙色が主体となるので、山吹色《やまぶきいろ》に見えるわけです。このような性質があるので、例えば金に青色の光を当ててみても吸収されてしまうので、黒くしか見えないんですよ。また金銀銅の中では銀が最も自由電子が多いので、電気伝導度や熱伝導度が高い特性があるんですね。分かりました？」と今野。

「いえ、ちょっと良く理解出来なかったけど、つまり金と銅はやや波長の長い温かみのある光を私たちに反射して届けてくれてるって言うことですね？」と及川記者。

「そうそう、その通りです」と、今野も難しい物理を理解してくれた及川にホッとした。

十二　百済

「先ほども少しお話がありましたけど、古代陸奥国で産金したのが日本人じゃなくて、百済王《くだらおう》っていうのはどういうことなんですか？　昔歴史で習ったことがある、あの古代朝鮮の新羅とか高句麗とか百済国と関係あるんですか？」と、及川が再び素朴な質問をした。このとき今野の顔が一瞬緊張したのを、水鳥は見逃さなかった。それには気づかない感じで、白鳥がこの素朴な質問に答えた。

「あぁ、それはとても重要で、金華山を考えるのに欠かせないポイントですね。ではまず古墳時代の朝鮮半島と日本の関係からお話ししましょうか」と白鳥が次のように話した。

「西暦紀元前一世紀まで朝鮮半島中部には、西に馬韓、中央に弁韓、東に辰韓の三国が鼎立していましたので、今日ではこの国々を三韓、この時期を三韓時代と呼んでいますね（表四）。この三韓の北方には地続きで漢の帯方郡、楽浪郡があり、さらに北には遼東半島を含んだ高句麗がそれぞれの利害を抱えて存在していました。西暦二八〇年頃に書かれた中国三国時代の魏書東夷伝には、この三韓が南で倭国に接していると書かれていますし、西暦四三二年に書かれた同じ中国の後漢書東夷伝にも同様の記事があります。このうち馬韓は言語や習俗も弁韓や辰韓と異なっていましたが、この中から建国された百済が西暦九年に馬韓を滅ぼしてその遺領を領土としました。

それが七世紀中期になり、唐と新羅の連合軍に圧迫され、国の存立が怪しくなって来た百済国は、義慈王から倭国に同盟の救援を求めて、その王子豊璋と善光を人質として差し出し、万が一の亡命の意味も込めて倭国に引き渡してきました。しかし唐の侵略に対してあっけなく百済本国が壊滅したため、念のため弟善光一人を倭国に残し、兄豊璋は復興運動のため朝鮮半島本国に向かいました。既に唐に支配され危険に満ちていた本国では、重臣鬼室福信を中心とした百済遺民が待ちかねていたのです。それから三年間倭国と連絡を取りつつ、百済再興を掛けた唐との来るべき決戦に備えて、百済復興の外交ならびに故国内闘争に入りました。しかし三年間の努力も、また倭水軍の助力も空しく、中大兄皇子（のちの天智天皇）二年（六六三）八月二八日の白村江の海戦で倭・旧百済連合軍は敢え無く敗退し、これを以って百済復興は絶望的な結末を迎えることとなったのです。この時倭水軍は多数の船団を用いて三軍編成を取り、四度攻撃を加えましたが、唐・新羅連合軍である敵の火計や戦場の干潮差に阻まれ、倭船千隻弱のうち四〇〇隻余りが炎上し大敗しました。日本書紀には『我ら先を争わば、敵自《おの》ずから退くべし』という倭軍の甘い見通しが記されています。

古代以来の和船の輪切り構造は主に四種あり、一枚棚構造、オモキ造り、二枚棚構造、オモキ二枚棚構造です。このうち一枚棚構造は船の底板を数枚横に接ぎ、その両脇にハタと呼ぶ板を立てて船上空間とする初歩的なもので、オモキとは両脇の立板部分を上下部に分け、下部を丸太を刳《く》り抜いた曲面を用いて湾曲させたものなんですね。つまり初歩的な丸木舟から、板を接ぎ合わせて作る構造船へと進化する途中の準構造船に当たるわけです。古代日本では瀬戸内海東端の大阪湾沿岸や西端の北部九州の遺跡からオモキ造り船が出土しており、同じ舷側板の緊縛技法を用いた和船が韓国金海鳳凰洞遺跡からも出土していることから、弥生時代から古墳時代における古代木造船は、瀬戸内海は固より少なくとも朝鮮半島に辿り着くまでの遠距離移動が可能であったものと考えられているんですね。一方、古墳として残っている船形埴輪は二種類あり、丸木舟ではなく初期にはすでに底部の前後両側に舷側板を取り付けた二重構造にして、船首と船尾を立板で塞いで耐航性と積載性を高めた準構造船が工夫され、六世紀末にかけての古墳時代後期になるとゴンドラタイプの構造船である船形埴輪が出土していることから、大きな楠材を活用してやや大型の船を作ることも可能にはなっていたものと推定されています。しかし来るべき海戦に際して、全てそのような構造船を製造できる生産力が当時の倭国にあったでしょうか。七世紀後半（六六三年）の白村江の海戦では、唐・新羅連合軍が軍船一七〇隻、兵力一万二〇〇〇人でしかなく、対する倭・旧百済連合軍の兵力は軍船八〇〇隻、兵力四万人と数の上では圧倒的に有利だったはずです。それなのに惨敗したのは、先ほど申した倭国軍における慢心と侮りや指揮系統の乱れもさることながら、そもそも和船の種類がオモキ造り程度の小型船ばかりだったのではないかとも考えられますね。このような侮りによる国際的失敗は、私たち日本人にとって今日まで幾度か繰り返してきたことかもしれませんね。

倭水軍とともに敗走した王子豊璋は高句麗を頼って亡命しましたが、唐の執拗な恫喝と脅迫に負けた高句麗から唐に差し出され、流刑となりその地で死亡しました。従って倭国に残された善光が、本国からの亡命貴族と共に倭国に帰化し、百済王家の血統を引き継ぐこととなった訳です。この善光の三代目の子孫が八六年後に日本最初の産金を畿内朝廷に献上することになる敬福《きょうふく》なんです。

一方、高句麗については以下のようです。初め中国の前漢武帝は日本海側へ通ずる流通路（玄兎草冠回廊）として、紀元前一〇七年に今の北朝鮮の咸鏡南道咸興地方に玄菟郡を置き、その一つの県都として当時狛族《こまぞく》が住んでいた現在の吉林省集安に高句麗県を設置したのです。地縁的部族集団として表面的に漢王朝に服属していた狛族《こま》は、漢の郡県と抗争を繰り返しながら百年の間に次第に勢力を拡大していきました。そして前漢王朝が王莽《おうもう》によって西暦八年に簒奪された時は、この王莽から新しい印綬を授けられました。しかし、その見返りとして王莽から命じられた匈奴征伐のための出兵を拒否したため、国名をいったん高句麗から『下句麗』と卑《いや》しめられたんですよ、面白いですねぇ。しかしその後王莽自身が後漢光武帝によって倒されると、西暦三二年に国名も高句麗と戻されたのです。その後漢王朝が倒れ、魏呉蜀三国時代も魏の執拗な侵攻にたびたび苦杯を舐めて来ました。しかし四世紀初頭の美川王時代になると内政面での中央集権化を進め、外交面でも新たに中国を統一した西晋の混乱に乗じて遼東半島へ進出し、西暦三一三年には中国領とされていた楽浪郡と帯方郡の支配を確立しました。その後三九一年に即位し二一年間の治世を布き、碑で有名な広開土王の時代には、倭国と結んだ（和通した）百済に侵攻したとされていますね。元々高句麗と百済は今日の中国東北部（現在のハルピン辺り）を支配していた扶余族の出身なので、言語も習俗も近いためにより一層対立したのでしょう。広開土王の後を襲った長寿王は、北魏と宋との南北に分裂した中国両朝に朝貢して巧みに外交バランスを取りつつ、朝鮮半島の完全支配を目論んで西暦四二七年に首都を南の平壌へ遷しました。この当時の中原高句麗碑には、新羅王を召喚して衣服の授与を行い、また新羅の人夫を徴発して高句麗軍の指揮下に組み入れたとされていますから、当時の高句麗の勢力が窺われます。また南下政策として繰り返し百済にも侵攻し、西暦四七五年には遂に百済の首都漢城（今日のソウル）を陥落させ、これによって長寿王の時代に遼東半島、満州南部、朝鮮半島の大部分を支配下に収め、次第に高句麗は最大版図となりました。長寿王はその諡《おくりな》の通りに在位も七九年間に及んだものです。逆に高句麗によって首都漢城を追われた百済は一旦滅亡しますが、南の熊津《ゆうしん》に首都を移転して再興し、それ以後しばらくは朝鮮半島西南部や伽耶地域に進出を拡大していくようになりました（表三）。

いずれにしろ最盛を極めた高句麗王朝も、六世紀に入るとご多分に漏れず王位継承争いが始まり、この隙に百済と新羅が逆に国力を復活し始め、西暦五八九年に隋の文帝が中国を統一すると、高句麗王朝としてはこれまでのような中国南北朝に対するバランス外交は通用しなくなった訳です。すなわち東アジア情勢は隋を中心として、中央アジアからモンゴル高原に至る広大な北部地域を支配していた突厥《とっけつ》や、靺鞨《まっかつ》（中国東北地方のツングース系民族の部族の総称）、契丹《きったん》等の北荻《ほくてき》と、朝鮮半島における高句麗・新羅・百済の三国という国際情勢に変わったのです。隋の煬帝《ようだい》は三度も高句麗遠征を繰り返しましたが、固い防衛線に阻まれ、三度とも失敗しました。最後の決戦とした四度目の遠征は、計画段階で内乱により自身が西暦六一七年に暗殺されたため、実現できずじまいで終わってしまいました。

しかし高句麗の試練もまたこのままでは終わらなかったんです。隋に代わって唐帝国を打ち立てた高祖李淵は、国内情勢未だ不安定につき当初は高句麗融和策を採っていましたが、二代目の太宗皇帝の代の六二八年になると国内情勢の安定化を受けて一転して対外強硬策に転じたため、高句麗の置かれた国際情勢は一気に危機的になりました。唐による周辺国の平定や、繰り返される唐からの圧迫を受けて、六四三年に高句麗と百済は長年の抗争に終止符を打って、取り敢えずの対唐防衛和睦同盟を結びました。ところがこれに危機感を抱いたのが新羅の方で、利害が一致する唐に働きかけて、唐軍の派遣を要請しました。これに応えて唐二代目太宗は一〇万余りの軍勢をもって三度も高句麗遠征を繰り返しましたが、辛くも高句麗はこの攻撃にも耐え抜いたのです、凄いですねぇ。隋の攻撃三度、唐の攻撃三度ですもんねぇ。しかしその後の高句麗からの仕返し攻撃に耐えかねた新羅が、今度はまず百済を滅ぼして、背後から高句麗を脅かす謀略を唐に入れ知恵し、遂に唐三代目高宗皇帝は西暦六六〇年に山東半島青島からの水軍と遼東半島北部からの陸軍合わせて一三万の大軍勢で百済へ侵攻し、先ほど述べたように弱小国百済はあっけなく滅亡させられてしまいました。

西暦六六三年の白村江海戦から早くも五年後には、唐・新羅連合軍によって高句麗の都平壌は包囲され、宝蔵王が降伏して高句麗も滅亡しました。唐は一時、高句麗最後の宝蔵王を遼東州都督兼朝鮮王に封じて遼東に戻しましたが、宝蔵王が高句麗復興を企図して反乱したため、四川省に流されそこで死亡しました。唐高宗は宝蔵王の遺骸を唐太宗皇帝の陵墓に捧げ、先帝の遺志に報いたのでした。また高句麗北部の遺民は営州（今の遼寧省朝陽市）に強制移住させられ、のちの渤海国へ繋がっていくことになります。

続日本記によれば、倭国に亡命してきたこの高句麗遺民を武蔵国高麗郡（今の埼玉県日高市と飯能市）に移住させたということです。今でもその地域では、高麗本郷、高麗川、高麗神社などの名称が残っており、埼玉県西部や群馬県南部に多い小暮や木暮姓は、この時倭国に亡命してきた高句麗（朝鮮音コグリョ）遺民の末裔と言われています。高句麗は古名を狛《こま》と言い、高麗とともに「こま」と呼んできました。唐時代に朝鮮半島から伝わったライオンを身近な犬に見立てて、朝鮮から来た犬としてコマ犬（狛犬）と呼ぶようになったと言われています。だから神社に行くと両脇に侍している狛犬には、イヌなのに必ずタテガミがあるんですね。ちなみに一般的な神社ではこの狛犬が侍していますが、例えば稲荷神では狐が神使いとされているし、春日神は鹿、弁財天は蛇、毘沙門天は虎、摩利支天は猪、八幡神は鳩と神使いが決まっていますね。珍しい例としては、岩手県遠野市の常堅寺にある頭頂部が窪んでいる河童狛犬が有名ですね。そうだ、話はちょっと外れますが、私の友人がその埼玉の日高市から、最近地酒を送って来たのが高麗王《こまおう》という銘柄なんですよ」

「おお〜、それはその高句麗の高麗ですか？」と水鳥が酒と聞いて急に身を乗り出して来た。

「恐らくそうなんだと思います。高麗王は埼玉県日高市北平沢の長澤酒造の日本酒で、透明で飲み口はすっきりとした味わいで、樽の香りも殆どないまろやかさがあり、どのような料理にも合うんじゃないかと思いましたね。でも有名な愛媛県宇和島のあっさり薄型ジャコ天よりは、長崎市京泊あたりで作られ、やや厚みもコクもありタラ・エソなどを主として味タコをちりばめたタコ天とはとても良く合って、酒の味わいもまた格別でしたよ。この高麗王は美山錦を原料として、精米歩合が五五％まで削った純米吟醸酒で、アルコール分は一五度以上一六度未満と書いてあり、開運出世の酒として売られているようです。よくよく見ると微かに黄金色を帯びているように見えたのは、あながち私の思い過ごしだけではないように感じたんです。いやいや、これはつい脱線してすみませんでした」と白鳥が次のように話を続けた。

さてこの百済王善光の曽孫に当たる敬福は、陸奥守として東北経営に邁進していたが、東大寺大仏殿造営に当たって奈良時代中期の天平二一年（七四九）に黄金九〇〇両を献上した。この思いがけない知らせに、日本から金は産出しないと諦めていた時の聖武天皇は驚喜し、元号を天平から天平感宝、さらに天平勝宝と改めた。また当時越中国司だった大伴家持は「天皇《すめろぎ》の御代栄えむと東《あずま》なる　陸奥山《みちのくやま》に黄金《くがね》花咲く」と詠んだ。黄金色に輝く東大寺大仏の完成に大貢献をした敬福は、天平二一年（七四九年）に渡来貴族として最高位の従三位に叙せられ、宮内卿・河内守に任ぜられた。これを機会に百済王氏一族はこれまでの本拠地難波を離れ、河内国交野《かたの》郡中宮の地に本拠地を移し、祖廟と氏寺を建立したのである。この時に氏寺建立のために小田郡で生産した黄金を用いたかどうかは記録に無いが、可能性としては有りうることである。また百済第二五代国王である武寧王の子孫である高野新笠《にいがさ》を母に持つ桓武天皇は、「百済王らは朕の外戚なり」との詔を発し、桓武天皇だけでなく後継の嵯峨天皇などもたびたびこの交野に行幸した。交野《かたの》郡は大宝二年（七〇二）頃に茨田《まむた》郡から分置された所で、当時からその大部分は交野ヶ原《かたのがはら》と呼ばれる小高い台地で、耕作には適さない代わりに鳥獣が多く棲息した。そのため桓武天皇の時代には離宮も置かれて、天皇以外の狩猟が禁止される御猟場《ごりょうば》（禁野《かたの》）となった。また交野ヶ原は桜の名所としても知られ、在原業平《ありわらのなりひら》がこの地で詠んだ「世の中に絶えて桜のなかりせば春の心はのどけからまし」は良く知られている。枚方市には現在でも禁野《かたの》の地名が残っている。

当初河内国難波を本貫地として倭王権に仕えた百済系渡来人集団は、他にも百済朝臣、百済公、百済連、百済宿禰などあるが、この百済王姓は日本国内における百済系渡来氏族の宗家的立場を示すものである。現在は大阪府枚方市中宮町にある京阪電車交野線の宮之阪駅からゆっくりした坂道を五分も登ると、さらに小高い台地上に鎮座する百済王神社ならびに百済寺跡に続く鳥居に至る。敬福が従三位に叙せられたことを契機に、この百済王氏は本拠地を難波から北河内交野《かたの》郡中宮郷（現在の大阪府枚方市中宮町）に移し、そこに前述の百済王の祖廟と百済寺を建立した。このうち百済寺は中世に焼失したが、現在も広大な敷地が台地上に広がっており、近年の発掘調査によって南門跡や、回廊で囲われ繋がっている中門跡と金堂跡、回廊の内側に東塔と西塔跡を頂き、金堂の後ろには講堂と食堂跡が北に続き、典型的な飛鳥様式すなわち百済様式を採って配置されている。この百済寺跡は昭和二七年（一九五二）に国の特別史跡に指定され、昭和四一年（一九六六）に日本初の史跡公園として整備され、さらに平成一七年（二〇〇五）より枚方市教育委員会による再整備計画に基づいて再発掘調査が行われている。この百済寺跡の西隣に建てられた祖廟は今日まで百済王神社として継続されており、現在残っている建造物は、最古のものは石造り鳥居で江戸時代中期（正徳三年、西暦一七一三年）の銘で「百濟国王牛頭天王　廣前」と彫られている。現在の本殿は正統的な春日造りであり、江戸時代末期の文政一〇年（一八二七）に春日大社から下賜されたものである。現在の百済王神社には百済王と進雄命《すさのおのみこと》（牛頭天王）が主祭神として祀られ、八幡神社や浮島神社、相殿社、稲荷神社を境内社として合わせ祀り、枚方市の中宮・堂山・池之宮地区における産土神として広く崇敬されている。今でも毎年一〇月の例祭宵宮と翌日の例祭には、コンチキチンと鐘と太鼓が鳴り響き、「百済王神社の物語」がコリャドッコイセイの掛け声とともに奉納されるなど、地元では「百済さん」として親しまれている。主祭神として牛頭天王がいつごろから合祀されたのかは社伝でも不明とされているが、疫病退散の祇園信仰を朝鮮半島から日本に伴ってきたということかも知れない。同社で毎年六月三〇日に取り行われている夏越《なごし》の祓《はらえ》では、今日でも大きな茅の輪を氏子が潜り抜けている。

「するとやっぱり、この敬福《きょうふく》という渡来系の王子様が、中心人物なんですね」と、王子様と聞いて及川がますます興味を示し始めた。

「そうですね、それでは分かり易いように、ここに敬福関連の年譜を書きましょう」と白鳥がまた紙に箇条書きを始めた。

百済王敬福

文武元年（六九七）摂津亮《すけ》百済王郎虞《ろうぐ》（従四位下）の三男として出生

神亀元年（七二四）多賀城完成、陸奥国の本格経営始まる

天平一〇年（七三八）陸奥介（四一歳）、国司任命四官（守介掾目《かみすけじょうさかん》）の第二位

不詳　正六位上

天平一一年（七三九）従五位下

天平一五年（七四三）陸奥守（五代目国守）この時期既に産金の目星をつけていた？

天平一八年（七四六）四月一日、石川年足と交替で上総守となる

同年閏九月七日従五位上叙階

同年九月一四日陸奥守に復帰再任

天平二一年（七四九）陸奥国小田郡から産金報告、同年四月一日従三位（七階級特進）

天平勝宝二年（七五〇）五月十四日、奈良京官に戻り宮内卿、河内国交野郡に百済寺建立

天平勝宝四年（七五二）四月九日、大仏開眼供養（花祭翌日、日本に仏教伝来二百年後）

天平勝宝九歳（七五七）五月二六日、常陸守、一〇月検習西海道兵使（佐伯全成が陸奥守）
橘奈良麻呂の乱を鎮圧（藤原仲麻呂の勝利→恵美押勝へ）
藤原朝獦《あさかり》陸奥守に任ぜられる（藤原氏による陸奥の金独占目的）
天平宝字四年（七六〇）日本初金貨「開基勝宝」鋳造
天平宝字五年（七六一）淳仁天皇、新羅征伐の議により南海道節度使（十二ヶ国掌握）
天平宝字八年（七六四）藤原仲麻呂の乱を鎮圧、淳仁天皇は淡路配流、重祚称徳新天皇
天平神護元年（七六五）一〇月三〇日　刑部卿、称徳天皇の紀伊国行幸を警護将軍
天平神護二年（七六六）六月二八日死去（六九歳と長命、刑部卿従三位のまま増叙なし）
神護景雲三年（七六九）宇佐八幡宮宣託事件（道教失脚）

右表の父親百済王郎虞《ろうぐ》は摂津亮《すけ》で、これは国司であるが在京勤務（京官）であり、四官ある大夫・亮・進・属の第二位であった。敬福自身は天平一〇年（七三八）に陸奥介《すけ》で始まり、天平十五（七四三）年に四六歳で五代目の陸奥守《かみ》となり、国府武隈《たけくま》（岩沼市）に赴任した。百済王敬福は、第二期目における短期間での産金を考えると、この第一期三年間の在任中に既に産金の目星をつけていたのではないかと思われる。この陸奥守はのちに宝亀五年（七七四）に大伴家持も最終ポストとして多賀城に赴任し、そこで亡くなっている。天平一八年（七四六）は本当におかしな年で、四月一日付で格上の大国上総守に栄転したばかりなのに、たった五か月半の在任で同年九月一四日付で再び陸奥守に復帰されられたわけで、これは鉱業先進地の上総国から有能な技師集団を連れてきたのではないかとも

思われる。実際、のちになって産金の功により叙階された丈部大麻呂《はせつかべのおおまろ》は上総の人とあるので、この人物を中心とした鉱山技師集団をスカウトしてきたというあたりが本当のところかも知れない。

産金の功により翌年には奈良都に戻り、大仏開眼供養などを経ながら昇進を続け、天平勝宝九歳（七五七）の橘奈良麻呂の乱では、孝謙天皇後の次期天皇候補として黄文王や道祖王を担いだ奈良麻呂や大伴古麻呂、小野東人を鎮圧した武人として活躍した。この事件で勝利した藤原仲麻呂は翌年には藤原恵美朝臣押勝《ふじわらえみあそんおしかつ》と改姓改名し、三年後には太政大臣に上り詰めた。武人として功を買われた敬福は、淳仁天皇の御世では南海道節度使となり、近畿一部と中国四国地方全体十二ヶ国の軍事を掌握する立場となった。天平宝字八年（七六四）に起きた藤原仲麻呂の乱では、孝謙上皇と道鏡側について外衛大将として藤原仲麻呂によって擁立されていた淳仁天皇を幽閉して、孝謙天皇の重祚（称徳新天皇）体制づくりに貢献した。この時孝謙側には他に有力人物として、坂上苅田麻呂や牡鹿嶋足、吉備真備などがいて、淳仁天皇は淡路島に配流された。翌年には刑部卿となり、称徳天皇の紀伊国行幸に際して、御後騎兵将軍として護衛長官の栄に浴し、帰途には道鏡ゆかりの河内国弓削《ゆげ》寺で百済舞を奉奏して喜ばれたという。無事に護衛長官としての役割を終えた翌天平神護二年（七六六）に六九歳という当時としては長命で亡くなった。最後の官位は刑部卿従三位であり、天平二一（七四九）年以来の増叙は無かった。敬福死後三年目の神護景雲三（七六九）年に、第二の宇佐八幡宮宣託事件が起こり、道教は失脚した。

敬福は細かいことに拘らない豪放な人柄で政治的な力量があり、酒と色事を好んだという。官人や庶民が生活苦を訴えに来ると、自ら借金をして借り物をしてまでも望外の物を与えるなどしたため、たびたびの地方官でも蓄財できずに経済的余裕は無かったといわれる（続日本記）。しかし陸奥国では別の噂が密かに伝わっており、実は百済寺の建立や百済国の他日復興資金として、隠し財産をひたすら金華山中に埋めていたのであり、他人に親切にしたのも、来るべき日のための兵力として期待し、予め恩を売っていた遠謀もあったかもしれないとも言われている。

「及川さん、実はね、今朝フェリーを出た女川町に、この敬福に関係する伝説が古くから伝わっているんですよ」と今度は今野が水を向けた。

「えっ、何で女川に？」

「でしょ、そこが謎なんですよ。良いですか……」と今野が次のように伝説を紹介した。

養老年間（七一七〜七二三）から建設の始まった多賀城（現在の多賀城市）は神亀元年（七二四）には完成してはいたが、当時まだそのあたりは危険に満ちていたので、陸奥国府は少し南の武隈《たけくま》（現在の竹駒《たけこま》神社のある岩沼市）に置かれたままであった。右の年譜にもあるように、百済王敬福は二度陸奥守に任じられており、天平一五年（七四三）から三年間の第一回目は、当時武隈《たけくま》に置かれていた陸奥国府（岩沼市）に赴任した。三年経って一旦上総守という大国に栄転したばかりなのに、たった五か月半で元の陸奥守に復帰再任したのである。この一見降格人事とも思える処置は極めて異例であり、復帰再任しなければならない何か特別な理由が発生したとしか思えない。また二度目に陸奥守に任じられて、たった二年半で、所領の陸奥国小田郡から黄金九〇〇両を産出し奈良朝廷に献上したことは驚くべきスピードである。伝説ではちょうどこの時期に、敬福が女川町のこの浜に御所を営んだとされている。そのため当初この浜は王前浜《おうまえはま》、すなわち御所の前の浜と呼ばれたが、後に王の字を憚って御前浜《おんまえはま》と改めたという。またこの御前浜の北隣の小さな入江の砂中から兜が発掘されたので、神社を作って祀り、この浜を兜浜《かぶとはま》と呼ぶようになった。

またこの御前浜に南接して出島《いずしま》に向かって突き出した小半島の中程に湾入している静かな浜のある尾浦《おうら》について、敬福産金以前の神亀年間（七二四〜七二八）の昔のこととして、次のような記述が安永風土記にある。

すなわち、この尾浦浜の入江は、天竺の釈旦《しゃくたん》国義守里千葉大王（牛頭天王か？）の王子が、七歳にして父の枕を越えたため、空船《うつぼ》に乗せて流され、日本に漂流してこの浜に流れ着き、蘇十郎（後に瀬戸十郎）なる者が養育し、ここに永住の御殿を営んだので、当初は王浦《おおうら》と唱えていた。王子晩年になり、北隣の雄勝町《おがつちょう》大浜に移り住み、浜人達に網漁の漁法を伝え、祖神として崇められた。しかし、王子が亡くなり、中世に至り大浦と書替え、さらに後世に今の尾浦の文字に改めたと伝えている。

この尾浦地区には、他にも宮郷《みやこ》（王子が漂着した場所）や台《だい》（王子が御殿を営んで住居された場所）、御殿峠《ごてんとうげ》などの地名もあり、貴種譚との関りが深い。王子が移り住んだという雄勝町大浜の千葉雪麿氏の家は代々神職にして、明治維新前は市明院と称した。尾浦に漂着したという千葉大王伝説に深い関係があり、所轄している尾浦の羽黒神社は元久二年（一二〇五）の創建で、倉稲魂命《うかのみたまのみこと》を祀っている。宇迦とは穀物や食物の意味で、穀物神のことである。

ただこの尾浦伝説の時期は霊亀元年（七一五）とする風土記御用書の説もある。また文化九年（一八一二）に仙台藩蘭学者大槻玄沢（号を磐水）が金華山に遊んだ時の「夢遊金華山の記」によれば、天平の昔（産金の二一年＝七四九？）に百済王敬福が寓居したと土地のものから聞いたが、これはちょうどこの頃この国司敬福が金華山から黄金を掘り出して住んでいた所にほど近いためであろうか、と玄沢ほどの大学者らしくない浅い考察を記述している。しかし金華山に近いというだけで、この尾浦あるいは御前浜に敬福が御殿を営む理由にはならないはずである。これらの伝説は証拠文書が残っていないが、それは逆に証拠文書を残さず、秘密にしなければならなかった別の理由があったのではないかとも疑われる。

女川町には主な寺が照源寺、渓秀院、保福寺の三つある。明治二〇年代の寺院明細帳よれば、照源寺は陸前国志田郡万年寺の末寺で、浦宿字板橋にあり、長禄二年（一四五八）開基、曹洞宗月泉派に属し、本尊は釈迦牟尼仏、檀徒一〇六四人、住職は三宅氏である。渓秀院は浦宿字大沢にあり、陸中国江刺郡黒石村正法寺の末寺で、寛永一七年（一六四〇）開基の曹洞宗月泉派で、檀徒二五四人である。保福寺は照源寺末として尾浦字尾浦にあり、由緒は不詳ながら照源寺二世の開基で、聖観世音菩薩を本尊とし曹洞宗月泉派に属しており、住職は金氏《こがね》である。この尾浦の保福寺については、先の伝説と共に、寺名に福が付き、住職が金氏というのも敬福との関連が想像される。

なおこの千葉大王との関係は不明であるが、御前浜と雄勝湾の中間にある指ヶ浜《さしがはま》字大畑入には八雲神社《やくもじんじゃ》があり、須佐之男命《すさのおのみこと》を祀っている。八雲神社は、牛頭天王・スサノオを祭神とする祇園信仰の神社である。他に祇園信仰に基づく神社名称としては、八坂神社（八阪神社・弥栄神社）、祇園神社、広峯神社、天王神社、須賀神社、素盞嗚神社があり、時代や資料によって通用される。神社名は日本神話においてスサノオが詠んだ歌「八雲立つ出雲八重垣妻籠に八重垣作るその八重垣を」の八雲に因むものである。総本社は京都の八坂神社である。他のスサノオを祀る神社と同様、江戸時代までは「牛頭天王社」などと称していたが、明治の神仏分離により「牛頭天王」という社号が禁止されたため、祭神を牛頭天王と習合していたスサノオに変え、社名もスサノオに因んだものに変更したものである。女川町の出島《いずしま》にも八雲神社があり、ここも祭神は須佐之男命で、夏にはきゅうりを食べない風習が残っている。

敬福の子は五人おり、このうち百済王理伯は摂津亮、肥後守、摂津大夫、伊勢守、右京大夫を歴任して、従四位下で宝亀七年に亡くなった。理伯の子は百済王俊哲のみが男子で、残り女子三名のうち二名が桓武天皇後宮に入っている。俊哲は宝亀一一年（七八〇）の伊治公呰麻呂《いじのきみあざまろ》の乱に際して陸奥鎮守副将軍に任ぜられたが、戦闘中に矢が尽き蝦夷に囲まれるという絶体絶命に陥った。しかし何故か九死に一生を得ている。この時俊哲は白河関の神など十一神に祈ったところこれを突破できたとして朝廷に報告しているが、実は戦場で、父敬福の約三一年前の蝦夷側部下たちに見逃してもらったのである。そして延暦一〇年（七九一）に征夷副使、つづいて陸奥鎮守将軍となり、延暦一四年（七九五）に従四位下で亡くなった。俊哲の子は男子三名のうち教俊が百済王になり、女子二名はそれぞれ桓武天皇女御と嵯峨天皇女御に入った。つまり俊哲は妹を桓武帝の後宮に、娘を女御に入れたことになる。百済王教俊は、下野介を皮切りに美濃守、鎮守将軍（年不祥）、陸奥介兼任（八〇八年）、下野守、最後は出羽守を経て、主に東国の地方官として歩んだ（死去不明）。教俊の娘は嵯峨天皇の女御に入っている。しかしこの教俊は鎮守将軍にも拘らず鎮守府のある胆沢城に赴任せず、多賀城の陸奥国府に常在していたことによって改善勅を受けているので、蝦夷経営の熱意は失われていたようだ。にも拘らず最後は従四位上まで昇進し、父親より一ランクアップしている。教俊の子慶仲は、民部大輔、武蔵守を務めて、大器ではないがエピソードの多い人物であった。釣りが上手く、仲間と釣りをした時に不作の仲間たちを尻目に、慶仲だけが入れ食い状態であっという間に百余匹を釣り上げたという。また東国から平安京への帰途、川の渡し場で悪者たちが大勢で割り込み乗船しようとしたところ、慶仲が戒めに鞭を一振りしただけで悪者の顔の皮が剝がれてしまったので、人々が非常に喜んだという。承和八年（八四一）に従四位下で亡くなった。

奈良朝は天平二一年（七四九）の敬福による初産金後も更なる黄金を求めて、天平宝字三年（七五九）に旧北上川本流沿いの海道に桃生城を、続いて神護景雲元年（七六七）に陸路東山道をさらに北上する要衝に伊治城を築き、川路と陸路の両面で北侵を進めたのであった（図三、四）。この間に浸食した土地では、水田開発と入植促進事業と採金作業とを同時進行で無理やりに進めた。このような急激な圧迫と侵食に対して蝦夷住民が反発するのは当然であって、やがてそれは、桃生城付近に在地していた蝦夷の族長宇漢迷公宇屈波宇《うかめのきみうくはう》が神護景雲四年（七七〇）に一族を引き連れて蝦夷地に逃げ帰ったことを契機として、奈良朝の出先機関と本格的に対立し始め、次いで宝亀五年（七七四）の桃生城襲撃事件、そして遂に宝亀一一年（七八〇）の伊治公呰麻呂による伊治城・多賀城襲撃事件へと拡大して行くことになる。

十三　一番護摩祈祷

昨夜飲み過ぎたのか、色々夢を見てあまり眠れなかった今野は、朝四時半に外の風の音で目覚めた。何となくまだ頭が重い。するとサラサラサラと音がするので、まだ薄暗い中をそっと宿泊室の障子を開けると、窓の外は良く晴れて満開の八重桜が風にそよいでいる。ときにザーザーというので、それほど風が強いのかと訝《いぶか》って、朝五時になり薄明るくなってきた外に出てみると、ザーザーというのは、大黒様と昨日登った登山道との間を流れてくる多量の川水が、境内地下を暗渠して、ご神符授与所兼売店になっている建物の下を通り抜け、そこから昨日フェリーから降りて登ってきた表参道と裏参道の中間道傍を、一気に五～六ｍほどの滝として流れ落ちる音だった。

「なぁんだ、この音だったのか」と呟きながら、その滝から境内に戻ろうと中間道を四～五歩登り戻ると、ふと大黒様の左奥にある弁財天堂に白巫女が入っていくのが見えた。

「あれっ、こんな早い時間に何だろう」と思ったが、弁財天堂に入る前に警戒するように後ろを振り向いた白巫女は、昨夕のあの美貌の巫女だった。一瞬目と目が合ったはずだが、白巫女は自分に気づかぬ様子で、隠れるようにそのまま弁財天堂に入って行った。何となく見てはいけないものを見てしまったような後ろめたい気がして、今野はそのまま逃げるように境内から参集殿に戻った。

戻る階段を昇るあたりから、心臓がドキドキしてきて、宿泊室に戻って布団を被っても未だドキドキしている。巫女は何をしていたんだろう。自分は何か金華山の秘密を見てしまったんだろうか。あの眼は初めて会ったはずなのに、どこか遠い昔の遠い場所でも見たような気がする。あれは一体何処だったか？　あれは一体いつだったか？

昨夜は夜更かししたので、幸い同室の水鳥や白鳥祖父孫は未だぐっすり眠っている。今野は布団を被りながら、息をひそめてしきりに思い出そうと努めてみたが、やはり思い出せなかった。それはそうだ、昨夕初めて見て、今朝初めて会ったのだから。

昨日受付所で渡された予定表では、初巳大祭当日は朝六時に館内放送で起床し、参籠者全員で祈祷殿に昇ることになっていたので、五時半には同室の水鳥や白鳥祖父孫も起き出して、洗面所で顔を洗ったり身支度を始めた。しかし、予定の六時を過ぎてもアナウンスは無く、おかしいねぇなどと室内でお茶を飲みながらアナウンスを待った。何だか階下の社務所あたりからバタバタ小走りの音がしきりとしている。今野が宿泊室から降りて階段の踊り場あたりで様子を窺うと、職員らしき数名が行き来してざわざわしている。何かあったのだろうかと思いつつ、部屋に戻って報告をすると、

「まあ、今日は大祭ですから事務所も忙しいんでしょう。良いじゃないですか、もう一杯お茶を飲みましょう」といつものように水鳥がおっとり構えて、今野の湯飲みにお茶を注ぎ足した。

朝六時一五分になり、ようやくアナウンスがあり、宿泊客はぞろぞろと階段を降りて三階に行き、そこから祈祷殿に向かって歩き出した。ギシギシさせながら昇る階段の途中で、今野を見つけた及川が走り寄って来て、

「今野さん、私ね、夕べ狐崎さんと同室だったんですけど、私が今野さんたちの部屋から戻ったら、

どこに行ったのか居なかったんですけど、夜中の二時頃にそっと戻って来たんですよ。私、眠った振りをしていたんですけど、何だか息が荒かったんですよ。夜中にどこかに出掛けて来たんでしょうか？」と囁くような小声で今野に耳打ちした。

「えっ、それはでも、女性一人じゃ夜の外出は怖いでしょう？」と今野が同じく小声で返すと、

「でしょう。それがね、私が朝方そっとトイレに起きた時に見たら、部屋の入口に昨日山で履いていた派手なヒールの靴じゃなくて、スニーカーが脱ぎ捨てられたようにおいてあって、ちらっとですけど泥が付いていたんですよ。何だかおかしいですよね」

「えっ、それじゃ、ほんとに夜歩きしたっていうことですか？」と驚く今野。

「多分ね。だけど今朝起きて洗面に行くときには、そのスニーカーはもう無かったんですよ。私に見られるとまずいと気が付いて、慌てて仕舞い込んだんじゃないでしょうか。これって怪しくないですか？」と、文化部記者が急遽事件記者に変身したように同意を求めてきた。

「確かにそれがほんとなら、ちょっと怖いですねぇ」と、今野は当てのない想像を巡らせるしかなかった。

祈祷殿に着く手前の廊下で、参列者は大祓詞《おおはらへのことば》の小冊子を渡される。祈祷殿祭壇には、昨夕の前夜祭と同じように高坏が二列に横並び、遠目には上段の左奥から米、酒、寒天タワー、大餅の四種、次いで手前下段の両脇は昨夕同様に金色の大餅に挟まれる形で、その間に左から塩・醤油、白菜人参、昆布、もう一品と全六種がお供えしてある。

予定より遅れて、午前六時三〇分に大太鼓がドーンドーンと鳴り響き、朝の清澄な空気の中で祈祷殿

の窓ガラスも震えた。この大太鼓の合図で一番護摩祈祷が開始となり、軽装の参列者は肌寒さに震えた。

ここで昨夕と同じように、笙と笛に合わせて神官数名が入場して正面祭壇の間に上り、右側の首座と左側の副座に分かれて正座した。このとき今野は、おやっと思った。宮司が座るべき首座に、昨夕とは異なりあの赤ら顔神官が座っているような気がした。

朝寝坊している参籠者もいるのか、昨夕の前夜祭より参列者がやや少ないようにも感じた。続いて黒ぶち丸眼鏡神官の「修祓奉誦《しゅばつほうしょう》」との宣言に従って、宮司の代理なのか、赤ら顔神官が中央に進み出て、参列者全員と一緒に長い大祓詞《おおはらへのことば》を十分ぐらい掛かってゆっくり誦《とな》えた。この大祓詞《おおはらへのことば》の小冊子には、神拝詞《となえことば》も記載してあり、大祓詞《おおはらへのことば》は家族揃って奉誦《ほうしょう》し、神拝詞は家長（代表者）一名にて奏上すると書いてある。神拝詞は次のような内容である。

神拝詞《となえことば》

（二拝）

掛巻《かけまく》も畏《かしこ》き
黄金山神社《こがねやまかむやしろ》を遙《はる》かに謹《つつし》み敬《うやま》ひ
拝《をろが》み奉《まつ》りて
天皇陛下《すめらみこと》の大御代《おほみよ》を常盤《ときは》に
堅盤《かたは》に斎《いは》ひ幸《さきは》ひ奉《まつ》り給《たま》ひ
吾家族親族《あがうからやから》の末《すゑ》に至《いた》るまで

喪《も》なく事《こと》なく守《まも》り恵《めぐ》み給《たま》へと
恐《かしこ》み恐《かしこ》みも白《まを》す
（二拝二拍子一礼）

神官と参列者全員による大祓詞の奉誦に続いて、お祓いがあり、副座の神官が立ち上がって紙垂《しで》を持ち、まず祭壇正面に向かって三回、次いで左神官に向かって三回、そして右宮司神官には座して三回、そして最後に立ち上がって、参列者と対面し三回、左、右、左と紙垂を振った。低頭している白鳥や今野たちには、サラサラーと風の音のみが頭上を吹き過ぎる。

丸坊主赤ら顔神官が祭壇の間中央に進み出ると、続いて他の神官四名も代理宮司の後ろに着座した。護摩木に火が付けられ、一同再び低頭する中を、代理宮司が祝詞《のりと》を奏上し始めた。その声音は俄か宮司として慣れないからなのか分からないが、何処となく自信に満ちた朗々とした響きではない。やがて、明らかに何か変だなと感じられるほど、押し殺そうとしても直ぐに浮かんでくる心中の動揺のようなものを含む不安定なものであることに、参列者一同も気が付いた。昨日のあの立派な宮司は何処に行ったのか、今祝詞を奏上している丸坊主神官は宮司の代理をしているのか、なぜ声が動揺しているのだろうか。火の勢いが増してきて、祈祷殿内一杯に煙の臭いとパチパチする火の音が充満する中で、代理宮司の祝詞を追いかけるように、うしろに並んだ神官四名も輪環合唱のように別々に祝詞を奏上していった。参列者の住所氏名や家内安全、商売繁盛、身体堅固、金運興隆など参列者からの様々な祈願項目を唱えてくれた。

最後に丸坊主代理宮司が全体を引き取って、祝詞を再奉し、争い恨みなく、おごり高ぶる心なく、身体健やかにして、浜の真砂の尽きざるごとく、黄金《くがね》しろがねの満ちることをきこしめ給えなど奏上した。このような護摩祈祷は通常神社では行われないが、金華山黄金山神社は神仏習合時代に真言宗寺院として栄えたので、その伝統を今に引き継いでいる貴重な遺産である。

社伝によれば金華山島は、神代の昔に大巳貴命《おほなむちのかみ》（大国主神）と少彦名命《すくなひこなのみこと》が国造りをしたときに、椿《くい》を作ろうと金石を煉《ね》り固めて作った山であるという。かなぐいは金属の杭《くい》のことで、漢字では椿に似ているが、椿の字の中の日が臼となる文字である。この神を祀るために、現在は弁財天堂の手前に金椿《かなぐい》神社が鎮座している。この美麗な島に神社が祀られたのは、天平二一年産金の翌二二年（七五〇）である。黄金山神社社務所平成元年刊『霊山金華山』の記述では、黄金献上の功績により朝廷により顕彰され、その後も黄金の力を背景に異例の昇進をした当時の牡鹿半島の豪族が、金華山島に社を建てて祀ったと思われるとある。実際、平安時代中期の長徳二年（九九六）の古い書付によると、既に金華山黄金崎神社という名が記載されており、「是に於て牡鹿連宮麿《おしかむらじみやまろ》等は、日下部深淵《ふかふち》等と相謀《はか》り、国守（著者注：百済王敬福《きょうふく》）に稟請《りんせい》して国内を物色し、此処に当山秀麗の地を卜定《ぼくてい》し、以って神社を創建して、神祇に報賽し国運を祝福せらる。すなわち山嶺に国常立神《くにとこたちのかみ》、大海祇神《おおわだつみのかみ》、金山毘子神《かなやまひこのかみ》を祀り、中間山腹に金山毘売神《かなやまひめのかみ》を祀りて、之を黄金宮又は黄金山神社と称せられた。後世本地垂迹《ほんちすいじゃく》の説行はれ、頂上の三神を龍蔵権現と称し、金山毘売神を弁財天と称せらる」とある。また昭和六年（一九三一）刊行の宮城県史蹟名勝天然記念物調査報告書復刻第二巻には、「創始は暦星定かならざるも、叙位の恩賞を受けし出金山《きんをいだすやま》の神主日下部深淵《かんぬしくさかべのふかふち》及び師位を拝したる沙弥丸子連《しゃみまるこのむらじ》等、採鉱冶金の始めに、壇を築き山を清め安泰を祈請《きせい》せる降神地帯は後の黄金山神社なれば、平安朝の制度に則り神社の鎮座地を家持卿の歌詞に因み金華山と号し……と推定す」とある。丸子連はその功績によって牡鹿連の姓を賜った。

一方、金華山にある大金寺僧伝《だいきんじ》によれば、平安時代末期の永万～仁安時代（一一六五～一一六八）に、平泉の藤原秀衡が金華山大金寺を建立し、社寺領三〇〇〇石を寄進した。藤原秀衡は金華山の御殿沢に大金寺外十一ヶ寺、黒沢に斎蔵坊外十一ヶ坊、仁王原に天道庵外十一ヶ庵を建立寄進したと伝えられている。なお現在でも黄金山神社の宝物殿には、この藤原秀衡の写字大般若経六〇〇巻が保存されている。また隣郡志津川地方は往昔本吉《もとよし》と称された土地で、平泉藤原氏時代に開拓された海道の要地として、秀衡の四男本吉冠者高衡がこの地に居城し、本吉地方の産金と海の富源を掌握した所といわれている。更に安元年間（一一七五～一一七七）に、平泉の藤原秀衡は本吉郡中央部の本良庄にあり近郷の村々が霊山として尊崇する田束山《たつかねやま》を深く信仰して新たに大伽藍を造営し、山上に羽黒山清水寺、中腹に田束山寂光寺と保呂羽山金峰寺を建て、天竺の作金観音を寂光寺に納め、天台宗を修し、七堂伽藍・七十餘坊を建て、四男の本吉冠者高衡をして山神の祭祀のことを司らしめたと伝えている。また隣接する稲井村の古刹舎那山長谷寺は、藤原秀衡が源義経の平家征討出陣の際（頼朝との戦いではない）、その武運長久を祈願するために建立した寺と伝え、大悲閣に十一面観世音が安置されている。このように牡鹿・本吉地方には、平泉藤原氏に因む史蹟が少なくない。それはこの地方が当時藤原氏の支配下にあった所で、しかも産金と海産物とに恵まれた宝庫であり、また海陸両面の要害の地であったためである。藤原氏の滅亡後は、鎌倉幕府により奥州総奉行として石巻城主に封じられた葛西《かさい》清重《きよしげ》により、金華山の堂塔は十八坊に、寺領は五〇〇石に減じられたものの、その保護を受けて寺運を盛んにした。江戸時代には仙台藩主の伊達家の崇敬を受けて一山除地《いっさんよけち》とされて堂塔も再建されたと伝え、本末制度下において醍醐三宝院を本山とする当山派の修験寺院（本寺は仙台城下の龍宝寺）に位置付けられた。伊達藩主からの崇敬においては、四代藩主綱村が元禄一六年（一七〇三）に三か月連続で家臣を代参させて砂金を献納したりしたものの、その後の藩主からは継続的な援助が得られず、十八坊を数えた寺院も次第に大金寺《だいきんじ》一ヶ寺が残るのみとなって行った。

現在も福島県いわき市の茨城県境に古跡として残る勿来《なこそ》の関は、倭王権や飛鳥朝以来の畿内政権側と陸奥国との境界線とされてきた場所である。この勿来の関から北に向かって進むと順番に泉《いずみ》という地名と平《たいら》という地名に至る。つまり逆に北から南に向うと土地名が平から泉と移り、まるで平泉の文字を分解したような配置となっている。奥州藤原氏第四代目藤原泰衡《やすひら》の異母弟である藤原忠衡《ふじわらのただひら》は、父秀衡の柳之御所に近い泉屋の東を元々の住居としていたので泉三郎と呼ばれていた。金山開発の目的ではじめ現在の仙台市泉区に居住していたが、金を求めて次第に南下して現在のいわき市泉地区に移住したと言われている。ここで三郎は八茎《やぐき》金山（現在のいわき市四倉町）を開発し、この地で採れた黄金を平泉に送っていたと言われている。この八茎鉱山は現在は廃坑となったスカルン鉱山で、タングステンや銅、鉄の鉱石と共に石灰石を産出した。のちに鎌倉の源頼朝との対立の時に、三郎は義経を総大将として戦うべしという父秀衡の遺言に従うよう強く主張して、兄泰衡と対立したため、泰衡によって誅殺された。いわき市内の平地区と泉地区の丁度中間地点に、白水阿弥陀堂《しらみずあみだどう》が建っている。ここは三方を山に囲まれて借景とし、東西からの広大な池に包まれるような中の島になっており、この中の島に白水阿弥陀堂は南面して八〇〇年間静かに鎮座し続けている。これは東北地方にある平安時代の阿弥陀堂建築の三傑作の一つとして、平泉中尊寺と共に国宝に指定されており、もう一つは現在の宮城県角田市の高蔵寺阿弥陀堂（秀衡妻が安元三年＝一一七七年に建立）である。この白水阿弥陀堂は、奥州藤原氏初代藤原清衡の娘徳姫が当地の岩城則道《いわきのりみち》に嫁いで、夫が亡くなった後にその菩提を弔うために永暦元年（一一六〇）に建立したもので、福島県内で唯一の国宝建造物となっている。堂は方三間《ほうさんま》単層《たんそう》宝形造《ほうぎょうづく》り柿葺《こけらぶき》で、内陣の四天柱は十二光仏が具現されていた。内陣、外陣とも折上げ小組格天井で、殊に内陣天井には小組格に色鮮やかな宝相華の文様が描かれ、その一部が今日でも残っている。堂内周囲の壁板にも全周に壁画が図視されていた。内陣の仏像五体は全て国の重要文化財であり、特に中央の大きな本尊阿弥陀如来坐像は寄木造漆箔《しっぱく》で、円満具足な慈顔に静かに流れるような浅い衣文様、透彫《すかしぼ》りの飛天光背と九重の蓮華座に座る姿は、当時の完成された定朝様式を表している。両脇侍の観世音菩薩立像と勢至菩薩立像、それらを護持する持国天王立像と多聞天王立像も同様である。広大な境内は浄土庭園となっており、夏は薄桃色の古代ハスが咲き乱れ、秋は紅葉のライトアップ、冬は遠い借景の山々と阿弥陀堂の雪景色など国宝に相応しい四季折々の景色が楽しめる。白水という名前も平泉の泉を分解して出来たものである。この阿弥陀堂の前を流れるのは白水川と呼ばれ、いわき市平を流れて夏井川に合流して太平洋に注いでいる。一方、泉地区を流れるのは藤原川と呼ばれており、これはそのまま他の支流を集めて大きくなり、いわき市小名浜市中心街を通って、小名浜港で太平洋に注いでいる。丁度この夏井川河口と藤原川河口の中間地点に有名な塩屋崎があり、夜には灯台の光が遠い洋上まで航行の安全を届けている。坂東から海路陸奥国に至る場合に、常陸鹿島や下総銚子あるいは上総から出港するが、海上から見て何も道標のない単調な沿岸部が金華山まで続く中にあって、この塩屋崎だけが唯一の道標となり、そしてまた丁度陸奥国金華山までの航路の中間地点でもあった。これはその逆もまた真であり、北の陸奥国から重要物資を南の坂東に海上輸送する際の重要中継地点でもあった。このように古代陸奥国と坂東との境界部に位置しているこのいわき地域では、今日まで奥州藤原氏の足跡が色濃く残されている。

一関市千厩町など陸奥国の広大な山地は、古くより名馬を産するに適した条件を備えているが、萱《かや》の生い茂る丘陵や山麓に恵まれた牡鹿半島もまた名馬の山地として有名であった（伊治の牧、石巻市の牧山）。馬について次のような伝説も残っている。

むかし牡鹿半島小竹浜の沖にある小島（現在の生草島《なまくさじま》か？）に黒栗毛の美しい牝馬がいた。夜になると時々、天馬が降りて来てこの黒栗毛と交わり子を産むのだという。悲劇の名将源義経の愛馬太夫黒《たゆうぐろ》はこの黒栗毛が産んだ名馬だと伝えられている。成長した太夫黒は、平家追討に際して武運長久を願った藤原秀衡から義経に贈られ、やがて義経と共に鵯《ひよどり》越えの逆落しに挑み、一の谷の戦いで平家方を蹴散らす原動力として活躍した。一説にこの太夫黒は千厩産だとも言われている。

いずれにしろ今日でも小竹浜に黒毛馬が出るときは、小竹黒《こたけぐろ》と呼ばれている。明治天皇の愛馬「金華山号」は、大原浜中町で育ち、駒市競りに出した二才駒の小竹黒を母馬とし、伊達慶邦《よしくに》公の乗馬岩出川《いわでがわ》を父として、明治六年玉造郡鬼首村に産まれたものである。その後一関種畜場で飼育され、明治九年明治天皇の東北御巡幸の途中その非凡なる資質を見出され、御買上になったものである。明治二二年（一八八九）一一月に、埼玉県で近衛師団の大演習が行われた折、野砲陣地から撃ち出される大砲の轟きに、殆どの馬たちが混乱し、駆け出したり、乗っている騎兵を振り落としたりしたが、金華山号だけは全く動じることなく落ち着き払っていたため、天皇が落馬するのではないかとはらはらした侍従たちが安堵して感涙したと伝わっている。この金華山号は現在では都内明治記念館の入口正面に立ち、剥製として多くの来館者を出迎えている。

奥州藤原氏は一族繁栄と後世を祈願する一山寺院《いっさんじいん》を、ここ金華山以外にも歌津町の田束山《たつがねさん》など、領内の名山景勝地に建立した。しかし室町時代を過ぎた戦国時代末期になると、戦い敗れ浮浪化した荒くれ武者たちが、大金寺の黄金を目当てに餓狼のごとく寄り集まり、島内が荒廃の極に達したとされる。そのような中の天正年間（一五七三～一五九二）に遂に大金寺は大火に見舞われ、古記録も悉く焼失してしまった。その中で唯一焼失から免れたのは、五十鈴神社に納められていた秀衡奉納の大般若経のみであった。これは本殿から離れていたための幸運であり、現在も舞殿の右奥に鎮座して、天照皇大神《あまてらすおおみかみ》と豊受姫大神《とようけひめのおおかみ》を祀っている。焼失した大金寺の面影として、今日では跡地として記念の積み石が裏参道沿いに二基建っているのみである。しかし戦火の収まった文禄二年（一五九三）二月二七日、尾張国の威徳院と越国の自在院が成蔵坊長俊以下数十人の弟子たちを率いて金華山に渡り、護摩を修して参籠し、この時をもって大金寺は再建された。この時に書き残された棟札第一号には南無大師遍照金剛とあるので、これ以後は真言宗との関係を深めたものであろう。

江戸時代に入って、仙台藩では寺領の寄進はしなかったが、全島を除地《よけち》として租税免除をしたり、四代綱村と五代吉村が弁財天堂を寄進したりなどして支えた。江戸時代後期の文化一〇年（一八一三）

に大金寺は再び焼失し、このときは伊達藩第一〇代斉宗《なりむね》が金華山堂（弁財天堂）を造立した。同じ年に金山毘古神と金山毘売神を祀る黄金山神社御本社（二間五尺八寸四面）が落成した。ご本殿は、間口二八尺、奥行二三尺、三間《ま》やしろ、流れ中社造《ちゅうしゃづくり》、桝組《ますぐみ》三出先、総欅《そうけやき》、屋根銅版段葺《だんふき》、内部は内陣、外陣、格子格《ごう》、天井総金具の豪壮な建築物である。ご本殿の周囲を廻《めぐ》らす絵様塀《えようへい》は延長二三〇尺、総間数は四四、上部は堅格子、下部は波に千鳥を彫刻している。ご本殿入口の中門は、間口十尺、奥行九尺、唐破風造《からはふづくり》、屋根銅版段葺《だんふき》、総欅《そうけやき》で麟鳳亀龍《りんぽうきりゅう》を彫刻し、正面扉は昇龍降龍《のぼりりゅうくだりりゅう》を施した豪勢なものとなっている。弁財天を護る龍は、海に潜っては海神として航海の安全を守り大漁を約束する漁業の神であり、天に昇っては雨を司り五穀豊穣を約束する農業の神である。このご本殿は明治二七年（一八九四）に模様替えして今日に至っている。

明治四年（一八七一）三月二八日に神仏分離令が出たので、金華山大金寺第一七世康純坊運昌は大金寺を廃寺としたうえで、金山彦神と金山姫神の二柱を復古奉斎して黄金山神社とし、自らも還俗復飾して奥海正《おくうみただし》を名乗ることになって今日に至っている。

勿来関と白河関は陸奥国と畿内政権との境界で、山形県鶴岡市の鼠ヶ関《ねずがせき》が同様に出羽国と畿内政権の境界になっている。白河関は都から遠い陸奥国の象徴として次のように和歌にたびたび詠われた。

便りあらばいかで都へ告げやらむ今日白河の関は越えぬと（平兼盛、拾遺和歌集）

源頼朝の奥州藤原氏征討の際に、梶原景季が次のように詠み、

秋風に草木の露をば払わせて君が越ゆれば関守も無し

また松尾芭蕉も奥の細道で次のように此処で決意している。

心許なき日数重なるままに白河の関にかかりて旅心定まりぬ

一方、鼠ヶ関《ねずがせき》は山形県鶴岡市の南西部に位置し、現在では新潟県との県境に面しており、明治五年（一八七二）に廃止されるまで北国街道と羽州浜街道の境になっていた。海に突き出た弁天島は源義経の東下り縁《ゆかり》の地であるため源義経碑が建っており、また義経上陸地の碑がマリンパーク近くに建っている。ここは江戸時代には海路北前船が寄港する港でもあった所で、現在は鼠ヶ関灯台が設置されて付近を航行する船舶の安全を見守っている。

天平二一年＝天平勝宝元年（七四九）に本当に産金した陸奥国小田郡の地では、その後時代が下るにつれて産金量が減り、主たる産金地が次第に別な場所に移動していくにつれて次第に忘れ去られていった。恐らく宝亀五年（七七四）の桃生城襲撃事件（桃生城を海道蝦夷が襲撃した事件）や宝亀一一年（七八〇）に起こった宝亀の乱（伊治公呰麻呂の蜂起）に始まる蝦夷側と奈良・平安朝との三八年戦争などの混乱の際に失われたものではないだろうか。ところがその後千年余りも経った江戸時代後期の文化七年（一八一〇）になり、国学者の沖安海はこの地の奈良時代と思える古い礎石と周辺に散在する古瓦に注目して、敬福の本当の産金地は金華山ではなくこの涌谷町であると提唱したものである（陸奥国小田郡黄金山神社考）。沖安海はそれだけではなく、この地に新たに社殿を天保六年（一八三五）に建立するなど今日の発展に大きく尽力した。元仙台藩出身で蘭学者大槻玄沢の孫でもある国語学者大槻文彦が、明治三五年（一九〇二）に著書『複軒雑纂』のなかで「世に牡鹿郡の金華山を天平勝宝の出金の地なりと云うは論ずるにも足らず」とこの沖説を支持したため、明治四四年（一九一一）に、涌谷町の黄金山神社は現在まで続く社殿として新装された。

昭和一七年（一九四二）刊行の小野田匡高《まさたか》著『東北鉱山風土記』によれば、涌谷町黄金山神社の砂礫層の分析結果では、一トンにつき〇・七gの金と、一・五gの銀が含まれており、この地が有力な産金地であることは疑いがないとしている。また秋田大学の渡辺万次郎著の昭和三二年（一九五七）刊行『金属鉱床学』では、我が国最初の金を産した涌谷町のものは、第三紀含金礫層から二次的に生じた河流砂金であり、黄金迫のある谷が朝鮮南部の砂金産地に極めて類似した山相を持っている点を指摘している。当時は金発見のために砂金に慣れた多くの朝鮮系渡来人が選ばれて辺境地帯に派遣させられ、特にこの黄金迫に関しては、国守の百済王敬福を始め、金の発見者丈部大麿《はせつかべのおほまろ》の従者（妻とも言われる）朱牟須売《しゅのむすめ》、錬金師戸浄山《へのじょうせん》は何れも帰化人であった。彼らが緩やかな谷の底の田んぼの中から、砂利に混じって出てくる石英礫を見て、砂金の存在を直感したのは当然だったとしている。

さらに第二次世界大戦後は、より科学的な調査が可能となり、昭和三二年（一九五七）になって東北大学考古学教室の伊東信雄教授等が黄金迫で行った発掘調査の結果、黄金山神社の神殿付近で奈良時代造営の建物の基壇跡と根石を発見し、さらに古瓦の出土も確認した。同時に行われた地質調査によっても、この涌谷町黄金山付近の土壌に、純度の高い良質の砂金が含まれていることが判明したため、家持のみちのく山はこの黄金山であり、この地が天平二一年の陸奥国小田郡産金に直接関係ある遺跡であることが確証したものである。この建物に用いられた鐙瓦《あぶみがわら》ならびに字瓦《じがわら》の文様は、当時の国家機関であった多賀城、陸奥国分寺、同尼寺にものと類似しており、この谷間の奥の狭い土地が軍事機関あるいは行政機関を置くには相応しくないことから、間違いなく別の（すなわち産金）目的で設置されたものであると断定された。ここで発見された六角形の瓦製宝珠《ほうじゅ》の破片から、当時ここには径三三尺（約十ｍ）位の六角堂または円堂があったものと根石の示す柱間から推定された。この仏堂は、産金を記念して国府役人によって天平二一年（七四九）から天平神護二年（七六六）に至る一七年の間に産金現場に建てられたものとされている。

東北大学の調査結果を受けて、昭和三四年（一九五九）にこの涌谷町黄金山一帯は産金遺跡として宮城県指定史跡となり、続く昭和四二年（一九六七）には国指定史跡「黄金山産金遺跡」となった。この付近は、現在では公園としての整備も進んで、黄金山神社境内に日本黄金始出碑が建てられており、家持の歌碑も境内に設置されている。宮城県大崎市涌谷町（旧遠田郡、それ以前は小田郡）の黄金迫にある小高い丘の黄金山をご神体として麓に黄金山神社が祀られている。

現在の黄金色の大鳥居には、ご神紋である十六菊の大きい扁額が掛かっている。主祭神は金山毘古神《かなやまびこのかみ》で、金運や商売繁盛のご利益がある神様として、年中多くの参拝者が絶えない。お詣り時に頂く御朱印も、なんと朱印ではなく十六菊の黄金印なので、御朱印帳を見て参拝者が驚き喜ぶという。また境内には黄金にちなんで、「くがね庵」と名付けられた金箔貼りの黄金茶室があり、庭には水琴窟もあって茶会や歌会などに人気がある。ちなみにこの黄金山神社は金運と商売繁盛のご利益があることから、サッカーJ1リーグのベガルタ仙台からも必勝祈願所として崇敬されており、同チームカラーのベガルタゴールドはこの黄金山神社に由来している。

このように一旦は忘れ去られたかのような小田郡産金地に対して、この金華山における黄金信仰は、奈良時代の大友家持による万葉句みちのく山が金華山であるとの通説に始まり、平安時代以降の金華山における修験道の興隆と、修験者たちの長年にわたる広報セールス活動も相まって次第に大きくなって行き、それはやがてこの金華山が稀に見る黄金島であるという伝説にまで発展することとなった。

しかし江戸時代になると、幕府が寺請制度によって厳しい宗教統制を行ったため、離島ゆえに固定した檀信徒もなく、藤原氏や葛西氏のような一山寺院として寄進される寺領にも頼れなくなり存亡の危機を迎えたのである。仙台藩も堂塔の改築に援助はしたが寺領寄進まではしなかった。

そこで大金寺の修験者たちは、一山の命運をかけて弁財天信仰を各地に広めることにしたのである。往時の名声を背景に、歴代の住僧や社司が各地に出開帳までして積極的に教化に努め、現在の宮城県を始め、山形県、福島県などを中心に、東北各地に五〇〇を数える金華山講を組織して行った。もともと太平洋上に浮かぶ秀麗な孤島である金華山は多くの漂流物が流れ着く場所であるから、貴種漂譚には絶好の場所である。同じ宮城県内でも志津川町椿島の弁財天をはじめ、石巻市住吉や流留《ながる》の弁財天もその好例である。財福は、弁財天の使いである蛇（巳）が皮を抜ける毎に成長する所から生じている（脱皮による成長）とする現世利益の金華山信仰は、次第に人々の間に深く根を下ろして行き、金華山自体が産金地であるという伝説が広まっていったものである。

確かに古代から今日までも、金華山の海上交通の要衝としての価値や、世界三大漁場として沿岸漁業ならびに金華山沖合漁業共に漁民が抱く、この入会漁場に対する依存度と畏敬の念は変わらないものがある。つまりみちのく山たる金華山は、古代から航海の指針であり、また航海神ともなりうる信仰の山であった。金華山を見ながら出漁する漁師にとって、金華山は生活するうえで欠かすことのできない好不漁を占う神の島であり、航海安全の島でもあった。実際、江戸時代末期の安政四年（一八五七）に、開成丸の水夫等は金華山を通り過ぎる際に、手を洗い口を漱ぎ、竹の皮に白米を盛って、海中に投じて合掌して航行したという。

ふと気が付くと、祈祷殿の祭壇では巫女が登場し弥栄《いやさか》の舞が始まった。今野は再び息をのんだ。

「あの人だ、昨日初めて見て、今朝初めて会った、あの人だ。やっぱり美しいが、今朝は何だか目の色がひときわ薄く見える」

小太鼓と笛による雅楽と謡に合わせた巫女奥海陸《おくうみりく》の舞は、何処までも澄み切って優雅で美しかった。緑・黄・茶など五色の帯の付いた剣の無い神楽鈴（三番叟《さんばそう》）でゆっくり清め、祈り、両手でゆっくり何度も大きな弧を描きながら舞う姿は、この世のものではない、あるいは日本のものではない、気高くも異国の気配すら感じさせた。護摩焚きの火と煙の終わりと共に、巫女によって参列者全員の願いが天に送られたと思われた。しかし最後の瞬間に、何ということか巫女が、最後の大きな弧を描くように両手をゆっくり回している途中で、握っていた鈴を落としてしまった。

「チャリ〜ン、リン、リン」

雅楽と謡も一瞬凍り付いたように止まった。

大きな音を立てて転がった鈴を、巫女は急に変わった険しい表情で、拾いに追いかけ、無事に拾って最後の弧をゆっくり再開すると、雅楽と謡も気を取り直したように追いかけて舞の奉納は終了した。巫女はそのまま逃げるようにその場を去って、階段を降りていく足音だけが残った。

丸眼鏡神官のアナウンスに従って、参列者一同が低頭すると、再びの笙の音の中で肩巾の広い別の神官が、金ペイをチャラチャラしながら参列者内を回り、参列者は頭上に黄金の触れ合う音かと錯覚するような金属音を、一抹の不安を抱きながら押し頂いた。

最後に、再び祭壇の間の中央に進み出た丸坊主神官と共に一同礼拝し、続いて五名ずつ呼び出されて祭壇の間に上がって、参列者全員が玉串を奉献した。奉献は東京や、愛知県、神奈川県、大阪府、静岡県、茨城県、埼玉県、千葉県、広島県、豊中市、横浜市、仙台市、名古屋市など広く日本全国からの参列者によって行われた。玉串を奉献したら、そのまま参列者は祈祷殿から退場し、廊下に準備してあった各々の名前が記してあるご神符を受け取り、ギシギシ音をさせながら階段を降りて各部屋に帰っていった。

部屋までの階段で、また及川が今野に走り寄ってきて耳打ちした。

「ちょっと、どうしたんでしょうね、あの巫女さん。鈴を落とすなんて聞いたことないわ」と、やや怒りを含んだ口調である。

「ほんと、どうしたんでしょうね。舞いはとてもきれいでしたが、ちょっと何かに怯えているような感じがしましたね」と今野も率直な印象を述べた。

皆が部屋に戻った時は七時二〇分になっていた。

十四　朝食

朝七時三〇分から朝食の予定だったので、昨夜参籠した一番護摩祈祷の参加者たちは、一旦それぞれの宿泊室に戻った。身仕度をして、昨夕と同じ二階の大広間に降りて行った。途中の踊り場では、三階の社務所あたりが、未だざわざわしているような気配がしているのが気になった。何かあったのだろうか。

大広間に行くと、ここも昨夕より用意されたお膳の人数が少し少ないようだった。そうだ、あの大阪から来ている五大弁天様ツアーのオバ様達は、今朝の日の出を拝みに、未明におにぎりを持って大函崎に行くと言っていた。

朝食は特別挨拶などは無く、既に茶碗にご飯も、お椀に味噌汁も用意されているので、それぞれグループごとにテーブルについて朝食を頂き始めた。遠くのテーブルに、酔っ払いの高橋竜司は見えたが、長身髭ヅラの宮司息子の姿は今朝も見えなかった。狐崎玲子は寝不足なのか、腫れぼったい顔で今朝も一人で食べていたが、食欲がないのか、時折箸を置いて何か考えている様子に見えた。誠は相変わらずテーブルにもつかず、昨夕の圭太少年とまた仮面ライダーの話をしたり、山ガールのオバ様たちと朝の社交をしている。

朝食は笹かまぼこに焼きのり、カツオふりかけ、生卵、サラダ、お新香、ご飯と豆腐ワカメのみそ汁と、昨夕食ほどではないが、朝食としては十分地元色溢れたものであった。金華山では米も野菜も魚も自給していないので、全て毎日女川や鮎川からフェリーに乗せて乗客と共に搬入しているという。いわば離島としての貴重な食材ということだ。水鳥や今野、白鳥らは有難く掌を合わせてから、箸を動かし始めた。

「オジちゃん、昨日のクジラの話の続きを聞かせて」と、誠が今朝は高橋竜司の顔色を見ながら再びおねだりすると、不機嫌そうなままではあるが、高橋は子供の要望に応えた。今日の大祭は午前十時から開始なので、少し時間の余裕もあったのだろう。

「そうさな、ボク、夕べはどこまで話したっけな?」

「うん、オジちゃん、昔の東京湾にクジラが出て来て、将軍様もびっくりしたってとこまで。今日はその続きだよ」

「うん、そうだった。昔の江戸を驚かした三大動物の一番目が、その品川のクジラだったたな。これは寛政一〇年（一七九八）のことだったから、寛政の鯨って言われてるんだよ。二つ目のびっくりはな、享保の象って言われてるやつさ。その品川クジラの七〇年前の享保一三年（一七二八）六月に、東南アジアの広南って国、つまり今のベトナムだな、そこを経由して象が長崎に連れて来られたんだよ。この象は翌年三月に長崎を出発して、山陽道から京都に入って、当時の中御門《なかみかど》天皇から上覧の栄を賜り、そのまま東海道をひたすら江戸に向かって東に歩いて来たってわけさ。何しろ見たこともないデッカイ動物が、長い鼻をぶらぶら揺らしながら街道を歩いたわけだから、そりゃもう、山陽道でも、大阪でも、京都でも、そして東海道でも大騒ぎだったたさ。そして品川宿を経て、とうとう五月二五日に江戸の浜離宮に到着して、二七日には時の八代将軍徳川吉宗が江戸城大広間から上覧したと言われてるんだよ。こうしてベトナムから日本に来て、長崎から歩いて歩いて江戸まで来たその象は、その後民間に払い下げられて、中野村の見世物小屋で多くの見物人を楽しませたというぜ。この飼育を担当した押立村の平右衛門、中野村の源助、柏木村の弥兵衛っていう三人は、象の糞が疱瘡《ほうそう》に効く薬だなんて嘘ついて売り出したら、物珍しさも手伝ったのか、これが大当たりして大儲けしたってんだ。抜け目のない商売上手な奴ってのは、何時の時代もいるけどな、クジラの商売でさっぱり儲からない俺なんか癪《しゃく》でしょうがねえというわけよな、ボク。その象は中野村で二〇年も生きたあと、死んだ遺骨は今でも中野宝仙寺に馴象之枯骨《じゅんぞうのここつ》として伝わってるらしいぜ。ボクも大きくなったら一度お詣りに行って上げなよな」

「うん、分かった。ボク大きくなったら必ず東京に見に行ってみるよ。それで三つめは？」と誠が催促する。

「そうさな、三つ目のびっくりはな、文政の駱駝ってやつでな、昨日の寛政の鯨から二六年後の文政四年（一八二一）に、やっぱりはじめは長崎の港に上陸したんだよ。ところがこいつは一匹じゃあなくて、オスとメスの二匹で来たんだよ。このラクダの夫婦は、まず九州を一周りして、そのあと四国、和歌山、大坂、京都と各地をゆっくり巡って見世物となり、今度は中山道を通って江戸に着いたのが三年後の文政七年（一八二四）の八月だったそうさ。これは享保の象から約一〇〇年後、寛政の鯨から二六年後だったから、前に鯨を見て今度はラクダを見たという江戸町民も多く居たんじゃないか。ボクには未だ分からんかも知らんが、何でも長崎の遊郭円山の遊女に入れ込んだオランダ人が、愛の印にオスとメスの夫婦ラクダを贈ろうとして、遠くアラビアから一瘤ラクダを輸入したってんだから驚きだろう。ラクダは夫婦仲の良い動物で和合の象徴でもあるので、このオランダ人がそれにあやかりたいと思ったんだろう。ところがよ、肝心の贈られた遊女の方は、このラクダを見てすっかり腰を抜かしちまって、そのまま見世物小屋に売ってしまったんだから、オランダ人の目論見《もくろみ》は失敗したって訳さ。儲かったのは、買った見世物小屋さぁ。予想通りこの二匹のラクダは大当たりに当たって、ラクダ見たさに群衆がどっと押し寄せたそうだから羨ましいぜ。だから当時は、年中喧嘩の絶えない夫婦は、ラクダの夫婦を見習え、とまで言われたそうだからお笑いだよな」

「オジちゃん、ほんと面白いね。象もラクダも遠い故郷の国から連れて来られて、歩かされて見世物にされて可哀相な気もするけど、でも僕も江戸時代だったら絶対見に行くもんね。オジちゃん、それからね、昨日の品川クジラの続きも教えて」と興味が止まらない誠がさらにおねだりする。

「俺みたいなクジラ漁師は、金山《きんざん》掘りと同じで博打《ばくち》うちみたいなもんだから当たるも八卦当たらぬも八卦だけどな、クジラの話ならナンボでもしてあげるさ。そうさな、その品川クジラが上がった当時に、墨で書かれた絵があるんだけどな。それによると、クジラの姿は、頭が三角形で、目は細くて小さくて、胴体には長い胸びれと小さな背びれ、薄い縦縞の上腹部が描かれているから、恐らく座頭鯨《ざとう》だったんだろうと思うよ。座頭鯨は、体長およそ一一〜一六mで、体重も通常三〇トンほどあるけど、大きなものは体長二〇m、体重六〇トンにもなることがあるんだよ。座頭鯨《ざとう》の外見の特徴は、長くて大きな胸びれと上下の顎にあるフジツボに覆われた瘤状突起が目印なんだよ。座頭鯨《ざとう》っていう和名の由来は、低い三角形の背びれから、そのまま尾びれまで続く低い隆起が、あたかも琵琶を担いだ座頭

（盲目の流し芸人）に似ているからなんだよ。面白いことに英語名も和名に似ていて、背中の小瘤からhumpback whale（せむしの鯨）と呼ばれていて、これは海上で遭遇したときに直ぐに種類が識別できるように、クジラ漁の現場で最も重要な、漁師から見た判別点を大切にした名前なんだよ。ところが学名がmegaptera（大きな翼）と命名されたのは、これは捕獲して陸上に揚げてみた時の全貌から付けられた名前で、クジラ漁の現場の漁師には何の役に立たない単なる解剖学的な名前なのさ。この絵に描かれた品川クジラの背中には、多数の傷も細かく描かれているから、必死に捕獲しようとした品川浦の漁師達と、激しく抵抗して沖へ戻ろうとした鯨との格闘の生々しさが、二〇〇年以上たった今でも良く伝わってくるよな。実際、夕べも話した品川の利田《かがた》神社にある公園内に突き出た三角形の頭部に刻まれた多数のフジツボ状突起や、小さな目、頭部先端から弧を描いて目の下に伸びた皮膚のシワなどは、それを囲むように小さなタイルで表現された白波と青海原と共に、当時の品川浦の漁師達が驚いた座頭鯨の生き生きとした姿として造形されているよ。

　昔は鯨はいさな（勇魚）なんて呼ばれてたし、この金華山沖なんか昔マッコウ城といって、抹香鯨がわんさか居たんだよな。それをよ、英米ロシアの捕鯨船が金華山沖のクジラを取り尽くして居なくなっちまったんだよ。アメリカのナンタケット船団なんかが、新式の捕鯨砲で金華山沖のマッコウ城を全滅させたのさ」と、ここで高橋竜司は窓の外の遠い景色を見た。

「そのいさなについては、私の専門である万葉集にも書かれてますよ」と、いさなと聞いて安部宗夫が黙っていられないという感じで割り込んだ。

「古来より日本では、いさなは勇魚をはじめ鯨魚、鯨名、不知魚、伊佐魚などと書かれて来ましたし、捕鯨を意味するいさな取りという言葉は、海や浦、浜、灘などを表す枕詞として使われてきました。万葉集にも次のように幾つか詠み込まれています」

鯨魚《いさな》取り淡海《あふみ》の海を沖放《さ》けて　漕ぎ来る船辺附《へ》きて　漕ぎ来る船沖つ櫂《かい》いたくな撥《は》ねそ　辺《へ》つ櫂《かい》いたくな撥《は》ねそ　若草の夫《つま》の思ふ鳥立つ

(鯨を取るような大きな淡海の海を沖遠く漕ぎ来る船も、岸辺に漕ぎ来る船も、櫂をそんなに撥ねないでおくれ。若草のようだった夫が愛した鳥たちが驚いて飛び立ってしまうではないか。天智天皇薨去に際した倭大后《やまとのおほきさき》の挽歌、巻二、第一五三)

越《こし》の海の角鹿《つのが》の浜ゆ大船に　真梶《まかぢ》貫きおろし鯨魚《いさな》取り　海路《うなぢ》に出でてあへきつつ　わが漕ぎ行けば大夫《ますらを》の　手結《たゆひ》が浦に海未通女《あまをとめ》塩焼くけぶり草枕　旅にしあれば独りして　見る験《しるし》無み　海神《わたつみ》の手に巻かしたる玉襷《たまだすき》懸けて偲《しの》ひつ日本島根《やまとしまね》を

(北陸の敦賀の浜から、鯨も獲るという大海原に出ると、手結の浜で海女たちが塩を焼いている。自分は草枕の一人旅なのでそれを見ても仕方ないことで、大和の故郷を海神が手に巻く美しい襷《たすき》のように心に懸けていたことだ。笠朝臣金村、巻三、第三六六)

安見《やすみ》しし我が大君のあり通ふ　難波の宮は鯨魚《いさな》取り　海片就《かたづ》きて玉拾《ひり》ふ　浜辺を清み朝羽振る波の音《と》さわき　夕なぎに櫂《かぢ》の声聞《おと》ゆ　暁《あかとき》の寝覚めに聞けば海若《わたつみ》の潮干《しおひ》の共《むた》　浦渚《うらす》には千鳥妻呼び　芦辺に

は鶴《たづ》が音響《ねとよ》む　視る人の語りにすれば聞く人の見まく欲《ほ》りする　御食《みけ》向かふ　味経《あぢふ》の宮は見れど飽かぬかも

（聖武天皇が通われる難波の宮は、海に近く浜辺の石や貝殻を拾うのによい。その浜辺は清らかで、朝は鳥の羽音、夕は梶音が聞こえる。暁に潮が引くと美しい石が姿を見せ、浅瀬では千鳥が妻を呼ぶ声、葦辺では鶴の鳴き声が響く。この光景は口々に伝わり、本当に見飽きないところよ。田辺福麻呂、巻六、第一〇六二）

鯨魚《いさな》取り海や死《しに》する山や死《しに》する　死ぬれこそ海は潮干《しほひ》て山は枯れすれ

（海は死ぬだろうか、山は死ぬだろうか。死ぬからこそ海は干上がり、山は枯れる。作者不詳、巻一六、第三八五二）

万葉集にも詠み込まれてきたクジラや捕鯨であるが、金華山沖の鯨資源は江戸時代後期から注目されはじめ、伊達藩の藩学養賢堂の学頭大槻清準が文政年間（一八一八～一八三〇）に「鯨志稿」を著して、捕鯨の効用を説いた。また天保九年（一八三八）には、狐崎《きつねざき》組大肝入《おおきもいり》平塚雄五郎が仙台藩捕鯨取開方主立《とりひらきかたぬしだち》を命じられ、桃生郡大須浜《おおすはま》大肝入阿部源左衛門とともに仙台藩から各々二〇〇両ずつ下賜され、源左衛門はその年早速七頭に銛《もり》を打込み、大須浜（現在の石巻市）と江島（現在の女川町）で四頭の鯨を捕獲している。江戸時代末期の安政六年（一八五九）には、桃生郡大須浜大肝入阿部源左衛門らが連名で仙台藩に鯨蝋製造の願書を提出した際に、捕鯨候補地として桃生郡大須浜、牡鹿郡鮎川浜、気仙郡綾里《りょうり》浜の三か所を挙げている。明治時代に入ると、仙台士族村上国達が捕鯨銃を試作して、明治二〇年（一八八七）八月に、金華山沖五〇海里の洋上（抹香城）で抹香鯨一頭を捕獲した。一方、山口県仙崎漁港では、明治三二年（一八九九）に岡十郎が日本最初の捕鯨砲による近代的ノルウェー式捕鯨法を採用した日本遠洋漁業株式会社を設立し、五年後の明治三七年（一九〇四）には、同じ岡十郎が、今度は下関で発展的に東洋漁業株式会社を設立した（通称一〇《いちまる》会社）。これは岡らに先行して、明治二四年にロシア政府の資金援助を受けてウラジオストックに設立された太平洋捕鯨会社が、韓国沿岸でクジラ操業をしていたことに刺激されたものである。この岡らの東洋漁業が、明治三九年に当時の鮎川町に進出して来て、その後土佐捕鯨（鴨川）、紀伊水産（南）、藤村捕鯨（清崎）、長門水産（南）、大東捕鯨などの捕鯨会社が相次いで鮎川町に事業所を開設したことで、鮎川浜は国内でも有数の捕鯨根拠地となった。その後も捕鯨基地として発展した鮎川浜は、昭和九年（一九三四）には南氷洋へと操業海域を広げていった。

日本の捕鯨は先史時代から長く槍や矛を用いた突き取り式で行ってきた。江戸時代初期からは、銛を使った捕鯨法が開発され始め、紀州熊野の太地《たいじ》浦では鯨組と呼ばれる組織的捕鯨が行われはじめた。太地村のクジラ漁は、例えば網舟四艘、一五人乗りの勢子舟一六艘、持双舟四艘、樽舟五艘、山見舟一艘などといった船団を組んで、大規模な捕鯨集団によるものであった。鯨漁船は、遠い地平線の向こうの空と海の境に向けて出て行く様が、まるで天に渡るようだったから天渡船《てんとせん》とも呼ばれ、クジラ漁師はたとえどのような不運に見舞われようと失うものは命しかないというような楽天的で快活な気風があり、天渡乗りと呼ばれたという。この太地浦式捕鯨法はその後全国に広がり、長崎や五島列島、山陰仙崎漁港、千葉銚子沖、金華山沖などでも用いられた。

遊泳速度が遅く、浮上している時間が長いので仕留めやすく、また脂肪が厚いため死後海中に沈まない抹香鯨と背美鯨の二種類が捕鯨対象になり易かった。抹香鯨は一頭の雄と多数の雌と子が集団となって移動し、よく烏賊を好む。抹香鯨の脳油は四〇～八〇石（七二〇〇～一万四四〇〇ℓ）も採れ、これは高値で売れた。抹香鯨は潮を斜めに一〇間（約一八ｍ）余り吹き上げるのに対して、背美鯨は上方に一本の潮が上がって尖端で二股に分かれるのが特徴で、潮吹きの形でも判別できる。油は抹香鯨が一位で、次いで二位が背美鯨だが、肉質は背美鯨が美味一位とされている。背美鯨は背びれも無く、長時間にわたって背部を海面上に出して遊泳し続ける背中の曲線の美しさにその名が由来すると言われ、背乾鯨とも書く。

米国では一八世紀から母船式捕鯨によって抹香鯨を捕獲しはじめ、一九世紀後半からはノルウェー人スヴェン・フォインが捕鯨砲を発明し、これを蒸気動力付き捕鯨船（キャッチャーボート）に乗せることで近代的な商業捕鯨が可能となり、死後海中に沈むため捕獲できなかったナガスクジラ類も捕鯨出来るようになった。捕鯨砲は直射砲から弾頭の代わりに銛を発射するもので、銛はロープが付いたまま飛翔し、命中した後はそのロープで鯨を回収できる。銛の形状は当初は常識通り先の尖った尖頭銛が用いられたが、これは入射角度が浅いと水面や鯨体上で跳ね上がって上手く命中出来ないことが多かった。そこで東京大学の平田森三が昭和二六年（一九五一）に平頭銛を開発したところ、それまでの常識を覆すほど命中率が向上して、瞬く間に国内はもとより外国捕鯨船にも採用された。同じ一九五〇年代には命中と同時に高圧電流を流す電気銛も開発されたが、これは肉の鮮度が落ちることが分かり普及しなかった。しかし今日では鯨に対して不要な苦痛を与えずに即死させることが出来る利点もあるということで、動物愛護の観点から復活している。昭和三〇～四〇年代の捕鯨全盛期は、砲手は捕鯨船団のヒーローであり、昭和二四年（一九四九）発行の日本郵便切手（三円）には緑色の色調で、遠方に南極のものか大きな氷塊を望む地点で砲手が今まさに捕鯨砲を発射する瞬間が活き活きと描かれている。因みにこの切手では尖頭銛となっている。

明治時代末期から、捕鯨基地として繁栄をみた鮎川町であったが、大正一二年（一九二三）から塩釜の三陸汽船が金華山直通航路を開き、また翌大正一三年から石巻の山西汽船も金華山直通航路を開いたため、観光業としては鮎川には大きな打撃となった。海深が深く大型船も入港できる女川港の発展にも刺激されて、大正一四年（一九二五）には鮎川浜の復権を賭けて鮎川捕鯨会社が設立され、捕鯨基地としての面目を施した。また同年一〇月に仙台で行なわれた陸軍大演習を統監した東宮殿下（のちの昭和天皇）が金華山に行幸される予定であったが、風邪のため来れなくなり、代理とはいえ甘露寺《かんろじ》受長《おさなが》侍従ら一行が金華山に来島したことで鮎川町を盛り上げた。しかし昭和一四年（一九三九）に国鉄女川線が開業したため、これに合わせて鮎川にあった日本水産が女川町に昭和二五年に移転することになった。これが鮎川にとって二つ目の大打撃となった。逆に女川町では活気づき、昭和三〇年代には日本水産の鯨解体工場で、多数の見物者が見守る中を、大きな鯨の背中に数人の男たちが乗って、薙刀のような大包丁を持って手際よく捌いていく風景が昼夜行われた。また昭和三三年には日本水産の新工場が完成して魚脂や飼料の製造が行われ、最盛期には一日にソーセージ五万本、ハム一万本が製造された。

これらの情勢の中で、鮎川町は町の活性化を図るためもあり、昭和二八年八月二二〜二五日に第一回鯨祭りが盛大に行われた。これは単なるお祭りではなく、クジラの霊や海難者の鎮魂のため行われたものである。

昭和三〇年に町村合併により、周辺町村が合併して新しく牡鹿町が誕生し、中心的存在である鮎川浜がその町役場の所在地となった。記録によれば、鮎川浜の人口は、江戸時代の元禄一一年（一六九八）に四三三名で、明治四二年（一九〇九）になっても六五一名とあまり変わりなかったが、その後は急速に増加して、大正四年（一九一五）に一一三五名となり、昭和三〇年（一九五五）に三七九五名とピークを迎え、その後徐々に減少を続けている。

その鮎川では今日でも、毎夏に「牡鹿鯨まつり」を実行していて、平成二三年（二〇一一）の東日本大震災後は、当日朝に先ず如意輪山観音寺にて東日本大震災物故者供養と鯨霊供養祭を執り行った後、午前一〇時から牡鹿公民館跡地にて開会式、お祭りステージを披露し、午前一一時からは鯨の食文化発信と銘打って、鯨の炭火焼き無料試食会や、鯨のアレンジ料理「ぱっくんちょ」コーナーと続き、夜は大花火大会となっている。また大震災後に鮎川浜にオープンした牡鹿半島ビジターセンターでは、昭和三二年（一九五七）に鮎川でロケして制作された東映映画『鯨と斗《たたか》う男』が、平成三一年（二〇一九）に実に六二年ぶりに再上映された。この映画は津田不二夫監督作品で、砲手役の主役高倉健が、佐野周二演じる冷徹非道な隼《はやぶさ》丸《まる》船長とぶつかりながらも、必死で逃げようとする鯨の背をめがけて銛《もり》を撃ち込むシーンも登場する。このロケは、当時鮎川に捕鯨の拠点を置いていた大洋漁業（現在のマルハニチロ）が、工場や捕鯨船を提供して撮影に協力して実現したもので、「鯨まんぢゅう」の看板などと共に、大震災で壊滅的被害を受ける前の活気ある鮎川町の日常風景が活き活きと描かれている。この当時木造の鮎川漁業協同組合事務所の二階には、全国的にも珍しい「鯨館診療所」が開設されて、全国から集まっていた鯨漁師達の健康管理にも当たっていた。

捕鯨を取り巻く国際環境は年々厳しさを増してきており、昭和六二年（一九八七）に商業捕鯨が全面禁止となり、続く平成二六年（二〇一四）は国際裁判所が日本に対して捕鯨停止を命じた年となった。同年に行った日本の調査捕鯨は四七五頭で、漁網で偶然捕獲されたいわゆる混獲《こんかく》は一一六頭であったが、調査捕鯨はこれ以後中止となっている。しかしそれから五年後の令和元年（二〇一九）六月三〇日に日本は国際捕鯨委員会（ＩＷＣ）から脱退し、翌七月一日から日本の二百海里水域内での商業捕鯨を再開したものである。

当時のマルハニチロの鯨解体工場跡地は、現在では観光物産交流施設おしかホエールランドとして、桟橋では両脇に鯨のモニュメントが迎えてくれる。

鮎川町でもそうであるが、日本では各地の捕鯨地で鯨の供養碑が鯨塚や鯨墓、鯨寺などという形で建っており、定期的な供養祭も行われているが、海外ではそのようなことは行われていない。代表的な鯨塚は三浦半島の地蔵院や、品川の利田《かがた》神社にある。鯨墓は大分県臼杵市、京都府与謝郡の蛭子神社、山口県長門市の向岸寺にある。長崎県とクジラとの歴史は弥生時代まで遡り、壱岐島市原の辻遺跡からは、捕鯨の様子が描かれた壺が出土している。また特に江戸時代から明治時代には最盛期を迎え、有名な長崎おくんち祭りでは、現在でも古式捕鯨を表現したクジラの潮吹きが人気で、クジラ肉は長崎の人々にとってお祝いの席には欠かせないご馳走となっている。

長崎県五島列島の上五島には、長崎港の大波止から高速船ジェットフォイル・シープリンセスに乗り約一〇〇分で有川港に着く。高速船の客室は、縦長の窓枠の頂上が丸く、赤や青、黄色のステンドグラスが嵌め込んであり、五島列島の隠れキリシタンの文化が感じられる。波荒い東シナ海を越えて有川港に着くと、黒石で磨き込まれた五ｍほどのザトウクジラと一・五ｍほどのイルカが迎えてくれる。またこの島出身の第五〇代横綱佐田の山関（引退後は出羽海親方）の銅像が、腰を割って左手をわき腹に当て、右腕を右前方へ流してせり上がる雲龍型の土俵入りで歓迎してくれる。この銅像の「第五十代横綱佐田の山関之像」という金プレートの揮毫は第三〇代木村庄之助である。隣の石碑には昭和五〇年宮中歌会始入選歌として「われら打つ鯨まつりの太鼓の音寒の潮鳴る方へとよもす」の句が彫られている。この新年のお題は「祭り」だった。

鯨賓館《げいひんかん》と名付けられた有川港多目的ターミナルは、その入り口からして一対のクジラの顎骨の形をしており、中はうどん店や土産物屋と共に鯨賓館ミュージアムがあり、鯨の生態や様々なクジラの模型、クジラの骨、有川湾での捕鯨の歴史、捕鯨文化が詳しく紹介されている。珍しいものではクジラの心臓を包む薄くて大きな膜（心膜）を用いた太鼓も展示されている。鯨漁の出陣日には酒宴が行われ、刃差《はざし》と呼ばれる鯨を仕留める漁師たちは酒の大盃を回し飲み、太鼓の調子に合わせて踊りまわる。刃上半身をはだけてもろ肌脱いで踊る勇壮な刃差踊りは、有川鯨唄と共に今日まで伝承されている。刃差は勢子船に乗って、鯨に接近すると舳先に立って銛を投げ、最後は弱った鯨の頭上にとび乗って手形切包丁で鯨の潮吹鼻の障子を切りぬく、最も危険なしかし最も名誉ある鯨取りである。

祝う目出度のさあ弁財天の浦よなさあ
弁財天の浦よな浦はチョイ七浦七えびす

右の生唄《はざしうた》は、有川捕鯨が始まった当時に、鎌倉弁財天の分神を鯨組の守護神として祀ってから始められたと伝わり、鯨への感謝祭は毎年正月一四日に、五カ郷青年団の手によるメーザイテンとして現在まで引き継がれている。

葛飾北斎が天保三年（一八三二）七三歳の頃に描いた『五島鯨突《くじらつき》』という木版錦絵は、海や川での漁景を描いた『千絵の海』シリーズ一〇枚のうちの一枚である。寛政一〇年（一七九八）の江戸品川での寛政の鯨騒ぎの当時三八歳頃であった北斎は、好奇心旺盛な人間であるから恐らく観に行ったものと思われる。この経験が三五年後のこの作品に活かされたものであろう。有川辺りの湾近くで、両胸びれを左右に広げ尾を海面から空中に高く上げている座頭クジラと思しき大鯨を、四〇～五〇隻ぐらいの艤を立てた小舟が浅瀬に取り囲んで、今まさに捕獲しようとする躍動的な場面が描かれている。

有川港の小高い丘の上にある鯨供養碑には、「元禄四年（一六九一）より正徳二年（一七一二）まで此の浦より取揚候《とりあげそうろ》う鯨数千三百拾二」とあり、鯨供養と鯢供養と刻んである。オスクジラとメスクジラを分けているのは、子を持っていたからかもしれない。

椿が咲き誇る石段を登って鯨見山展望所に着くと、北に視界が開けて東シナ海から玄界灘に向かう鯨が遠望できる。ちなみに地獄炊きとして有名な五島うどんには、この辺りで採れる椿油が練り込まれていて、味も良く喉越しもツルツルで絶品である。海童神社は江戸時代初期に毎年六月一七日に限って海難が続いたことから、当時小島であったこの地に海童神（綿津見神《わたつみのかみ》）を祀ったもので、「十七日祭り」が現在でも毎年七月下旬の日曜日に行われている。この神社は高さ一〇mはあろうかというシロナガスクジラの巨大な顎骨を鳥居としていることでも有名である。

京都府与謝郡の蛭子神社では三つの鯨墓があり、それと知らずに誤って母鯨を捕獲してしまったので、漁民たちが後悔して母鯨と子鯨との三頭分の墓を建てたそうである。

また山口県長門市仙崎漁港から橋を渡って青海島《おうみしま》に行くと、古式捕鯨が盛んであった通《かよい》という東端の港にくじら資料館があって、長さ一〇mほどのコンクリート製鯨が白いお腹に縦縞模様でニコニコ迎えてくれる。この資料館では解体して初めて分かった母鯨の胎内にいた子鯨のために、母鯨の胎内に鈴を入れた素焼きの人形も販売して供養に供している。またこの港の少し高台には清月庵観音堂というお寺の境内に鯨墓がある。元禄五年（一六九二）に建てられた鯨墓には、明治の初め頃までに捕獲された鯨の胎児が約七〇頭ほど埋葬されている。近くにある向岸寺の五世住職である讃誉上人の勧めによって、この鯨墓が捕鯨組頭三名によって建てられたという。この鯨墓には南無阿弥陀仏の文字の下に次のような文言が刻まれている。

業尽有情　雖放不生　故宿人天　同証仏果

（動物とはいえ宿業が尽きて捕ってしまったものであり、いずれ放してやっても生き延びることは出来ないであろう。故に成仏できる人間と同じように、成仏するのが良かろう）

また宮崎県には鯨魂碑が、愛媛県には鯨供養塔が建っており、高知県東端にあたる室戸岬の四国霊場第二二番札所金剛頂寺では、捕鯨八千頭精霊供養塔二基と共に鯨供養の梵鐘がある。これは昭和三五年（一九六〇）に、近代捕鯨で活躍した泉井守一と山下竹弥太が、鯨への供養として記念碑と梵鐘を奉納したものである。

クジラの食文化としては、もちろん刺身で頂くのが最高だが、竜田揚げの味も一度食べたら止められない美味しさである。

古式捕鯨発祥の地である紀州太地《たいじ》町ではクジラカレーが人気で、大海原に見立てた青い平皿一面に広がったカレーの海を、白ご飯で出来たクジラがグリーンピースの両眼も可愛らしく悠々と泳いでいる。希望すればその脇に子クジラに見立てたクジラカツを添えてもらえる。太地町のクジラは兵庫県垂水で陸揚げされ、そこから宮前町（現在の西宮駅前）の油井家に運ばれ、大消費地である大阪や京都に売られた。

また九州五島列島近海で獲れた鯨は有川港周辺で解体したあと、長崎県東彼杵《ひがしそのぎ》町に陸揚げされた。東彼杵《ひがしそのぎ》町は鯨の陸揚げ地として栄え、現在でも全国的に珍しいクジラ肉の入札会が毎月開かれている。この辺りでは竜田揚げは勿論のこと、クジラ肉を使った春巻きやカボチャと共に、炊き込みご飯にするぼうぶらずうし（ぼうぶらはカボチャ、ずうしはリゾットおじやのこと）、鯨カツ丼、くじら釜めしなど多彩なメニューで親しまれている。

クジラ肉は美味しいだけでなく、代表的イミダゾールジプチドであるバレニンを豊富に含んでおり、他のイミダゾールジプチドであるカルノシンやアンセリン等と共に、今日では抗酸化作用のあるアンチエイジング食品やサプリメントとしても注目されている。
昔の彼杵《そのぎ》宿は大村湾で最も栄えた港町で、長崎街道と平戸街道の分岐点にもあたる交通の要衝であり、鯨肉をこの港に陸揚げすることで、その後九州一体への販路の起点となったものである。因みに江戸時代初期に弾圧されたキリシタンが、豊臣秀吉の命により捕縛され集められた大坂から長崎に連行されて処刑される道中、この彼杵《そのぎ》港から船に乗って長崎に向かった記念碑が日本二六聖人船出の地として建っている。この時、高山右近は石田三成の手配によって、辛くも捕縛者名簿から除外されている。

「オジちゃん、有難う。面白かったよ。また教えてね」と、もう誰も居なくなった大広間から、誠と祖父白鳥透がお礼を言って宿泊室に戻っていくと、高橋竜司は急に表情が険しくなって何度も時計を見た。

十五　初巳大祭

午前一〇時の巳の刻に、いよいよ本祭が始まる。本祭への参加者のために、今朝は女川港と鮎川港から臨時便のフェリーが二往復する。その第一便が港に着いたようで、境内は午前九時過ぎから人が集まり始めていた。参拝者から頂く煎餅を目当てに、鹿も多数境内を巡回している。昨夜参籠して宿泊した人達は、チェックアウトが午前一〇時だから、社務所に荷物を預けてもらってから境内に出る。

九時半頃になり、荷物を社務所に預けて、境内に出ようとした水鳥や今野、白鳥祖父孫の四名を見つけて、胆江新聞記者の及川麻衣が駆け寄ってきた。

「ねぇねぇ、聞きましたか？　何でも宮司さんが今朝から行方不明なんですって。社務所が何だかざわざわしてたけど、事務の人達に聞いても誰も何も教えてくれないので、わたし受付の怖そうなおバアさんを捕まえてしつこく聞いたら、ようやくしぶしぶ教えてくれたんですよ」

「えっ！　それ本当ですか？　だって今日は、この一年で最も重要な初巳大祭の本祭ですよ。その日に一番肝心の宮司さんが行方不明だなんて、あり得ないですよ。なるほど、それで今朝からざわざわしていたんですね。本祭はやるんでしょうか？」と一同顔を見合わせながら、驚きの色を隠せなかった。

呆然として社務所を出て、階段を数段上がって境内に出てみると、既に行列が出来ていた。「巳の日のお水取り」として汲んできて御神前に供え、お祓いを受けた御霊水を、祈祷者待合所前に聳える相生の松と楓の前で、あの巫女が桶から杓子で参拝者一人一人に汲み与えて、手水《ちょうず》し漱《くちすす》ぎして清めさせ、神紙を渡して手拭き口拭きに供していた。今野は手水を頂いた時に、巫女の美しい瞳を改めて間近で見つめた。すると巫女も今野を正視したので、これで眼と眼が合ったのは今日早朝に続いて二回目となったが、このとき今野はあっと思い出した。この目は確か約一五〇〇年前に、中国の洛陽の都で見たような気がしたのである。勿論そのような古代の記憶が、現代まで人から人へ引き継がれるなんてありえないことだと直ぐに否定したが、それでもそれは間違いのない確かな記憶として今野の脳裏に浮かんできた。

一二〇～一三〇名ぐらいであろうか、身なりを整えた者やラフな旅行者風の軽装の者などで境内がごった返している。数人の人達は、ネクタイとスーツ姿に和風手拭いのような生地のゼッケンに氏子代表や責任役員と書いてある。背が高くて目立つはずの髭ヅラの百武の姿は見えなかった。

やがて午前一〇時となり、大きな太鼓の音に合わせて神官は右側に、参列者は左側に整列した。どうやら宮司行方不明でも、今日の本祭だけは決行することになったのだろう。笙の声を先頭に、笛奏者、恐らく急遽代理宮司となったあの赤ら顔丸坊主神官、さらに数名の神官、責任役員、氏子代表と続き、このあと一般参列者が順に付き従って鳥居正面から左に祈祷殿を見ながら、石段の左側を一列になって三〇段ほど昇っていく。ここで随神門をくぐり抜けて、さらに七〇段ほど昇り続ける。そうして本殿に続く拝殿の前庭に至り、右側に川音を聴きながら神官と一般参列者が、今度は対面して整列した。そこで一人の神官が進み出て、竹四方の縄張り中に入り、祝詞を奏上しているあいだ参列者全員が、低頭しつつ修祓《しゅばつ》に与かる。続いてこの神官が榊を取り、他の神官ならびに一般参列者をお祓いし、さらに同順に神水を撒いてお祓いを重ねた。ここで清められた神官や責任役員、氏子代表、一般参列者は、この順番で拝殿に向かい、靴を脱いで昇殿した。神官は昨夕同様に、拝殿と御本殿門扉の中間にある庭間に着座し、氏子や一般参列者は拝殿内に正座した。拝殿内に入りきれない参列者は、拝殿周りの廊下や拝殿に昇る階段付近で立ったまま見守っている。

午前一〇時二〇分に、本祭斎行《さいこう》とあの丸眼鏡神官からアナウンスがあった。これを受けて、丸坊主代理宮司が庭間中央に進み出で、これに合わせて一同拝礼した。続いて黒漆塗りの大箱から神官が取り出した鍵を代理宮司が恭しく受け取り、既に開いている御本殿門扉への階段左側を左足から数段昇って本殿域に入り、内庭からそのまま御本殿に至る階段を同じように左側を左足から一〇段ほど昇って、本殿扉に辿り着いた。ここで一同低頭する中で、一人代理宮司だけが「お〜お〜お〜」と、昨夕の宮司とは異なる一段と低い声で、ゆっくり唸り声を上げながら本殿扉を御開帳した。

御開帳したあと、代理宮司がそのまま扉左側に着座し、続いて神官が本殿扉前、本殿階段下、庭間内、渡り廊下と四名縦列し、笛と笙の中で献饌《けんせん》が始まった。昨夕の前夜祭と異なり、神官衣装は代理宮司が赤色で、つづいて青、白、白と下に並ぶ。昨夕八坏だった献饌は、本祭の今朝は次々と一〇坏ぐらい続き、米から始まって、御神酒、大鏡餅、台形盛り赤飯、大鯛、ゴルフボール大の白餅菓子二〇個ぐらい、寒天タワー八本位の昆布巻き、白菜人参等、パイナップルやみかん、塩・醤油と海苔など海の幸と山の幸の全てかと思われるほど豪華な品々であった。

献饌が終わると、代理宮司が御本殿内庭の中央に正座し、祝詞を奏上した。この祝詞は初巳大祭用の特別な祝詞のようだった。この間低頭していた参列者一同は、祝詞終了と共に姿勢を戻し、代理丸坊主宮司も本殿扉脇に昇り戻った。

ここで小太鼓と笛の雅楽と謡が始まり、いつの間に現れたのかあの美しい巫女が再び登場して、弥栄《いやさか》の舞の奉納が始まった。巫女は右手に榊を持ち、真白な生地に鹿一対が榊林の下に佇んでいる緑糸の刺繍が施された神々しい衣装で、庭間一杯にゆっくりと舞い、次いで榊を剣の無い鈴のみの三番叟《さんばそう》に持ち換えて、両手でゆっくり大きな弧を描いて舞った。三番叟鈴に付いている緑黄赤白紫と五色の長い帯紐は左手にもって、右手の鈴と調子を合わせている。そうだ、この舞いもあの時洛陽で見たものと同じだ。衣装こそ違うが、確かこのような舞いだった。この人の眼も顔も、あの時と全く同じものだ。科学者であるはずの今野は、何の根拠もなく、この時そのように確信したのであった。昨夕感じた何処か懐かしい感じはこのことだったのかと、次第に今野は自信に満ちてきた。

今朝の舞いで鈴を落とした巫女は、今度は最後までしっかり舞い切って、美しい弥栄の舞の奉納が終わった。続いて、代理宮司が御本殿内庭中央に再び降りて来るのに合わせて、庭間から神官五名が御本殿内庭に昇殿合流し、代理宮司一、神官二、神官三の配列で正座して、神官総出で礼拝した。これに続いて、参列者榊奉納となり、まず責任役員三名、氏子総代二名、各地各会社の名前や個人名が読み上げられる。

「ねぇ、あの人横政《よこまさ》の社長さんじゃない？」と一般参列者が小声で指さしたのは、女川町の有名な蒲鉾会社社長の横江政男で、叔父で営業部長の赤間清二を連れていた。

「あら、見て、角中《かくなか》さんよ。やっぱり地元の漁業関係者は皆んなお詣りに来るわよねぇ」と指さされたのは、女川町で大きな水産加工業を営む角中忠太郎《かくなかちゅうたろう》と、その弟で、箱屋と呼ばれて魚専用の段ボール箱や発泡スチロールを製造販売している阿部俊司《としじ》社長である。

名前を呼ばれた人は、拝殿から庭間を通り、特別に御本殿内庭に入ることを許され、玉串を奉納して、全員が参拝終了したのは午前一一時三〇分頃だった。女川や鮎川への帰りのフェリーは、昼過ぎの午後〇時一五分発と午後二時だから、参列者や参拝者が帰るには丁度良い時間である。


参拝者が御本殿への玉串奉納を終えて、本殿の左脇から拝殿の前の下足場に戻り、そこから靴を履いて中央の長い石段を降りて行き、随神門をくぐり抜けると、下の境内の辺りが多数集まって何かガヤガヤしている。祈祷殿を右手に見ながら境内まで降りて来てよく見ると、御本祭が始まった時には見かけなかった警察官が二〇名ほど居て、物々しい雰囲気で参拝者を整理している。思わず記者魂が発揮されて、及川麻衣は警察官に駆け寄った。

「どうしたんですか、何かあったんですか？」

及川から名刺を渡された警察官が答える。

「金華山で人が死んでいると通報があったんですよ。ですからこれから、昨晩この島に泊まった人と、今日この島に来た人とに分かれてもらい、これから皆さん全員から事情を聞くことになります」

「えっ、人が死んでいるってどこでですか？」と及川記者が畳み掛けると、警察官が答えた。

「どうやら頂上の向こう側の千人沢に人が一人浮かんで死んでいるらしいんです。これから私たちは二手に分かれて、一部はそこに現場検証に行きます。皆さんは残った警察官から話を聞かれますから、正直にお答え頂きますね。それから今日の帰りのフェリーは一旦全員延期にしますので、そのつもりでいて下さい」と最後は皆に聞こえるように大声でアナウンスした。

「え〜、丁度これからフェリーに乗って帰ろうと思っていたのに」と、周り中から驚きと悲鳴の声が上がった。境内に居る二〇名ほどの警官が口々に、

「さぁ、皆さん。昨夜この島に泊まった人は左側に、今朝この島に来て日帰りで帰る方は右側に整列してください」と参拝者を整理し始めた。

　水鳥や金野、白鳥祖父孫は、一体何が起きてしまったんだろうと驚いた。まさか今朝から行方不明になっているあの宮司が亡くなったわけではあるまいなどと、皆声を潜めて話し始めた。そこに悲痛な面持ちで、あの大阪から来た五大弁天様ツアーの中年女性達が登山道から急ぎ足で降りてきて、左右に分けられた参拝者の列の左側に合流した。

「ひゃあ、怖かったの何のって。ホンマに怖かったでぇ。あんまり怖くて、腰が抜けたわ。私らな、今朝まだ暗いうちに参集殿を出て、懐中電灯をかざしながら山道を登って、今朝早くに大函崎に着いたんや。そこで暫く待って、真東から昇ってくるご来光を拝ませて貰ったら、それは綺麗でしたでぇ。ホンマの弁財天女様が、黄金の光に包まれてお出ましになるような、有難いご来光をしばらく拝ませてもらったんや。そのままそこに座って、昨夜お願いして作って頂いたおにぎりを、皆で食べてお茶を飲みながら、天に昇って行く弁天様をずっと眺めてたんや。ホンマに私たちの五大弁天様ツアー最後の最後を飾るにふさわしい素晴らしいご来光だったわぁ。

　ところがビックリ仰天したのは、そのあとのことや。今日の午後の帰りのフェリーに間に合うよう

に、ゆっくり元来た道を戻って来たら千人沢に着いたんや。そしたらな、三～四〇mはあったんやないか、あの大きな絶壁が切り立った深い谷間の海の底に、打ち寄せる波に浮かぶようにして、白い着物を着た宮司さんみたいな人がうつぶせに海に浮かんでいたんやでぇ。そりゃ腰抜かすやろ。何だか頭が少し白っぽかったし、あれは絶対宮司さんやで。それで私らびっくりして警察に電話したんや。それが九時頃だったかなぁ。そしたら警察が、これから島に捜査に行くから、皆さん一歩も島から出ないようにって言われて。それでもう一回山の頂上を越えて、今ようやく境内に戻って来たんや。いやはや、こりゃ大変なことになったわ」と口々に驚きと恐怖と不安を口にした。湘南の山ガールたちも口々に、

「あらやだ、それは大変だわ。私達これから仙台に向かって、冬期閉鎖が解除されたばかりの蔵王エコーラインの雪の回廊の中をバスツアーしてから、白石川の桜を見に行く予定だったのよねぇ。第一発見者じゃないし、まさか私達疑われてないわよねぇ」などとお互いの顔を確かめ合った。すると、

「お前たち、ここで何をしてるんだ」と、大きな声で怒鳴る大柄の警察官に対して、

「何よ、私達だって県警本部から応援指示の電話が来たから、こうして女川交番から手伝いに駆け付けて来たんじゃないの。県警本部も、石巻警察署の刑事課長だけじゃ頼りないと思ったんじゃないの」とやり返してるのは、スラっと中肉中背で目鼻立ちのはっきりした女性警官である。

「おい佐藤なぁ。お前いつから俺にそんな口が利けるようになったんだ。俺が可愛がってあげたお陰で、お前はここまで出世できてるんだろう。その若さで派出所長だなんて普通は有りえないぞ」と、完全な上から目線で元部下と思われる石巻警察署女川派出所長の佐藤百合を見下《みくだ》しているのは、石巻

警察署の石森洋一刑事課長である。どうやらこの二人は元の上司と部下らしいが、今はそれぞれが別々の勤務先ということで、とても仲が悪いようだ。

「今回はなぁ、大きな島でのいわば密室殺人だから、お前みたいなチンピラ所長が出しゃばるシマじゃないのよ」と石森刑事課長が噛みつけば、佐藤女川交番所長も負けじと言い返す。

「あなたみたいなボンクラ刑事課長に、こんな大事件は解決できないわよ。いつも私が居なければ、どんな事件も解決できなかったくせに」

「まあまあ、お二人とも喧嘩はここまでにして下さいよ。今回は鮎川交番所内の事件なので、仲良くお願いしますよ」と、本当に喧嘩腰になってきた二人に割って入ったのは、同じ石巻警察署の葛西幸弘鮎川交番所長だった。葛西は老練で温厚な派出所長で、石森も佐藤も昔この人の部下として働いたことがあるので逆らえない。

その葛西に言われて、しぶしぶ石森刑事課長が皆に声を掛けた。

「はい、それではこれから、石巻警察署並びに鮎川交番・女川交番の合同捜査チームを二つに分ける。石巻警察署の片倉警部補以下七名は、鑑識と共に先発隊として、人が浮かんでいると言う通報があった千人沢に向かって事実を確認に行く。もしそこに本当に人が浮かんでいたら直ちに連絡しつつ、救出あるいは引き上げて運んで来るように。石巻警察署の残り四名と鮎川・女川交番の各三名は、二名ずつ五班に別れて、昨日ここに宿泊した参拝者と、今朝この島にやってきた参拝者からそれぞれ話を聞いてくれ。今朝この島にやってきた参拝者は、住所・氏名・連絡先を聞いて、短時間で聴取した後は、一旦フェリーで女川とか鮎川に返して宜しい。ただし、昨夜この島に泊まった参拝者からは、特に詳しく一人一人事情聴取をして、本件が解決するまでこの島から出ることができないので、その旨を充分ご理解を頂いてくれ」

それを聞いて、昨夜金華山に参籠した参拝者一同から再び悲鳴が上がった。

「え〜、事件が解決するまで帰れないって、それはひどい。そんな〜、困った」

それを聞いた石森刑事課長は、

「皆さん、是非ご理解ください。これは金華山と言う孤島を舞台にした、いわば密室殺人の可能性が高いのです。ですから、昨夜この島に泊まった皆様全員が、今のところ容疑者であると言っても過言ではございません。これからお一人お一人に、昨夜から今朝にかけての行動について詳しくお話を伺いますので、あちらの参拝者休憩所の大広間まで移動してください」と参籠者を誘導した。恐らく今朝早くから宮司が行方不明になった事を警察は把握していて、今朝の九時過ぎに着いた第一便フェリー以降の参拝者はそもそもアリバイがあるので、一応の事情聴取をするだけらしい。しかし、昨夜ここに泊まった参籠者は、神社の職員とともに全員が容疑者扱いされることになったようだ。

「いや困りましたな。まさかこんな事件に巻き込まれるとは、今の今まで思いませんでした。しかし、今朝から何となく社務所のあたりがざわざわしていたのは、このことだったんですね」と白鳥や水鳥や今野らが話した。周りの殺気だった雰囲気に飲まれたのか、

「おジイちゃん、僕たち仙台へ帰れないの？」と誠もべそを掻き始めた。それに比べて及川記者は、さっきからあちこちの警察官や千人沢から帰ってきたばかりの五大弁天様ツアーのオバ様達に、しらみつぶしに突撃取材を繰り返しては、しきりにメモを取っている。

「ねぇねぇ、聞きました？　千人沢の深い谷底の海に、宮司さんみたいな白い着物を着た人が一人浮かんでいたんですって、怖いわ。一体何があったんでしょう。あの大阪のオバ様達も、皆さん腰抜かしたみたいですよ。ほんとに宮司さんなのかしら」と及川が聞くので、

「その白い着物の下はどうだったか、ちょっと聞いてみて頂けますか？」と安部宗夫が及川に頼んだ。

「聞いて来ました、何でも上の方は白い着物みたいですけど、腰から下は紫色の袴みたいのに白っぽく丸い紋が付いてる感じに見えたそうです」と、早速及川が五大弁天様ツアーのオバ様達から情報を聞き出して来た。

「はあ、上が白着物で、下が紫色に白い丸紋ですか？　それならそれはやっぱり宮司さんかもしれませんねえ」と安部宗夫が答える。

「へっ、着物で分かるんですか？」と今度は水鳥が聞いてくる。

「ええ、まあ推測ですけどね。私の家は大分で代々小さな神社の宮司をしていたんですが、私が万葉集の世界に入れ込んでしまって、今は他の神職さんにお願いしているんです。でも神官の服装ぐらいなら、小さい頃から見聞きしているんで分かるんです」と次のように教えてくれた。

神官の装束《しょうぞく》は元々は大陸伝来の様式から始まっているが、遣唐使の廃絶後に国内で独自の進化を遂げたものである。平安時代に公家や武家が着ていた装束スタイルは、江戸時代末期まで我国の正装とされてきた。しかし明治政府によって洋装を正装と決めて以来、装束スタイルは神社と宮中でしか使われなくなったのである。その装束は神官の身分と儀式の目的によって決まっており、神官は祈祷や

お祭りが無いときは、上は白衣（白い着物）、下は様々な色の袴と足袋を履いている。外では雪駄（草履）を履く。

神官の身分は、神社本庁によって以下のように六段階に定められており、その身分によって普段着の袴の色も異なる。

（一）特級　白色に白紋（文藤丸文様）、袍は黒色（極めて高位者のみ）
（二）一級　紫色に白紋（文藤丸文様）、袍は黒色（全国で約二〇〇人のみ）
（三）二級上　紫色に紫紋（八藤丸文様）、袍は赤色
（四）二級　紫色で無紋、袍は赤色
（五）三級　浅黄色（浅葱色、ライトブルー）、袍は縹《はなだ》色（濃い藍色）
（六）四級　浅黄色（浅葱色、ライトブルー）、袍は縹《はなだ》色（濃い藍色）
（七）神官以外：白色、松葉色（緑）、研修中や事務員
（八）巫女：神職ではなく補佐役である、白衣に緋袴で社務一般を手伝う。正装の場合はその上に刺繍などを施した白羽織を着る

このうち、特級は伊勢神宮大宮司や神社本庁統理など極めて高位の者だけが許される装束であり、一級も全国の神官の約一％、およそ約二〇〇人のみの高位者に限られている。金華山の宮司は一級に当たる。三級・四級の浅黄色は、新選組のダンダラ羽織色と同じライトブルーで、神社に行くとよく

見かける。

　また装束は祭りの規模によって異なり、大祭・中祭・小祭によって四種類の服装がある。元々束帯《そくたい》という装束スタイルが正式であったが、束帯がきつく締めつけ長時間の着用に耐えられないため、平安時代に衣冠単《いかんひとえ》として簡略化されたものである。大祭における袍《ほう》は上着としてゆったり着るもので、その色は特級と一級が黒色で、二級上と二級が赤色で、三級と四級は縹《はなだ》色と決まっており、特級・一級・二級上・二級については、色の他に輪無唐草《わなしからくさ》という文様が入る。金華山の宮司は黒色の袍に輪無唐草文様が入っている。衣冠単は平安時代以降は身分を表す服装でもあった。斎服は神事のため身分を問わず、神官全員が白絹純白無紋でつくられた上下（単《ひとえ》、袍《ほう》、奴袴《ぬばかま》）を着用する。また衣冠単と斎服では、冠のうしろに薄帯飾り（纓《えい》）が伸びて揺れる。一方、狩衣《かりぎぬ》は平安時代の下級貴族の普段着として着用されたもので、色や文様は基本的に自由であり、肩が開き前も短い。この狩衣を神事用に全て白絹で作り小祭に用いるものが浄衣《じょうえ》である。なお烏帽子《えぼし》は絹や紙を漆で固めた日常用の被り物であり、この帽子で宮中に入ることはできない。笏《しゃく》は手に持つ木製の薄い板、浅沓《あさぐつ》は木製の靴に漆を塗ったものである。

（一）衣冠単《いかんひとえ》（正装）大祭で着用：冠《かんむり》、単《ひとえ》、袍《ほう》、笏《しゃく》、奴袴《ぬばかま》、浅沓《あさぐつ》
（二）斎服《さいふく》（礼装）中祭で着用：冠、単、袍、笏、奴袴、浅沓
（三）狩衣《かりぎぬ》（常装）小祭で着用：烏帽子、単、狩衣、笏、差袴《さしこ》、浅沓
（四）浄衣《じょうえ》（常装）小祭で着用：烏帽子、単、狩衣、笏、差袴、浅沓

「ですから、もしそのご遺体が上が白で、下が紫袴に白丸紋だったとしたら、それは恐らく一級の身分を持つ人ですから、この金華山ではあの宮司さんしか居ませんよね」と安部宗夫。

「へ〜、それじゃやっぱり宮司さんなんですかね。でも、もしそれが本当だったら大変なことですよね。だって一年で一番大事な初巳大祭の、その朝に宮司さんが殺されただなんて、金華山始まって以来の大事件じゃないかしら。もしそれが本当だったら、神社にはとっては大変なことだけど、私にとっては人生最大の特ダネになるかも。頑張らなきゃ」と、及川は不謹慎に目を輝かせた。

「はい、皆さん並んでください。昨夜、この島に泊まった人は社務所からは四二名と聞いています。これから人数を確認しますので、お並びください。確認しながらメモ用紙とペンを配りますから、皆さんの住所と氏名、年齢、電話番号を書いておいてください、後で回収しますので。一、二、三、四、五、六……、あれっ、四一名しかいない、おかしいな。どれ、もう一回数えます。一、二、三、四、五、六、七……、やっぱり四一名しか居ませんね、おかしいなぁ。皆さん、誰か昨夜居て今見当たらない方はいらっしゃいませんか」と、石森刑事課長が大きな声で昨夜参籠した列に声をかけると、

「あの人いないんじゃない？」と、湘南山ガールが大きな声でみんなに知らせた。

「あの背の高い髭ヅラの若い人？」

「あれっ、ほんとだ。確かにあの人、昨日の夕食の時にも居なかったわよねぇ。どこに行ったのかしら」

「そういえば、今朝の一番護摩祈祷にも居なかったんじゃない？」などと、次々に声が上がった。

「昨夜その人と同室の人はどなたでしたか」との石森課長が大声で聞くと、

「はい、私です」と、そこで手を挙げたのは安部宗夫だった。

「私が大広間の夕食から部屋に帰ったら、あの人は居なかったんです。どこかに出かけたんだろうと思って私はそのまま眠ってしまったんですが、朝になってもまだ帰ってきた気配はありませんでした。何だかここの宮司さんの息子さんと聞いていたので、もしかしたら社務所のほうに泊まったのかなとも思っていたんです。でも、やっぱりおかしいですね。気になって今朝からそれとなく社務所の方の様子も何度か窺ったんですが、百武さんらしい人は見当たりませんでした」と続けた。これを聞いた石森課長は、

「いえ、ここの宮司の息子だなんて誰からも聞いてませんね」と、疑いの目をじろりと安部宗夫に向けた。社務所から渡されたらしい宿泊者名簿を見て、

「あぁ、あなたは安部さんですね。九州の大分から参拝ですか、それは随分遠方からですね。それではちょっと別室で詳しくお話をうかがわせてください」と言われ、安部宗夫は参集殿の別室に連れて行かれて、詳しく事情聴取をされることになった。

　ここで安部宗夫は次のように供述した。

「私の先祖は安部貞任《あべのさだとう》・宗任《むねとう》兄弟の弟の宗任です。天喜四年（一〇五六）に始まった前九年の役のときに源頼家《みなもとのよりいえ》・義家《よしいえ》父子が陸奥国を攻めてきて、兄貞任は盛岡で討死し、弟宗任は捕まって四国に流されたのです。私の先祖の安倍宗任は、四国からやがて大分に流され、そこで大分の住民から手厚くもてなされ豊後安倍氏となって、その後子孫が松浦国や長門国に広がって安倍氏の血脈を伝えたのです」

「それで、今回金華山に来たのは何故ですか？」との石森刑事課長の質問に対して安部は、

「それは、私の先祖の安部宗任が伊予から大分に流され、そのあと最終的に筑前大島に流される前に、将来の軍資金として黄金を金華山に埋めてきたと言い残して大島に向かったと伝わっているので、まさかとは思いますがその地を一度確かめに来たのです。兄の安部貞任と弟の宗任が源氏と戦うに当たって、前もって二〇〇年前のアテルイ・モレから代々密かに引き継いできた陸奥国内の様々な金山から金を採掘して、それを軍資金にして源氏との戦いに臨んだと、先祖代々言い伝えられています」

安部宗夫は金華山に来た本当の目的をこう話した。


捜査員が昨夜参籠した一人一人から事情聴取したところ、高橋竜司と相部屋で女川町から来ていた山喜《やまき》浩一から証言があり、高橋竜司は昨日夕食を食べた後、夜七時過ぎから一〇時頃まで部屋に居なかったと言う。すわっと言うことで、捜査員が高橋竜司をもう一度事情聴取をしたが、相部屋が息苦しくて眠れなかったから、境内をぶらぶらして夜風に当たっていただけだと供述した。しかしこの供述は裏が取れなかった。

フェリー会社から提供された今朝の乗客名簿を照合しながら、参拝者休憩所大広間の五つのテーブルに分かれて同時進行で行われた一人ひとりへの事情聴取はほぼ終わり、今朝金華山に来た一般参拝客は全員、午後二時と午後三時に延期されたフェリーで女川港や鮎川港に向けて島を離れて帰っていった。

神社の責任役員と氏子代表らの数名は、今後の対応を協議する必要があり、また捜査の推移も見極

めなければならないということで、今晩は金華山に宿泊することになった。

一方、昨夜参籠した参拝客たちは、一人ひとりの事情聴取に時間が掛かったが、それでも夕方四時頃までには一通りの事情聴取が終了した。しかし有力な容疑者はまだ特定されていない状況であったので、取りあえずの捜査完了まで、この参籠者たちはもう一泊金華山に泊まるよう命令された。

丁度その頃、島の反対側にある千人沢に行っていた警察隊が、深い断崖の底の海に浮かんでいたと言う遺体を運んで戻ってきた。社務所三階の小会議室に仮安置された遺体は、正《まさ》しく金華山黄金山神社の宮司である奥海君《おくうみふとし》その人であった。運び入れられる時に及川記者が垣間見たその姿は、顔は青白く膨張し、手足も水ぶくれしていた。石森刑事課長がざっと見た感じでは、千人沢に向かう途中の下り坂で付いた尻餅によると思われる袴後部の汚れと、千人沢の上から転落する時に出来たと思われる擦過傷が頭部や四肢に数か所あるだけで、それ以外の目立った外傷は無いように思われた。

鑑識が念のために、指紋採取や採血等その他の必要な検査を行った。この後遺体は海上タクシーに乗せて石巻警察署に運び、そこで検死ならびに司法解剖をすることになった。

にわか遺体安置所となった社務所の小会議室には、神社職員、責任役員と氏子代表らが代わるがわる訪れ、父の遺骸に取りすがって泣き崩れる奥海陸《おくうみりく》に慰めの言葉を掛け、神社職員も皆しばし号泣した。陸は父宮司の衣を掴んだまま、がっくりと肩を落とし、時に声を上げ、時に声を落として泣き続けた。

奥海宮司の遺体が石巻警察署に向けて運び出されたのと入れ違いに、参籠者全員の事情聴取を終えて、島中の捜索に散らばった捜査員から意外な報せが入った。

「た、た、大変です。昔のホテル廃屋《はいおく》に新しい死体を発見しました。身長一八〇cm位、やせ型の男性で、不精髭が生えて浅黒い顔をしています。もしかしたら宮司の息子の百武かも知れません」

その知らせを聞いて、現地の捜査本部は蜂の巣をつつくような騒ぎとなった。

「何だと、それじゃあ、父子二人とも死んだってことか。それじゃあ本件は、密室連続殺人と言うことか、これは大変なことになった」と石森刑事課長の顔が青ざめた。その横で、その姿を見下《みくだ》すように女川派出所長の佐藤百合が鼻で笑った。

「何言ってんのよ。死人が二人出たからといって、すぐに連続殺人かどうかわからないわよ。それをこれから調べるのが私たちの仕事じゃないの。私、これから現場を見に行って来るわ」と佐藤所長は、自ら神社の参道を駆け降りて行き、先ほど降り立ったフェリー乗り場に行くと、左上方の二ノ御殿峠方向の丘の上にエンジ色の屋根をした大きなホテル廃屋がすぐ目に入った。

既に捜査員が立入り禁止のビニール捜査線を引いて、三〜四人が警備していた。捜査線を潜り抜けて中に入ってみると、何とそこには黄色やオレンジ色をした二〜三〇〇匹余りの大マムシが、シャーシャーと音をさせながらそれぞれにとぐろを巻いて重なり合っており、その端に倒れた遺体の足の膝から下が覗いていた。

怖いもの知らずの佐藤所長は、まず怖がって腰が引けている捜査員を叱咤しながら、一匹ずつマムシを注意深く警棒で除けながら、やおら遺体の足を引きずって、ホテルのロビーから外に引っ張り出した。その遺体は顔が蒼白にむくんで、マムシに噛まれた後と思われる傷が満身に数十か所ほど見られ、同部位には出血痕を伴っていた。これは鑑識でなくとも、マムシの毒で即死したものと判断された。

遅れて来た鑑識班の作業が終わるのを待って、この遺体を部下の捜査員に命じて、先ほど来たフェリー乗り場を通って、再び参道を登り戻って、社務所三階の小会議室に設置した仮遺体安置所に運び入れたのは、日も傾いて夕方五時を過ぎていた。

百武の遺体を運び入れて、先ほどまで父奥海君《ふとし》の遺体が置かれていた場所に今度は息子を寝かせた。あとで行う司法解剖でＤＮＡ鑑定も行うだろうが、先ほどまでここに居た父親と今ここにいる息子は確かに良く似ているので、間違いなく父子であろうと佐藤百合所長は確信した。

父親の遺体を金華山から鮎川まで運んで帰って来たばかりの海上タクシーに、今度は息子の遺体を運びにもう一度金華山に行って来いという会社からの急な命令で、鮎川金華山タクシー会社運転手の十八成《くぐなり》義夫は二度驚いた。

昨日の夕方に、この百武と社務所の前でひそひそ話をしていたと言う高橋竜司が、警察からもう一度事情聴取を受けることになった。

「さっきは言わなかったが、百武が死んだということなら話そう」と口を開いた。以下は高橋竜司の釈明の概要である。

「俺は昨日の夕方、あの百武に話があると言われ、社務所の玄関のところに行くと、あいつが古い地図を出して見せて、この金華山島のこの×印がある場所に金が埋蔵されていると思うので、埋蔵金探しを手伝ってくれと頼まれたのだ。詳しい相談を後でしたいから、夕食後にフェリー乗場の方に一旦降りて、そこからまたもう少し上った所に古いホテルの廃屋《はいおく》があるから、そこで夜八時に待ち合わせて、埋蔵金探しの相談をすることになったんだ。俺は端《はな》から一緒に埋蔵金探しをするつもりはなく、あいつからその地図を奪って、自分一人で埋蔵金を独り占めにしようと思っていたのさ。そこであのホテル廃屋に行って、玄関前で待っていたら、夜八時過ぎにあいつが来たので、いきなりあいつの首を絞めて地図を奪おうとしたんだ。そしたらあいつが抵抗したので揉み合いとなった。揉み合っているうちに腐っているホテルのドアにぶつかったら、あいつがそのまま玄関のドアごとホテルのロビーみたいな中に倒れ込んでいったのさ。そこを見たら、なんと夜目にも赤いマムシがうじゃうじゃ、二〜三〇〇匹は居たと思う。そのマムシの中に百武が転がりこんだもんで、腹を空かせたピラニアみたいにマムシの群れが、百武の身体をあっという間に包み込んだのさ。ぎゃーと言う悲鳴が聞こえたけど、自分は地図を奪ったからもう用はないと思ったし、あのマムシが群がる様子を見たら、助けるどころか空恐ろしくなって、自分はこの参集殿に逃げ帰ってきただけだ。だから俺はあいつを殺したわけじゃない」

この高橋竜司の供述については、真実か否か確認が取れなかったが、あとで次のような重要目撃証言が取れた。

「わたし狐崎玲子は、夕方二人がこっそり話をしていたのを小耳に挟んでいたので、夜になって高橋竜司が社務所を出ていくのを見届けて、その後をこっそりつけて行ったのです。そのホテル廃屋の近くで私が物陰に隠れて見ていると、廃屋の玄関先で二人が言い争いしていて、骨太な体格の高橋が何か紙切れのようなものを、背は高いが痩せた百武から奪い取ったようでした。そのはずみで弾き飛ばされた百武が、高橋の供述通り玄関ドアと共にホテルロビーの中に倒れ込んだかと思った瞬間に、ぎゃーと言う百武の悲鳴が聞こえて、ほんの数秒で悲鳴がそのまま闇の中に飲み込まれていったんです。だから高橋竜司が百武を直接殺したと言うことではなく、紙切れのようなものを奪ったはずみで、結果的に百武がマムシの群れの餌食になったと言うことだと思います。マムシに襲われた百武の地獄のような悲鳴は、それはあまりに恐ろしかったですよ。私は怖くなって、そのまま後も見ずに参集殿に帰ろうと走って来て、夜九時過ぎに境内までたどり着いたのです。そしたらそこに別の二人の酔っ払いが、何か言い争いをしながら歩いてきたので、とっさに表参道から境内に入る所にある大きな欅のご神木の根元に身を隠しました。隠れて聞いていると、表裏参道の中間にある中参道から境内に入って来たその男二人は、さっきまで鮎川に行って酒を飲んで帰ってきたということで、そのうちの一人は白っぽい服を着ていたので、今思えばおそらくそれが宮司さんで、もう一人は誰か別の男だったような気がします」と重大な証言をした。

「聞きました、さっきの話？　蛇に咬まれて死んだなんて、ホントに怖いですよ」と及川。

「私は巳年なんですが、さっぱり金運が無いので、この金華山に昨年からお詣りしているんですよ。咬まれるぐらいヘビ様とお近づきになりたいもんです」と水鳥が愚痴をこぼしついでに、また不謹慎な希望を漏らした。

「ヘビの巳の字って、自己研鑽や自己責任の己と似てるけど違うんですか？」と及川が記者としての関心を示し始めた。

「なるほど、確かにちょっと見ると似ていますね。この似た文字は三種類あって、短い順から己と巳と巳ですね」と白鳥がテーブルに文字を並べて書いて見せた。

「え〜、私いままで良く区別してなかったけど、どう違うんですか？」

白鳥が以下のように区別の概要を指南した。

まず、己はコあるいはキと呼んで、おのれの事、自分の事である。及川が言ったように自己研鑽や自己責任という使い方をする。次に已はイと呼んで、すでに、やむ、はなはだ、の意味である。已はシ、やむと呼んで巳年の蛇の事である。巳の字は象形文字で、元々は鎌首をもたげた蛇の形から出来た文字であり、古書には「四月、陽気已《すで》に出で、陰気已《すで》に収まる。萬物見《ばんぶつあら》はれて文章を成す。故に巳を蛇となす」とある。つまり運気が最高に達した状態を表しているのが巳である。它の文字はタやダと呼んで、頭の大きなヘビがとぐろを巻いて、丸く膨れて長いものの象形文字から出来ている。虫はそれだけで、むしやまむしと呼んでヘビなどの爬虫類の象形文字から出来ている。一方、昆虫などの虫は、蟲（三虫）の略字であって、古書にも蟲は「足あるもの、これを蟲という」ことであり、節足動物としての昆虫を指す。

「従って蛇という漢字は、偏《へん》（虫）と旁《つくり》（它）、つまり漢字の左右ともヘビで出来ているんですから、怖いですよねえ」と説明を終えつつ及川の質問に白鳥が答えを出した。

「さっきの狐崎さんの話で、あのホテル廃屋に蛇がうじゃうじゃとぐろを巻いて居たということですが、怖いですねえ。やっぱりマムシですか？」と不気味で恐そうだという雰囲気で及川が聞くと、ここは生物学も勉強した医者として、水鳥が知っている範囲で次のように答えてあげた。

日本には数十種類の蛇が生息しているが、亜熱帯の沖縄やトカラ列島などを除いた本土地域には、八種類の蛇が生息している。中でも毒を持っているのはマムシとヤマカガシの二種で、その他のアオダイショウやシマヘビ、ジムグリ、シロマダラ、タカチホヘビ、ヒバカリなどは無毒である。

マムシは体長自体は四〇～六五㎝で比較的短いが、胴が太く尾が短い特徴がある。中国山地や岡山県で目撃情報が多いツチノコも、胴が太くてしっぽが短いので、何かを丸呑みしたばかりのマムシなのかもしれない。またマムシの頭部は、如何にも毒蛇という感じで吻端を頂点とする三角形に尖っていて、その後方の両側に毒腺を持っている。ハブと同じように上顎の先端に二本の細長い毒牙がある。また瞳孔は縦型の猫目タイプで、背中にニシキヘビのような灰褐色～赤褐色の銭形斑紋があるのが特徴である。よく赤マムシなどと言われるのは赤褐色の強い個体なのであろう。

マムシは日本全国に広く生息しているが、特に春から秋頃に多く見られる。二本の毒牙に咬まれると、焼けるような激しい痛みに襲われて、噛まれた場所には一対の歯型が残る。日本では年間二～三千人程度が受傷し、死亡率は約〇・五％程度である。川や用水路がある田畑や農道、藪に多く出現するが、基本的に待ち伏せ型で、自分からはあまり動き回らないため、人が気づかずに踏んでしまったり、知らずに近くを歩行することによって咬まれるケースが多い。

ヤマカガシは、以前は無毒と考えられていたが、昭和四七年（一九七二）に中学生が咬まれて死亡する事故が起きてから、毒蛇として急に有名になったビックリものである。体長は約六〇～一二〇cmぐらいが多いが、一五〇cmぐらいの大物もたまに遭遇する。背中にある赤と黒の市松模様が特徴であり、これは特に東日本で鮮やかだと言われている。マムシと違って頭の形も丸くて細く、瞳孔も縦長の猫目タイプではなく丸くて可愛い感じすらある。

そのようなヤマカガシは日本全国に棲息しており、ヒキガエルが好物で、北海道と沖縄を除く水田近くや、用水沿いの畑、河川林などに生息している。従って田のカエルを狙って里山で、あるいは池のカエルを狙って都会でも出くわすことがある。このカガシ（楝蛇）というのは、和語でヘビのことなので、ヤマカガシという名前は里山の蛇ということであろう。

アオダイショウ（青大将）も、別名里回《さとまわ》りとか鼠捕《ねずみと》りともいわれるぐらい人間の周りにいる身近な蛇で、探索型ヘビとしてネズミなどを捕食するためよく移動するが、山中などで出くわすことは稀である。体長は一～二mと日本では沖縄のハブに次ぐ大型で、瞳孔は猫目型ではなく、丸く黒褐色である。背中は主に暗黄褐色～暗緑色で光があり青大将の名前の由来になっている。また腹面を被う鱗の両端に側稜と呼ばれる隆起があり、これによって木に登ることができるのが特徴である。樹上の鳥やその卵、地表や下水道周りのネズミなどを好んで食べる。頭部は角張っているが毒は無いので、噛み付いて捕らえた獲物に身体を巻き付けて、ゆっくり締め付けていく。

山口県岩国市周辺には、このアオダイショウの白化型（アルビノ）が多く生息しており、地元では古くから神の使いとして保護されてきた。この岩国の白ヘビは、大正一三年（一九二四）に国の天然記念物に指定され、岩国の錦帯橋を渡ってすぐの場所にある「岩国シロヘビの館」では、数匹のシロヘビがガラスケース越しに見学できる。ここでは宝くじを買って入れておくと当たる、と言われている財布などがお土産として人気になっている。

　これらの蛇のうちではヤマカガシの毒が最も強く、実験的に皮下注射して五〇％の動物が死亡する毒量（半数致死量ＬＤ５０）は、kg体重あたり約五㎎であり、次いでマムシ一六㎎、ハブ五四㎎の順である。ただ実際に日本国内で死亡するケースは、ほとんどがマムシ毒によるもので、毎年四名ほどが犠牲となっている。

　マムシに咬まれると、激痛があり、一〜二時間後には局所の皮下出血や水泡形成が起こり、次いでリンパ節腫脹や発熱、重症の場合は血圧低下や急性腎不全、血尿、意識障害を惹起してくる。毒量の多さや状況によっては、咬まれた直後にアナフィラキシーショックと言われる激しいアレルギー症状によって即死することもある。マムシ毒は基本的に出血毒であるが、その成分は溶血作用のあるホスホリパーゼＡ２を主体に、血管透過性の亢進や局所壊死、出血などを惹き起こすエンドペプチターゼ、蛇毒の拡散を促進するヒアルロニダーゼ、核酸分解作用があるホスホジエステラーゼなどで構成されている。このマムシの毒は、上顎前部にある毒牙による咬傷から体内に直接注入される。

　一方、ヤマカガシはマムシのように歯列の前方に毒牙を持つ前牙蛇とは異なる後牙蛇に分類されており、毒牙が口腔内の後方にある。またこの牙とは別に皮下頸腺にも別の毒を蓄積し、それぞれ違う目的で使用する珍しいヘビである。上顎後部牙に噛まれてデュベルノワ腺から毒素が血中に入ると、その強い血液凝固作用によって、血管内で微小な血栓が多数つくられるために、血液凝固に必要なフィブリノーゲンが枯渇するほど消費されてしまい、結果的に出血が止まらなくなってしまう。ただこのヤマカガシの毒には細胞を破壊する成分は無いので、咬傷局所の腫れや痛みは殆どなく、数時間後から少しずつ出血傾向が表れはじめ、フィブリノーゲンの枯渇度に応じて次第に全身的な皮下出血や、内臓出血、重症の場合は急性腎不全や脳出血を引き起こすことがある。しかしマムシと異なり、ヤマカガシは毒牙からの直接注入ではなく、毒牙の付け根から出た毒がキズから染み入るように注入させ、比較的深く長く咬まれて上顎の二対の二㎜程度の短い奥歯牙で咬まれた時のみに毒素が体内に入るので、重症例や死亡例はマムシほど多くないのが実状である。

ヤマカガシのもう一つの毒は、頸部後面の頸腺にあり、強心性ステロイドであるブファジエノライド（bufadienolide）を蓄積している。ヤマカガシは敵に遭遇すると、キングコブラのように頭を持ち上げるが、くるりと敵に背を見せて頸腺のある後頸部から胸部を広げて相手を威嚇して、この毒を敵からの防御に用いている。攻撃によってこのブファジエノライド毒素が目に入ると、結膜や角膜の炎症を起こし、口に入ると口腔粘膜に炎症を起こし、次第に強心作用によって心機能や神経機能が弱ってくる。

このヤマカガシの頸腺毒は、自分で合成しているのではなく、獲物として食べたヒキガエルの毒成分（ブフォトキシン）を貯蔵したもので、機序はふぐ毒の蓄積と類似している。つまりヤマカガシは、ヒキガエルを好んで食べることで、栄養補給と毒素蓄積を一石二鳥しているわけである。毒のないアオダイショウやシマヘビは、目から後ろにのびる線がはっきりあるので、マムシやヤマカガシと区別できる。

面白いことに、平成一九年（二〇〇七）の米国の有名雑誌に掲載された科学論文では、ヒキガエルが生息していないこの金華山で捕ったヤマカガシと、ヒキガエルの多い徳島県伊島で捕ったヤマカガシとを、アメリカの大学に送って比較してみたら、伊島から送ったヤマカガシの頸腺にのみブファジエノライドが検出されて、金華山のヤマカガシからは検出されなかった。また餌としてニホンヒキガエルを食べさせたものと、そうでない餌を食べさせたものに分けて飼育したところ、ニホンヒキガエルを食べさせたヤマカガシのみに頸腺からブファジエノライド毒素が検出されたという。金華山なかなかやるのである。ただ残念なのはこの論文中で、金華山のことをKinkazanと間違えて発音記載していることである。

「しかしまあ、それぐらいは赦してあげましょう、アハハ」と水鳥は大らかに笑った。

「なるほど、金華山は水田が無いのでヒキガエルが居ないから、金華山のヤマカガシは頸腺の防御毒がないいんですね」

「そうなんですね。同じように中国南西部にいるイツウロコヤマカガシは、やっぱりそこも高原地帯で田んぼがないのでヒキガエルは居ないんです。でもその代わりにホタルを食べて、その蛍のブファジエノライド毒を頸腺に貯めているみたいですよ」

「すごいですね、蛇もいろいろ工夫しながら毒を貯めるんですね」と及川は感心した。

丁度その時、捜査員に同行して千人沢に行っていた鑑識の一人が、石森刑事課長に耳打ちをした。

「刑事課長、先ほど千人沢で遺体を引き上げた時に、ホトケさんが右手にこんなものを握りしめていたんです」と差し出したのは、少し厚めの丸い紙で、下半分に青い海原を泳いで潮を吹き上げているクジラの絵が描いてあるものだった。

「なんだ、これは？」と、石森課長が手に取って眺めていると、

「はい、恐らく飲み屋で使うコースターのようなものだと思います」

「コースター？　なんでそんなものを宮司が握りしめていたんだ？」

「はい、コースター自体は珍しくもないんですが、その裏がちょっと気になります」と鑑識が言うのを見ると、そこにはカタカナで「コニ……」と書いてあって、後にもう二文字が見える。

「何て書いてあるのかな？　でも海水でブチて判然としないな。何だろう、小切手？　違うな。小太郎？　違うな。子沢山？　違うな」

「刑事課長、いずれにしても、この紙は貴重な証拠物件で、もしかしたらホトケさんのダイイングメッセージかも知れませんから、県警本部に送って詳しく解析してみたいと思います」と言って、鑑識はビニール袋に入った丸い紙を受け取った。

「よし、それではお前達は宮司の昨夜の足取りを、もう一回確認しろ」と捜査員に命じて、石森課長は捜査本部を置いた二階の小参集室に入った。

しばらくして、別の捜査員が一人駆け込んで来た。

「石森刑事課長、分かりました、宮司の足取りが分かりましたよ。女川町と鮎川町の海上タクシー会社に聞き込みに行かせた捜査員から連絡があり、そしたら鮎川の海上タクシーがゆうべ宮司を乗せて往復したと言うんです。鮎川金華山タクシー会社運転手の十八成《くぐなり》義夫の証言では、夜七時前頃に白衣

を着た宮司と、もう一人の男性客を乗せて鮎川に行ったそうです。そこで待たされて、夜八時半時頃またその二人を乗せて、鮎川港から金華山港に戻ってきたそうです。海上タクシーはフェリーと違って早いので、往復とも約一〇分で行き来しましたが、帰りの船で二人はだいぶ酔っているようで足元がふらついていたそうです。いま別の捜査員を、何軒かある鮎川港の居酒屋を聞き込みに行かせてます」

「そうか、それではその二人は夜に金華山を抜け出して、海上タクシーで鮎川に行って、そこで酒を飲んで帰ってきたと言うことだな」

「そういうことです」

「一体どこで何を話して来たんだ。その一緒に行った男の人相や風体はどうなのか？」

「はい、海上タクシーの運転手に聞いたら、黒っぽい服を着た五〇歳位の中肉中背の男で、海上タクシーに乗っている間は一言もしゃべらなかったそうです」

「宮司もしゃべらなかったのか？」

「はい、行きも帰りも二人は、タクシーの中では何もしゃべらなくて黙り込んでいたそうです。でも海上タクシーの十八成《くぐなり》運転手の印象では、いつも大らかで気さくに話しかけてくれる宮司が、特に帰りの船内では何となく萎縮していて、脅かされているような感じがしたそうです」

その時、石森刑事課長の携帯電話が鳴った。

「何ィ、二人がいた居酒屋が見つかった！　クジラと言う居酒屋か！　それで店主の証言は取れたのか？」

捜査員による鮎川港からの携帯電話での報告はこうだった。

鮎川の居酒屋クジラの店主は、安住《あずみ》進と言う六五歳の角刈りゴマ塩頭のオヤジである。この店は鮎川でも鯨の刺身が旨いことで有名で、地元や宮城県以外にも全国から鯨好きの飲兵衛が集まると言う。ビールのジョッキを置く鯨マークの丸いコースターが有名で、コレクターの間ではクジラの絵が精密に描かれていて可愛らしさもあるということで人気だという。だから大抵の客はこの鯨マークの紙コースターを持って帰るらしい。それが鮎川の居酒屋クジラに行ったと言う証拠になるからだ。

この安住店主の証言では、二人は夜七時過ぎに入店して、名物の鯨の刺身をはじめ鯨の竜田揚げ、野菜サラダ、あわびなどを、ビール中ジョッキで二杯ずつ、その後日本酒を二合徳利で四本空けたと言う。

また店主の証言では、この奥海宮司は酒好きの相撲好きで、以前から居酒屋クジラの常連として、しばしば海上タクシーで金華山から飲みに来ては相撲の話をさかなにして帰って行くことが多かったという。力士では特に外国人力士が贔屓であり、昔活躍したハワイ出身の小錦関や曙関、最近ではモンゴル出身の白鵬関などのファンだったと言う。それを聞いて、佐藤百合女川派出所長は、

「その被害者のコースターのコニってのは小錦《こにしき》じゃないかしら? 外国人力士が好きだから、酒を飲みながら小錦とか書いてね。でもそれをなぜ遺体となっても握り締めていたのか分からないわ。だって死んだら握力が無くなって手から離れるし、まして海に浮かんでいたなら波に流されても不思議ないわよねえ」としきりに首を傾げた。

謎は深まるばかりであった。別の捜査員から入った聞き込み情報では、その居酒屋クジラに飲みに

来ていた近所の鯨歯パイプ印材専門店主の古川満によれば、古川がトイレに行く途中で通ったところ、日頃馴染みのある宮司と見たことのない中年男性の二人が、頭を寄せて何かヒソヒソ話をしており、その手元で何やら古い地図のようなものを二人で指差しながら、小錦だとか仙人だとかと囁《ささや》いていたのを小耳に挟んだと言う。

クジラを対象とした工芸品は、人形や置物など日本各地で様々作られているが、本物の鯨の身体の一部を使って製造した工芸品はそう多くない。そもそもクジラの種類は、世界で八四種類いると言われており、そのうち日本近海では半数近くの四〇種類が生息している。そのうち九種類は髭《ひげ》クジラで、三一種類は歯《は》クジラである。髭クジラとしては、世界最大の哺乳類であるシロナガスクジラをはじめ、ナガスクジラ、ミンククジラ、座頭《ざとう》クジラ、背美《せみ》クジラ、イワシクジラ、ニタリクジラ、ツノシマクジラ、およびコククジラである。歯クジラとしては、抹香《まっこう》クジラを筆頭に、オガワマッコウ、コマッコウ、オウギハクジラ、コブハクジラ、アカボウクジラ、イチョウハクジラ、ハッブスオウギハクジラ、ロングマンオウギハクジラ、ツチクジラ、オキゴンドウ、コビレゴンドウ、ユメゴンドウ、カズハゴンドウ、ハナゴンドウ、といった所謂クジラと、シャチ、それからスナメリやイシイルカ（リクゼンイルカ型）などのイルカ類一三種がある。

背美《せみ》クジラは体長が一三〜一八m、体重も約六〇〜八〇トンある大型で、座頭クジラの倍程度の大きさである。特徴は、全長の四分の一を占める大きな頭部とその下に大きく湾曲した口、最大二mを超す長大な髭である。背中には背びれは無いが、長時間にわたって背部を海面上に出して遊泳し続ける背中の曲線の美しさにその名が由来する。吹く潮は垂直に上り、先端で二股に分かれる曲線も美しい。肉質は美味一位とされ、油は抹香に次ぐ二位と言われてきた。北太平洋を回遊することが多いが、日本では知床半島、金華山沖、房総半島周辺、伊豆・小笠原諸島、熊野灘、土佐湾などに冬から初夏にかけて認めることがある。遊泳速度が遅く、死後海中に沈まないので、抹香クジラと共に乱獲によって激減してきた。

抹香クジラは、歯クジラ類の中で最も大きく、歯のある動物としても世界最大である。抹香クジラの抹香とは、沈香《じんこう》や栴檀《せんだん》などを混合して作った香料のことで、腹部にある模様の色が抹香の色に似ているから、あるいは腸の中から採れる竜涎香《りゅうぜんこう》という香料の原料の匂いに似ているからこの名がついたと言われる。また江戸時代には真甲鯨とも表記されており、外見上の特徴である巨大で四角い頭部から真甲の名がついたとも言われている。この頭部は身体全体の約三〇%を占める大きさで、内部には脳油が入っている。潜水時には鼻孔から海水を取り入れてこの脳油を冷やして固体化し、頭の比重を重くすることで、ほぼ垂直の姿勢で三〇〇〇mもの深海に潜っていき、主にダイオウイカ等のイカ類を食べる。その後浮かび上がってくる時には、脳油袋の周りの細かい血管に血液を送って脳油を温めて液体に戻し、その浮力を利用して急速に浮上することが出来るという特殊な潜水システムを身に着けている。

取り出した脳油は、夏は液体で冬は固体になるという物質の相変化を示す貴重な天然油として珍重されてきた。この脳油は精密機械の潤滑油やロウソク、石鹸、時計油などに珍重されてきた。脳油で作られたロウソクはススが出ない最高級品であった。抹香鯨一頭から採れる脳油は七二〇〇～一万四〇〇〇ℓで、高値で売れた。

抹香鯨はハーレムを形成し、一頭の雄と多数の雌と子が集団となって移動し、潮は斜めに二〇ｍほど吹き上げる。また浮上している時間が長いため仕留めやすく、また脂肪が厚いので死後も海面に浮きやすいこともあって、後の乱獲に繋がった。歯は様々な工芸品に使われた。

髭クジラ類は地球規模で回遊する習性があり、ミンククジラやザトウクジラなどは、夏は北極海や南極海近くの寒い海で豊富なプランクトンや小魚などのエサを沢山食べ、冬になると出産や子育てのために暖かい亜熱帯や熱帯の海へ回遊してくるのである。抹香クジラは歯クジラではあるが、大人のオスだけが冷たい海と暖かい海とを回遊する。また一年中同じ海で生活するイルカ類もある。

鯨の髭は、上口蓋部の皮膚が濾過捕食を行うフィルターとして発達したもので、皮膚の角質組織と同じケラチン質である。クジラ髭は上顎の左右に三〇〇枚程度が整列している。それぞれの髭は細長い板状の三角形で、長辺の一方に多数の毛が生えたようになっている。エラスチン質のクジラ髭は、加工しやすい硬さで弾力性もあるので、エンバ板と呼ばれて様々な道具に用いられてきた。主な用途としては、帆船模型や靴べラ、掛け軸、テナント、潮吹きクジラ張り子、刀の柄、扇子の要、ぜんまいばね、文楽人形の操作索、珍しいものでは正倉院宝物にある如意棒や長崎県で縁起物に飾られる花おさ（髭を繋がったまま花のように丸く加工したもの）などがある。

髭クジラ類の摂食方法は、飲みこみ型と漉しとり型に分けられる。飲みこみ型は主にナガスクジラやザトウクジラが行い、口を大きく開けたまま大量の海水ごと獲物の群れを口腔内に取り込み、そのまま口腔内の海水のみを髭の隙間から吐き出して、獲物だけを残す方法である。一方、漉しとり型は、主にセミクジラなどが行い、飲み込み型と同じように口を大きく開けたまま獲物の群れを泳ぐが、海水は口腔内に取り込まずに、長い髭によって獲物のみを漉し取って食べる方法である。ただナガスクジラ類でも、比較的長い鯨ひげのあるイワシクジラは、飲みこみ型に加えてこの漉し取り型も併用する。

一方、歯クジラの捕食は、勿論その鋭い歯で獲物を襲い噛みつき飲み込む方法である。特に抹香鯨の歯は長さ一五㎝、直径五㎝もあり最も大きい。次いでオキゴンドウの長さ約七㎝、コビレゴンドウの約四㎝、イルカ類の約三㎝の順になっているが、実際の工芸品については抹香鯨のものが殆どである。用途は多種多様で、以前はパイプや灰皿、将棋駒などもあったが、最近では印鑑やブローチ、ペンダント、ピアス、イヤリング、カフスボタン、帯留め、キーホルダー、ミニクジラモデルなどが作られている。材料となる抹香鯨の捕鯨禁止などにより、現在では過去に捕獲したクジラからの歯の在庫を用いて製造している。

このクジラ歯工芸品を取り扱っている店は、東日本大震災前の女川町にもあったが、現在では鮎川町をはじめ、紀州太地町や長崎市など全国でも数えるほどしか無くなった。なかでも鮎川町にある千々松《ちぢまつ》商店は、もともと佐賀県唐津市で抹香鯨の軟骨を原料にした松浦漬作りに携わっていた先々代が、抹香鯨の一大産地である（抹香城）金華山沖に最も近い鮎川町に昭和三年（一九二八）に引っ越して来て始めたということである。長命であるクジラを使った工芸品は、健康長寿の縁起物としても魔除けとしても重宝されているという。

十六　残留

金華山に残された参籠者たちは、捜査に目途が立つまで最低もう一泊参集殿に留まることになった。今日帰る予定だった殆どの参籠者たちは、慌ててあちこちに連絡して、予定変更のお詫びやらスケジュール調整やらに追われた。一方、元々大したスケジュールもない水鳥や白鳥らは部屋に引き返してお茶を飲み始めた。興味津々の記者魂で少しでも特ダネを取ろうとする及川や、これもあまり忙しくなさそうな安部宗夫も暇そうに顔を出して合流した。大学の講義予定を代理でお願いできたのか、今野もスケジュール調整が一段落したようで部屋に戻って来た。

「安部さんはご先祖のお墓参りの序《ついで》に金華山に寄ったって聞きましたけど、ご先祖様はどちらでしたか？」と及川がにわか捜査員よろしく身元調査を始めると、おっとりと安部が答えた。

「アハハ、私のご先祖なんてご興味無いでしょうが、教科書にも載っているので、もしかしたらご存じかもしれませんね。安倍宗任《あべのむねとう》と言うんですよ」

「えっ、それってまさに胆江《たんこう》ネタじゃないですか！　わたし嬉しい！」と地元ネタになってきたので、及川記者の取材テンションが急上昇した。

「もうちょっと話してくださいよ」と記者のおねだりに、仕方ないという感じで、

「それじゃあ、簡単にまとめてみますね」と、以下のように安部宗夫が話した。

日本書紀によれば、第一二代景行《けいこう》天皇二七年（九七）に武内宿禰《たけのうちのすくね》が東方諸国を視察して、次のように復奏している（図五）。

「東夷のなかに日高見《ひたかみ》の国があって、皆さいづち型（筆者注、髷《まげ》の一種で、頭髪を後方に垂らし、その先端を椎《つい》状に髻《もとどり》する結い方で、中国の蛮夷の風習とされた。垂髻《すいけい》また椎髻《ついけい》とも言う）に髪を結い、身体に入墨をしている。ひととなりはみな勇悍で、この人たちを蝦夷《えみし》という。また土地はよく肥えていて広大だから、撃って取るべし」

三世紀末に成立して卑弥呼や邪馬台国までへの行程も出てくる魏志倭人伝にも「男子無大小、皆黥面文身《げいめんぶんしん》」とあり、男子は大小の区別なく、みな顔や体に入墨をしていたという。中国では山東省から福建省、広東省にかけての沿岸部で古くから入墨の習俗がある。これは沿岸部の海人が、入墨をすることで海洋生物と同類であることを示して、海の害獣から身を護るために行われたと言われている。日本では縄文時代中期頃から始まり、古墳時代も継続し、五～六世紀の埴輪文様に受け継がれていった。つまり縄文時代から日本人はそれなりの航海術を以って中国大陸沿岸部と交流しており、その中で共通して普及した入墨の風習を、朝鮮半島から渡って来た弥生人は珍しく感じたのであろう。

この武内宿禰《たけのうちのすくね》の復奏を受けて同四〇年（一一〇）には、日本武尊命《やまとたけるのみこと》が勅命を奉じて大和から遠く日高見国まで軍を進めた。日本武尊命は上総国一之宮玉前《たまさき》神社付近の葦浦《あしうら》（砂鉄が取れた、産鉄地支配も東征目的の一つ）から出港して、九十九里浜北端の玉浦《たまうら》（現在の旭市玉崎《たまさき》神社）で建稲種命《たけいなだねのみこと》と落ち合ってから全軍揃って北に向かい、沿岸を転々としながら、上陸したのは竹水門《たかみなと》で、これはたか→多加→多賀と変わり、現在の多賀城市東隣りの七ヶ浜町湊浜に比定されており、ここには御殿崎という地名も残っている。この時の遠征の足跡は陸奥国処々に残されており、宮城県桃生町太田にある日高見神社では、天照大神と日本武尊、武内宿禰の三柱を祀っている。また日本武尊命が到達した最北地には諸説あり、岩手県釜石市の尾崎半島にある尾崎神社奥の院や、岩手県一関市の配志和《はいしわ》神社、福島県八溝山《やみぞさん》系にある八槻都々古別《やつきつつこわけ》神社などが有力候補とされている。

時代が下って仁徳天皇五五年（三六七）には、崇神天皇五世孫とされる上毛野田道《かみつけのたじ》将軍が再び東征したが、この時は現地勢力の抵抗にあい伊寺水門《いじのみなと》（現在の石巻市）で戦死している。このとき田道将軍は、死んでも亡骸《なきがら》は大蛇になって毒を吐き蝦夷を滅ぼす、と言い残した。平安時代になって坂上田村麻呂は、この田道将軍の霊に導かれて勝利したとして、陸奥国の最奥地に至った時に神蛇宮を建立したものが、現在まで猿賀《さるか》神社として青森県弘前市隣りの平川市に伝わっている。

この田道《たじ》将軍は、はじめ新羅遠征での騎馬戦で活躍したあと、今度は百済に遣わされ、止美《とみ》邑の呉女《ごじょ》（南方出身の女性の意か）を娶って、のちに止美連《とみのむらじ》の祖となる持君《もちぎみ》をもうけたとの伝承がある。明治六年（一八七三）、日本が初めて作った日本銀行一円券（紙幣）の肖像に採用したのが、この上毛野田道《かみつけのたじ》将軍であった。一円券はこの伊寺水門《いじのみなと》での憤死を描いたものとされている。将軍の妻は、夫が生前手に巻いていた玉を抱き、首を縊って後を追う。のちに、蝦夷が田道の墓を掘り起こしたところ、神の化身である大蛇が現れ、将兵たちは食い殺されたと日本書紀には記されている。

その後、飛鳥朝の勢力は、白河・菊多（のちの勿来）の両関を越えて少しずつ陸奥国を侵食し始め、最初の陸奥国府の所在地は現在の福島県安積郡大槻村の辺り（現在の郡山市大槻町）であろうとされている（図四）。侵食前線の北上に伴って、国府の所在地も北上して、福島県信夫郡宮代村（現在の福島市大字宮代）に移り、さらに和銅六年（七一三）に至り、名取郡が設置されてから阿武隈川口に近い武隈《たけくま》（ぶくま、現在の竹駒《たけこま》神社のある宮城県岩沼市）へと北上を続けて来た。

　多賀城は神亀元年（七二四）に築城はされたが、侵食前線の軍事的危険性のため、しばらく国府はやや南の武隈に置かれたままとされた。天平九年（七三七）には陸奥鎮守府将軍大野東人《あずまびと》によって、常陸や上総、下総、武蔵、上野、下野等の騎兵一〇〇〇人を多賀城に集めて、そのうち特に勇敢な九六名を多賀城の護衛に、また副使の坂本宇頭麻佐《うずまさ》をして玉造柵を、判官の大伴美濃麻呂をして新田柵を、そして陸奥大掾の日下部大麻呂をして牡鹿柵を護衛せしめた（図二）。東人はこの時同時に帰服の蝦夷遠田郡領遠田君雄人《とおだのきみおひと》を海道に派し、現在の岩手県和賀郡沢内村にあった同じく帰服蝦夷の和我君《わがのきみ》計安塁《けあるい》を山道に遣わして、四柵より北の蝦夷を慰諭鎮撫《いろんちんぶ》せしめた。敬福は陸奥国府（当時は武隈《たけくま》）に陸奥守として天平一五年（七四三）に赴任した。つまり多賀城建設二〇年を経て、玉造、新田、牡鹿、色麻の四柵が置かれ、征夷拓殖事業が急速に進展し、九州における大宰府と同様に奈良朝国家として最も重要な軍事政務機関となったのである（図三、四）。

　古代からの倭王権、飛鳥朝、奈良朝、そして平安朝に連綿と続く陸奥経営の基本戦略は、どこの国家でも同様であるが、夷を以って夷を制す（以夷制夷策）であった。農機具などの供与と引き換えに帰属と租庸調を求め、時に慰撫による合意で、時に武力で強引に支配域を北進させて行ったのである。懐柔策として、帰服した地元の勢力家に対して朝廷からの氏姓を与え、郡司に任命するなどの優遇措置も活用した。牡鹿郡大領道島大楯や遠田郡大領遠田公押人《おひと》、上治郡《これはりぐん》（異説もあるが栗原郡）大領伊治公呰麻呂《これはりのきみあざまろ》などは好例である。丸子嶋足などは無姓の丸子から天平勝宝五年（七五三）の牡鹿連の賜姓に始まり、牡鹿宿禰、道嶋宿禰、神護景雲元年（七六七）には陸奥大国造に任命されるなど、陸奥在地の豪族の中で唯一人中央官僚として立身した。またその息子道嶋宿禰三山は陸奥国造という姓を賜った。

「まず安倍氏に至る前の概要を、簡単に年表にするとこうですね」と安部宗夫が紙に書きだした（図四）。

景行《けいこう》天皇二七年（九七）武内宿禰《たけのうちのすくね》が東方諸国を視察して撃つべしと進言
景行天皇四〇年（一一〇）日本武尊《やまとたけるのみこと》が日高見国まで遠征調査
仁徳天皇五五年（三六七）上毛野田道《かみつけのたじ》将軍が東征、伊寺水門《いじのみなと》で戦死
斉明天皇四〜六年（六五八〜六六〇）安倍比羅夫水軍、東北日本海側と道南地方を踏査
斉明天四年（六五八）東北地方太平洋側に道奥国設置（命名）
天武二年（六七三）壬申の乱勝利後、天武天皇即位（天武朝開始）
天武五年（六七六）道奥国を陸奥国と改名
和銅三年（七一〇）飛鳥宮から平城京へ遷都
養老元年（七一七）出羽国設置
神亀元年（七二四）多賀城設置
天平五年（七三三）秋田城設置

天平九年（七三七）牡鹿柵設置
天平二一年（七四九）敬福産金、国内初（黄金九〇〇両）
天平勝宝九年（七五七）橘奈良麻呂の乱（橘氏没落、藤原仲麻呂・朝獦《あさかり》父子勝利）
天平宝字三年（七五九）桃生城、秋田雄勝城設置
天平宝字八年（七六四）藤原仲麻呂の乱（藤原仲麻呂・朝獦《あさかり》父子滅亡、孝謙・道鏡勝利）
神護景雲元年（七六七）伊治城設置、水田開発・入植事業・採金事業を同時強行
宝亀元年（七七〇）桃生城付近の蝦夷宇漢迷公宇屈波宇《うかめのきみうくはう》逃還事件、城柵を侵すと揚言
宝亀五年（七七四）桃生城襲撃事件（海道蝦夷の反乱）三八年戦争の始まり
宝亀七年（七七六）奈良朝による山海二道蝦夷征討戦（紀広純指揮、伊治公呰麻呂武功）
宝亀九年（七七八）興福寺賢心上人（のち延鎮）、山城国に清水寺を建立
宝亀一一年（七八〇）宝亀の乱（伊治公呰麻呂が道嶋大楯と紀広純を弑す）
同年　百済王俊哲が陸奥鎮守副将軍（九死に一生）
天応元年（七八一）復活天智朝光仁天皇元旦改元、四月退位、桓武天皇即位
延暦元年（七八二）大伴家持陸奥按察使鎮守将軍となる
延暦三年（七八四）大伴家持、持節征東将軍に追任。長岡京遷都、のち天災不幸祟りあり
延暦八年（七八九）第一次征東戦争（紀古佐美《きのこさみ》征東大将軍、副将軍入間広成、大敗）
延暦一〇年（七九一）第二次征東戦争（大伴弟麻呂征東大使、坂上田村麻呂と百済王俊哲が共に征夷副使）

延暦一三年（七九四）桓武天皇による平安京遷都（平安時代の始まり）
延暦一五年（七九六）坂上田村麻呂、征夷大将軍となる、現地勢力の懐柔策を進めた
延暦一七年（七九八）田村麻呂清水寺大規模改修、清水寺の額を掲げる
延暦二〇年（八〇一）二月、坂上田村麻呂第三次征東戦争に出発
延暦二一年（八〇二）四月、アテルイ・モレ五〇〇余名を連れて降伏申し出る
延暦二四年（八〇五）桓武天皇、徳政相論させ、征夷と造都の停廃方針を決定
延暦二五年（八〇六）桓武天皇崩御
弘仁二年（八一一）五月・坂上田村麻呂死去（五四歳）、一二月・三八年戦争終結宣言
弘仁五年（八一四）嵯峨天皇、夷俘蔑称禁止、官位姓名呼称を異例通達

「この表を基に話を進めると……」と安部宗夫が次のように話を続けた。

孝謙天皇の天平勝宝四年（七五二）になると小田郡以外の調庸免除期間三年間が過ぎ、多賀以北十一郡に対して調庸として正丁（二一～六〇歳の公民男子）四人につき一両の貢金が再開され新しい形での課税が始まった。同年五月に佐伯全成《またなり》が陸奥介から陸奥守に昇任し、採金業務が新しい体制となった、この時敬福は常陸守に転じている。この当時、税として徴収する金の重量単位は大称だったと考えられているので、一人で年間四分の一両＝一分ということは三七・五ｇ÷四＝九・三七五ｇを納めなければならず、仮に一人の産金が足りない場合は残りの三名で不足分を補わなければならないと

いう過酷な課税制度であった。

ところが天平勝宝九歳（天平勝宝七～九年は歳と呼ぶ）（七五七）七月に起こった聖武帝没後の孝謙天皇体制に不満をもつ橘奈良麻呂の乱に連座して、全成《またなり》は尋問された後縊死したのである。同月後任として藤原仲麻呂の子藤原朝獦《あさかり》（狩）が陸奥守に任ぜられたのは、藤原氏による陸奥の黄金独占野心が顕在化したもので、全成はそのために無実の連座をさせられたのかもしれない。

この時敬福は、孝謙天皇側について次期天皇候補として奈良麻呂に担がれた黄文王や道祖王、大伴古麻呂、小野東人を鎮圧した。藤原氏の台頭を阻止すべく乱を起こした橘氏は没落し、勝利者の藤原仲麻呂は藤原恵美押勝《えみのおしかつ》となった。その子藤原朝獦《あさかり》は天平宝字四年（七六〇）に陸奥出羽按察使兼鎮守府将軍に任ぜられ、出羽国雄勝城と陸奥国桃生城を完成させ、同六年（七六二）まで在任した。この間、多賀城の大規模改修も行い、今日まで残る書道史上日本三古碑に数えられる多賀城碑を建てた（他に群馬県高崎市多胡碑、栃木県大田原市那須国造碑、京都府宇治市宇治橋断碑と全部で四碑あるのをそれぞれが三古碑と名乗っている）。

当初の目的であった産金も盛んに行い、聖武天皇一周忌直前に大仏鍍金が完了し、金需要も一段落したので、恵美押勝の命により天平宝字四年（七六〇）には、日本初の金貨である開基勝宝が朝獦《あさかり》の産金により鋳造された。この開基勝宝金貨は、中央に正方形穴が空いている円形貨幣で、文字は吉備真備筆と伝わる貴重なものである。ただ鋳造数がごく少数であり、重量にも一七・八～一二・三gとばらつきがあるので、貨幣としては流通せず、同時期に発行された太平元宝（銀銭）一〇枚ならびに萬年通宝（銅銭）一〇〇枚分の貨幣制度上の基準として用いられたものと考えられる。それでも今日世界中で用いられている金貨重量単位である一トロイオンス＝三一・一〇三四七六八gと比較すると、約半分の重量となる立派なものである。

しかし道鏡への寵愛を深めていった孝謙上皇・道鏡派と、淳仁天皇・仲麻呂派の対立によって天平宝字八年（七六四）秋に藤原仲麻呂の乱がおこり、父仲麻呂と共に朝獦《あさかり》もまた近江国高島郡で滅ぼされた。この時も敬福は孝謙上皇側に付き、外衛大将として仲麻呂によって擁立されていた淳仁天皇を幽閉し、淳仁天皇は淡路配流された。なおこの時孝謙側に坂上苅田麻呂、牡鹿嶋足、吉備真備もいた。

日本における金貨としては、近世における甲斐武田氏の甲州金が有名である。甲州金は武田氏の作った地方通貨であったが、日本で初めて体系的に整備された貨幣制度であり、大小切税法《だいしょうぎりぜいほう》（年貢米ではなく金納の税法）、甲州枡《こうしゅうます》（穀物や酒・油の計量法）と併せて甲州三法と呼ばれている。甲州で作られた金貨は主に露一両《つゆいちりょう》、駒一両《こまいちりょう》、甲安金《こうやすきん》、甲重金《こうしげきん》、甲定金《こうさだきん》、甲安今吹金《こうやすいまぶききん》の六種類ある。甲州金が画期的であったのは、戦国時代に金貨を鋳造した他の大名が黄金の重量で価値を計る秤量貨幣であったものに対して、金貨に打刻された額面で価値が決まるという計数貨幣制度を採用した点である。戦国期の甲斐武田領国内では、黒川金山や湯之奥金山などで盛んに採掘した金を、灰吹法によって精錬して産金していた。

甲州金で用いられた貨幣の単位は次のように七段階ある。両《りょう》、分《ぶ》（四分の一両）、朱《しゅ》（四分の一分）、朱中《しゅなか》（二分の一朱）、糸目《いとめ》（二分の一朱中）、小糸目《こいとめ》（二分の一糸目）、小糸目中《こいとめなか》（二分の一小糸目）であり、このうち、両・分・朱は江戸幕府に引き継がれた。金に糸目は付けないという言葉はここから生まれて、今日まで使われている。江戸時代初期の慶長六年（一六〇一）には、徳川幕府から慶長小判《けいちょうこばん》が発行され、一両貨幣として通用して行くようになる。

宝亀五年（七七四）の桃生城襲撃事件に始まる陸奥国現地勢力と奈良朝との全面戦争はのちに三八年戦争と呼ばれるほど長期化したが、特に宝亀一一年（七八〇）の宝亀の乱は奈良朝の光仁天皇を驚愕させる大事件となった。即ち六年前の海道の事件たる桃生城襲撃事件に続いて、今度は陸路の最前線要衝である伊治城で、夷俘出身ではあるが当時奈良朝から上治郡の大領を任ぜられていた伊治公呰麻呂《これはりのきみあざまろ》が、来訪した上司である道嶋大楯と按察使陸奥守紀広純を殺害し、そのまま国府多賀城へ南軍して略奪炎上消失させたのである。この事件の背景には奈良朝廷の陸奥国侵攻における三原則（軍事策、懐柔策、移民策）と日本における位階制度がある。

日本における位階制度は、中国や朝鮮半島の制度を参考に推古天皇一一年（六〇三）に冠位十二階を定めたのが始まりで、徳・仁・礼・信・義・智の六種類の位をそれぞれ大小に分けて合計一二の朝廷内における等級とし、地位を表す色別に分けた冠を授けたものである。隋書倭国伝ではこの順番を、徳・仁・義・礼・智・信としており、飛鳥朝廷内での五常（五徳、仁義礼智信のこと）の位置づけが礼や信を重視していたことが窺われる。以前に設けられた氏姓制度の姓は世襲であり氏という一族に対して授けられるのに対し、この冠位は一身限りで個人に授けられるものであって世襲されない。従って家柄にこだわらず貴族でなくても有能な人間を確保することが可能となり、この制度によって朝廷における人材登用の道が開けたことに意味がある。

その後大宝元年（七〇一）の大宝令ならびに養老二年（七一八）の養老令によって位階制度として整備された。表五に天平宝字元年（七五七）時の位階序列を示すように、昇殿（天皇謁見）は五位以上の貴族に限られ（殿上人《てんじょうびと》）、それ以下は地下《じげ》と呼ばれ地面での対面となる。内位《ないい》は中央の貴族官人に与えられ、外位《げい》は主に地方在住で在庁官人に登用された者や蝦夷・隼人などのうち大和朝廷に対する有功者を対象とした。内位の五位以上は貴族扱いで叙階は勅授である。内位の六位～八位は奏授で、それ以下の初位《そい》は判授である。それに対して、外位の六位～七位は奏授で、それ以下の八位と初位は判授である。

蝦夷を朝廷側への貢献度に従って、俘囚《ふしゅう》〉夷俘《いふ》〉その他と分類し、俘囚には令制位階を与え、夷俘には別に蝦夷爵《えみししゃく》を与えた（表五）。夷俘に対する蝦夷爵は、戦時には鎮守将軍の執奏により、また平時は国司の執奏により、中央政府から叙階されることになっていたが（神護景雲元年十月条、続日本紀、称徳天皇）、大同二年（八〇七）から按察使からの執奏に変更された（類聚国史、一九〇俘囚条）。

飛鳥朝ならびに奈良朝において、蝦夷の分類は地理的距離に応じて近い所から熟蝦夷《にぎえみし》、荒蝦夷《あらえみし》、都加留《つがる》と三段階に分け、また畿内朝廷への順化度に応じて俘囚、夷俘、その他と三段階に分けていた。こう書くと俘囚のほうがずっとましな扱いのようにも聞こえるが、俘は捕虜《とりこ》であり、囚は罪人《とらわれびと》であるから、当時の飛鳥朝は帰順した蝦夷（俘囚）でも端《はな》から犯罪者扱いをしていたことが窺われる。中華思想に基づいて東夷《とうい》、北狄《ほくてき》、西戎《せいじゅう》、南蛮《なんばん》に準じて、陸奥国は東夷、出羽国は北狄という位置づけで、はじめは陸奥国を討つ場合は征東将軍や鎮東将軍と呼び、出羽国を討つ時は鎮狄将軍などと区別していたが、後になって征夷将軍や征夷大将軍と一括するようになったものである。

陸奥国への進出施策は、武力と懐柔の両策を用いたのであるが、懐柔策としては授爵《じゅしゃく》も活用した。俘囚には地方官と同様の官位令による叙位法が採られたが、夷俘に対しては敢えて別の爵位を以って区別し、第一等から第六等まで存在した（蝦夷爵《えみししゃく》）。位階には朝廷内の序列として貴賤があり、官職は「君に仕えて忠を尽くし功を積んで然る後に得る」高下がある。つまり先ず位階があって、それに応じた官職が後で与えられる（官位相当制）。表五によれば蝦夷爵第二等は外六位に相当し、蝦夷爵第一等は外五位に相当する。光仁天皇時代の宝亀七年（七七六）の山海二道蝦夷の征討に際して鎮守府将軍紀広純に従って武功があり、翌宝亀九年（七七八）六月に蝦夷爵第二等だった伊治公呰麻呂はいきなり破格の外従五位下に叙階された。つまり伊治公呰麻呂はまず夷俘から俘囚となり、その上で勲功により外六位ではなく外五位へと二段階特進したものである。ちなみにこの一五年後の桓武天皇時代の延暦一一年（七九二）に第一等を授爵した陸奥夷俘爾散南公阿波蘇《にさなのきみあわそ》は、一八年を掛けて嵯峨天皇時代の弘仁一一年（八二〇）になってようやく同位の外従五位下という、それでも地方在住者としては最高の位階を授けられたのである。表五にあるように内外五位以上は勅授であるから、如何に伊治公呰麻呂が朝廷から信任篤かったかが分かる。

位階を得た呰麻呂は上治郡の大領《たいりょう》の地位にまで登りつめたが、外従五位下の叙階から二年も経たない宝亀一一年（七八〇）三月になって按察使参議従四位下の紀広純を弑し、突然大反乱を引き起こしたのである（宝亀の乱）。この呰麻呂の乱によって転換点を迎え、律令国家と蝦夷が全面対決する局面へと移行していくことになる。

道嶋大楯は常日頃より呰麻呂を夷俘《いふ》として見下し侮蔑していたために、呰麻呂がこれを深く恨んでおり、紀広純をも嫌っていたが恨みを隠して仕えていたものであろう。元々自分達の土地であった所に、勝手に城柵を築いて土地を奪われ、自らの一族は労役や俘軍への徴発など負担を強いられてきたこと、更には伊治城造営を主導したのも大楯の子道嶋三山であったことなども、呰麻呂が恨みを募らせた理由として推測されている。更に前述した山海二道蝦夷征討後は、陸奥国の俘囚三九五人が遠く九州大宰府管内諸国に移配され、また出羽国の俘囚三六八人が大宰府および讃岐国に移配、七八人が在京の公家に奴婢として与えられた。このように土地を奪われ、住人が追放奴隷にされるなどが重なり、既に我慢の限界を越えていたのはひとり呰麻呂だけではなく、畿内勢力の侵略に対する怨恨は蝦夷社会側全体に共通するマグマとして形成されていた。実際、この呰麻呂の蜂起に同調して多数の蝦夷が蜂起しており、その中には、山海二道蝦夷征討時の軍功により宝亀九年に呰麻呂と同時に外従五位下を賜った吉弥侯部伊佐西古《きみこべのいさせこ》も含まれていた。

このような背景によって、呰麻呂の軍勢は伊治柵から容易に南下して多賀城を陥れ、府庫の物資を略奪し城を焼き尽くすという大規模な反乱となり、奈良朝への公然たる戦争に発展した。また以前ならば畿内朝廷に服属した蝦夷は、俘軍として政府軍に加担することもあったが、これ以後の桓武天皇による三次にわたる征東戦争では、もはや蝦夷部隊の畿内朝廷軍への参加は無くなった。

ところが畿内朝廷側の強硬姿勢は、光仁天皇から皇位を引き継いだ桓武天皇になって更に強くなった。つまり此処に至って、律令国家による征夷事業は陸奥国蝦夷との全面戦争の局面に突入し、坂上田村麻呂がアテルイらの軍勢に勝利して胆沢地方を平定するまで、大規模な戦乱の時代が続くこととなった。

このような事情を憂慮した嵯峨天皇は、田村麻呂が死んだ後の弘仁五年（八一四）になり、帰降した蝦夷や俘囚個人に対して夷俘と蔑称することを禁じ、官職や位階をもつ人に対しては官位姓名で、また持たない人に対しては姓名で呼ぶことを命ずる異例の通達を出したのである。

呰麻呂《あざまろ》という名前については、神護景雲元年（七六七）の伊治城造営に当たって奈良朝に帰順する際に、当時すでにあった忌部呰麻呂《いんべのあざまろ》（奈良時代の伊勢神宮奉幣使、のち斎宮頭）などに倣って呰麻呂という和人の名前に改めたもので、特別の意味はないとする説もある（今泉隆雄編：古代国家の東北辺境支配、吉川弘文館、日本史学研究叢書、二〇一五年）。しかし宇佐八幡宮宣託事件では、和気清麻呂が道鏡によって別部穢麻呂《わけべのきたなまろ》と賤称のうえ九州大隅国へ左遷された例もある。つまり決して賀名ではない呰麻呂という名前を敢えて選んだについては、卑賤な出自を卑下して自ら蔑称したか、あるいは誰かに蔑称を付けられたが表面的にそれに甘んじていたということであって、心から受け入れていたものではなかったであろう。呰という字は通常あざとは読まず、せめる、そしる、と読み、声符はシ（此）であり、訶責《かしゃく》する（大声で叱る）ことである。稀に疵と同義で、きず、わざわいという意味を持つ。一方、痣《あざ》という字はほくろとも和訓し、声符はシ（志）でありしるしの意味である。つまりもし呰麻呂という名前が、黒子や母斑のような単純な身体的特徴で名付けたものであるとしても、その身体的特徴に伴う内面的屈折は心の奥底に秘めていたであろうか。しかし当時身体的特徴を実際の名前に用いた例は他にあまり無いのでこの説は採り上げにくい所がある。あるいはまた、敢えて痣ではなく呰の字を用いたことは、身体的特徴の有無とは無関係に、他人を口を以って毀《そし》るような自らの人間性を表現したものか、あるいは自分は毀《そし》られて当然な人間なのだという卑下を表現したものか判然とはしないが、いずれにしても何らかの内面的屈折を想像させる名前となっている。

一方の道嶋氏は、蝦夷ではなく、もと丸子氏という上総国夷隅《いすみ》郡の伊甚屯倉《いじみのみやけ》を掌る耕作民であって、陸奥国への移民豪族である。奈良時代に入ってすぐの神亀元年（七二四）に、陸奥国経営の拠点としてまず多賀柵（のちの多賀城）が設置された。天平九年（七三七）には、藤原朝臣麻呂《あそみまろ》が多賀柵に着任してきて、いよいよ本格的な陸奥国経営を開始し、山道と海道の整備を始めた。しかし蝦夷がこの動きに抵抗したので、主な抵抗勢力四五九名を、多賀柵とその出城として築かれた玉造柵や牡鹿柵、新田柵、色麻柵（合せて天平五柵）に分置した（図三）。このうち牡鹿柵を拠点にしたのが、この地の出身で中央貴族の仲間入りを果たした道嶋嶋足の一族である。

令和二年（二〇二〇）一二月に国指定史跡に指定された宮城県東松島市にある赤井遺跡は、当時の牡鹿郡の政庁である牡鹿郡家《おしかぐうけ》とその軍事施設を兼ねた牡鹿柵であることが長年の発掘調査で解明された。調査により牡鹿柵は海抜二ｍの浜堤上にあり、東西約一・七㎞、南北約一㎞の広大な土地に、高床倉庫や掘立柱跡、材木堀が広がり、多数の土器や鉄器などが見つかった。この赤井遺跡は東側に大河北上川本流が、西側に同じく大河鳴瀬・吉田両川があって、北上川からは海道の要である桃生城（牡鹿柵の二二年後に設置）を経ずに陸奥国の中心部まで、また鳴瀬・吉田両川からは大崎平野の奥深くまで容易に行くことが出来る。さらに直ぐ北を流れる江合川対岸にある小田郡産金地にも極めて近接した立地で、そのまま遡上すればのちに山道の要となる伊治柵（牡鹿柵の三〇年後に設置）に至ることができる。この牡鹿柵はさらに近接して川幅約十二ｍの定川とその支流の中江川に囲まれた天然の要害でもある。つまり当時の政治上、産金事業上、軍事上の全てにおいて海陸交通の要衝の地を選んで建設されたものであった。七世紀後半から八世紀中頃にかけての黒川以北十郡とは、黒川、賀美、色麻、富田、玉造、志太、長岡、新田、小田、牡鹿の各郡であり、日本史上稀にみる明確な律令国家と蝦夷地域の境界線を形成していたが、中でもこの牡鹿柵は極めて重要な位置を占めていたことになる（図三）。

道嶋氏が君臨したこの牡鹿郡衙に近い宮城県矢本町にある道嶋一族の墓所とされる矢本横穴墓は、房総半島南部と同形式の玄室があり、道嶋氏の上総からの移住説を裏付けている。元々無姓であった丸子氏は、敬福産金時（天平二一年＝七四九年）の私度沙弥丸子連宮麻呂と同族で、天平勝宝五年（七五三）に丸子嶋足を筆頭に丸子牛麻呂や丸子豊島ら一族二五名に牡鹿連が賜姓された。このうちの牡鹿嶋足は中央政界で天平宝字八年（七六四）の藤原仲麻呂の乱で坂上苅田麻呂と共に軍功を挙げ、孝謙上皇から従七位上から一一階昇進して従四位下に昇叙され、牡鹿宿禰ついで道嶋宿禰が賜姓された。一方、その子道嶋三山は陸奥国内において活躍し、神護景雲元年（七六七）の伊治城造営を主導し、外従五位下から従五位上に外位から外れて叙位され、中央官人と同じ扱いの内位となった。

牡鹿柵も桃生柵も共に蝦夷の一大交易拠点であった胆沢にいたる海道の拠点であり道嶋氏の本拠地であった。それに加えて、陸路の新たな拠点として伊治城をも掌握したこの時期が道嶋氏の絶頂期であり、陸奥国司を凌ぐほどの強大な勢力となった。このように中央と地方の両方で勢力を伸ばした道嶋氏であったが、厚遇された道鏡失脚（神護景雲三年＝七六九）と称徳天皇崩御（神護景雲四年＝七七〇）と共に凋落していった。道嶋大楯の殺害（宝亀十一年、七八〇）はそれに拍車を掛ける結果となった。

翌七八一年に即位した桓武天皇は、陸奥国平定という宿命を背負うことになり、その翌年には元号を延暦と改めて、決意も新たに大伴家持を陸奥按察使鎮守将軍（陸奥守兼任）に任命して兵制改革に乗り出した。まず延暦二年（七八三）に、坂東八ヶ国に勅して散位の子や郡司の子弟、および浮浪人で軍役に耐え得る者を徴発し、国の大小に応じて各五〇〇〜一〇〇〇人を選出し、武芸を習わしめて準備に五年を掛けた。この間、延暦三年（七八四）には家持を持節征東将軍に昇任させて、反乱軍の鎮圧への意欲を掻き立てた。また人事も刷新し、陸奥守をはじめ持節征東将軍、陸奥按察使を戦時モードの人材に入れ替えた。

因みに節とは将軍が持つ毛の付いた軍旗であり、前漢時代に匈奴に捕まってもこの毛を食べて辛酸に耐え、李陵の説得にも関わらず異土にあってひたすら武帝に忠節を続けた蘇武の故事に依ったものである。そこで日本では、天皇に忠節を誓って国境の反乱を鎮定する軍隊の総指揮官として、天皇から直々に節刀を賜わる者を持節将軍と呼ばれた。鎮定する対象地域によって、征夷大将軍（東方の夷狄対象）、征東将軍（東方対象）、征隼人将軍（南九州対象）などと呼ばれた。

この年二月多賀城に持節征東将軍として赴任した家持は、善政を敷いたが現地勢力の平定までは出来なかったようである。また七四九年の産金の報を遠い越中国で伝え聞いて、「みちのく山に黄金花咲く」と詠んだ本人が、その陸奥国に将軍として実際に赴任した期間にその小田郡に足を運んだということも、そこで歌を詠んだということも記録にはない。天平宝字三年（七五九）に初春の雪を詠んだ四〇歳頃を最後に、延暦四年（七八五）に六七歳で亡くなるまでの二六年間は歌を詠まなくなっていた。今日黄金迫と呼ばれているその場所は、あったはずの奉祝仏堂も一〇年以上前の宝亀の乱などで既に廃墟となっていたとすれば、尚更歌を詠むべき感慨を抱いたはずであろうし、あるいは当時この地が在地勢力の支配地域に戻っていて、奈良朝からの将軍としては危険すぎて足を踏み入れることは出来なかったのかもしれないとしても、やはりそれは逆に歌趣を催すことになったはずである。恐らく当時すでに家持は歌人としては創造性を失い、制作そのものが出来なくなっていたものであろう。赴任翌年八月に、家持はこの地において六七歳で没した。

ところが死んだ直後に、当時造営中だった長岡京で発生した藤原種継暗殺事件の首謀者が家持であるということになり、本人の埋葬は許されず、また子の大伴永主《ながぬし》も隠岐島へ流罪となり、父子とも不遇な最期であった。この処置は、家持の没後二〇年以上経過した延暦二五年（八〇六）に恩赦を受けて従三位に復すまで続いた。

昭和三二年に東北大学伊東信雄教授によって行われた涌谷町黄金迫での発掘調査では、奉祝仏堂の土台基盤や屋根瓦などが出土したが、有名な安土城の屋根瓦のような火災で焼けた痕跡を残す瓦は出土しなかったので、あるいは伊治城炎上から多賀城炎上に南下する途中の反乱軍は、この奉祝仏堂は焼き討ちしなかったのかも知れない。しかし後年地元でさえその存在が殆ど忘れ去られたということは、焼失ではないにしろ、その存在が目に見える形では残らないまでに破壊されたためであろう。それにしてもこの宝亀一一年（七八〇）の伊治城・多賀城炎上事件は、敬福産金からわずか三一年後のことであり、奉祝仏堂建立からでも二五年足らずのことであろうが、今日ではわずかに地名にその痕跡が残っているだけである（小金迫＝黄金迫、金洗林）。

この戦乱後に小田郡で産金が再開されたか否かも記録上になく、九世紀前半には主たる国内産金地が陸奥国最南部の八溝山《やみぞさん》系（現在の福島県白河市付近）に移り、やがて一〇世紀に入ると新規開発された北上山地辺縁部である本吉郡、千厩、気仙郡といった宮城県北から岩手県南部に主産地が移って行ったことも、その後小田郡が歴史に埋もれて行った理由であろうと想定される。岩手県南部の主たる産金地は磐井郡、気仙郡、江差郡であったが、この地域でも金資源は慶長から江戸時代初期には枯渇して行き、次第に砂鉄生産へと変わっていった。この流れが今日まで続く胆沢地方での南部鉄器生産に繋がっていく。

在地勢力の根強い抵抗が長く続く中で、桓武天皇は政治政策の基本として征夷（領土拡大と産金事業）と造作を掲げ、その実現に向けて執拗に政策を推し進めた。そのための五年間の準備が整った延暦七年（七八八）三月に、以下のような勅を発した。すなわち陸奥国に命じて兵糧三万五〇〇〇余石を多賀城に貯蔵すること、東海道・東山道・北陸道の国々に命じて糒《ほしいい》（乾飯）二万三〇〇〇石と塩を多賀城に送ること、更に諸国に命じて軍兵五万二八〇〇余人を徴発して翌年三月に多賀城に集合させることの三点である。

参議左大弁中衛中将である紀古佐美《きのこさみ》を征東大将軍として、一二月には節刀を賜り、予定通り延暦八年三月を以って諸国の軍兵が多賀城に集結し、北に向けて進撃を開始した。しかし現地勢は容易に怯《ひる》まず、平安朝側は三月末までわずかに衣川《ころもかわ》に達しただけで、それ以後は容易に前進することが出来なかったのである。五月になって膠着状況打開を目指した鎮守副将軍入間広成は、精兵二〇〇〇を率いて敢然と北上川を渡って攻め込もうと試みたが、あっけなく大敗し這《ほ》う這《ほ》うの体で逃げ帰るという有様であった。こうして第一次征東戦争は平安朝側の大敗で終わった。

しかし執念深い桓武帝は懲りずに第二次征東戦争に着手した。すなわち延暦一〇年（七九一）七月に、大伴弟麻呂を新しく征東大使、坂上田村麻呂と百済王俊哲を副使に任じて軍勢の再編成を命じた。

再軍備が整った延暦一三年（七九四）正月に大将軍節刀を賜り、坂上田村麻呂・百済王俊哲両副将軍以下が征途についた。同時に桓武天皇は、より東国からの情報が入りやすく、東国への指揮が早く伝わりやすい山城国（平安京）にわざわざ遷都までしたのである。さらに桓武天皇は、伊勢神宮はじめ各山陵に奉幣してその成功を祈願させた。

今回の新平安朝軍は一〇万人を数え、田村麻呂の戦略が功を奏し、現地勢の要塞七五か所を焼打ちしたという。この軍功により、田村麻呂は延暦一五年（七九六）三月に陸奥出羽按察使兼陸奥守に任ぜられ、更に一〇月には鎮守将軍を兼ね征夷大将軍に補せられた。これにより田村麻呂は陸奥国に関する政治軍事すべての実権を任せられたことになる。

ここから五年を掛けて入念な準備をしたあと、延暦二〇年（八〇一）二月に桓武帝から節刀を賜って陸奥国に下り、四万の軍勢を率いて現地勢力の本拠地である胆沢地域での第三次征東戦争に臨んだ。ところが意外にも、翌二一年（八〇二）四月になって、アテルイ（大墓公阿弖流為）とモレ（磐具公母禮）を中心とした現地勢力が、五〇〇余人を引き連れて正式に降伏投降してきたので、これに一番吃驚したのは当の田村麻呂自身であったろう。その年のうちに田村麻呂は胆沢城を築き、ここに鎮守府を移した。これによって軍事上の最前線である胆沢城に鎮守府が置かれ、後方の多賀城はそのまま陸奥国全体の政庁として国府が残った。

ここで及川記者が、

「胆江新聞の以前の特集では、この胆沢地域が現地勢力の水陸最大の本拠地であった理由は、この胆沢平野が米生産の中心地であり、また黄金が行き交う集散地であったため絶対に譲れない経済的理由があったためであると分かりました。でも前回まであれだけ強く抵抗したのに、三回目は、私からすると、それほどまでに重要な拠点をあきらめて、意外に簡単に投降したのは何故なんでしょうか？」

「そうですね、豊かな稲作地帯が広がり、また黄金に関連した経済の中心地でしたから、アテルイもモレもそれは絶対譲れなかったでしょうね。類聚国史の延暦八年（七八九）七月十七日の条に、いわゆる胆沢《いざわ》は水陸万頃《ばんけい》蝦虜《かりょ》生を存す、と書かれており、胆沢という所は土地が一万町歩もあり、水陸の要衝であって、そこに蝦夷が生活していると言われてましたしね。前回までの戦いで、その難攻不落ぶりを痛感した田村麻呂は、同じ轍を踏まないよう綿密な用意周到さで臨んだのでしょう。そのために田村麻呂は、まず陸奥国内の官制を改め、帰服した蝦夷を優遇し、諸国の婦女を陸奥国に派遣して養蚕を教習するなど教化善政に努め、一方で諸国の人民九〇〇〇人を伊治城に移民させて警護に当たらせ、有功の将兵を恩賞し、来るべき胆沢地方攻略の準備を着々と進めたのです。この五年を掛けた周到な事前の懐柔策としての教化善政と、同時に進めた軍備増強策としての移民・軍事教練が奏功したものと思われます。それにしても田村麻呂本人もびっくりするほどあっけなくアテルイとモレが投降してきたということでしょう。ただ通常そのように解釈される田村麻呂とアテルイの戦争ですが、私はそれ以外にこの五年間における田村麻呂とアテルイとの、敵同士でありながら何かそれ以上の共感というような感情が醸成されて来たからではなかったかと思っています」と安部宗夫が話した。と、それまで黙って聞いていた今野が聞き返した。

「敵同士の共感というのは、どういうことですか？」

「いえ、これはあくまでも私見でしかないのですが、国を追われ、故郷を奪われていく人々の悲痛に対する共感と同情を、身を以って田村麻呂は感じていたのではないだろうかと思うんです」と次のように語った。

「もともと坂上《さかのうえ》家は、後漢が滅亡したために遠い遠い中国洛陽から、言わば故郷を追われて日本に逃亡してきた東漢氏《あずまのあやうじ》です。日本に渡来してからは、はじめ蘇我氏の警護などをして実績を積みながらも、異国に生きて行かなければならない奈良朝武人としての自らの立場を十分に理解していたはずでしょう。同じことは陸奥国在地の人々にも言えることで、黄金というような現実離れした宝より、先祖代々の土地も、そこで共に暮らしてきた人々とその慣習や文化も、そして生きるための糧といった、言わば故郷というものを形作る要素の全てを根こそぎを奪われていく人々の辛さというものを良く理解していたものと思われます。田村麻呂は故郷を追われて異国の地で生きて来た自分が、今度は逆の立場として渡来先の人々から彼らの故郷を奪わなければならないという矛盾に気づいていたのかも知れません。

実際、アテルイ・モレ両名と郎党を平安京に連れ帰った田村麻呂は、助命を申し出ました。しかしながら、強硬な桓武帝は、『野性獣心《やせいじゅうしん》にして、反覆定无《さだめなし》。儻《たまたま》朝威《ちょうい》に縁《より》て此の梟帥《きょうすい》を獲《とら》ふ。縦《も》し申請に依りて奥地に放還《ほうかん》すれば、所謂《いわゆる》虎を養ひて患《うれ》いを遺《のこ》すならむ』と断罪し、田村麻呂は泣く泣く京府内の外に出て直ぐの河内国椙山《すぎやま》（うやまとも読む、現在の枚方市牧野）で切ったんです」

このアテルイとモレの首塚は、一二〇〇年を経た現在も京阪電車牧野駅直ぐにある牧野公園内にある。この時斬首を免れたモレの付き人の子孫が代々この地で墓守をしてきたが、今でも地元の人達からの献花と献茶の奉納が絶えず、墓前には「西のはて友と眠れる益荒男《ますらお》の千歳《ちとせ》の夢よ牧の春風」の句が添えられている。

　この牧野公園は、百済の血を引いた桓武天皇がしばしば行幸した交野《かたの》地域の中心にある片埜《かたの》神社に隣接しており、春は桜の名所としても親しまれている。アテルイ・モレ斬死から一二〇五年後の平成一九年（二〇〇七）三月には、関西岩手県人会をはじめ羽黒山出羽神社、胆江日日新聞社、音羽山清水寺、片埜神社他の方々の寄付で牧野公園に伝阿弖流為《アテルイ》・母禮《モレ》之塚が建設され、記念碑の題字は清水寺管主（森清範）が書いた。なおアテルイとモレの胴塚は、この近くの宇山東町宇山一号塚・二号塚として伝わっている。

　この牧野公園の南南西三・五㎞の地点に百済王神社があり、車で約一〇分、徒歩約四五分で行ける。アテルイ・モレは処刑前に田村麻呂に頼んで、この神社へ詣った。二二年前の宝亀の乱（西暦七八〇年）で、百済王俊哲を蝦夷勢力が包囲して今まさに殺そうとした時に、そのさらに三一年前の敬福産金のときに部下として手伝った蝦夷軍側の者が居て、敬福の孫なら見逃してやろうということになったのである。敬福は百済からの異邦人であり、田村麻呂も後漢からの異邦人、そしてアテルイ・モレもまた今まさに日本の異邦人として首を切られようとしている。考えてみれば、この世で生きていること自体が仮の異邦人なのかも知れない。敬福や俊哲のことは広く胆沢地域で語り継がれていたので、アテルイ・モレはこの百済王神社の近くに埋めてくれと田村麻呂に頼んだのである。

　アテルイとモレが田村麻呂によって処刑されたその九年後の弘仁二年（八一一）に坂上田村麻呂は死去し、嵯峨天皇の命により平安京から東方への出発点である山科の地に、立位で埋葬され、死後も東方への備えと平安京を見守り続けることにされた。
なおこの胆沢地域の中心地である現在の奥州市（旧水沢市）内には、今でもアテルイやモレの足跡として跡呂井《あとろい》や母体《もたい》という地区名が残っている。また京都音羽山清水寺には、目も眩むような高さの舞台から音羽の滝に降りて行き、そのまま進んで行く帰路の途中に、田村麻呂の意を汲んだものか、アテルイとモレの碑が平成一九年（二〇〇七）四月に建てられた。
坂上田村麻呂は、渡来人東漢氏の子孫として四代の天皇に仕え、主に桓武天皇の軍事政策に貢献した功労者である。忠臣として名高く、また二度にわたり征夷大将軍を務めて征夷に功績を残すなど軍人として功成り名を遂げた。薬子の変では大納言へと昇進して政変を鎮圧するなど活躍し、王城鎮護や平安京の守護神、将軍家の祖神などと称えられて、死後軍神としての信仰が高まり、後世に多くの田村語りあるいは坂上田村麻呂伝説が創出された。

「一方の田村麻呂と清水寺の概略はこうですね。つまり田村麻呂は早くから仏門に帰依し、アテルイ・モレとの戦勝以前から清水寺の大改修に貢献しているんですね」と安部宗夫が続けた。

天平宝字二年（七五八）坂上苅田麻呂《かりたまろ》の次男または三男として出生
宝亀九年　（七七八）興福寺僧賢心（のち延鎮）、山城国に清水寺を開基
宝亀一一年（七八〇）坂上田村麻呂、僧賢心（のち延鎮）と出会い仏門に帰依
清水寺に十一面観音像を寄進（二三歳）

延暦一〇年（七九一）田村麻呂征東副使（征夷大将軍は大伴弟麻呂）
延暦一五年（七九六）坂上田村麻呂、征夷大将軍となる
延暦一七年（七九八）田村麻呂清水寺大規模改修、清水寺の額を掲げる
　本尊脇侍として地蔵菩薩と毘沙門天像を祀る（田村麻呂、四一歳）
延暦二〇年（八〇一）田村麻呂征夷大将軍（四四歳）
延暦二一年（八〇二）アテルイ・モレ五〇〇余名を連れて降伏、胆沢城鎮守府設置
延暦二四年（八〇五）清水寺が桓武天皇の御願寺となる
延暦二五年（八〇六）桓武天皇崩御
弘仁元年（八一〇）田村麻呂が薬子の乱を平定、清水寺は鎮護国家道場に指定
弘仁二年（八一一）坂上田村麻呂死去（五四歳）、山科に立位で埋葬

　ＪＲ東海道線の山科駅で地下鉄東西線に乗り換えて、二駅目の椥辻《なぎつじ》駅で降りると、徒歩十分程で坂上田村麻呂の墓陵がある。今日では坂上田村麻呂公園として整備されているが、死後この地で葬儀が営まれ、嵯峨天皇の勅によって甲冑や剣、弓矢を具した姿で棺に納められ、西の平安京に向かって立ったまま埋葬されたと伝わっている。今日、将軍塚として知られているこの墓は、死してなお平安京の守護神とされたわけで、のちのち国家に危機ある時は塚の中で大きな音がしたといわれる（将軍塚鳴動）。約一〇ｍ四方の御影石枠で保護された墓域内中央に直径八ｍ程の円墳があり、墓碑には征夷大将軍正二位左大臣坂上田村麿公墓と刻まれ、小さな狛犬が左右ともに阿形で守っている。

この地は、西方に二〇分歩けば江戸時代に大石内蔵助が討ち入りを期して過ごした山科閑居址岩屋寺《いわやじ》や大石神社に行けるほど近く、また西北に徒歩三〇分で西野山古墓に至る。この辺りは古く中臣氏の根拠地であったことから、西野山古墓の被葬者も長くその一族とされてきたが、平成一九年（二〇〇七）になって、京都大学の吉川真司教授によって、坂上田村麻呂墓であることが新説として提唱され脚光を浴びた。大正時代にここから出土した金装大刀や金銀平脱双鳳文鏡など一式は、既に国宝に指定されている。

坂上田村麻呂にしても、大石内蔵助にしても、この地は平安京の正門である羅生門《らじょうもん》から東国へ向かう交通の要衝であり、東山道へも東海道へも通らなければならない瀬田の唐橋まで約一四㎞（車で約二〇分）の地点に位置している。古代から東国へ向かう道は、瀬田の唐橋から草津を過ぎて、北東の近江八幡方向に向かえば東山道へ、南東の甲賀方向に向かえば東海道へ入ってゆくので、田村麻呂の眠る山科の地は、京都と坂東・陸奥との結節点となっている。

坂上田村麻呂と同様な立葬としては、剣豪の宮本武蔵が有名である。武蔵は六二歳で亡くなる時に次のように遺言している。

我君二代（細川忠利、光尚公）に仕え、その恩寵は蒙《こうむ》るに深し。願わくば死せむ後も太守が江戸参勤の節には御行列を地下に拝し、御武運を護らんと思うなれそれ故わが遺骸は街道の往還に向けて葬るべし、甲冑を着せよということで、旧肥後大津街道（元の国道五七号線）に面した場所に、小手や脛当てなど六具を帯びた武装で、立ち姿のまま棺を納めた。墓碑によれば武蔵死の直前の正保二年（一六四五）二月に、二代藩主光尚公は総勢二七二〇名の大行列で江戸に上った。肥後藩の大名行列は、江戸時代末期に参勤交代制度が終わるまで一〇〇回を数えたという。

この武蔵塚公園は、熊本市中心部から東北約一一kmにあるＪＲ肥後本線の武蔵塚駅そばにあって、熊本市から阿蘇市、竹田市を通って、大分市に抜ける交通要路であり、往時は肥後藩主の参勤交代は主にこの街道を通った。嵯峨天皇の命による坂上田村麻呂の場合とは異なり、宮本武蔵は自らこのスタイルを希望したものである。

十七　大津波

　この坂上田村麻呂以後の陸奥国は、政治的には比較的安定した二〇〇年であったが、逆に大規模な自然災害には幾度も見舞われた。

「しかしその後、今度は源氏の介入によって、再びこんな風に長い戦乱に突入して行ったんです。及川さん、ここからが私のご先祖の話になりますよ」と安部宗夫が別の紙に書いた。

「はい、待ってました。安倍貞任・宗任ですね」

天長七年　（八三〇）陸奥国で疫病流行、死者多数
承和六年　（八三九）陸奥国で大飢饉、一部農民免租
貞観一一年（八六九）五月二六日、貞観大地震・大海嘯（大津波）
貞観一五年（八七三）陸奥国で再び大飢饉
永承五年（一〇五〇）藤原登任《なりとう》陸奥守に就任・赴任（六三歳）
永承六年（一〇五一）鬼切部の戦い（玉造郡鬼切部で安倍頼時勝利、藤原登任《なりとう》敗走更迭）
同年　河内源氏の源頼義、陸奥守に就任・赴任（六三歳）
天喜元年（一〇五三）源頼義、鎮守府将軍に併任

天喜四年（一〇五六）二月、阿久利川事件（源頼義の謀略説）以後全面戦争、前九年の役
康平二年（一〇五九）藤原登任《なりとう》、出家する
康平五年（一〇六二）源頼義、安倍氏掃討を奉奏、恩賞なし（清原氏が安倍氏所領継承）
康平六年（一〇六三）二月、源頼義伊予守発令（赴任せず）
治暦元年（一〇六五）源頼義出家、信海と号す
承保二年（一〇七五）源頼義死去（八七歳）
永保三年（一〇八三）源義家、坂東武士を連れて後三年の役をはじめる
寛治元年（一〇八七）後三年の役終了（清原氏滅亡、藤原清衡が所領継承）
同年　私戦と断定、源義家恩賞なく陸奥守解任、戦費も自費負担となる
義家は坂東諸将を私財で恩賞、後の玄孫源頼朝に好影響の種

平安時代の陸奥国内では、律令体制が次第に崩れていくと共に、天長七年（八三〇）に疫病が流行して死者が続出したため、平安朝は諸国国分寺に金剛般若経を転読せしめて不祥除去を祈願させた。承和六年（八三九）の大飢饉では、農民三万〇八五八人が三年間の免租を受けた。特に貞観一一年（八六九）五月二六日に発生した貞観大地震・大海嘯《かいしょう》（大津波）は空前の規模であり、惨害もまた過去に例を見ない甚大なものであった。記録によれば海水が陸奥国府のある多賀城付近まで襲来したという。ここまでの浸水も平成二三年（二〇一一）に起こった東日本大震災・大津波と同等であった。この貞観地震はユリウス暦で七月九日、グレゴリオ暦で七月一三日に当たり、震源域は北緯三七・五～三九・

五度（三八度二七分の女川町とほぼ同じ緯度）、東経一四三～一四五度、マグニチュード八・三あるいはそれ以上と推定されており、溺死者は千三百余人と伝えている。延喜元年（九〇一）に成立した史書日本三代実録には、

「（空を）流れる光が（夜を）昼のように照らし、人々は叫び声を挙げて身を伏せ、立つことができなかった。ある者は家屋の下敷きとなって圧死し、ある者は地割れに呑まれた。驚いた牛や馬は奔走したり互いに踏みつけ合い、城や倉庫・門櫓・牆壁などが数も知れず崩れ落ちた。雷鳴のような海鳴りが聞こえて潮が湧き上がり、川が逆流し、海嘯が長く連なって押し寄せ、たちまち城下（現在の多賀城市中心部）に達した。内陸部まで果ても知れないほど水浸しとなり、野原も道も大海原となった。船で逃げたり山に避難したりすることができずに千人ほどが溺れ死に、後には田畑も人々の財産も、殆ど何も残らなかった」と記されている。

「流光如晝隱映」の部分は、地震に伴う宏観《こうかん》異常現象の一種である発光現象について述べた最初の記録であるとされる。この宏観異常現象は、大地震の前触れとして発生する生物の異常行動や地質学的、物理学的異常現象のことである。貝類の打ち上げや、地鳴り、地下水位の変化、地震雲の発生、発光現象、通信機器障害などが知られている。平成二三年（二〇一一）の東日本大震災・大津波においても、発生半年前から北海道内で観測される岩手県からのＦＭ放送波が二～三倍強くなったり、一週間前頃に太平洋上の電離層の境界が下がったり、四〇分前に東北地方上空の電離層で電子数が増えたなどの現象が観測されたと言われている。

現在から一一五〇年以上昔のこととはいえ、この貞観地震・大津波に対する平安朝の対応は遅く、

地震津波発生から五か月近くも経った一〇月一三日になってようやく、当時二〇歳であった清和天皇が、陸奥国を被災地とする詔を発し、民夷を論ぜず救護にあたること、死者はすべて埋葬すること、被災者に対しては租税と労役義務を免除することにした。また翌貞観一二年九月までには、陸奥国の修理を担う「陸奥国修理府」を設置した。特に平安京では、疫病や死者の怨霊などを払い鎮めるため御霊会などの儀式が行われ、これは今日の祇園祭の起源になったと言われている。追い打ちをかけるように貞観一五年（八七三）には連年実らず絶望的大飢饉に見舞われたため、上納すべき租税の免除どころか、自分で食べるものすら無くなったのである。

平安時代中期以降は国司遙任《ようにん》（実際に現地に赴任せずに代理者に管理を任せること）の風潮が広がり、度重なる災害にも見舞われ律令制度は形骸化して行った。特に平安京から遠隔地である陸奥国では国司遙任制が早くから定着し、これは同時に在地勢力の成長を助けることに繋がった。やがてそれら現地勢力は寺社の権威を利用した不輸不入の特権を手に入れて、次第に広大な荘園を実質的に支配するようになり、戸口の増加や郡郷の増置に繋がった。陸奥国では白河庄（現在の福島県白河市付近）をはじめ、高鞍庄（現在の宮城県金成町付近）、本良庄（現在の宮城県本吉郡中央部）などが知られている。実際に、平安中期の承平年間（九三一～九三八）に成立した和名類聚集によれば、当時陸奥国の郡郷は三六郡一六〇郷に達し、数の上では日本一に上っている。特に陸奥国の政治、軍事、文化の中心地である多賀城のある宮城郡の郷村の発達に著しいものがあった。一方、当時の牡鹿郡は現在の石巻地方、牡鹿半島地方、本吉気仙地方を含む広大な領域であったが、記載された郷はわずかに加美《かみ》、碧河《あをかは》、余部《あまるべ》の三郷のみで、半島部の（現在の）女川町や（旧）鮎川町は余部郷に属していたものと推測されている。碧河郷《あをかは》とは北上川下流付近であろうか。

陸奥国における在地勢力台頭の代表として、安倍氏や清原氏、奥州藤原氏が有名である。中でも安倍氏は先祖以来俘囚の長で、在地勢力として絶大な力があり、前九年の役において源頼義・義家父子を苦戦せしめ続けたことがそれを証明している。

その安倍氏は特に永承年間（一〇四六～一〇五二）の頼時《よりとき》の代に最も強盛となり、胆沢・江刺・和賀・稗貫・紫波・岩手の奥六郡を占領して貢納せず、更に陸奥国府の支配地域と設定した衣川《ころもかわ》を越えて南下の形勢を示したとされる。

この安倍氏懲罰を目指して、永承六年（一〇五一）春に陸奥守藤原登任《なりとう》が数千の兵を率いて玉造郡鬼切部《おにきりべ》（現在の鬼首《おにこうべ》）で安倍頼時の軍勢と戦ったが（鬼切部の戦い）、地の利を活かした安倍軍の前に国府軍は大敗し、国守登任は京都に逃げ帰ったため更迭された。この戦いで朝廷軍の背後から襲い掛かった安倍貞任《さだとう》・宗任《むねとう》の別動隊が、栗駒山を越える際に季節外れの吹雪に見舞われて道を見失ったが、白馬に乗ったアテルイが現れて戦場の鬼切部まで導いてくれたという伝説が残っている。

更迭された藤原登任《なりとう》の後任として、同じ永承六年（一〇五一）に河内源氏の源頼義《よりよし》が陸奥守となって赴任してきた。そこで安倍頼良《よりよし》は源頼義《よりよし》を饗応し、名が頼義と同音であることを遠慮して、自ら名を頼時《よりとき》と改めるなど外交的に恭順の意を示した。

二年後の天喜元年（一〇五三）には源頼義は鎮守府将軍併任となったが、頼義の陸奥守としての任期は天喜四年（一〇五六）に終わる予定であった。ところがその直前の二月に、阿久利川事件（現在の磐井川あるいは一迫川を比定）が勃発して、ここから前九年の役は本格的な戦争状態に突入した。

これは在任中に何の武功もなく、また政治経済的収穫も無かった源頼義による自作自演の謀略と言われている。

案の定、戦況は源頼義の見込み通りには行かなかった。天喜五年（一〇五七）一一月に行われた黄海《きのみ》の戦い（旧岩手県東磐井郡黄海村、現在の一関市藤沢町）はその最大のもので、陸奥守源頼義は国府軍一八〇〇人を率いて安倍氏を討つべく多賀城を出陣したが、厳しい雪の中で行軍は難航し、地理を知り尽くした安倍軍に翻弄され、国府軍は数百の戦死者を出して大敗した。源頼義自身も息子源義家を含む供回り六騎だけで、命からがら多賀国府に逃げ帰ったのである。

このような合戦に際して、安倍氏が源氏から守るために婦女子を安全な場所に避難させた場所として、桃生郡の合戦谷や、牡鹿郡の稲井村、黒森山中の安野平《あんのだいら》が知られている。安野平《あんのだいら》は黒森山からの清流が発する場所で、この婦女子が居るところから流れて来る川を女川と呼ぶようになり、下流の村を女川村と呼ぶようになった。また稲井村の真野地域には、合戦に際して源義家が陣を敷いた真野陣ヶ森館や、義家の館とされる沼津鶴子坂館が、また迎え撃つ安倍貞任の陣があった真野京ヶ森館が史蹟として今日に伝わっている。

なかなか雌雄が決しない長期戦を打開するために、源頼義・義家父子は出羽仙北（現在の山形県と秋田県付近）の俘囚長であった清原光頼・武則父子に頭を下げて助力を請い、それでようやく安倍氏の本拠地である衣川に攻め込むことが出来たのである。出羽仙北からは黄金が出ないので、黄金の眠る陸奥国を喉から手の出るほど狙っていた清原一族が源氏方に付くのは容易かった。

この合戦のとき、源義家が衣川柵から敗走を始めた安倍貞任を見つけて、後ろから、

「衣のたてはほころびにけり（衣の縦糸がほころびるように、衣川館が滅びた）」と呼びかけたところ、途中まで敗走しかけていた貞任が振り返って、上句《かみのく》となるべき、

「年を経し糸の乱れの苦しさに」と咄嗟に返して連歌に仕立てたことが古今著聞集に伝わっている。

衣川柵から敗走した安倍軍は一旦北の鳥海柵《とのみのさく》に後退した。鳥海柵は現在の岩手県胆沢郡金ヶ崎町にあって、北から南に流れる大河北上川に、西の奥羽山脈から東に流れる胆沢川が合流する地点から西北西約二・五㎞地点の胆沢川北岸の要衝に位置している。胆沢川の南対岸二・八㎞地点には胆沢城があり、少し北の和賀川から奥羽山脈を越えれば直ぐ清原氏の根拠地である現在の横手市に至ることが出来る。鳥海柵は高さ約一〇ｍの台地上に築かれた天然の要害で、南北約五〇〇ｍ、東西約三〇〇ｍの広さがあった。安倍三郎宗任《むねとう》の居館があり、現地では弥三郎館《やさぶろうたて》とも呼ばれていた。平安時代に書かれた陸奥話記には、安倍氏が設けた十二柵のうちで、この鳥海柵が最も重要であるとされている。このため別名鳥海三郎《とのみさぶろう》とも呼ばれた安倍宗任について、陸奥国各地に鳥海三郎《とのみさぶろう》伝説が残されている。当時の下北半島を支配していた安倍富忠が、源頼義の調略に乗って天喜五年（一〇五七）に反旗を翻したので、衣川柵から北上して説得に当った安倍頼時が奇襲されて重傷を負い、南の鳥海柵まで退却してここで没している。

衣川敗戦後に一旦鳥海柵に退却した安倍軍は、しかし戦わずしてさらに北にあって安倍貞任の居館がある厨川柵《くりやがわ》（岩手県盛岡市）に依って、最後の決戦に掛けた。安倍氏の本拠地でもある鳥海柵を放棄したのは、貞任《さだとう》・経清《つねきよ》を中心とした主戦派と、宗任を中心とした和平派との安倍氏内部での路線対立があったものと推定されている。一方、空っぽの鳥海柵に入った頼義は、「安倍頼時を討伐してよ

り、鳥海の柵という名をずっと聞いていたものの、これまで実物を見ることができずにいたが、今初めてここに入ることができた」と感慨を述べている。

源氏勢は敗走した安倍氏を追いかけてさらに北上し、康平五年（一〇六二）九月一七日に安倍氏の最終拠点である厨川柵が遂に陥落したのである（厨川の戦い）。深手で捕らえられ巨体を楯に乗せられて引き出された貞任は、頼義を一瞥しただけで息絶えたと言われる。長年にわたって頼義を苦しめた貞任の首は、丸太に八寸の鉄釘で打ち付けられ晒された（鉄釘の故事）。藤原経清《つねきよ》もまた鋸挽刑《のこぎりびき》（わざと錆びた鋸で苦しめながらゆっくり首を切る拷問刑）にされたことも主戦派だったからであろう。なお後年になって、義家から五代目に当たる源頼朝が、奥州藤原氏と弟源義経を征討した際には、平泉炎上後も藤原四代目泰衡を追ってさらに北上を続けて厨川に至り、遠祖義家が同地で行なった鉄釘の故事を真似して、泰衡の首の眉間に八寸の鉄釘を柱に打ち付けて晒したのである（鉄釘の故事の再現）。

秋田県と山形県境に聳えたつ鳥海山《ちょうかいさん》は、日本海上からも上空の機上からもその美しい山容を楽しむことが出来る。鎌倉時代の源頼朝の時代に書かれた和論語には、「鳥海山大明神と出づ。三代実録には飽海《あくみ》の山とありて山名を記さず」とあり、この地域飽海《あくみ》郡を代表する山であるという認識が一般に広まっていた。安倍宗任は今日の宮城県亘理郡にある鳥海《とのみ》の浦（阿武隈川河口）で産まれたので鳥海弥三郎《とのみやさぶろう》と称したと言われている。この宗任が長じて、岩手県胆沢郡の鳥海柵の主となり、その勢力を奥羽山脈を越えた日本海側の飽海《あくみ》郡や由利郡にまで及ぼしていたと考えられている。実際この矢島方面には鳥海山の外に、由利本荘市矢島町相庭館《あいばだて》附近に鳥の海の地名のあることや、子吉川を古くは安倍川と呼んだという古伝がある。また宗任の娘は藤原秀衡の母徳尼公であるが、この人は藤原氏滅亡の際に、十六人衆と呼ばれる家来と共に酒田に逃れてきたと伝えている。現在でも酒田市の泉竜寺にはこの徳尼公廟があり、また十六人衆の中の家系は今日まで継代しているという。つまり飽海《あくみ》の山は鳥海氏領内の山として、鳥海山と呼ばれたものである。

連歌《れんが》には短連歌と長連歌があり、短連歌は上句《かみのく》と下句《しものく》を別人が繋げて一つの完成形とするが、長連歌は発句《ほっく》に始まり、次いで脇句、第三、第四、第五……と次々に句を繋げて行き、最後の挙句《あげく》を以って完成とする。

連歌の始まりは、古事記による倭建命《やまとたけるのみこと》と御火焼翁《みひたきのおきな》が詠んだ次の句とされている。

新治《にいばり》筑波を過ぎて　幾夜か寝つる
（新治や筑波の地を通り過ぎて、ここまで幾晩寝たのか）

かがなべて　夜《よ》には九夜《ここのよ》　日には十日を
（日数を重ねて、夜では九夜、昼では十日ですよ）

現在の茨城県新治《にいばり》や筑波の地を過ぎ、山梨県甲斐善光寺近くの酒折宮《さかおりのみや》あたりに来た時に問うた倭建命に対して、かがり火焚きの爺やが答えたとして、今日でも酒折宮境内に記念碑が建っており、これを以って連歌は「筑波の道」とも呼ばれるようになった。ただこの歌は、文字数では倭建命が四ー七ー七で始め、受けた翁が五ー七ー七なので、本当の意味での連歌には成っておらず片歌問答であるとする説もある。

一方、上句と下句による唱和としては、万葉集第八巻一六三五番にある尼と大伴家持との合作による奈良佐保川の歌が嚆矢とされている。

佐保川《さほがわ》の水を堰《せ》き上げて植ゑし田を（尼提示）刈れる初飯《はついひ》はひとりなるべし（家持返し）

一般に短連歌は、先ず上句が与えられ、次いで下句と続く例が多く、この万葉集の尼と家持もその例である。太田道灌の場合も同様で、疑り深い上司上杉定正の刺客からの上句を受けて下句を返した。

かかる時さこそ命の惜しからめ（刺客提示）かねて亡き身と思い知らずば（道灌返し）

しかしこの安倍貞任の場合は、前述のような通例とは異なり、はじめ義家が下句を提示し、これに貞任が上句で応えた形式を取っている。

年を経し糸の乱れの苦しさに（貞任返し）衣のたてはほころびにけり（義家提示）

太田道灌の場合も安倍貞任の場合も、どちらも秀歌であると思われるが、特に緊急の死に臨んだ人間の連歌としては、我国史上もっとも優れたものの二つに数えられるであろう。

牡鹿半島の網地島《あじしま》は縄文時代から桃生郡須江浜の焼物（須恵器）を用い製塩遺跡も残し、内陸部や大和の文化も受け入れて交易往来し、金剛寺を創建するなどの生活基盤があった（図二、三）。後代になって安倍一族が来島して徴税もかねて支配したが、衣川・厨川における安倍氏滅亡に際して安倍氏家人《けにん》がそのまま島に土着したり、あるいは新たに落ち延びてきた者がいた。実際、鮎川浜の対岸にあって網地島《あじしま》への東南部入口になっている長渡浜《ふたわたしはま》は、安倍一族の落人が長持の蓋に乗って長い時間かけて渡ったから、蓋渡《ふたわた》し→長渡《ふたわたし》になったと云われている。今でも長渡浜《ふたわたしはま》の半数を占める阿部氏はその子孫であって、持ち込んだ財宝を埋めたという「七つ森伝説」がある。

牡鹿半島十八成浜《くぐなりはま》の陽山寺に伝わる縁起では、安倍一族の一人忠良《ただよし》（頼良の父の頻良か）が仏師を招き、造像して柵内に安置していたが、康平年間（一〇五八〜一〇六五）に安倍一族が源頼義・義家親子と戦って滅亡したとき、兵火に罹ることを恐れて密かに尊像を衣川に投じたという。北上川を流れ下った尊像は、追波湾に浮かび、やがて田代島の海岸に漂着したが、後難を恐れた島民の手によって再び海に流され、西南の風に送られカッセノ崎に流れ着いた。里人がそれを発見して一夜供養したところ、夢のお告げがありお城山（現在の後山《うしろやま》）に祭ったとされている。その日をご縁日として、いまでも旧暦六月一七日には祭礼が行われている。ただこれには別説もあって、安部貞任の弟鳥海弥三郎の持仏であったというもの、あるいは平安末期平泉の藤原秀衡が京都で造像させて海路輸送の途中海難のため漂着したもの、あるいはまた鎌倉期に金売り吉次が金山を開いたときの守護神説などがある。

この給分浜《きゅうぶんはま》字後山《うしろやま》には、安倍貞任の弟鳥海《とのみ》弥三郎宗任自身がこの地に逃れて来て隠れ住んだという伝説まで残っている。黒潮に乗って北上し回遊して来たマグロが、牡鹿半島で魚道が左右に分かれ、左に進んだマグロの一部が給分浜湾内に群れるのを見た宗任は、兵法を基にして大謀網《だいぼうあみ》を考案して多くの漁獲を得て、この漁法を村人に教えたという。この時弥三郎が考案した網は大鳥大網であり、これに感謝した給合浜の村人は、大謀網の祖として給分浜字後山海岸に鳥海神社《とのみじんじゃ》を建立して、今も感謝の祭りを絶やさず続けている。

大謀網は我が国の三大定置網漁法の一つで、他には北陸地方の台網と西南地方の大敷網が知られている。現在でも回遊魚の多い牡鹿半島西側の表浜各地には大謀網を改良した大小の定置網が設置されており、マグロ、サバ、ブリ、イカ、タイ等を漁獲している。一方、牡鹿半島太平洋側に位置する裏浜各地では、三陸海岸の典型的なリヤス式海岸であるから、岩礁の多い深海での一本釣りや延縄による釣漁、採貝藻などが盛んである。

時代が下って、奥州藤原氏の時代になると、家人《けにん》が谷川浜に来て鮫ノ浦の五平なるものを道案内にして、牡鹿半島の光山に登って砂金を採集した。また村毎に寺を建て、そこに丈六《じょうろく》あるいは八尺の仏像を安置して領内の平安を祈り、金産地の十八成浜には陽山寺を建立し、ことに当時の海上交通の大きな道標になっていたみちのく山（金華山）には大金寺《だいきんじ》の大伽藍を建立した。奥州藤原氏が衣川で滅亡した時には、寄磯浜にも落人が逃れ潜伏して村を開拓したなどとの伝説が多数残っている。

さらに中世葛西氏の時代になると、牡鹿半島地域は遠島《おんとう》といわれる流刑地となり、長渡浜《ふたわたしはま》や田代島《たしろじま》、江島《えのしま》と共に常に数十人の流人を受け入れた。

葛西氏初代の葛西清重は、秩父平氏一族である豊島清元の三男で、下総国葛西御厨《みくりや》（現在の東京都葛飾区の葛西城を中心に江戸川区・墨田区などに広がる伊勢神宮荘園）を所領とした。葛西清重は御家人として源頼朝による平泉征討で武功を立て、奥州藤原氏滅亡のあと奥州総奉行に任じられ、陸前国（現在の石巻・桃生地方や岩手県南部）を支配することになった。清重は平泉ではなく石巻の日和山に築城して本拠地としたが、のちに登米郡寺池に本拠地を移し、特に南北朝時代に勢力を拡大した。三ツ柏《みつがしわ》を家紋として約四〇〇年間支配したが、豊臣秀吉の小田原征伐に参陣しなかったとして、第一七代晴信の時に改易となって滅亡した。葛西家の遺臣は門前にマメ科のサイカチ（皁莢）の木を植えて同志の目印として、カサイカツ（葛西勝つ）を合言葉に再起を誓ったというが、これは実現しなかった。

奥州葛西氏に属した武将家としては、葛西清重が奥州五郡に入部したときに一緒に入部して気仙地方を中心に活躍した同族である千葉氏や熊谷氏があり、また地元豪族である金氏が知られている。金氏は奈良県橿原市の安部文珠院を創設した左大臣安部倉橋麻呂を遠祖としており、貞観元年（八五九）に初代気仙郡司として下向した安部兵庫丞為勝を始祖とし、その後は地元豪族として平安朝末期以降に気仙・磐井郡を中心に勢力を張った。郡内で多量に産出した金を京に貢いだ功績によって金姓を賜ったとされ、古代新羅系の金姓とは関連無いと言われている。金氏は婚姻などを通じて長く安倍氏と信頼関係があり、前九年の役の際は金為時以外は源氏方ではなく安倍氏方に着いた。金野や今野、紺野などはその流れを汲んでいる。

東の江戸川と西の荒川が近づく地帯は元々沼地が広がっていた土地で、今日ではその中央で両大河を繋ぐように中川が流れている。その地帯の中心地にＪＲ常磐線の亀有駅がある。この亀有駅南口を出てすぐの場所に「亀有の由来」と題した立派な石造りの表示とそのまえに大きな亀の石像がある。表示によれば鎌倉時代の健治二年（一二七六）当時、このあたりは下総国葛西御厨亀無郷《みくりやかめなし》（あるいは亀梨郷《かめなし》）と呼ばれる香取神社の神領地であった。それは沼地が多く亀の背のような形を成す島状の土地であったので、カメナシと呼ばれていたのだという。後年になり、ナシを嫌ってアリに変更したようで、江戸時代の正保元年（一六四四）には亀有と記載されている。

亀有駅から東南方向に数分歩き、国道三一八号線に至ると、そこに亀有総鎮守香取神社がある。主祭神は香取神宮と同じく神剣と武神である経津主大神《ふつぬしのおおかみ》であり、相殿には鹿島神宮と同じ雷神である武甕槌大神《たけみかづちのおおかみ》と、猿田彦神と同じ道案内神である岐大神《いきおおかみ》を祀っている。正面鳥居の下には、磨かれた甲羅も美しい阿吽の神亀が、伸ばした首に注連縄を着けて参拝者をお迎えし、本殿の賽銭箱には白や黒の子亀が数体乗ってご神紋の三巴と共に参拝客をお迎えしている。境内には漫画で亀有公園前派出所に勤務する両津勘吉像や地元サッカーチーム南葛ＳＣ絵馬掛け、世界パティスリーコンテスト優勝者経営の洋菓子店などもあって地元からも愛されている。

この香取神社を後にして国道三一八号線を南に一〇分ほど歩いて水戸街道を横切ると、すぐそこに国道三一八号線を跨ぐ形で両側に葛西城址公園が広がっている。葛西城は中川右岸に沿った広大な土地に築かれた平城で、その範囲は現在の青戸八丁目宝持院付近から青戸七丁目慈恵医大葛飾医療センター付近に及ぶ。この地域を治めた葛西氏の私領の一部は伊勢神宮に葛西御厨として寄進されている。

鎌倉時代に入って葛西氏が陸前国に移封したあと、現在の遺跡として残る葛西城は、一五世紀中頃に築城されたが、天文七年（一五三八）に小田原から攻めてきた後北条氏二代目の北条氏綱によって陥落し、下総に勢力を張る足利義明に対する備えとして整備された。しかしそれも天正一八年（一五九〇）の豊臣秀吉による小田原征伐の時に小田原城と共に落城した。

この葛西城跡地は、江戸時代になってから青戸御殿として整備され、徳川家康、秀忠、家光の三代に渡って鷹狩等に利用されたが、明暦三年（一六五七）頃に取り壊されてしまった。元の広大な葛西城は、今日でも川幅約一〇〇mにおよぶ中川に面しており、中川の丁度真中付近に位置しているため、水運の大動脈であった東の江戸川や西の荒川にも水運を利用して直ぐ行けるので、葛西氏が後年になって陸前国に入部する時に、陸奥国水運の中心である北上川河口を臨む高台の石巻市日和山に築城し、また後にやや上流に遡るが同じく北上川水系の要衝である桃生城に移転したのも、かつての下総国での水運の重要性を認識していたからであろう。

熊谷氏は桓武平氏流で平安時代に熊谷郷（現在の埼玉県熊谷市）を所領し、初代の熊谷直貞に始まり、第二代の熊谷次郎直実が一の谷の合戦で平敦盛を討ち取ったことで有名である。その子直家も源平合戦で活躍し、のちに全国の熊谷氏発展の基礎を作った。熊谷氏は武蔵国熊谷氏をはじめ、近江熊谷氏、安芸熊谷氏、陸奥熊谷氏、三河熊谷氏、若狭熊谷氏などが知られている。このうち陸奥熊谷氏は、奥州藤原氏との戦いで軍功を挙げた三代目直家が陸奥国本吉郡（現在の気仙沼市本吉町）の所領を得て、父の遺産として直家三男の直宗が、赤巖城を拠点とし気仙沼熊谷党として奥州熊谷氏の祖となった。現在日本全国での熊谷姓は約五万人といわれ、苗字ランキングでは全国一五〇位と中位を占める。しかし奥州熊谷氏の拠点である気仙沼市内においては、小野寺姓について熊谷姓が第二番目に多く、地元では五軒に一軒が熊谷姓である。

古代に大和奈良都から東海道を通って陸奥国へ行くには、足柄峠を越え、浦賀水道を渡って上総国に入り、内房を北上して上総国府（現在の市川市）に到る（図五）。そこからさらに北上して下総国荒海駅家《あらみ》（成田市荒海）で、先ず手を洗い口を清めて、東方の鹿島大神を遥拝してから、船で香取海《かとりのうみ》を渡り、常陸国の榎浦津《えのうらのつ》（稲敷市下君山付近）に上陸した。古代には霞ケ浦の北浦から、印旛沼の手賀沼にまで通ずる一続きの内海があり、香取海《かとりのうみ》と呼ばれていたが、元々香取とは楫取《かじと》りの詰まった語であり、剣の神、武の神とともに船乗りの神として船の航行を司る。

この香取海は、古代は香取神宮の目前まで迫り、西の内陸方向へ広がる内海で、江戸時代前までは下総・常陸国境に存在して、北の常陸国信太郡と南の下総国香取郡・印波郡とを隔て、香取海の西端へ鬼怒川が注いでいた交通の要衝である。香取神宮の神様が鎮まる山を大槻郷亀甲山と呼び、現在の香取海には利根川が注いでいる。また香取海の周辺は香取・鹿島両神宮の神郡とされ、平安時代末期までは権益は全て両神宮に帰し、香取神宮は浦・海夫・関の全てを支配して、この地域の経済・軍事の中心地であった。従ってこの重要な政治経済交通の要衝を巡る争奪戦は、平将門の乱や平忠常の乱、治承・寿永の乱の要因となった。実際初戦を制した将門は、この香取海を基盤に独立国家を作ろうとした。

下総国一宮の香取神宮は、大化改新の後に設置された香取郡を神郡とし、神主（大宮司職）は中臣氏が務め、藤原氏の氏神である春日大社に、鹿島神宮の武甕槌大神と共に香取神宮の経津主神が勧請されている。この香取大神をご祭神とするのは、春日大社、塩釜神社などが知られている。香取神宮は南を向いているが、鹿島神宮は北を向いて蝦夷平定神として北に睨みを利かせている。万葉集には、印波郡の丈部直大麻呂《はせつかべのあたひおほまろ》が次のように香取海の情景を詠んだ。

潮船《しほふね》の舳《へ》越そ白波《しらなみ》に　はしくも負《お》せ給《たま》ほか思《おも》はへなくに（巻二〇、第四三八九）

（潮路を漕ぐ舳先のように、突然にも命じなさることとよ、考えてもみなかったのに）

前九年の役を終えた源頼義・義家父子は、陸奥国からの帰途に武蔵国を通り、当時国衙が置かれていた現在の府中市に立ち寄り、無事に帰途に就けたお礼参りとして武蔵国総社である大國魂神社《おおくにたまじんじゃ》を訪れ、欅《けやき》の苗千本を寄進し、すももをお供えした。この欅は現在、馬場大門の欅並木として国の天然記念物に指定されている。またそれ以来毎年七月二〇日には境内にすもも市が立つようになり、からす扇子と言われる真黒な悪疫除けが売られている。その後、安倍氏の旧領は清原武則が継承することになったが、このように俘囚出身者が鎮守府将軍に任ぜられたことはこれまで前例が無く、それだけ在地勢力の力が無視できない大きさになっていたことを示している。

「奥州藤原氏を築いた清衡のお母さん（有加一乃末陪《ありかいちのまえ》）は、前九年の役で夫藤原経清《つねきよ》と兄安倍貞任の二人を失ったんですね。何とも可哀想だわ。私もこの前の東日本大震災・大津波で父親と兄の二人を亡くしたから、気持ちが良く分かるわ」と及川が急にしんみりと呟いたので、皆びっくりした。

「私は小さい頃に母親を亡くして、陸前高田で父と兄の三人で暮らしていたんですが、中学校三年生の下校途中に、歩いていたら地面が急にぐらぐら揺れて立っていられなくて、その場に友達と二人でしゃがみ込んだんです。あまりにびっくりしてしばらく動けなかったんですけど、友達がこれは津波が来るから山の方に逃げようというので、一緒に家の近くの米崎《よねさき》の丘の上に登ったんです。他の人達も大勢米崎の丘に登って来たけど、父と兄の姿は見えなくて、友達のお母さんの携帯電話を借りてみたけど、電話がさっぱり繋がらないので、だんだん心配になって来たんです。そのうちに地鳴りのような轟音と共に大きな津波が海の方から押し寄せて来て、あっという間に広大な松原も高田市街も濁流にのみ込まれてしまったんです。あんな光景は初めてで、あれが地獄というものかと思いました。その晩はその米崎《よねさき》公民館に皆で避難したんですけど、電気も点かなくて寒くて心細くて雪も降って来るし、とにかく誰も一睡もせずに夜が明けるのをひたすら祈ったんです。中には胸まで押し寄せた津波にさらわれそうになっているお婆さんの手を捕まえて、ようやく助け上げて、一緒に公民館まで負ぶってきたおじさんも居ましたよ。故郷を失うってこういうことなんだなって、中学生なりにあの時思ったんです。昔の津波の経験を活かして、市内には津波ここまでという看板があちこちに立ってはいたんですが、津波が引けた翌朝に米崎公民館から父と兄を探しに降りて行ったら、すっかり折れ曲がってしまっているその看板の二倍以上の高さの津波が来たんだってことも分かりました。

　そのあと二週間ほど父と兄の消息を探して、各地の避難所をはじめ、見渡す限りの瓦礫原《がれきはら》となってしまった高田市内や、自宅があった気仙川沿いを、津波が到達したずーっと上流地点から下流の高田湾まで毎日毎日探し続けたのです。でも結局だめで、何処にも見当たりませんでした。私が父と兄と三人で暮らしていた家は、全て津波に流されて、家があった場所は跡形もなく、真平《まったい》らな泥地面だけしか残っていませんでした。でも散らばっている瓦礫を除《よ》けてみたら、そこにただ一つ、狭い玄関のコンクリート床面だけが残されていたことに気が付いたんです。母の位牌も流され、父も兄も行方不明のままで、この世にたった一人残された私は、それから毎日その小さな玄関跡のコンクリート床面に通《かよ》いました。毎日日が暮れるまでその場に立ちすくんでいたのです。そこに行きさえすれば、いつか父や兄が帰ってくる、何か新しい手掛かりが出てくる、そう信じていたのです。でもそれは空しい望みの連続でしかなかったのです。何日通《かよ》っても父も兄も帰ってくることはなく、新しい手掛かりも何一つ得られませんでした。毎日行くたびに、そこだけが唯一残された私と家族の痕跡、そして楽しかった日々の確かな記憶であるその小さなコンクリート床面に立つと、それまで堪《こら》えていた涙が溢れて止まらなくなるのでした。不思議にその時は悲しいという気持ちは全く無くて、ただ何も無くなってしまったという喪失感と虚無感だけが私を支配して、ただハラハラと涙が出てきて止まらなかったのです。本当に悲しい時というのは、悲しいという感情すら湧いて来ないものなんだと何年かして気づきました」

「そうでしたか、それは及川さん、大変な辛い思いをされましたねえ」と一同慰めた。

平成二三年（二〇一一）の東日本大震災では、三陸沿岸一帯が大被害を受けたが、岩手県南部では陸前高田の被害が特に甚大であった。震度自体は六弱を観測したが、津波高が一七ｍに達し、被災世帯数は八〇〇〇戸の半数以上、人口二万四〇〇〇人余のうち死者・行方不明者計一七五七人（市人口の合計七・二％）に上り、岩手県内最大の被害を出した大津波であった。三陸沿岸においては、死者・行方不明者が宮城県石巻市の三七一二人に次いで第二位、流出家屋数としては石巻市の一万五九四一棟、気仙沼市の一万〇六九四棟に次いで、第三位の七九一二棟に及んだ。また数万本と云われた美しい高田松原も壊滅し、たった一本のみが生き残り、これはその後奇跡の一本松と呼ばれるようになった。

宮城県では気仙沼市をはじめ、石巻市沿岸部、女川町、旧鮎川町など牡鹿半島の浜々が家々の流失や養殖筏の壊滅、漁のための小舟など生活のすべてが根こそぎ失われた。女川町では地震によって桜ケ丘墓地や浦宿浜門前にある曹洞宗照源寺域内の墓地の墓石が殆ど倒壊し、東の女川湾から侵入した大津波は鷲神浜《わしのかみはま》や黄金町《こがねちょう》を飲み込みながら西の浦宿浜方面まで一気に押し寄せた。

むかし、女川湾の最西端で湾が深く入り込んだ角にある角浜の海上十数mの地点に、あたかも鷲が羽を広げたような形をした岩の小島があった。この小島には実際に望郷山から鷲が降りて来て、この岩の上に止まることも時にあったので、土地の人たちから神格化され七五三縄が張られていた。しかし大正時代になってこの附近の埋立工事が進み、この小島が陸地になってしまい、辺りに次々と新しい建物が建つようになってきたため、大正一一、二年頃に町内の遠藤医院が貰い受け、その屋敷内で七五三縄を張って大事にされた。しかし東日本大震災時の大津波により、この鷲岩も女川港の彼方に消え去ってしまった。そのような中にあって、遠藤医院が貰い受けた鷲型の黒石は奇跡的に残り、現在は新装なった熊野神社の鳥居前に鎮座している。東向きに女川浜地区を見守っている白山神社と異なり、この熊野神社は南に向かって鷲神浜地区を見守っている。

女川町では津波でひっくり返った頑丈なはずのコンクリート製交番を、そのままの場所でそのままの状態で保存することにして、シーパルピアから少し港岸壁に近づくあたりに保存している。

浸水域人口当たりの死者・行方不明者は、第一位が陸前高田の一〇・六％で、次いで第二位が女川町の一〇・五％であり、第三位の岩手県大槌町も一〇・四％とほぼ並ぶ大被害となった。

石巻市釜谷地区の大川小学校は北上川河口から約五㎞の川沿いに位置している。ここは女川湾口と同様に北上川河口が真東に開いている地形のため、震源地で発生した津波を真っ直ぐに受け入れることになった。北上川を東から西に向かって遡上して来た大津波は、約十ｍの高さとなって大川小学校を直撃し、全校児童一〇八名中の六九％に当たる七四名の児童ならびに教師十三名中十名が死亡・行方不明という大悲劇となった。

及川の話を受けて、東日本大震災・大津波で親戚を六人亡くしたという白鳥が、次のように話した。

「私の妻の姉が気仙沼市に住んでいたんですが、夫が一〇年以上前から脳卒中で寝たきりとなり、それに加えて一人息子が筋萎縮性側索硬化症とかいう難しい病気に罹ってしまい、ここ数年は人工呼吸器をつけて寝たきりになっているとかで、自宅でこの二人を一人で介護してきたのです。地震直後に心配した妻が電話しましたが全く通じず、ご近所の方に後で聞いたところでは、ご自分が高台に逃げる途中で、ハッと気が付いて下さって、一緒に逃げましょうと玄関を叩いたそうです。しかし出てきた私の妻の姉は、玄関先ではっきり首を横に振って、『私たち三人は何処にも行けないので此処に留まるから、皆さんだけは早くお逃げなさい』と言ったんだそうです。ご自分の身も危ないので、そのご近所の方は『それじゃあ先に行ってます』と言い置いて高台に急いだのだそうです。

その後も電話連絡が付かなかったので、津波が去って四～五日して、心配になった私の妻が仙台から気仙沼まで車で安否を確かめに行ったのです。気仙沼に着いてみると、姉宅のあった辺りは、既に規制線が張られていて立ち入りすら出来ませんでしたが、遠目にも瓦礫が散在するだけの更地《さらち》になってしまっていたようでした。そのあと避難所をいくつか探してみましたが、何の手掛かりもないまま私の妻は、悲痛な面持ちで夜中に仙台の自宅に帰ってきました。

三週間ほどして気仙沼警察署から連絡があり、今朝海岸に打ち上げられた身元不明者が、妻が捜索願いを申請してきた姉ではないかということでしたので、確認のため妻は車で気仙沼に急行したのです。その時は私も一緒に向かったんですが、仮安置所になっていた体育館に着くと、それは正《まさ》しく妻の姉、私の義姉でした。私の妻は変わり果てた姉の姿に縋《すが》りつくように泣きじゃくりましたし、私も涙が止まりませんでした。でも長時間泣きじゃくっていた妻が、そのうちにあれっと私の方を振り向いて、『良く見ると、お姉さんの顔は何とも穏やかで、微笑んでいるようにも見える。いえ、それどころか、泣きじゃくっている私を優しく慰めているような顔にすら見える』と言うのです。まさかとは思いましたが、そう言われてみれば確かにそんな風に私にも見えました。元々気の優しい義姉でしたが、義兄が脳卒中で倒れてからずっと介護の日々だった所に持ってきて、頼りにしていた一人息子が厳しい難病で人工呼吸器をつけての寝たきり介護となり、苦労の連続の人生を送ってきた人なんです。そこに逃げ場もなく、逃げる術もない大津波が襲ってきて、三人一緒に大津波に飲み込まれて行ったのでしょう。辛い苦労の連続だった人が、こんな死顔を見せることが出来るのだろうかと、その時私も驚いたのです。

義姉の家は墓所がなかったので、その後この家族三人は私の家の先祖からのお墓に、一緒に法名を並べて供養させて頂いています」

すると思い出したように水鳥が次のように話した。

「そう言えば、私の親戚が塩釜市内で池野産婦人科というのを開業しており、二〇一一年三月一一日の東日本大震災のときは、少し高台にあったため大津波が医院の駐車場まで迫りましたが、ぎりぎり津波被害からは免れたんだそうです。当日は十六名の入院患者と八名の新生児、十三名の母親学級受講者、外来受診者など四十名ほどが在院していました。そのうちの一人の帝王切開手術が午後一時に終わって、一休みして午後二時三〇分から外来診察を始めたと思ったら、その十六分後にぐらぐらと揺れて大地震となり、続いて午後四時過ぎに大津波が襲って来たそうです。帰宅できなくなった外来患者がそのまま数名残ることになり、また病室には切迫早産患者が五名もいるし、分娩室には既に子宮口五㎝開大で分娩直前状態の患者も居たそうです。幸い緊急用の自家発電によってオペ室と分娩室とナースステーションだけは電気が使えましたが、それ以外の医院玄関や病室は、塩釜市全域の停電によって夜は真暗だったんです。それでも入院患者さん達を職員皆で頑張って支えようって励まし合ったそうです。その後も何人か続けて出産があり、大津波で多くの人々が生命を失う絶望のどん底にある中で、同じ場所で産まれた新しい生命が、残された人々に希望を与えてくれたと思うんです。同じ医者でも何の役にも立たなかった私とは大違いです。新しい生命というのは、限りない時間を背景にした希望そのものですよね。その一方、絶望というのは、時間が無ければ絶望のままでお終《しま》いになりますが、逆に時間さえあれば、いつか希望に転換できるかも知れません。つまり希望と絶望とは、時間が有るのか無いのかの違いによって紙一重の裏表になるのだと、その話を親戚から聞いた時に思ったんです」

「そうでしたか、水鳥さん。あの大変な時に、ご親戚が塩釜で新しい生命《いのち》の誕生に貢献されたんですね。絶望を希望に換えるのも時間の力、希望が絶望に転落するのも歳月の力と言うことなのでしょうか」と白鳥が引き取る。今野がそれに続けて、

「福島県では岩手・宮城の沿岸部とは別の問題も発生しましたね。福島県双葉町と大熊町の境界部に位置する福島第一原発で原子炉が損傷したために、放射性物質が漏出・拡散して、周辺の浪江町や富岡町、楢葉町、南相馬市などでも地域汚染が問題となりました。海洋や耕作地の汚染のために生業が成り立たなくなり、また居住自体も制限されて、泣く泣く故郷を離れなければならなくなりましたね。移住先は福島県内の中通りをはじめ、栃木県や埼玉県などの北関東、さらに遠く西日本などにまで及びました。地域住民はこの間例えようもない辛酸を舐めて来たものと想像しますが、それでもたゆまぬ努力を積み重ねることで、この十年余りの間に少しずつ漁業も農業も居住地帰還も復興への道が進んで来たように聞きます。私自身は何の復興支援も出来ませんでしたが、それでも復興に向けた努力は本当に素晴らしいと感じます。しかし大震災後一一年を経た令和四年（二〇二二）八月現在でも、双葉町、大熊町、浪江町の殆どの地域は未だ帰還困難地域に指定されたままであり、今後の更なる復興が待たれていますね」と述べた。

　さて康平五年末（一〇六二）に、源頼義は騒乱鎮定を平安朝に報告したが、朝廷側の反応は冷たく、翌年二月に頼義の希望に反して陸奥守ではなく正四位下伊予守が発令され、また頼義の有力郎党一〇名余りに対しても何一つ恩賞は出なかった。また同時に安倍宗任らはこの源氏管轄となった伊予国に配流と決まり、のち宗任らはさらに筑前国宗像《むなかた》に流された。この処置に頼義は著しく不満を抱き、その後二年間も伊予に赴任しない異常事態となったが、結局二年後に出家して信海と号し、その一〇年後に八七歳という高齢で死去した。


「この伊予国に流された安倍宗任が私の家のご先祖なんですよ。ですから今回初めて岩手県盛岡市に行って来て、安倍一族が滅亡した厨川《くりやがわ》の跡地にある安倍館《あべかん》跡に鎮魂のお詣りに行って来たんですよ」

と安部宗夫が息を継いだ。

「それって、安倍貞任・宗任兄弟でしょ。厨川の戦いは壮絶だったそうで、以前うちの胆江新聞でも特集したことがあるんですよ。でも安倍氏一族は皆んな厨川で死んだと思ってたんですけど、弟の宗任は生き残ったんですか？」

「そうですね、私を含めた全国の安倍氏の元祖は、第八代孝元天皇の皇子大彦命《おおひこのみこと》の末裔である阿倍氏とされているんですよ」と安部が答える。

　飛鳥時代の大化元年（六四五）の大化の改新後に即位した孝徳天皇から左大臣に任命された安倍《あべの》倉梯麻呂《くらはしまろ》が、奈良県桜井市安倍山に安倍文珠院を建立して以来、ここが安倍一族の氏寺として今日まで伝わっているものである。従って古来ここは安倍一族の発祥の地とされており、斉明天皇四年（六五八）から越国守として東北日本海側を踏査した阿倍比羅夫はこの一族である。また奈良時代初期の遣唐使で渡唐したのち唐朝の要職を歴任した阿倍仲麻呂（唐名は朝衡《ちょうこう》）は、唐玄宗皇帝に寵愛され、王維や李白とも親交を結び、宝亀元年（七七〇）に在唐五三年にして異地で七三歳の生涯を閉じた。

天の原ふりさけみれば春日なる三笠の山にいでし月かも

という遠い異国で詠んだ望郷歌は、後に日本に伝えられ百人一首に採り上げられた。

平安時代中期の陰陽師安倍晴明もこの寺で産まれており、平成一六年（二〇〇四）に、安倍晴明千回忌を機に晴明堂が二〇〇年ぶりに再建された。また中央に金閣浮御堂（仲麻呂堂）が建つ文殊池のほとりには、安倍宗任の四四代目子孫とされる安倍晋三氏が平成二二年（二〇一〇）に、第九〇代内閣総理大臣安倍晋三の名義で寄進した石燈籠が立っている。この安倍文珠院は、境内に木瓜（ぼけ）の木が栽培されており、春はボケの赤い花が目を楽しませ、秋になれば五～六㎝の実がなるので、この実を元にした「ぼけ酒」という薬膳酒が作られている。本堂の御本尊は、鎌倉時代の快慶作の木造騎獅文殊菩薩という獅子に跨った珍しい文珠様で、知恵の文珠と呼ばれ、ボケ封じの御利益があるという。毎年九月にはコスモスが咲き乱れ、コスモス畑を迷路にして遊べるコスモス迷路として近隣の子供たちからも親しまれている。阿倍氏は元々は摂津難波を根拠地としていたので、現在その辺りは大阪市阿倍野区と名付けられ、四天王寺や阿倍野ハルカスなどで賑わっている。

また森鴎外の小説「阿部一族」で取り上げられた阿部弥一右衛門は、肥後熊本藩初代藩主細川忠利の死に際した殉死問題がこじれて、新藩主によって一族が全滅させられた悲劇に基づいている。

阿倍姓については、古代から阿倍、安倍、安部、阿部など様々な漢字が充てられてきたが、桜井市には阿部町がある。様々なアベ姓の中で現在最も多いのは阿部で、令和四年（二〇二二）の全国苗字ランキングでは、約四四万人で全国第二五位、次いで安部が約八万人で第二七五位と多い。因みに古形は阿部と安倍である。阿部は東北地方に多く、安倍や安部が愛媛、大分、山口に多いのは宗任の子孫がそこで広がったものと考えられている。因みに同令和四年（二〇二二）の全国苗字ランキングの第一位から一〇位までは、佐藤（約一八五万人）、鈴木、高橋、田中、伊藤、渡辺、山本、中村、小林、加藤（約八八万人）の順である。

源頼家に都へ連行された安倍宗任は、軽薄な公家が梅の花を見せて、これは何かと嘲問したところ、たちまち次のように歌って驚かせたという。

わが国の梅の花とは見つれども　大宮人はいかが言ふらむ（平家物語）

はじめ宗任は、源頼義の所領となった四国伊予国（現在の今治市の富田地区）に流され（三二歳）、そこに三年間居住した後、治暦三年（一〇六七）になって再び今度は九州の豊後国宇佐郡（大分）に、さらにまた筑前国宗像郡の筑前大島に再配流された。本来流人であるにも関わらず、宗任は配流先の豊後でも筑前でも敬意を以って厚遇されたようで、のちに九州北部一円で安部姓が広がったことの元になっていると言われている。宗像氏にも重用され、日朝・日宋貿易等の国際交渉の場面で重要な活躍をした。筑前大島の見晴らしの良い高台に安昌院を建てて、持仏の薬師瑠璃光如来を本尊として安置し、嘉承三年（一一〇八＝天仁元年）に実に四六年間の配流生活の後に七七歳で亡くなったという。これが事実なら、寛治元年（一〇八七）に後三年の役が終了して、裏切り者の仇敵清原氏が滅亡して、甥である藤原清衡がかつての安倍氏の所領の全てを引き継いだこと、その清衡が長治二年（一一〇五）に平泉に最初院（後の中尊寺）を建立したことも伝え聞いたかもしれない。しかし流石に天治元年（一一二四）の金色堂建立までは生きながらえることが出来なかった。

筑前宗像市の神湊《こうのみなと》からフェリーで北西方向に約二〇分ほどで筑前大島に着く。対岸の宗像市を望む南東方向に開けた湊に近づくと、左右にわずかに広がる砂浜の左後方に宗像三女神の次女である湍津姫《たぎつひめ》を祀る中津宮《なかつのみや》があり、右後方にそこだけポコンと丘になっている中腹に安昌院が見える。

フェリーを降りると巡回バスが待っており、飛び乗ると約一〇分ほどで大島北部の沖津宮《おきつのみや》遥拝所前まで連れて行ってくれる。天気が良ければこの遥拝所から北方洋上約五〇㎞先に、微かに宗像三女神の長女である田心姫《たごりひめ》を祀る沖津宮《おきつのみや》が鎮座する沖ノ島が玄界灘の小さな三角山として望める。

この沖津宮が鎮座する沖ノ島は、玄界灘の丁度中央に浮かぶ孤島で、西は対馬、西南は壱岐、南は博多、東南は宗像市神湊、東南東は下関となっており、西日本と朝鮮半島を結ぶ海上交通の要衝である。また我国最大の祭祀遺跡でもあり、一〇万余点にのぼる豪華絢爛な神宝は、古代文化を集約した海の正倉院と称されている。ここで発掘された宝物は、九州本土にある宗像大社の神宝館に所蔵されており、三角縁神獣鏡や金製指輪、金銅製龍頭、金銅製歩揺付雲珠《うず》、刀剣、硬玉、子持勾玉など多数の品々が国宝指定を受けて陳列されている。

筑前大島の中津宮では、天の川を左手に見ながら鬱蒼と緑濃い階段を昇って境内に至ると、拝殿の奥の掛額に金文字で、「神勅　奉助天孫而　為天孫所祭」とある。これはこの宗像三女神が天照大神と素戔男命《すさのおのみこと》の誓《うけい》（誓約）から生まれ、天孫降臨以前に天照大神から、「あなたたち三神は、（朝鮮半島への）道中《みちなか》に降臨して天孫を助け奉り、天孫に祭《いつ》かれよ」という神勅があったためである。本殿屋根の鰹木は、四角三本と丸三本をそれぞれ束ねた一対が乗っている珍しいもので、陰と陽、宗像三女神を表していると言われている。辺津宮の宗像大社の拝殿にも中津宮と同じ「神勅　奉助天孫而　為天孫所祭」の金文字額縁が掲示してあるが、ここの本殿屋根の鰹木は丸棒で一本ずつ五本並んでおり中津宮と異なる。

九月下旬に筑前大島の中津宮から浜道を東に進むと、路傍には意外にも赤いハイビスカスの花や、小さな夾竹桃に似た葉々の頂点に可愛らしいオレンジ色と赤色の小さな花が密集するトウワタ（唐綿）が咲いており、南国の島の風情すらある。やがて行きつく安倍宗任の居住跡に建つ東寧山安昌院は、東国の安寧と安倍家の隆昌を祈っての命名と言われており、もと天台宗で現在は曹洞宗になっている。本尊は東方護持の薬師瑠璃光如来で、前九年の役で離散したときに宗任が自尊仏として小型の薬師如来を持って来たものだという。

本堂内には宗任の位牌が当院開基安昌院殿海音高潮大居士神儀として安置されている。本堂の北隣には現在でも安倍宗任の立派な墓地が整備されている。宝篋印塔《ほうきょういんとう》型の現在の墓碑には安陪統祖神儀と刻んであり、文政七年（一八二四）の再建だという。松浦党の紋章であり、同時に安昌院の寺紋でもある帆印「三星一引《みつぼしにひとつひき》」が正面に、また左右に安倍氏の家紋「立ち梶の葉」が刻まれている。往時はこの墓石の後ろに樹齢九〇〇年を経た大榎があったらしいが、朽ち果てて今は第二代目の榎となっている。

この筑前大島の安昌院から見ると、対岸の宗像市や福津市あたりは南東海上にすぐ見える距離であり、中津宮もこの島の殆どの住居も九州本土神湊に対面するように南東を向いて建っている。しかしこの安昌院本堂と宗任墓石が、それらとは対照的に東北方向を向いて建っていることはあまり知られていない。

宗任の子供もそれぞれに九州の地で活躍した。長男安倍宗良の子孫の安倍頼任は、九州の剣豪として知られ、秋月氏の元で安倍立剣道を開いた。

長男・安倍宗良（大島太郎・安倍権頭として、大島の棟梁を継いだ）
次男・安倍仲任（薩摩国に行ったとされる）
三男・安倍季任（肥前国松浦氏の娘婿となり、一族は松浦水軍を構成した）

この三男季任の子孫は壇ノ浦の合戦で平家側の水軍として戦い敗れたが、安倍晋太郎元外務大臣や息子の安倍晋三元総理大臣はこの松浦党安倍氏の末裔と公言している（安倍宗任から晋三氏で四四代目）。実際安倍晋太郎氏は安昌院を訪れ、天地有情という扁額を揮毫した。また安倍晋三氏もたびたび安昌院を墓参に訪れたそうで、帰り道に近くの喫茶店サン・ピエールに立ち寄って休憩し、前年九月に二回目の総理大臣を終了して一息ついた時期の令和三年（二〇二一）一一月にはサインも残している。ちなみに天地有情とは土井晩翠が明治三二年（一八九九）に刊行した処女詩集で、詩四〇編と訳文五編からなる。その冒頭が次の希望である。

希望

沖の汐風吹きあれて　白波いたくほゆるとき
夕月波にしづむとき　黒暗《くらやみ》よもを襲ふとき
空のあなたにわが舟を　導く星の光あり

ながき我世の夢さめて　むくろの土に返るとき
心のなやみ終るとき　罪のほだしの解くるとき
墓のあなたに我魂《たま》を　導びく神の御聲《みこえ》あり

嘆きわづらひくるしみの　海にいのちの舟うけて
夢にも泣くか塵の子よ　浮世の波の仇騒ぎ
雨風いかにあらぶとも　忍べとこよの花にほふ

港入江の春告げて　流るゝ川に言葉あり
燃ゆる焔に思想《おもひ》あり　空行く雲に啓示《さとし》あり
夜半の嵐に諫誡《いさめ》あり　人の心に希望《のぞみ》あり

安倍晋太郎氏は早くから政界のプリンスと呼ばれて将来を嘱望され、竹下登、宮澤喜一と並びニューリーダー（安竹宮）の一人に数えられてていた。しかし昭和六二年（一九八七）秋に、中曽根康弘氏の第三次中曽根内閣後のポスト中曽根裁定で竹下氏が指名され涙を呑んだ。その四年後の平成三年（一九九一）に癌で亡くなり、遂に総理大臣になることは出来なかった。この晋太郎氏の天地有情の扁額において、安倍一族の千年以上にわたる風雪や政治家としての長年の曲折を晩翠の詩に託したものか否か不明であるが、平成三年以前に揮毫されたものであることは間違いない。ところが平成八年（一九九六）になって、その中曽根氏が『天地有情～五十年の戦後政治を語る～』という本（文芸春秋社）を刊行したのであるから不思議な縁と言わねばならない。他にもこの天地有情というタイトルで出版した作家は、安岡正篤や高橋佳子、南木佳士などがいる。

安部宗夫が話を続ける。

「平成二九年（二〇一七）七月に『神宿る島』宗像・沖ノ島と関連遺産群が世界遺産に認定された年に、私は早速この筑前大島に先祖詣りに行ったんですよ。その時にお土産で日本酒と瓶詰つまみを買って来たのです。日本酒はサイズは三〇〇㎖と小さい緑色の小瓶で、白いラベルに玄海沖ノ島と金文字で書いてあり、ラベルの下部には緑色で沖ノ島が描かれているんです。サイズは他にも四合瓶や一升瓶もあるらしいのですが、この小瓶の首から肩にかけては斜めに中津宮御神水使用と書いてあるから、大島の中津宮の清流を使っているのでしょう。精米歩合が七〇％の本醸造酒で、どんな料理も活かす豊かな味わいだとチラシに書いてありました。この酒にセットで付いている五cm四方の高さ三・五cmの松の木で出来た枡に注ぐと、透明な日本酒で一口含むとまろやかな口当たりとすっきりした咽喉越しで、決して強くはなくあくまでもソフトな飲み口でした。アルコール度数は一五％と書いてあります。枡の正面には沖ノ島と焼印が押してあり、反対側には祝世界遺産登録と小さく同じ焼印が押してあるんです。この醸造元の勝屋酒造は、寛政二年（一七九〇）創業で、宗像大社の御神酒醸造元として、代表銘柄「楢《なら》の露《つゆ》」は大社のご神木である楢の木より名前を頂いていると言います。また宗像大社の楢の木の傍には、永代献酒の誓碑が建っていました。

おつまみに買った厚手の小瓶は、白いラベルに薄い水色で玄海灘に砕ける波を思わせる背景に、黒々と大島産さざえ漬けと書いてあるんです。これだけでわくわくするでしょう？　小瓶の裏ラベルを見ると、原材料さざえ、醤油、みりん、砂糖、アルコールとあり、内容量五〇g、常温保存が効き、製造者は宗像市大島の原貢とありますから、筑前大島の地元で採れた活きの良いさざえを、そのまま現地加工して瓶詰めにしたものでしょう。缶の蓋を開け、中蓋を引き上げると、瓶の中に一cm程度に刻まれたさざえの小片がぎゅっと詰まっているんです。箸を入れて一口頬張れば、玄海灘の磯の香りが口中に広がり、炙った火の勢いに身を凝縮させたさざえの旨味が強目のアルコールによって口中で再現されましたね。ここで先ほどの日本酒沖ノ島を一口含むと、何ともいえないハーモニーが生まれて、酒とアテのこれほどの良い相性はあるまいと思われたんです」

宗像大社の大祭は年に一度、宗像大社を構成する沖津宮（沖ノ島）、中津宮（筑前大島）、辺津宮（九州本土田島）に祀られている三女神が本土辺津宮に集まる神事で、十月一日の海上御神幸（みあれ祭）で始まり、二日目は流鏑馬《やぶさめ》神事や市町村無形民俗文化財指定の主基《すき》地方風俗舞や翁舞《おきなまい》の奉納、三日目は祭を締めくくる祭典として高宮神奈備《かむなび》祭が行われる。「あれ」は生まれることの意で、みあれ（御生れ）とは神様の誕生・来臨を言う。京都の上賀茂神社ならびに下賀茂神社では、葵祭前夜に「みあれの神事」が行われる。

宗像大社のみあれ祭は、神功皇后が三韓遠征の際に、軍船が宗像三女神の守護を受けて出兵し、首尾よく目的を達成したご神徳を称えたのが祭りの起源ということで、次第に大漁祈願の行事としても漁民に受け継がれ中世の頃まで盛大に行われてきた。しかし、そののち戦乱などのため一時行われなくなり、昭和三七年（一九六二）に復活されて今日に至っている。

沖津宮と中津宮それぞれの神輿を載せた二隻の御座船が筑前大島港に入り、二社合流して地元漁師が大漁船団を引き連れて大島港を出立する。二隻の御座船と大船団は、まず宗像湾東端の鐘崎に向かい、洋上からそこに鎮座する織幡神社を遥拝し、そこで出迎えに出た市杵島姫の御座船と合流し、三社揃って宗像湾西端の神湊に入港して来る。この勇壮で迫力ある海上パレードを行うみあれ祭は、大漁船団が大のぼりや大漁旗をはためかせ、宗像の秋の風物詩となっている。神湊に集結した三女神は、そのあと揃って辺津宮に向かい祭りが始まる。

二〇二〇年と二〇二一年は世界的なコロナ禍のため御座船のみで行われたが、令和四年（二〇二二）は数百艘の船団が参加して、三年ぶりに例年通り開催された。このお祭りは中世まで盛大に継続されたということなので、もしかしたら安倍宗任も小高い安昌院の丘から勇壮な祭りを見物したのかも知れない。

「おっと、すみません、脱線し過ぎました」と安部が頭を掻いた。

大分県の別府市内を抜けて大分市方向に南下して、右手にサルで有名な高崎山を過ぎると、田ノ浦地区に入る。田ノ浦地区は遠浅の海岸で、今日では田ノ浦ビーチとして夏は海水浴客で賑わう場所である。伊予の国から豊後に再配流された宗任一行は、この遠浅の田ノ浦付近に上陸して、その一つ先の古く白木郷と言われ、現在は下白木といわれる地区に居住したという。

この地区には龍雲寺と鬼神社という小さな寺と神社が隣接している。三〇段ほどの石段を登ったすぐ左手が鬼神社で、右手に広がるのが寶珠山龍雲寺の境内である。南国らしく椰子の木々が生い茂った境内には、住職として安部義宣の表札が掲げてある。

この寺の庫裡に上げて頂いたところ、安倍宗任の三五代目当主である安部貞隆著『陸奥安倍氏累代の古文書が語る―逆説前九年合戦史』（平成三〇年＝二〇一八刊）という厚い著書を渡された。内容は衣川の落日、貞任千年の想い、宗任の使命の三章から構成されたもので、宗任以来一〇〇〇年にわたって累代の当主が大切に保管し続けて来た、豊後安倍家秘蔵の古文書資料に基づく前九年合戦の実証的な真実を記述している。次いで示されたさらに分厚い著書は、同じ著者による平成二七年（二〇一五）出版の『豊後安倍氏の伝承』である。

この寺は臨済宗で、境内端の崖には小さな窟祠が無数に掘ってあり、一つ一つの祠中にはそれぞれ小さな石仏や石塔が収められている。その一角に高さ三m、横二mほどの小さいが立派なお堂があり、中の位牌堂は丸内にミツウロコの紋所がある厨子の前に、金箔を施してあるかと思われる大きな位牌が鎮座しており、寶山院殿月心常観大居士と珠林院殿中峰圓心大居士の二名の戒名が並んで彫られている。これはそれぞれ安倍貞任と宗任の位牌だという。位牌の後ろにある丸内にミツウロコの厨子の紫の幕を開けて中を拝見させてもらうと、凛々しくも優しい顔で貴族然とした座像が穏やかにこちらを見ている。これが亡くなった兄の菩提を弔うために宗任が祀った貞任像だという。

鬼神社は一つの小さな建物の中に左が鬼神社で右が天満社になっている珍しい構造をしているが、地元からの信仰は篤いようで、大小様々な鬼面や般若面、鬼面の絵馬、日本酒などが奉納されている。神社正面には次のような由緒書きの大横額が掲げられている。

鬼神社伝承

ときは南北朝の末世安部氏の末裔東方より来り、この地に住し邦拓《くにひら》きの神大己貴命《おおなむちのみこと》を産土神に祀り信仰す。いくばくにして宗家に老媼《おうな》あり、幼にして気をやみ氏神に帰依し厚く神徳に浴す。長じて呪術を専らにし、その名遠郷に聞え、参ずるもの市の如し。衆人皆畏《かしこ》む。齢《よわい》至りて白寿に達す。老媼一夕偉を整へ板戸を塞ぎ神前に至る。家人大いに心痛す。食なく祝詞すること四十余刻、忽然息絶ゆ。

村人その面容の凄《すさま》じきこと鬼人とはかくあらんかと噂しあいたりとぞ。名門新太郎貞氏この老媼こそ神の化身ならんと敬して、日ならずして伝来の鬼面を献ず。後人これに倣い絵馬鬼面を奉詣するもの近郷より他国に及び、神幸の厚きを皆喜ぶ。依って以後鬼神社と称す。今まにまつわる社名及び絵馬鬼面これに由来する。

この鬼神社の右脇から小さな参道があり、八〇mほど龍雲寺の崖裏方向に登ると、奥の院があり石造りの小さな祠が建っている。由緒書きの南北朝とは時代が異なるが、この奥の院はもともと安倍宗任が、母である「新羅《しら》の前《まえ》」の死を悼んで建てたものと言われている。今は殆ど訪れる人も居ないようで厚い苔に覆われているが、この下白木という地名と新羅の前の音韻が重なるのは偶然ではなかろう。

永保三年（一〇八三）から寛治元年（一〇八七）一一月一四日にかけて、源義家が坂東武士を連れて行った後三年の役は、前役で主役を果たした清原氏が今度は滅亡し、代わりに前役の生き残りであった藤原清衡が勝者として清原氏旧領を引き継ぐこととなった。意気揚々と戦勝気分で戦地を離れ、陸奥国と坂東の境界である勿来の関（現在のいわき市勿来地区）を通ったとき、遅い春に桜が散り始めていたようで、次のように呑気な歌を詠んだ。

吹く風を勿来の関と思へども　道も狭《せ》に散る山櫻かな（千載和歌集一〇三）

しかしながら平安朝の評価は、この戦いを義家の私戦と断定し、これに対する恩賞は勿論、戦費の支払いも拒否したのである。更に義家は陸奥守も解任されるなど散々な結末となった。このように源氏の二度にわたる陸奥国との戦争に対する平安朝の評価は低かったが、前九年・後三年の役における頼義・義家父子の合戦は、後年になって摂津源氏や大和源氏を抑えて河内源氏が武門の統領であるという根拠としてたびたび引合いにされた。

厨川柵（あるいは厨川柵の支城だった嫗戸柵《おばと》）は北から南に向かって北上川が流れ、北西から南東に向かって雫石川が流れて来て、丁度合流する高台の河岸段丘に築かれた天然の要塞である。両川の合流点であるこの台地の南尖端は、現在では東北新幹線の盛岡駅となっており、南から東北新幹線で行くと合流したばかりで洋々と水量豊富な北上川を右手に見ながら、北西方向から流れて来る合流直前の雫石川を左手に見ながら、盛岡駅に新幹線が滑り込むようになっている。現在盛岡市内には前九年や安倍館といった町名があるが、これらは昭和初期に、故事を記憶に留めたいという地元住民の希望によって命名された比較的新しい地名である。

安倍頼時の娘を母に持つ清衡は、前九年の役後に清原武貞の養子となって、はじめ清原姓を名乗っていたが、続く後三年の役で源義家に与《くみ》して戦功があり、乱終結後に清原氏旧領を賜り、安倍清原両氏の後裔として陸奥押領使に任ぜられた。

中尊寺の創建は、古く嘉祥三年（八五〇）に、円仁（慈覚大師）が関山弘台寿院を開創したのが始まりとされ、その後貞観元年（八五九）に清和天皇から「中尊寺」の額を賜ったといわれている天台宗東北大本山の寺院である。この中尊寺を奥州藤原氏の初代藤原清衡が大々的に中興し、天治元年（一一二四）に金色堂という前代未聞の法堂を建立したものである。これまで仏像を黄金で鍍金したりすることはあっても、誰が一体、法堂全体を黄金で包むなどと考え付いたであろうか。この金色堂は平安時代浄土教建築の最高傑作とされており、源頼朝もこの金色堂だけには手を出すことができなかった。

小田郡の産金は金産地の北上に伴って次第に衰退していき、代わるように一二世紀頃からは岩手県南沿岸部の産金が増加していった。源平合戦の被害を受けて炎上した東大寺の再建費用として三万両の黄金を納めるよう求められた奥州藤原氏三代目藤原秀衡は、近年は金売り商人が多く入り込んで砂金を売りさばいたために「大略掘盡《ほりつ》くし」たと言い訳手紙を返信している。これは単なる言い訳もあろうが、実際かなり掘り尽くしつつあったのと同時に、実はこの時に、離島だから朝廷の目に触れずに済むということで、金華山に多量の金を隠したとも伝わっている。これは奥州藤原氏が、源平合戦やそれ以後のきな臭い鎌倉の政治的動向を見据えて、有事の際の軍資金のために埋蔵したとも考えられる。

源頼朝の奥州征討の目的のひとつに、この奥州藤原氏が開発していた数多くの金山（岩手県南沿岸部や、黄海、千厩町奥玉、興田、遠野、宮城県大河原町の大高神社、蔵王町の刈田峯神社）を狙っていたと言われている。実際、文治五年（一一八九）に奥州藤原氏が滅亡した後に鎌倉から乗り込んできた千葉氏や三浦氏も産金に励み、鎌倉の頼朝の面前に飯椀に山盛りの砂金を献じた。この中世当時の産金資料があまり残っていないのは、産金の秘密保持が重んじられたことが大きな理由の一つであったろう。また当時の産金方法が主として川金の椀掛や柴金のみよし堀（すり鉢状に掘り下げる露頭掘り）が多く、その後遺構として残りづらいという地質的特徴があるためでもある。

中国の元朝時代にイタリアからやって来て、日本では鎌倉時代に当たる建治元年（一二七五）には上都でフビライ・ハンにも拝謁したマルコ・ポーロが、帰国後友人に口述させた東方見聞録には、日本のことを黄金の国ジパング（Cipangu）として紹介した次のような件《くだり》があることは有名である。

「ジパングは、中国の東海に浮かぶ独立した島国で、莫大な金を産出し、宮殿や民家は黄金でできているなど、財宝に溢れている。またジパングには、偶像を崇拝する者（仏教徒）と、そうでない者とがおり、外見が良く、礼儀も正しく穏やかである、葬儀は火葬か土葬であり、火葬の際には死者の口の中に真珠を置いて弔う習慣がある」

室町幕府第三代将軍足利義満が、この金色堂を真似しようとして京都に金閣寺舎利殿（鹿苑寺）を創建したのが、平泉金色堂の二五〇年以上も後になる応永四年（一三九七）であるから、その当時金色堂が如何に国外内に衝撃を与えたかが分かる。

この奥州藤原氏は三代秀衡に至って最も強盛となり、後白河法皇から嘉応二年（一一七〇）に鎮守府将軍に任ぜられ絶頂期を迎えた。この絶頂を支えた原資が陸奥国の黄金であったことは言うまでもない。

「いやあ、話が長くなってすみませんでした」と安部宗夫がまた頭を掻くと、それまでじっと聞いていた及川が励ますように勢いづいて、

「とんでもない、面白かったですよぅ。やっぱり岩手と胆江は凄いですねえ。これはとても面白い記事が書けそうですぅ」と感謝した。

十八　百済王

「でもね今野さん、先ほど八溝山《やみぞさん》系と仰いましたけど、古代日本では小田郡以外にも何処かで産金活動は行われていたんでしょ？」と及川が続けて聞くと、
「そうですね」と言って、今野の答えは概ね次のようであった。

古代日本での産金は駿河国でも一部行われた。百済王敬福が小田郡で産金した翌年の天平勝宝二年（七五〇）には、駿河国守楢原造東人《ならはらのみやつこあずまびと》が多胡浦（田子の浦）の浜から黄金を採取して、練金《ねりきん》一部と沙金《しゃきん》一部が献上されたと続日本紀に記されている。この献上量は小さいものではあったが、その功を賞した孝謙天皇により勤臣《いそしのおみ》と賜姓され、叙階も一つ上って従五位上となった。金を採集した三使連浄足《みつかいのむらじきよたり》もまた無位から従六位に叙せられた。これは多胡浦に注ぐ富士川の上流である甲斐国から流されてきた砂金が、下流の多胡浦の砂浜に溜まっていたものを偶然に発見したものと考えられている。のちの戦国時代になって、上流である甲斐国で武田信玄が盛んに黒川金山や湯之奥金山を開発したことは有名である。

八溝山は茨城、福島、栃木の三県に跨って聳え、標高一〇二二mと茨城県最高峰であり、八方に深い谷が刻まれていることからその名が付いたと言われている。この八溝山系における産金については、

特殊な地質構造に由来している。前にもお話ししたように、はじめ日本列島の基盤はアジア大陸の東縁にあったが、一八〇〇〜一五〇〇万年前に引張《ひっぱり》テクトニクス力が本格化して、現在の北上山地と阿武隈山地を中心として大陸から離れ、反時計回りにゆっくり回転しながら南東に移動し、これに伴って日本海が拡大した。この時に阿武隈山地西方の棚倉から阿武隈山地南端に向かって南東方向に走る棚倉構造線が出来て、基盤岩類が異なる東北日本と西南日本の境界が形成された。福島県南部の白河地域において、この棚倉構造線の西側に南北に続く足尾帯から八溝山地にかけて金鉱山が集中しており、ここでは主にジュラ紀のチャートと中古生代の粘板岩や砂岩層の境界部から金が産出されている。

一方、太平洋岸に近いいわき市北側にある八茎《やぐき》スカルン鉱床は畑川構造線の南端に位置し、ここは金ではなく銅や鉄を産出している。八溝山地では中生層を貫く白亜紀の花崗岩層があり、金粒が大きく銀の含有量が少ないという産金上有利な特性を持っているので、平安時代の承和二年（八三五）には既に砂金として採掘され始めた。

この棚倉構造線の東側にある小倉金鉱山は八溝山系とは地質も異なり、角閃岩の片理面に沿って発達する磁鉄鉱や電気石に富む鉱脈中に金が存在する。百済王敬福が小田郡から献金したのが西暦七四九年であるから、この白河地域での産金事業は、それから約九〇年後からということになる。

「そうなんですね。でもそうすると小田郡から始まった我が国での産金史上、多年にわたりしかも大量に産金し続けたのは小田郡や岩手県南部・沿岸部ですから、これは特筆すべきことなんでしょう？」

と及川が記事のまとめに入ろうとすると、

「その通りですね」と今野が同意した。すると今度は水鳥が、
「結局当時の産金は、渡来系工人達の貢献が大きかったんですよね。当時の朝鮮半島情勢と飛鳥朝はどんな関係だったんですか？」と聞くと、これに対しては古代日本史専門の白鳥が次のようにまとめた。

中国で漢のあとの晋王朝が衰退しやがて滅亡して、五胡十六国の混乱時代に突入すると、もはや中国辺境における郡県制度も消失してしまい、高句麗や扶余、百済、新羅などがそれぞれ独自の国家体制を固め始めた。この時期に中国での戦乱を避けて避難や亡命をしてきた多くの漢人が、高句麗や日本を含む他の周辺諸国に流入してきて、その地の習俗や文字文化、生活道具等の文化的発展や新しい武具・軍事・外交面で大きく貢献した。その中で、四世紀前半に三韓時代の馬韓国の一部が発展して朝鮮半島南西部に建国された百済国は、同半島南東部の新羅、南部の伽耶諸国と三国時代を築いた。

百済ははじめ、北接し元々同族の扶余氏である高句麗と戦争を繰り返したが、西暦四七五年に高句麗によって王都漢城（現在のソウル）を陥落させられた。そこで百済は南方の熊津《ゆうしん》（現在の忠清南道公州市）に逃れてここを新都と定め失地回復を目指した。西暦五〇一年に即位した武寧王は活発な外交・軍事政策を推し進め、倭国などに対して軍事支援要請と引き換えに様々な技術者派遣も行った。

ここで一旦国力を回復した百済は、西暦五三八年に都を熊津から錦江下流域の水陸交通の要衝である泗沘《しび》（現在の忠清南道扶余郡）に再遷都して再起を期した（広開土王碑文）。しかし結局は唐・新羅連合軍に攻められ、斉明天皇六年（六六〇）に滅亡した。

唐の占領軍が去るとともに興った百済復興運動を支援するため、倭王権は事前に人質として送られ来日していた百済王子兄弟（兄豊璋と弟善光）のうち兄の扶余豊璋を本国に帰国させ、同時に阿倍比羅夫の率いる救援軍を派遣し、皇極重祚斉明天皇は筑紫国朝倉橘広庭宮に遷って戦闘体制に入った。翌六六一年に斉明天皇が崩御したが、皇太子である中大兄皇子は即位せず称制のまま戦時体制を進めるものの、唐本国からの増援軍と新羅の連合軍に白村江の海戦で大敗した（西暦六六三年）。倭国は各地に展開していた自軍を、亡命希望の百済貴族と共に帰国させたが、王子豊璋は密かに高句麗に逃れ、百済は完全に滅亡した。

白村江の戦いからそのまま唐軍は北上していき、六六六年からの三年がかりでようやく六六八年に高句麗を滅亡させ、安東都護府を置いて統治した。高句麗に亡命していた百済王子豊璋は、この時捕えられ幽閉された。

白村江海戦の水軍の唐側の主力は靺鞨《まっかつ》族で構成されていたが、これは元々満州南部の農耕漁労民族である。そのうち北靺鞨は黒水部といい、その後女真族となり、のちの金朝と清朝を作ることになった。南靺鞨は粟末部といい、六九八年になって高句麗遺民と共に渤海国を建国した。渤海国はのちに唐から冊封を受け、日本にも朝貢し、日本からは遣渤海使を派遣するなどの交流が始まり、新潟や北陸など日本海沿岸部を中心に交易を深めた。

白村江海戦ののち、中大兄皇子は国防体制の整備を急ぎ、百済帰化人の協力を得て、対馬や大宰府に水城《みずき》を作り、長門城や讃岐屋島城、備中鬼ノ城など古代朝鮮式山砦を築き、北部九州沿岸には防人《さきもり》も配置した。最後に皇太子中大兄皇子は、都を飛鳥宮からやや内陸に位置して東西の交通要衝であり防衛にも適した近江京（現在の草津市）へ六六七年に遷都までして警戒を強め防衛体制を固めた。

国内防衛体制が一段落した六六八年になって、中大兄皇子はようやく即位して天智天皇となった。しかしこの間の急進的な政治改革や中央集権化、国防造作、遷都、大敗戦後の数次にわたる遣唐使派遣などは、国内豪族や民衆の不満を鬱積させ、天智帝死後における体制復古の機運を醸成した。

日本書紀にあるこの天智天皇の条に、「百済の名、この日に絶えぬ。明ける日に船発ちて始めて日本に向かう。三年の三月に百済王善光等を以って難波に居《はべ》らしむ」とあるので、この海戦には勿論弟善光も最前線で合戦に参加したのであろう。兄豊璋が、亡命した高句麗から唐に引き渡され流罪となったのに対して、弟善光は辛くも日本に戻り着き、天智天皇によって、海外情報も入りやすい港である摂津国難波の地を百済郡として居住地に与えられたものと考えられる。一族はその後、飛鳥時代には従四位下摂津亮《せっつのすけ》（百済王朗虞《ろうぐ》）や備前守（百済王南典）を任ぜられ、奈良時代末期には敬福が従三位刑部卿（司法長官）としても活躍した。その後も百済王武鏡（出羽守）、百済王俊哲（陸奥鎮守将軍征夷副使）、百済王仁貞（備前守）、百済王教法（桓武天皇女御）、百済王教仁（桓武天皇後宮）、百済王貴命（嵯峨天皇女御、俊哲娘）、百済王慶命（嵯峨天皇後宮）など、主として男子は武人として東北地方や備前地方を経営し、女子は女御や後宮に入って主として平安時代前半に日本の皇統に深く関わった（図六）。

特に桓武天皇は母親高野新笠《にいがさ》が百済系和氏《やまとし》の出身であり、百済系を重用した。桓武天皇後も平安朝では多数の百済王一族が活躍したが、その殆どは中央政界では従五位下かせいぜい従五位上の中級貴族扱いであり、地方行政官としても安芸介や摂津権介、丹波権掾、上野少掾といった副官止まりで平安時代末期まで続いた。

桓武天皇による陸奥国侵攻は純粋な国土拡大政策というだけではなく、奈良時代に経験した黄金産出を国家経営の新たな資本とすべく天皇自身が考え、また重要な外戚としての百済王氏一族も耳打ちしたに違いない。桓武天皇にとってそれは国家経営についての望ましい提案であり、そのような提案をしてくれる百済王氏一族への信頼をますます篤くすることに繋がったであろう。しかし当の百済王氏一族にとってみれば、それは外戚として単に日本天皇家の繁栄のための提案というだけではなく、失われた自らの故地回復のために、継続した戦費資金としての黄金獲得をも狙ったものであったろう。そのために他日を期した軍資金の蓄えを企図した密かな活動があった。この金華山の黄金伝説や女川町に残る不可解な敬福御殿伝説などは、その微《かす》かな痕跡を今日に伝えているものと考えられる。

続日本記には最後の百済王である義慈の子として豊璋と善光がおり、善光から昌成、朗虞《ろうぐ》、敬福《きょうふく》と系譜が進んでいくので、敬福は義慈王の曽孫（四代目）ということになる（図六）。また敬福の子孫は百済楽を奏して叙階に与かるなど、平安時代初期の天皇家と百済王氏との密接な関係がしばらく続いた。しかしその後天皇家の交野《かたの》地域への遊猟も次第に絶えるようになり、百済寺も焼失するなど次第に衰退していった。

九世紀末以降には平安朝の史書からその名が消えてしまっても、交野地域での信仰は継続された。しかしそれも室町時代末期の大永元年（一五二一）に百済王遠倫の叙階を最後に、国内の公式記録からはその名が消え去った。

なお百済王神社の旧神主家である三松氏は百済王氏の後裔を自称した。また平安時代後期に常陸国の税所を預かって在庁官人の最高位にあった百済氏はのちに税所氏と呼ばれたが、鎌倉時代に入って急速に勢力を拡大して来た常陸平氏系の大掾氏の一族に組み込まれ、これもまた公的記録から消えていった。

古墳時代の倭王権は、五世紀全般にわたって一貫して対外領土拡大への野心を持っており、倭の五王が宋に対して執拗に高句麗以外の朝鮮半島南部での軍事権の承認を求め続け、倭王武が漢城陥落後に上表した宋への上表文では、明らかに高句麗への警戒心と公的対抗を打ち出している。

一方、隋の侵略意図を警戒した高句麗は、華北西方の突厥に対隋連携を申し入れたことにも明らかなように、シルクロード地域との広範囲にわたる対隋軍事ネットワークを模索する中で、活発な情報交換や相当量の人的流入があったものと推定される。

しかし時が移り、七世紀になって起こった百済・高句麗滅亡前後は、飛鳥朝においても丁度激動の一一八年間であった。在位三九年目（西暦五九二年）の崇峻天皇が蘇我馬子に指示された東漢駒《あずまのあやこま》によって暗殺された。その後を襲って推古帝が即位し、六〇四年には憲法十七条が制定され、その三年後には遣隋使として小野妹子らが西安に派遣され、仏教の積極的な輸入が行われた。そうした中で六四五年には大化改新の革命がおこる一方で、六五八年には安倍比羅夫らが能登七尾湊を出発して越後から東北地方の踏査を始めるなど、後の征東・東北経営に着手し始めている。また六七二年には壬申の乱が勃発して天武天皇が即位し、国家としての体制作りに邁進した。つまり対岸の百済ならびに高句麗の滅亡という激動と連動した動きであった。

そのような内外の動乱が一段落し、ようやく七〇一年になって唐の政治体制を取り入れた大宝律令が発布されるなど律令政治に向けて歩み始めたのが飛鳥時代であった。それから九年を経て、倭王権は日本国統一を目指して唐の都長安城を模して平城京に遷都することになった。

百済王族は高句麗と同じ扶余族出身であるとされており、実際に西暦五三八年に都を熊津から泗沘（現在の忠清南道扶余郡）に遷したときに、国号も南扶余と改めているほどである。仏教は西暦三七二年（前秦、建元七）に中国前秦の符県堅が僧順道を高句麗に派遣して仏像や経文を贈ったことで高句麗に初めて伝わったとされ、首都の集安を中心に八角形の仏塔を三方から囲む一塔三金堂式の伽藍配置をとって仏寺も建立され始めた。一方、道教については後年の宝蔵王が儒教や仏教に対して普及が遅れているとして、宝蔵王二年（西暦六四三年）に唐の太宗皇帝に要請し、これに対しては太宗皇帝側も道徳教を下賜し道士叔達ら八名を高句麗に派遣したというから、この当時はまだ唐と高句麗の外交関係もさほど悪くなかったと言える。この道士派遣からわずか二〇年後には白村江海戦によって百済滅亡が決定的となり、二五年後には高句麗自体が宝蔵王を最後の王として滅亡することになるのである。

持統天皇七年（西暦六九三年）に百済王《くだらのこにきし》という氏族名を賜ったのは白村江海戦のちょうど三〇年後であった。既に白村江海戦から三年後の六六八年には高句麗も唐・新羅連合軍により滅亡していた。

一方、朝鮮半島内の浸食を繰り返しながら、その都度唐に対して謝罪使節を派遣するという狡猾な手法で朝鮮半島の支配権を徐々に拡大していった新羅の動向を見ていた飛鳥朝廷側として、この氏姓下賜処置にはもはや百済国の再興が完全に不可能であることを認識し、今後日本国内での命脈を与えるための処置であったろう。しかし百済王一族あるいは百済系渡来人集団も全員がこの飛鳥朝の見通

し と同じ考えであったかは疑問である。いや、むしろ表面的には飛鳥朝の氏姓下賜処置に感謝の意向を示しつつも、心の奥深く故地回復への誓いを改めて他日に期したということもありえたであろう。キリスト教徒であれば、帰りゆく本当の故郷は神のいます天国であるから、この地上での土地や人間集団への帰属を究極の生きる目的とすることはないであろう。しかしそのような一神教とは異なる世界で生きてきた百済系渡来人にとって、帰るべき本当の故郷は朝鮮半島西南部の故地であり、そこで形成された人間集団への帰属は極めて重要な生きる目的となったであろう。つまり百済遺民末裔としては、与えられた氏姓によって、むしろ故郷喪失者あるいは故郷喪失集団としてのレッテルが明確になったわけで、飛鳥朝側の敬意と恩情に感謝しつつ、故地回復への密かな誓いを新たにしたという二重性があったのである。

一方、高句麗王族に繋がる高麗（玄武）若光は、高句麗滅亡二年前の六六六年に既に日本に亡命して来ていた。続いて亡命してきた多数の高句麗遺民は駿河や甲斐、相模、上総、下総、常陸、下野など関東一円に居住地を与えられ、そこに入植することとなった。それからしばらくして天武天皇一四年（六八五）に大唐人、百済人、高句麗人、合わせて一四七人に爵位が授けられた（日本書紀）。高句麗滅亡から三五年を経た大宝三年（七〇三）に、高句麗王族の生き残りということで高麗王（こきし、こまのこにきし）姓が贈られたことは、この時点でもなお飛鳥朝として高句麗王族への敬意を継続していたということであろう。

関東一円に入植した高句麗遺民のうち一七九九人が、霊亀二年（七一六）になって何故か再び武蔵国にまとめて移住させられ、ここに新しく高麗郡が設置された時に、先の高麗若光は高麗郡大領に任ぜられた。このような経緯はバラバラに分散入植させられた高句麗遺民が、来るべき故地回復あるいは薄れゆく故地記憶という危機感の中で、自らのアイデンティティー保持を求めて、大集団としての集結を朝廷側に申し出たものかもしれない。現在の埼玉県日高市の高麗神社はこの高麗若光を祀ったものである。またこの高句麗遺民達が、その後になって日本国の渤海国外交に活躍したことは自然の流れであったろう。

高句麗人の倭国での活動は画師の活躍が有名で、黄書画師《きぶみのがし》と呼ばれ倭国内の仏教寺院の建設や仏画の作成に大きな貢献をした。天寿国繡帳における高麗加西溢《こまのかせい》や高麗画師子麻呂（狛堅部子麻呂）などが有名である。また長野県にある初期高句麗式の積石塚式古墳である大室古墳群や針塚古墳、東京都狛江市の亀塚古墳は高句麗からの渡来人との関連性が指摘されている。また高句麗の渡来人と関連のある入植地は、河内国の大県郡巨麻郷や若江郡巨麻郷、山城国相楽郡大狛郷と下狛郷、甲斐国巨麻郡、武蔵国多摩郡狛江郷（現在の狛江市）などが知られている。

「ということは白鳥さん、百済から来た王族も、高句麗から来た王族も、共に飛鳥朝としては区別なくコニキシと呼んだということですか？」と珍しく水鳥が学術的な質問をした。白鳥が答える。

「そうですね、周書百済伝では王は於羅瑕《オラカ》と呼ばれ、これを民衆は鞬吉支《ケンキルチ》と呼び、王妃のことは於陸《オリク》と呼んだんですね。釈日本紀では君《キシ》、王《コキシ》、大王《コニキシ》と記してあり、高句麗に関しては高句麗王《オリコケ》と高句麗王妃《オリクク》と記してあるんですよ。ですから紛らわしいですけど、微妙な違いで区別しているんですね。古代語の発音ですし、当時は今と違って録音技術もなかったですから、今日では音に当てた漢字でしか推定出来ないので、本当に言葉って難しいですね」と白鳥が実感を込めて呟くと、今度は今野が身を乗り出して来た。

「実は私の先祖は、現在の宮城県気仙沼市か隣接する岩手県陸前高田市あたりの所謂昔の気仙郡の出身で、元々は名前も金野と名乗っていたと聞いています。前にどこかで聞いたんですが、この気仙郡には独特の言語があってケセン語と呼ばれているそうなんです。この発音を聞いた時、私は何だか遠い故郷に帰ったような気がして、身震いしたんです。いまお聞きして、このケセン語のルーツが実は古代高句麗・百済あたりで話されていた言語ではないかと思ったんですが、どうでしょうか？」

「あはは、今野さん、ご先祖様はケセン郡でしたか。はて、でもその辺りは私にも分かりませんねぇ。」と白鳥も困った。と、急に膝を打って、

「そうだ！　あの学生さんたちが確か私の大学の言語学科と聞きましたから、ちょっと来て教えて貰いましょうか？」

　すると、同じ大学の先生からのお願いだということで、昨日高橋竜司と揉めた学生四人のうちの一人が、直ぐに部屋にやって来て、

「はい、僕は杜都大学の大学院言語学科でちょうどその辺りを研究している千葉幸雄と言います。僕自身の勉強にもなるのでちょっとお話しさせてください」と、次のように教えてくれた。

　ケセン語は、気仙沼市在住だった故山浦玄嗣《はるつぐ》内科医師が日本の気仙地方（宮城県気仙沼市と岩手県陸前高田市・大船渡市・住田町など）で話されている言語を一つの独立した言語であると提唱したも

のである。山浦医師は診療の傍らラテン文字による「ケセン式ローマ字」を考案し、文法書や辞書、読本、音源など多岐に渡って一つの言語体系として整備した。特筆すべきは、このケセン語により、マタイ・マルコ・ルカ・ヨハネの新約四福音書を全てケセン式ローマ字によってギリシャ語の原典から翻訳し、著者が朗読した音源CDも付属させつつ、同時に一般読者が読みやすいよう漢字仮名交り文体による副文で合わせ書いている点である。このことによって福音書の多くの個所が活き活きとした気仙地方の生活の言葉で語られることになった。この業績が聖書の理解に役立ったとして、平成一六年（二〇〇四）にバチカンに招かれ、当時の教皇ヨハネ・パウロ二世に「ケセン語訳新約聖書・四福音書」を直接献呈し、同時に祝福を受けたものである。

一般に日本語の音韻は「空sora」や「何々したshita」などと母音で終わる開音節言語の性格が強く、強弱と高低の二種あるアクセント分類のうちでは高低アクセントで話している。日本語アクセントの一種である東京式アクセントは、北海道から東北北西部、関東西部・甲信越・東海、奈良県南部、近畿北西部、中国地方、四国南西部、九州北東部等で用いられ、音の下がり目の位置を弁別する体系である。

一方、近畿地方や四国地方全般を中心に分布する京阪式アクセントは、ピッチの下がり目だけでなく、語頭が高いか低いかも区別するものである。また日本語の文章構造としては、英語や中国語のようなＳＶＯ型（主語→動詞→目的語）ではなく、「私は空を見る」のように、主語→目的語→動詞の語順で構成されるＳＯＶ型で、その名詞の格を示すために語順や語尾の変化ではなく文法的な機能を示す機能語（助詞）を後ろに付け加える（膠着させる）。このため言語類型において日本語は、語順では

ＳＯＶ型の言語に、形態では膠着語に分類されている。これらの特徴は、基礎語彙や語順、文法構造、音韻の面でも朝鮮語と類似点が多く、アルタイ諸語の中でも日本語と朝鮮語は最も近い言語と考えられている。

しかし朝鮮語は基本的に閉音節であり、子音連結の存在や、有声・無声の区別が無いといった点で日本語と異なっている。日本語は数詞や物質名など重要な基礎語彙では、むしろ古代高句麗語と共通点がある。例えば古代高句麗語で、数字の三は密《ミツ》、五は于次《イツ》、七は難隠《ナナン》、十はトイといった具合で、日本語の訓読みとほぼ同じである。また水は買《マイ》、泉は於乙《イリ》、谷は旦《タン》、兎は烏斯含《ウシガン》、馬は滅烏《メル》、海（和語わたつみ）は波旦《パタ》、心は居尸《クル》などかなり日本語の訓読みに似ている。この高句麗語は、高句麗滅亡後も遺民が建てた渤海国の言語として、八世紀以降も話し手が存在し続けたと考えられており、一二世紀に勃興した女真族と同じツングース系であると分類されてきた。舌を使って発音するｒとｌは流音と呼ばれており、これは日本語ではラ行しか存在しないが、インド・ヨーロッパ語族は明確に区別している。日本語のように流音を区別しない言語は、太平洋沿岸からアメリカ大陸原住民に分布しており、日本語や朝鮮語、アルタイ語では語頭に流音あるいはｒ音が立たない特徴がある。

一方、ケセン語の言語上の特徴は、東京式アクセントの中でも特殊なものとして分類されている。即ちシとス、チとツ、ジとズとヂとヅを区別せず、一音節の中に二つの母音成分を持つ二重母音を有し、また対応する共通語の語中のカ行とタ行の音が濁音化するなどである。したがってガ行の濁音と鼻濁音とは明確に対立する。

この中で気仙地方を中心に宮城県北部から金華山を含む牡鹿半島全域にかけては、ケセン語の特徴を表している特殊地域に色分けされている。つまり日本語の中に高句麗語や百済語を話した古代扶余族言語の特徴が広く残っており、特にケセン地方で色濃いことが分かる。ケセン語の地域を走る三陸鉄道南リヤス線車中では、「三陸さぁよぐきゃんしたねぇ！」（三陸によくいらっしゃったねぇ）や、「三陸さぁまだきしゃっせんよ！」（三陸にまたいらっしゃいよ）と言ったケセン語が気仙地方の美しい風景と共に掲示されている。つまりケセン語は日本語の気仙方言ではなく、独立した言語であるという考え方である。

「そうそう、ケセン語は岩手県南部太平洋岸や宮城県気仙沼あたりでは今でも大切な言葉として使われていますよ。千葉さん有難うございました。それにしても高句麗や百済とかの話を聞くと、昔も今もですけど、国が出来て一時繁栄しても、必ず新しい別の国が生まれ、その国に滅ぼされて、人々はその都度故郷を失って行ったんですね。何だか大津波で故郷が全滅した私たちと似ているような気もします」とまた及川がしんみりと呟いた。

「ホントですね、及川さん。故郷というのは生まれ育って親しんだ土地や言葉や文化や人間関係などの記憶で成立するものでしょう。でも津波はその全てを一気にしかも根こそぎ奪い取るわけですから、状況によっては戦争より苛烈な場合があるかも知れませんね。私たちは言わば故郷喪失者と言えましょうか」と東日本大震災・大津波で親戚を六人失った白鳥も同調した。

「そうですね、高句麗や百済の遺民は故郷を追われて仕方なく日本に落ち延びて来た故郷喪失者ですよね。元々日本国内に住んでいたって、陸奥国や出羽国の人達は飛鳥時代から奈良・平安・鎌倉時代までずっと畿内朝廷に侵攻され続け、故郷を追われ続けたんですよね。人間はこの世に産まれおちてから、少しずつ故郷を獲得しながら成長して行きますが、やがていつからか、今度はその故郷を少しずつ失いながら生きて行かなければならないように出来ているんですかねぇ。津波はそのような故郷を一気に失う訳ですから、なおさら辛いですよねぇ」と安部宗夫も嘆き半分で呟いた。

「東日本大震災・大津波から一〇年ちょっと経ちましたが、私も含めた東日本沿岸部の人々の悲しみはずっと続いていますね。悲しみを忘れようとしても、忘れられないんですよ。いつか悲しみが無くなる日が来るんでしょうか?」と、明るい及川が涙声になって来た。

「及川さん、肉親と故郷を失った悲しみは、ほんとにいつまでも消えることはないですよね。私もあの津波で親戚が六人亡くなっていますから、お気持ちが良く分かります。でもその悲しみを無理に忘れようとする必要は無いんじゃないでしょうか。人間にとって、時が経てば悲しみを忘れることが出来るということは無いのだと思います。悲しみというものは、確かに日々の生活の中で歳月と共に少しずつ小さくはなって行きますが、逆に濃縮されてその比量は少しずつ大きくなって行くのです。だからどれだけの歳月を経たとしても決して軽くなることはなく、同じ重さでずっとその人間の心の中に生き続けるものなのでしょう。ですから、その悲しみをずっと大事にして、悲しみと共に生きて行けば良いのですよ」と年長者らしく白鳥が及川を慰めた。

「そうそう、故郷喪失者と言えば、学生時代に読んだハイデッガーが有名ですよね」と水鳥が話題を変えるように次のように話した。

存在には二種類あり、何であるかという本質存在（例えば柱とは何か？）と、如何にあるかという事実存在（例えば柱は立っているのか？）である。理論的には本質存在は事実存在に先行する。つまり柱とは何かということが先ずあって、その次に柱が立っているか倒れているかという話になる。古代ギリシャに始まったこの「存在とは何か？」という存在論を、アリストテレス以降の哲学者は回避するようになった。西洋哲学ではそのままキリスト教神学、デカルト、カントまで一貫した二元論として継承されてきたので、これをハイデッガーは「西洋哲学は存在忘却の歴史である」と言った。存在（Sein）とは存在者を存在させている作用のことであり、人間は存在とは何かと問いうる特殊な存在（現存在、Dasein）である。つまりハイデッガーは存在と存在者とを分けて考えたうえで、存在は元々自然を作り出している根源の、いわば人間にとっての故郷なのであって、産業革命以後の近代はその故郷を喪失した時代であると考えた（Heimat loss、ハイマートロス、故郷喪失）。ここでドイツ語のHeimatが英語でホームタウンと訳されているのは、故郷としての要素全てを含んだコミュニティをイメージした翻訳であろう。

「あはは、私にはさっぱり分かりませんが、とにかく自らの根本的な拠り所を失った人間存在が故郷喪失者であり、ハイデッガーはその要因として近代技術を厳しく批判したということですね？」と、安部宗夫が難しい話を切り上げに掛かった。

「私なら故郷喪失者としては、原口統三を挙げたいですね」と今度は白鳥が口を開いた。

「あぁ、二十歳のエチュードを書いた？」と水鳥も昔読んだと云うように頷いた。

「そうです。仰る通り、日本人として戦前の朝鮮の京城（現在のソウル）に生まれ、大連一中を卒業した後、満州国内を転々としてから、日本に留学のような帰国をして旧制一高三年在学中に厨子海岸で入水自殺したんですよね。在学中に書き残した草稿が死後に発表された二十歳のエチュードです。人間には土地としての故郷と言語としての故郷がありますが、アカシア並木の美しい大連の風景を土地としての故郷として育ち、のち言語の故郷である日本に帰国留学という形で三年間の学生時代を過ごし、象徴主義のランボーに傾倒し続けた青年には、本当の故郷というものがはじめから無かったのかも知れません。だから確固たる故郷を得た後にそれを失った故郷喪失者というよりは、本当は無故郷者という方が正しいのかも知れません」

「確かにそうかもしれませんね。大分昔に読んだので良く覚えていませんが、故郷を失った悲しみというよりは、言葉の純潔を求め続けて、依って立つべき純粋な言葉の故郷、あるいは完璧な風景や人間を生きる上で不可欠であるとした、つまり存在しえない究極の故郷を求め続けた結果の空しい到達点であったような記憶があります」と水鳥がはるか昔の学生時代を思い出して呟いた。

「それなら、高山右近はどうですか？」と今野が皆に問うた。

「それは面白いですね」と答えたのは白鳥である。

「高山右近って、キリシタン大名ですよね？」と、ここは聞いたことがある名前だという感じで及川が合いの手を入れた。

「そうですね。高山右近は過酷な生き残り競争であった戦国時代に、一〇歳で洗礼してジュスト（ポルトガル語で義の人）と呼ばれ、長じて父高山飛騨守友照（洗礼名ダリオ）の後を継いで摂津高槻城主となりました。戦巧者として織田信長、豊臣秀吉、徳川家康の三大天下人に重用されましたが、一方でまたこの三人から数々の無理難題を突き付けられた人でもありました。しかし、その都度右近はギリギリのところで解決しながら一人のキリシタンとして命をつなぎました。

まず信長が、反逆した有岡城の荒木村重を討ちに行く途中にある高槻城の城主高山右近に開城を迫った時に、開城せねばイエズス会士と高槻キリシタンを皆殺しにすると言われたのです。もし信長の命令に従って開城すれば、有岡城に出していた人質の父と息子ジョアンと妹が荒木に殺されるし、もし信長に逆らえばイエズス会士と高槻キリシタンを皆殺しにされます。肉親をとるか信仰をとるかという、人間としてこれ以上無い難問を突き付けられた高山右近は、急転直下城主の地位を老父ダリオに返還し、自分は全てを捨ててキリスト様の後を追う流人として生きていくとして、キリシタン住民の助命を信長に嘆願したんです。結局それで高槻城は自壊したわけです。

次に豊臣秀吉によって、天正一三年（一五八五）に播磨国明石郡に六万石を与えられましたが、二年後の天正一五年（一五八七）にバテレン追放令が同じ秀吉によって施行されてしまいました。つまり今度は信仰か領国かという試練ですね。普通ですと、ここで宗旨替えをするところですが、右近は逆に領地と財産を全て捨て信仰を守ることを選び日本国内を驚かせました。ちなみにこのとき追放されて畿内から長崎に行くことになったポルトガル人宣教師ルイス・フロイスは、聖書の一節を引用して京で最後の説教を行いました。

『永遠の都というのは、この地上にはありません。本当の都は天主を信ずる人の心の中にあります。主はこう申されました。我は汝を去らず、汝を捨てず（ヘブル書第十三章第五節）』

流人となった右近は、その後小豆島や肥後国などを経て、天正一六年（一五八八）に前田利家に一万五〇〇〇石という破格の待遇で招かれて加賀国金沢に暮らしました。この金沢ではそれなりに満ち足りた年月で、滞在は二六年間に及びました。

しかしこの世での平穏な日々は永遠には続かず、今度は家康によって更なる試練を受けることになりました。慶長一九年（一六一四）に、徳川家康発布によるキリシタン国外追放令が出されたのです。これは先の秀吉による宣教師追放より対象を広げて全ての信者が追放されるということですから、つまり信仰か国外追放（故郷喪失）かという試練ですね。しかしここでもやはり高山右近は信仰を取り、国外追放を受け入れることにしたのです。金沢を出発して長崎からマニラに送られる船に乗り、マニラに一二月に到着しました。既に海外のイエズス会宣教師の間でも有名になっていた右近は、マニラでスペイン総督フアン・デ・シルバらから大歓迎を受けました。しかし、それも束の間、船旅の疲れや慣れない気候のため老齢の右近はすぐに病を得て、翌年の一月六日に享年六三歳で死にました。これはマニラ到着からわずか四〇日目のことだったそうです。

右近の亡骸は、イエズス会コレジオのサンタ・アンナ聖堂の近くに埋葬されましたが、その後この墓は行方不明となりました。現在高槻市には高山右近記念聖堂として、美しいステンドグラスと共にカトリック高槻教会の新聖堂が立っています。また昭和五二年（一九七七）にはマニラ市内の旧パコ駅前の公園に高山右近像と碑二基が建立されました。此処には今でも綺麗な花輪が捧げられています。さらにフランシスコ教皇の認可を経て、平成二九年（二〇一七）には、大阪市の大阪城ホールで枢機卿が来日して列福式が盛大に執り行われました。地位を捨てて信仰を貫いた殉教者であるとして、福者に認定（列福）されたのは、亡くなってから実に四〇二年後のことでした。

　この高山右近が日本という故郷の土地を捨て、大名としての領国も領民も捨てて、妻と娘千代（夫と子を金沢に残して行く）と共にマニラに旅立つ時に、

『我らの行くところ天主の在《いま》さざる土地は無く、従って何処へ参ろうとも故郷に帰る気がする』と言ったそうです。

　またマニラでの右近臨終の言葉が次のように伝わっています。

『全ての人を隣人として、吾身と同じく大切に思い、汝の敵にさえ思いやりといたわりの心を持てと教える天主に従うならば、つまりは他郷こそ故郷なり。我らが生涯かけて訊ね行く真の故郷は、まだ見ぬ遠い彼方にあるのだ。そう思えばどのような困難にも耐えられよう。故国の山河が恋しくなった時はそれを思い出すが良い。老いて失明した父の使いとなって旅に出た聖書のトビアスに倣い、良きキリシタンとして生きよ』と傍らの妻と娘に言い残したと言われています。」

「なるほど、面白いですねえ。それでは私が昔習った前漢武帝の将軍蘇武はどうでしょう？」と水鳥も白鳥に質問する。

「そうですね、蘇武将軍は外征に力を注いだ武帝の意を受けて、天漢元年（紀元前一〇〇）に匈奴を北撃したが、奮闘空しく戦に負け捕虜になってしまいます。ところが幽閉された北の大地では、絨毯を噛みそれを雪水で飲み込んで生き続けたので、驚いた匈奴によって更に北のバイカル湖畔に送られ、そこでは雄羊だけを与えられ、この雄羊が（産むはずの無い）子羊を産んで乳が出たら漢に帰ることが出来るだろうと言われたそうですから、ひどい話ですね。何とそれから一九年にわたって、蘇武将

軍は野ネズミを捕まえて食べ、草の実をむしって食べ、その間一時も漢軍としての軍旗（節という）を離さず、最後には旗棒から軍旗もその上にたなびく旄《ほう》（旗棒の先端に付けるヤクの毛でできた飾り）も悉く落ちたんですね。この間、同じく匈奴に負けて投降していた李陵や衛律から、

『人生は朝露のように短く儚いものだから、いつまでも意地を張ってこのように自ら苦しむ必要は無いではないか。自分達のように匈奴に降《くだ》っても、このように厚遇されるのだから翻意してはどうか』と何度も説得されましたが、蘇武将軍は節を曲げなかったんです。

やがて武帝が亡くなって、ようやく漢に返されたとき、かつて強壮だった蘇武は髪の毛も髭も真白になっていたと言います。しかし漢の皇帝と国土に対して純粋に忠誠を貫いた蘇武に対して、代変わりした昭帝は典属国（野蛮国や属国）の役職しか与えず冷遇したのです。一方、匈奴に降った李陵を武帝は裏切り者として、その老母、妻、子、弟に至るまで悉く処刑したのです。またこれを唯一人弁護したとして、司馬遷は睾丸を去勢される宮刑の辱めをうけ、これ以後は史記の執筆に集中せざるを得なくなりましたね。漢節を一九年間守り続け凱旋したはずが、故国から冷遇された義人蘇武将軍も、匈奴に投降して家族を皆殺しにされて孤独のうちに胡地に埋もれ死んだ李陵も、それを庇って故郷の中で異人となった司馬遷も、三人とも故郷喪失者と言えるかも知れませんね」

「そんな事もあるんですねぇ。紀元前の話とはいえ、今でも似たような厳しい状況は有りうるかも知れませんね。ホントに何が故郷で何が異郷なのか分からなくなりました」と水鳥は腕を組んで首をひねった。

故郷を持たない人々は、ギリシャ語で撒き散らされたものという意味のディアスポラと呼ばれているが、フランス語ではデラシネ（根無し草）と呼ばれ、よそ者を呼ぶエトランゼ（異邦人）とは少し異なる。ドイツ語ではハイマートローゼ（故郷喪失者）、英語ではホームレスと呼ばれるように、世界中でこのような言葉と考え方は存在している。特にディアスポラは、故国イスラエル以外の地に移り住んだユダヤ人や、最近では華僑や印僑に対しても用いられるようになっている。

日本では与謝蕪村が望郷の詩人と呼ばれている。

「花茨《はないばら》故郷の路に似たるかな」

故郷への道を花茨とは流石である。母親が眠っている墓がある与謝の村に、自分が帰るべき故郷は蕪《な》いという（蕪村）。帰れない何があったわけではない。しかし喪失した故郷へ戻れない悲しみ、故郷を喪失したという悲痛な思いだけは持ち続けた詩人である。

室生犀星が詠った「ふるさとは遠きにありて思ふものそして悲しくうたふもの」は出生と生い立ちの重層性が生み出した故郷の観念であろう。

長崎県諫早市出身で同じく望郷の詩人と呼ばれている伊藤静雄は、昭和一〇年（一九三五）に処女詩集『わがひとに与ふる哀歌』で次のように詩《うた》っている。

曠野《こうや》の歌

近づく日我が屍骸《なきがら》を曳かむ馬を
この道標《しめ》はいざなひ還へさむ

あゝかくてわが永久《とは》の帰郷を
高貴なる汝《な》が白き光見送り

これは荒野に生きる人間が、死に臨んで世俗を離れた清らかな白雪の懐に帰って行きたい心を抒情したものであろう。

青森県弘前市出身の寺山修司は、「走っている列車の中で生まれたので、自分に故郷はない」と嘯《うそぶ》いていたが、啄木の「故郷の訛り懐かし停車場の……」を下敷きにして、「ふるさとの訛りなくせし友といてモカ珈琲はかくまで苦し」などと、故郷に対しても屈折した言葉の表現を追求し続けた詩人である。自伝的エッセイの『悲しき口笛』では、「男は誰でも故郷をもっている、それは女にはないものである」と挑発的な言葉を綴っている。男は、二度と帰ることの出来ず、いつも寂しいものとしての観念的な故郷を求めるが、女は具体的な事物を故郷として感じるということかも知れない。

中国では隋の前の南北朝時代の陶淵明が、小役人が巡視に来るときに束帯を以って面会を求められたときに、「我豈能《あによ》く五斗米《ごとべい》の為に腰を折りて郷里の小児に向《むか》はんや」といって辞表を出し、次のような帰去来辞《ききょらいのじ》を賦した。

歸去來兮《かえりなんいざ》田園将《まさ》に蕪《あ》れなんとす胡《なん》ぞ帰らざる

故郷の田園は今や荒れ果てようとしている、さあ故郷へ帰ろう。高趣味のある（自分のような）人間にとって俗世間は最初から相容れないものであり、俗世間と交わるのはもう止めよう。見知った親戚達との話を楽しみ、琴を奏でて、書物を読んで、憂いのない人生を送ることにしよう。そのように、陶淵明にとっての故郷とは、ただ俗世から逃避して隠遁するだけのものであった。これは西晋当時の竹林七賢などにも見られるように、退廃した知識層が陥っていた厭世思想を受け継いだ公より私を優先する姿勢であった。この当時は混乱した国情の中で、多くの指導的官僚が虚無的な空論（清談）を繰り返していたのである。

「同じ中国でも孔子はどうでしょう？　確か政争で故郷を追われて長年他国で冷や飯を食わされたんですよね？」と、今度は安部宗夫が皆に問うた。この問いについては、

「それは面白いテーマですね」と白鳥が次のように答えた。

「古代中国にあった魯国の高齢軍人の父と身分の低い若巫女との間に生まれた孔丘は、三歳で父親を失い、一五歳で学に志したものの、一七歳の時に母親も失ってしまいました。しかしそれでも独学に励み、礼学を周の老子に問い、次第に魯国第二五代定公に用いられて、五二歳になって大司寇（法務警察大臣）に取り立てられました。これが紀元前五〇〇年のことですね。しかし孔子が行おうとした改革は、魯国第一五代桓公の庶子系三宿老（三桓）に妨害されて、たった三年で隣の衛国に亡命せざるを得なくなりました。この亡命先に留まること五年を経た六〇歳になり、思うところあって弟子三人（子路五一歳、顔回三〇歳、子貢二九歳）と共に、晋や衛・宋・鄭を転々と放浪し、舜と殷の遺民国である陳・蔡に至ってここに四年間滞在しました。この間荒野で暴徒に取り囲まれたり、呉軍に襲われ身ぐるみで逃れたり、喪家《そうけ》の狗《いぬ》のように困窮しながら、戦乱の中で国が滅び国が生まれ、人が生まれ人が死んでいく様を目の当たりにしたことでしょう。後になってこの言わば放浪の歳月は、陳蔡

の旅と言われるようになりました。

孔子の思想は仁（人間愛）に集約される哲学ですね。周王朝初代武王の弟で、初代魯国王に封じられた周公旦《しゅうこうたん》は、様々な周朝法令を制定するとともに、周代の礼学（政治官位制度や文物習俗の規範）の基礎も築いた大政治家でした。それはつまり殷代に行われた呪術神政ではなく、礼治主義に基づく新しい国の治め方を提唱した訳です。孔子はこの五〇〇年前の魯建国者旦を理想の聖人として終生尊敬し続けました。しかし周公旦の思想に仁は出て来ませんので、これは孔子自身の考えであり、人が二人で仁といい、人と言が合わさって信という文字を新たに創造して甲骨に刻んだ、殷の人々の貴い智恵に学んだものでしょう。つまり孔子は礼の根本に仁という哲学を据えることによって、その後の中国政治ならびに人々の生活規範へ重大な影響を与えることになりました。春秋戦乱の時代に、国が亡び人々が困窮して行く姿を戦場で間近に見つめながら、無益とも言われた理想説諭の陳蔡旅を続けました。

その孔子は陳蔡旅を終えてから一旦衛国に戻り、五年後に漸く故国魯に帰国することが出来ました。この間亡命生活は一三年に及び、孔子も六九歳になっていました。しかし故国に帰国した翌年には息子伯魚に五一歳で先立たれ、三年後に愛弟子の顔回が四一歳の若さで病死し、四年後には剛直な弟子の子路が衛国での政争で六一歳で不慮の死を遂げるなど不幸が続きました。しかし同時にこの生涯最も悲しく辛い時期に、後年に残る大業を孔子は日々完成させて行きました。礼の究極的基盤を仁とし、仁の根源は人間と云うものに対する明るい希望であり、乱世にあっても失ってはならない心の姿勢であると考えましたね。天命を知ると自ら述べた五〇歳以後も、自身はひたすら天から裏切られ続けた孔子は魯帰国五年後に七四歳で亡くなりました。

故郷を追われて亡命生活を長く暮らした孔子にとって、不思議なことに故郷という概念はあまり無かったと思われます。しかし結果として、魯国は孔子にとっての出発点としての思想形成の場であり、また帰還してそれを集大成する場所となった幸運なケースだったのではないでしょうか。次々と国が滅び、また次々と国が生まれて行った古代中国の春秋時代にあって、故郷などという概念そのものが発達する余地が無かったのかも知れません。国破れて山河ありとは、ずっと後の唐代になってからの杜甫の五言律詩ですが、この時の土地や家族への想いは、孔子の場合とかなり異なりますね。聖人孔子の場合は、ひたすら人間の行動に関心があり、私達庶民と次元が違うという点では、キリスト教におけるイエス・キリストやイスラム教の開祖ムハンマド（マホメット）も似ているかもしれませんね」

「それならお釈迦様はどうですか？」と、安部宗夫がまた難しいテーマを問うてきた。

「いや、これも難しいですねぇ」と、白鳥が頭を掻きかき次のように答えた。

「古代インド中部にはマガダ国とコーサラ国の二つの大国があり、その間で釈迦族は小さな部族として、ほぼコーサラ国に従属していました。母摩耶夫人が、紀元前五世紀に出産のため出身地コーリア国への里帰り途上に産気づいたため、カピラ国カピラヴァストゥ郊外のルンビニーでお釈迦様は産まれましたが、その母親は出産七日目に死んでしまいました。お釈迦様は長じて出家し、各地を周りながら八〇歳になった頃に自らの死期を悟って、ビハール州の霊鷲山《りょうじゅせん》から故郷へ帰る旅を、弟子のアナンダ（阿難陀）と共に始めました。恐らく母が死んだカピラヴァストゥに向かっていたと思われますが、途中のクシナガラで供された豚肉（あるいは豚が探したトリュフ様毒キノコ）を食べて下痢となり、沙羅双樹の間で亡くなったと言われています。

これより以前に、コーサラ国の毘瑠璃王《びるりおう》（ヴィドゥーダバ王）は、隣国カピラの釈迦族を殲滅しようと進軍したんですね。それを知ったお釈迦様は、母国と釈迦族を救おうとして、一本の枯れ木の下で座って待っていました。進軍してきたヴィドゥーダバ王はお釈迦様を見かけると『世尊よ、他に青々と茂った木があるのに、なぜ枯れ木の下に座っているのか？』と問うたところ、お釈迦様は、『王よ、親族の陰は涼しいものである』と静かに答えたと言います。お釈迦様は、この枯れ木の下で毘瑠璃王の進撃を三度も防ぎましたが、四度目には防げませんでした（仏の顔も三度まで）。枯れ木のお釈迦様を四度目に突破したヴィドゥーダバ王によって、遂に釈迦族は殲滅させられました。つまりお釈迦様は出来るだけ故郷を護ろうとしましたが、結局それを救うことは出来ませんでした。それでも死期が近づいた時は、故郷に帰ろうとしたのですね。故郷に対する生き方の次元としては、お釈迦様は私達に近い感じがしますね」

「私達に近いと言えば、私の祖母の話で恐縮ですが……」と安部宗夫が次のように話した。

「私の祖母は別府生まれで別府育ちでしたが、太平洋戦争中に海を渡り、従軍看護婦として上海の陸軍病院に奉職しました。しばらくして当時満州の陸軍大連部隊に勤務していた同郷の祖父との縁談があり、いったん別府の実家に帰って、縁談が決まりました。そして昭和一九年（一九四四）春に、親戚一同に見送られて別府駅から汽車に乗り、下関から船に乗って再び中国大陸に向かったのです。祖母はアカシア並木が美しい大連《ダルニー》の町が直ぐに好きになり、第二の故郷だわと常々言っていたそうです。ほどなく祖母は身ごもり、勤務していた大連陸軍病院で、私の父である安部宗春を昭和二〇年（一九四五）三月に無事に出産しました。その時に撮った写真が別府の実家に送られて来て、赤ちゃんを抱いて幸せそうな祖母の笑顔が祖父と共に映っていました。戦時中で、しかも軍人の妻であり自らも従軍看護婦としての尊い勤務があるので、手放しで楽しい毎日とは言えなかったでしょうが、それでも美しい街での新婚生活と長男誕生という充実した喜びの日々を送ったものと思います。しかし産後の肥立ちが悪かったのか、その後祖母の体力は急速に衰えて、六月に亡くなってしまいました。性来健康だったという祖母に何が起きたのか分かりませんが、死ぬ前に遺言して、自分の遺骨は二分して、一つは別府の嫁ぎ先のお墓に、そしてもう一つは大連の共同墓地に埋めてくれと言い残したそうです。その後すぐ終戦となり、祖父は乳飲み子の宗春と、祖母の遺骨半分と共に別府に帰国して来たそうです。その時に祖母の両親は、半分しかない遺骨を抱きしめて号泣したそうです。若くして異国で亡くなった私の祖母の故郷は三つだったのか二つだったのか、祖母の短い一生は幸せだったのか不幸だったのか。あれから七五年以上経った現在でも、毎年命日が来るたびに嫁ぎ先のお墓の前に僕たち親戚が集まって、大連で咲いていたニセアカシアの白い花をお供えしていろいろ話題になるんですよ」

「それはお祖母さん可哀想でしたね。それにしても、当時満州に居た日本人は、亡くなると国内のお墓に持ち帰って埋葬する場合が多かったそうですから、大連に遺骨の半分を埋めて欲しいということは、それだけ充実した幸せな新婚生活だったんでしょうね」としんみり水鳥が呟いた。

十九　龍門

重要参考人の臨時事情聴取室になった金華山黄金山神社の参集殿小会議室における小野寺匠の供述は概ね以下のようであった。

「自分は山岳カメラマンを職業としており、山の風景や山草、野鳥、小動物など主に山の自然について撮影している。あまり売れない写真家だが、こう見えて写真集も出版している。自分の先祖は、幕末の伊達藩時代に藩金を横領した罪で捕縛されたが、金額が大きかったらしく遠島刑を受けて、仙台から江島《えのしま》に流された。この江島に連行されて来て、貧しいながら気ままな流人暮らしをしていた三年目の冬に、新しく流されてきた男から金華山の絵図を見せられたそうだ。その地図は既にかなり古い物であったが、数か所が何とか判読できる文字も書かれていて、地図の金華山島内の千人沢あたりに×印があり黄金と書いてあったという。伊達藩には金山開発を行う部署が代々あって、正宗公の頃には磐井地方やこの牡鹿地方も盛んに産金したらしい。幕末の頃は殆ど産金しなくなったが、まだ産金に関する開発や古い資料の管理はしていたという。その男は門外不出の資料の中から特にその絵図を盗んだところを見咎められたので、相手を殺して逃げたのだ。そして捕まる前に買収して渡しておいた部下から、島流しの途中でその絵図を取り戻したという。その男が江島に来て年が明けたら、一番寒い頃に自分の先祖はその絵図を盗んで頭上に紐で縛り、凍える冷たい海を泳いで江島を脱走し、平島、二股島と島伝いにこっそり寄磯浜《よりいそはま》（現在の女川原発付近）に上陸し、そこから江戸まで逃亡して潜伏していたんだ。江戸で潜伏していた当初は、名前も小野寺から千田《ちだ》に変えていたが、やがて明治維新となり伊達様も徳川様も無くなってしまったから、小野寺姓に戻したんだ。

それ以来、東京の小野寺家には代々この絵図が伝わって来たけど、誰もそんな話を信じやしなかったんだ。だけど自分は、去年秋に死ぬ間際の親父からこの絵図を渡された時に、これは本物だと直感したのさ。四十九日が過ぎ、春彼岸が終わるのを待って今回、この金華山に隠された黄金探しに来たのよ。ちっとも売れない写真なんか撮ってるより、この金華山に眠ってるっていう黄金で一山当てたいってところだったのさ。事前に調べたら、ここの宮司がその秘密を握っているって聞いたんで、昨夕前夜祭が終わった後で宮司に多額の寄付金をしたいと申し出たんだ。その相談がしたいから一緒に鮎川まで行ってくれないかと頼んだら、東日本大震災後の復興費用で火の車だから大変有難いなんて言って、一緒に行くことになったんだ。普通なら初巳大祭の前夜に神社を離れるなんて出来ないだろうにね。

そこで海上タクシーを呼んで、鮎川の居酒屋に行ったのよ。初めはこちらから、有りもしない寄付の金額やら手続きなんかを話しながら宮司にどんどん酒を飲ませて、鯨の刺身やらベーコンやら、さえずりなんかを食べたのよ。やがて宮司が調子良く酔っ払って来た頃合いを見計らって、いよいよあの絵図を見せたら宮司の野郎は、急に顔が青ざめやがって、こんな絵図は見たことが無いとか、その黄金で寄付を頂くなんてそれは話が違うとか、そのうち真赤な顔をして怒り出して帰ると言い出したんだよ。だけどこっちも、ここで引き下がるわけには行かないんで、帰るって言い張る宮司を乗せて、来るときと同じ海上タクシーを呼んで、金華山まで送ってもらったのさ。

だけど大事なことはこの後の事よ。自分はあの絵図に書いてある×印の千人沢に行って、宮司しか知らないというその場所を探し当てたかったのさ。だから二人で海上タクシーを降りて、酔っ払った足で社務所の近くまで歩いて登り、そのまま社務所に入ろうとした宮司を無理矢理引っ張って、金華山頂上にまで登ったさ。ところが登りより、その後の下りが大変だったんだよ。何故かって宮司の野郎、急に酔いが回ったみたいに足のふらつきが酷くなりやがって、いちいち俺に縋《すが》り付いて来やがったのさ。だから楽なはずの下り道が逆に大変で、あちこち足を滑らせて尻餅を付きながら、ようやく絵図にある千人沢の×印の辺りまで辿り着いたのが、ちょうど夜中の一二時頃だったと思う。

『この×印の場所を教えろ』と体を揺すっても揺すっても宮司は、『知らない、そんなものは無い』の一点張りで、そこで掴《つか》み合っての押し問答となったのさ。揉《も》み合ったはずみで自分の手が外れた瞬間に、宮司の野郎は千人沢に向かってよろよろしながら四～五歩逃げたと思ったら、足を踏み誤ったのか、あっという間にそのまま千人沢の深い谷に落ちてしまったのさ。だから自分は殺してはいないよ」

と小野寺は供述を終えた。

「そんな見え透いた言い逃れは出来ないぞ。お前はその×印の場所を教えてくれない宮司を殺すしか無いと思って、突き落としたんだろう」と石森洋一石巻警察署刑事課長が詰め寄る。その脇で小声で、「困ったな、離島の夜中じゃ、目撃者なんか居るはずもないし、困った」と、一緒に事情聴取をしている畑中忠《はたけなかただし》女川交番巡査長が頭を抱えた。

そこに畑中と仲の良い石巻警察署鑑識係の中村真悟が、臨時事情聴取室になっている参集殿小会議室に入ってきて耳打ちした。

「司法解剖の第一報を報告します。宮司のご遺体には、山頂から向かう下り坂で付いた尻餅の痣と、千人沢へ落下したときに出来たと思われる擦過傷が数か所あるだけで、死因は溺死で間違いないそうです。それから胃の内容物では、鯨のものと思われる未消化の肉片やベーコン片、それから何か少し固い貝柱のような肉片が多数あるだけで、その他に特別異常はありませんでした。なお血中アルコール濃度は約一四二ｍｇ／ｍｌであり、三〇〇ｍｇ／ｍｌ以上の泥酔状態ではなかったものと思われると言うことでした。ただ念のため行った血清の毒物検査では、何か珍しい物質が検出されたようで、現在引続き解析中です」

　これを聞いた畑中《はたけなか》巡査長は勢い込んで小野寺を追及した。

「お前、まさか宮司に毒物なんか盛らなかったよな？　初めから宮司を殺す目的で、居酒屋に誘って、そこで何か一服盛ったりしなかったか？　あるいは千人沢で埒があかなくなったんで、急に毒を盛ったんじゃ無いか？」

「毒物？　自分はそんなもの遣《や》ってませんよ。だって宮司を殺したら、肝心の黄金が手に入らなくなるじゃないですか」

　続いて、鮎川に行って事情聴取をしてきた捜査員から、居酒屋クジラ店主安住進の次のような証言が届いた。

「はい、宮司さんとその男は夜七時過ぎに当店に来て、一時間半ぐらい何だか色々話し込んで、夜八時半頃に帰りました。宮司さんは当店に来るときはいつもご指名の海上タクシー十八成《くぐなり》さんを使うんですが、昨夜も往復とも十八成さんでしたよ。何せ帰りに店まで迎えに来ましたから顔は見てます。宮司さんはいつものように上は白衣姿で、下は紫色に白い模様の入った袴で来店されました。ホントに例えプライベートで来店する時でも、いつも身なりをきちんとされる方で、この辺りじゃ流石もと王族生まれは違うって、皆んな言ってます。何でもご先祖様はシルクロードの遠い国から日本に渡ってきた高貴な一族だったと聞いています。そのためかどうか、宮司さんは人柄も穏やかで大らかで、酒も強いし、飲むと決まって相撲の話をするんですよ。特に外人力士を応援しているのは有名で、それはやっぱり何か遠い故国を感じる所があるからでしょうかねえ。そうそう、昨夜はその男と何度も小錦《こにしき》、小錦って言ってましたねえ。小錦関って引退してから大分経つし、しかもハワイ出身だから、同じ外人でも宮司さんのご先祖様とは方角も反対なのになって思ったんですよ。その男の方が小錦のファンなのかなとも思ったんです。当店は週末だけクジラ目当てで遠方から数人の客が来ることがありますが、それ以外の平日は大概暇で、昨夜も客は宮司さんとその男ともう一人別の男性だけで静かだったから、何となくそんな話が耳に聞こえて来ただけです。それでしばらく話していたら、そのあと急にひそひそ話みたいになって、自分には良く聞こえませんでしたが、何だかその男が古い紙切れみたいなものを出して、宮司さんに見せながら時々その紙切れの上を指さしていたかなぁ。そうそう、そのうちにセンインとかセンニンとか言ってましたね。当店は場所がら船員が多いですからねえ。自分が言うのもおかしいですけど、はじめは宮司さんのような立派な方が、何となく風体の悪そうなその男に妙に下手に出ているなあと感じたんですが、図に乗ったのか、後半はその男が宮司さんを威圧するような脅かすような雰囲気になりましたねえ。いえ、立ち聞きしたわけじゃないので、詳しい内容までは分かりませんが、ただそんな雰囲気だったということです。はい、お酒ですか？　そうですね、はじめ二人ともビールを中ジョッキで二杯飲んで、そのあと日本酒を二合徳利で四本行きました。つまみですか？　そりゃ、当店はクジラっていうぐらいですから、主にクジラを出しました。クジラ刺身、さえずり、ベーコン、竜田揚げ、うに、あわび、ほや、御新香、締めに鮭茶漬けでしたね。二人ともお酒は強いようで、海上タクシーの十八成さんが迎えに来たときは、しっかりした足取りで帰りましたよ」

容疑者小野寺と居酒屋クジラ店主安住からの事情聴取は右のようであり、容疑者小野寺の動機と死亡者宮司の足取りは凡そ分かったが、肝心の犯行状況が死人に口なしで結論できず、石森石巻刑事課長もさすがの佐藤百合女川交番所長も頭を抱え込んだ。

新聞記者の取材力というのは凄いもので、選挙の時の出口調査のように臨時事情聴取室の外に張り付いて、中から出て来た参籠者皆から事細かに何を聞かれたか、警察が誰を疑っているのかなどを聞いてきては、那須川デスクに逐一電話報告しており、その都度水鳥たちにも最新情報として教えてくれた。自分自身の事情聴取は短時間ではあったが、胆江新聞には憶測段階での記事は書かないように、きつく念押しされたという。

以下は父と兄を一度に失った奥海陸《りく》の供述である。

「はい、父は奥海君《おくうみふとし》、兄は本名奥海晃《あきら》で、兄が百武斉《ひゃくたけせい》と偽名を名乗っていたのは先ほど刑事さんから聞いて初めて知りました。当神社の神官や事務員は昨日参集殿にチェックインしたときに気づいたようで、父には報告したそうですが、私には心配して大祭の舞いに影響が出ては困るので、大祭が終わってから告げることになったんだそうです。百済王敬福《くだらのこにきしきょうふく》様が小田郡で産金し聖武天皇に九〇〇両を献上したのを記念して翌年の天平勝宝二年（七五〇）に、この金華山に最初に神社が出来た時に敬福様から言いつかり、それ以来当家は代々この金華山でお社を祀りお守りして来ました。当家の先祖は敬福様のご先祖である百済王善光様が白村江の海戦で敗れ、兄豊璋様が高句麗に逃れたのを見届けて、ご自分も命からがら日本に戻って来られるときに一緒に随行して日本に渡ってきたものです。百済王朝にお仕えするずっと以前は、ずっと遠いペルシャ辺りの小国で王をしていたと伝わっています。その国が隣国に侵略されて滅亡する時に、東方に逃れ流れて、中国の洛陽でご縁があり、百済国に客分としてお仕えするようになったのです。そのような事情を尊重して下さり、百済国では対外的には一応臣下としてお仕えはしていましたが、王族の一員として遇して頂きました。ですから父の名前である君《ふとし》は王としての君《たふとし》を略してフトシと呼んでいますので、私自身も娘ではありますが王にお仕えする気持ちで日々接して参りました。また兄が百武斉と名乗ったことを先ほどは偽名と申しましたが、兄の中では百済国の王族の一員として武人の道を歩んだご先祖様への兄なりの敬意を込めた別名であり、本当の意味での偽名ではなかったのではないかとその名を聞いたときに思いました。兄はそのように、当家のご先祖様も父をも尊敬してはいましたが、いつの間にか父の謹厳さを疎ましく思うようになり、石巻の高校時代はとても愚《ぐ》れた下宿生活をしていました。その高校を卒業して金華山に帰って来た次の日に、先祖代々当家に伝わる何か大事な書類を、普段厳重に鍵をかけて父しか開けてみることの出来ない重要な金庫から盗み出して、そのまま出奔してしまったんです。それは私が鮎川の小学校に通っていた頃で、私も家族も本当にびっくりしたものでした。それから直ぐ母親が病気で亡くなりましたが、父は私を跡継ぎにしようと考え、仙台の大学に入れてもらったのでした。

仙台の女子大時代は英文科で学び、友達も多くとても楽しい四年間でした。親しい友人たちが恋愛なども華やかにしており、奥海さんはどうして恋愛しないのと皆からいつもからかわれていました。しかし私は心のどこかでいつも、何時だったか遠い昔に、何処だったか遠い場所で約束をした人がいるような気がしていたので、友人達からの誘いにはあまり乗れませんでした。たまたま友人が冷やかしで応募してくれたミスキャンパスコンテストも、ドレスや着物だけでなく水着審査などもあるので、自分では気が進まなかったのですが、何故か結果は優勝してしまい、それを好機と友人たちが次々に、杜都大学の優秀で素敵な男子学生を紹介すると言い出しました。私が勝手に思い込んでいるそんな遠い昔の遠い場所での約束なんかあるはずもないことですし、その友人達にも笑われるだけですから言いませんでしたが、やはり私にとっては友人たちに勧められるカッコ良い男子学生はどの方ともご縁が無いように感じました。

その当時、私は自分の事をただ離島の古めかしい神社を守る実直な宮司の娘としか認識していなかったのですが、大学を卒業して金華山に戻り、跡を継ぐための修行として、先ず巫女として父の仕事を手伝うようになり、父から少しずつ当家のご先祖様のこと、現在の当家のこと、そして将来の当家のことを教えて頂くようになりました。私の陸《りく》という名前も、お世話になった百済国での慣習に倣ったものだと父から聞きました。百済王は高句麗王と同じ扶余族出身であり、姓も扶余なので、百済王族は扶余系高句麗語を話します。中国の周書百済伝には、百済王は於羅瑕《オラカ》と呼ばれ、これを民衆は鞬吉支《ケンキルチ》と呼び、王妃は於陸《オリク》と呼ばれたと書いてあるそうです。百済国に先行した馬韓国でも王はコニキシと呼ばれたそうです。日本書紀では王をコニキシ、コキシ、オリコケと記し、王妃はオルク、オリクと発音しています。コニは大、キシは王、コニキシは大王、オリキも大という意味ですね。また釈日本紀では君《キシ》や王《コキシ》、大王《コニキシ》と記し、百済と先祖が同族である高句麗については高句麗王《オリコケ》と高句麗王妃《オリクク》と記されています。

　私が父から聞いていたのは、当家の先祖がそのような矜持を持って、代々この金華山を守り続けて来たということです。天平勝宝二年に敬福様から命令されて、この金華山に百済国復興のための大量の黄金を隠し埋めたので、その時が来るまで先祖代々守り抜くように仰せつかったのだそうです。その黄金はその年以降ある時期まで毎年少しずつ追加されて行ったそうです。敬福様はその後奈良都に帰りご出世なされて、元々の難波から現在の枚方市宮之阪の高台に百済寺という大層ご立派な百済様式の氏寺を建立されました。そのご本尊開眼式には当家の初代も招かれて、それはそれは盛大なお披露目だったそうでございます。やがて敬福様も年をお取りになり、今度は孫の百済王俊哲様が陸奥鎮守将軍として下向されるようになり、この俊哲様もしばしば当山にお寄りになり、黄金をご追加になって海路ご帰都されたそうです。敬福様や俊哲様達が秘密の黄金を千畳敷から陸揚げした時に、暫く船溜まりとして利用していたのが、丁度今回父が発見された千人沢なんです。ですから父が千人沢で発見されたと聞いた時に、これは何か隠された黄金と関係があるのではないかと私は直感しました。父が握りしめていた「コニ……」と書かれたコースターは、恐らくコニキシと父が書いたものであり、一三〇〇年前に当家初代が百済王敬福《くだらのこにきしきょうふく》様から申し付けられた尊い使命を、最後の最後まで父が大切にしていたということなのだと思いました。

女川町の御前浜や尾浦に残る伝説は、その頃の敬福様やその後の俊哲様が黄金輸送の中継基地あるいは隠れ家として滞在した時の事でしょう。その後百済王族が陸奥守や鎮守将軍にならなくなって、しばらく追加の黄金は来なくなりましたが、何でも内々に俊哲様からアテルイ・モレ様へ金鉱山の場所が伝えられ、続いて安倍頼時・貞任・宗任様に引き継がれ、さらに奥州藤原四代様にまで世々を経て引き継がれ、この黄金の力で畿内朝廷の度重なる侵攻に屈することのない武力と文化を築き上げてきたと聞きました。安倍貞任様が源頼義との戦に際して、婦女子を阿野平《あんのだいら》に避難させて、そこから更に埋蔵金を持たせて女川湊から更に金華山に逃れさせたと伝わっています。

当社は神社として始まりましたが、奥州藤原氏の頃から金山寺として仏教も奉じて来ましたし、戦国時代の戦乱で大火災に遭ったのちは、再び仏教寺院として再興し、神仏習合時代は数多くの修験者の皆様が修行され、一時は女人禁制も敷かれました。江戸時代を経て、明治時代に入ってからの神仏分離令に従って、往古の神社として今日まで続いて来ました。この間主な施主様は変遷を重ねてきましたが、私ども百済王一族の子孫ははじめ神主として始まり、途中仏教時代は大施主様のご意向により住職としてお務めしながら、敬福様以来の使命を守り続け、明治時代以降再び神主としてご奉仕を務めて参りました。およそ一二五〇年以上にわたって、当初からの家系がこのように金華山を守り続けて来ることが出来ましたのも、偏《ひとえ》に失われた故郷復興あるいは王国復興に掛けた私どものご先祖様の並々ならぬ決意と、意図するとしないとに関わらず途中からお加わりになられ陸奥国を平和に統治されてきたアテルイ・モレ様や、安倍貞任・宗任様ご兄弟、そして奥州藤原氏の皆様方の、故郷復興に捧げられた気持ちのお陰様だと感謝しております。その方々がこの島に残して下さり、少しずつ増えて行ったとされる黄金の隠し場所など、私には見当も付きません。父が生前申していたのは、私が跡を継ぐときに言い伝えるということでした。しかし今となってはもうそれも叶わぬこととなってしまいました。

今回父と兄を同時に亡くすことになってしまい、私は絶望と云うものがどういうものなのかということを、初めて身を以って知りました。千年前の貞観地震の時も大海嘯《だいかいしょう》がありましたし、一〇年前にも千年ぶりの大津波がありました。千年前の時も一〇年前の時も、津波は三陸沿岸よりも真っ先にこの金華山を襲いました。一〇年前のときは、私は丁度鮎川の中学校から社務所に帰宅したばかりの時でしたが、立っていられないほどの大揺れがしたため、しばらく室内に伏せていました。揺れが一段落したのでようやくホッとして境内に出てみたら、随神門に昇る石段入口の大鳥居が倒壊し、付近は粉々に砕けた石で足の踏み場もないような有様でした。急いで石段を駆け上がると、幸いに御拝殿や御本殿は無事でしたが、御拝殿前の大灯籠が落下して砕けてしまっていました。そうしたら社務所の皆さんが、海の向こうから物凄い大波が押し寄せて来たって大騒ぎになって、まさかとは思いましたが、私達も島ごと飲み込まれるのではないかと思われるほど恐ろしかったのです。しかし父宮司はじめ神官の皆様が、全員で正装して拝殿に駆け上がって来て、御本殿に向かって東北地方や東日本沿岸部の被害が最小限に止まるようご祈祷を始めたので、私も慌てて正装して祈祷に加わりました。しかし金華山を襲った大波は、続けて牡鹿半島全域や東日本沿岸部を飲み込んでいきました。当社の神官の皆様は、それから三日三晩交替で護摩木を焚き続け、東北地方や東日本沿岸部の方々の無事を祈り続けました。あの時人々は絶望というものを目の当たりにし、やがて生命と故郷というものに対する一縷《いちる》の望みも失って、落胆と失望のどん底に落ち込み、それからこの十年あまりひたすら忍耐を重ね、何かを待望しながら少しずつ自らの努力で復興を重ねて来たものだと思います。それは古代陸奥国の人達がこの一三〇〇年間ずっと実行して来たものと共通点があるような気がします。

今私は絶望の淵にいて、二度と立ち上がることなど出来ないような気がしています。今早朝に弁財天堂に入ったのは、毎朝のお勤めで頂上奥の院を遥拝するのと、姿が見えなくなった父宮司がもしかしたら倒れているのではないかという思いからでした。その時に偶然ちょっとお見掛けした時にはまさかと思いましたが、先ほど改めてお会いした人を見て私は仰天しました。この人は遠い昔に何処かで会ったことがある。いえ、会ったなどというものではなく、将来を誓い合ったにも関わらず離れ離れになってしまったあの人に間違いないと確信しました。それはあの方も同じだったようで、お互いにはっきり眼と眼を見た瞬間にどちらからも、

『洛陽で！』

『洛陽で！』

と同時に同じ言葉が飛び出したのです。あの方も私と同じように、あの遠い国の遠い昔のことを瞬間的に思い出したのでしょう。不思議なことがあるものです。でも眼の色がお互いに薄い灰色であることも、あの千年以上も前の時のままだったので間違いないとお互いに認めたと思います。もしかしたらあの方が、私にとって千年以上前からお待ちしていた希望の光なのではないかと思いました。私にとって遠いシルクロードの果てが第一の故郷であり、百済国が第二の故郷であり、そしてこの金華山

が最後の故郷であると思っています」

右のような奥海陸の供述が丁度終わる頃に、鑑識の中村真悟が例によって剣突《けんつく》な直属上司である石森刑事課長ではなく、日頃から仲の良い畑中忠《はたけなかただし》女川交番巡査長の方を向いて次のような重要な報告をした。

「先ほど報告しました血液中の毒物鑑定ですが、テトラミンとかいう物質であることが分かったと、連絡が入りました」

「何い、テトラミン？ そりゃ何だ、トリカブトの一種か？」と石森課長が、自分に報告があったように大声で怒鳴った。

「いや、それは田園地帯出身の石森さんにゃ分からないだろうが、この辺りでは貝中毒で時々あるよ」と畑中が冷静に返す。

「でも、居酒屋のオヤジ安住の供述では、宮司が食べたメニューの中に貝は無かったんじゃないか？」と、慌てて石森課長が形勢挽回を試みる。

「はい、そこで解剖所見をもう一度確認して貰ったら、宮司の胃袋の中にはクジラや茶漬けに混じってアワビもあったんですが、どうもこのアワビと紛らわしい肉質でツブ貝の未消化物が結構あることを確認したそうです」と鑑識中村。

そこで鮎川支所で居酒屋クジラの安住からもう一度事情聴取をしたところ、

「えっ、他につまみ？ そうだ、そういえば昨夜はお客様だからって、宮司さんが裏メニューのツブ貝を出してくれって言うんで、十個ほど出したんです。昨夜は女川からとっても新鮮なツブ貝が入ったので、裏メニューで出したんです。お客様にって言った割には、あの男のお客様より宮司さんの方が多く食べてましたね」と裏が取れた。

「でも鑑識が言うには、毒物は検出されたが、その濃度が致死量には全く届かないぐらいで、これが死因になったかというと疑問が残るという報告でした」と鑑識中村が結論を述べた。

「そう言えば参籠者に医者がいたな、あのしょぼくれた医者を呼んで聞いてみよう」と捜査の主導権を握りたい石森課長が、鑑識からの正式な報告を待たずに、思い付きで水鳥を再び事情聴取室に呼び出した。

「ほう、テトラミンでしたか」と意外にあっさりした余裕で水鳥が答えたので、石森課長は逆に本当に知っているのかという目つきになった。白鳥は次のように説明してあげた。

「私も若い研修医時代に、一度救急で診たことがありますよ。テトラミンは、中心にある窒素原子にメチル基四個が四方に放射している珍しい構造のペプチド性神経毒で、正式にはテトラメチルアンモニウムと言うんですよ。主にツブ貝の唾液腺に含まれていて、日本でも時々中毒が報告されていて、めまいや足のふらつき、酩酊感があり、時に眠気もでます。ですから酔い貝とか眠りツブなんて呼んでいる地域もあるんです。ツブ貝の中でも特にヒメエゾボラ貝やエゾボラモドキ貝などにこの貝毒が含まれていて、東北地方では初春から秋にかけて発生することが多いのです。ツブ貝の貝柱と肝《きも》胆の中間辺りにあるアブラと呼ばれる唾液腺に含まれていて、噛みついて捕まえた魚などを一時的に麻痺させる目的があると考えられています。この毒は加熱に強く茹でても解毒されないので、食べるときはこの淡黄色の小さな一対をしごき除くことが安全です。そうですね、中毒症状は食後一時間程度して起こり始め、食べた量にも拠りますが大体数時間続きますね。毒は元々プランクトンが作り出したものですが、これを食べることで貝の体内に毒が蓄積して来るんですね。これを人間が食べると、物が二重にダブって見えたり、船酔いのようなふらつき症状が主体です。一般に体重二〇gのマウスを一五分で死亡させる毒量を一マウスユニット（MU）と定義していて、可食部一g当たり四MUを超えるものは出荷制限が掛かります。ただこのテトラミンのような麻痺性貝毒の食中毒発症量は三〇〇〇MU以上と言われており、死ぬような致死量には至らないことが多いものです。私が若い研修医の頃に勉強したのはこれぐらいで、喘息専門医の私としてはこれ以上のことは分かりませんので、ちょっと同級生の脳神経内科医に電話して聞いてみます」と、水鳥は一旦席を離れて電話をしに行った。五分ほどで直ぐに戻って来て、以下のように追加した。

「いやいや、良く分かりました。同級生ってのはこういう時に有難いですね。彼が言うには、物がダブって見える症状は、医学的には複視と呼ばれていますが、これには片眼でもダブって見える単眼性複視と両眼で見たときにダブって見える両眼性複視の二種類あるんですね。単眼性複視の多くは近視や遠視、乱視、白内障などで起こります。一方、両眼性複視は目を動かすための視神経や筋肉の麻痺によって両眼が上手く協働しないために起こるわけです。ですからこれには様々な病気があって、例えば眼の奥の辺りの炎症性病変や悪性腫瘍、血管障害などがあります。また重症筋無力症なんてのは聞いたことあるでしょう。珍しい症状では内側縦束症候群（MLF症候群）というのがあって、これは水平方向を見たときに物がダブって見えることで有名で、若い世代では多発性硬化症という病気で、高齢者では脳梗塞が多いことが知られています。フィッシャー症候群などは上下左右とも全く眼が動かなくなる病気です。物がダブって見える場合、通常は左右の水平方向を見たときにダブることが多く、従ってダブる方向も左右にずれるパターンが多いのですが、このテトラミン中毒の場合は縦方向にずれて見えることが多いので、特に階段を降りるときや山道を下るときに足を滑らせることが多いんだと言ってました。

そう言われて思い出したんですが、昔読んだ小説で、江戸時代東北地方の小藩で、お毒見役の武士がツブ貝中毒で意識不明になり、藩は主君暗殺かと大騒ぎになり、三日後に意識を取り戻したときに失明していたことから物語が始まっていたように記憶しています。ツブ貝では複視は起こりますが、この物語のように視力そのものの低下は一般的に起こらないでしょう。ただこの主人公は意識不明が三日間続いたということですから、かなり大量のツブ貝毒を食べてしまったのかも知れませんね。

それから似たような名前でちょっと紛らわしいんですが、ヘキサメチレンテトラミンという物質は、尿中に排泄されるとホルムアルデヒドに分解して抗菌性を持つので、これは膀胱炎や腎盂腎炎のような尿路感染症の治療に医薬品として用いられるんですよ」

この水鳥の解説は、金華山参集殿大会議室に設置された臨時捜査本部に新たな困惑をもたらした。

「つまり、それでは宮司の直接死因は毒殺ではないということになるのか……」と石森刑事課長が再び頭を抱えた。

「だからね、私がはじめに言った通り、連続殺人かどうか分からないわよ」と佐藤百合女川交番所長がダメを押した。と、それまで腕を組んで半分以上寝ていたようだった葛西鮎川交番所長がおもむろに口を開いて、

「もう一度、重要参考人から事情聴取をして新しい手掛かりを探ってみましょう」と言ったので、参集殿小会議室で重要参考人から再聴取を行った。その結果、次のような証言が小野寺匠から得られた。

「確かに俺は多額の寄付金をするための相談をしたいと言って、宮司を鮎川の居酒屋クジラに誘い出しましたよ。ところがそこで俺がこの古絵図を見せて、この×印の場所を教えてくれたら多額の寄付をすると言い出したら、宮司は途端に顔色を変えて、この絵図を何処で手に入れた、誰から貰ったのか、そんな場所に黄金は無いなどと怒り出したのよ。口が裂けても、先祖が女川の江島で盗み出したものだなんて言えっこないから、兎に角その×印の場所だけ宮司に教えてもらったら、後日また埋蔵金を掘りに来ようと思っただけさ。それで金華山に戻って、夜中に頂上まで登って、そしていよいよその千人沢に向かって山道を下り始めたら、宮司のやつ急に足元がふらつくとか、足元がダブって見えるとか、御託を並べ始めたんだよ。それでも俺にド突かれるので、何度か尻餅を付きながら漸く千人沢に辿り着いたって感じだったな。いよいよ此処が正念場だと思って宮司に迫ったんだけど、のらりくらりでさっぱり埒が明かないので、胸倉を掴んで怒鳴ったよ。それでもはっきりしないんで、放してやったよ。そうしたら、安心したんだか何だか急によろめきやがって、四～五歩ふらふらしたと思ったら、何てこったいそのまま千人沢へ真っ逆さまよ。流石の俺もビックリしたさ、でも俺が突き落としたわけじゃないからね。酒を飲み過ぎた宮司が勝手にふらついて転落しただけだろう。俺はそのまま参集殿に帰って来て、知らんふりして朝まで寝ていたのさ。」

続いて狐崎玲子から以下のような重要証言が得られた。

「はい、先ほども言ったように、私はホテル廃屋で百武さんが高橋さんと揉みあってホテルロビーの蛇巣窟にはじかれたのを見てしまったので、恐ろしくなり境内まで走って戻りました。そしたら丁度そこで小野寺さんと宮司さんらしい人影が見えて、暗い山道を頂上方向に向かって二人で歩いて行ったんです。こんな夜中に山の方に行くなんて、ただ事ではないと直感したので、こっそりそのまま後を付けて行ったんです。

この日は夕方に三日月より少し膨らんだ月が見えましたが、太陽を追って直ぐに消えてしまいました。でも星空が明るくて意外に夜道も明るく感じたんです。そのせいもあってか、宮司さんが後ろの小野寺さんにド突かれながらではありましたが、二人とも男の足で山道を登って行くので、女の私は付いて行くのが精一杯というぐらいでした。やがて頂上に出て、そこから青空休憩所を経て千畳敷と千人沢の方へ下って行きました。登りは後ろの小野寺さんに急《せ》つかれながらも比較的順調に登っていたように見えた宮司さんでしたが、頂上を過ぎて下りに入って来た頃から何だかペースが遅くなり、後ろの小野寺さんの怒鳴り声が頻繁になって来ました。私はむしろ下りに入って楽になりましたので、二人との距離が時々危ないぐらいに縮まったので、時々宮司さんが、ちょっと待ってくれ、ふらついて足元もダブって見えるんだよ、などと言っている声が度々聞こえて来ました。お酒を飲んでいる風でしたから、ふらついて足元がダブって見えるのも当然でしょうが、でもお酒のせいならば登りの方がきついはずなのになどと、身が軽くなった自分に照らして思ったんです。宮司さんは何度か足を滑らせて、時に尻餅を付きながらも、そうこうしているうちにやがて千畳敷に着いて、そこから左に折れて千人沢に向かったんです。そこで物陰からじっと見ていたら、小野寺さんが紙切れを出して、ここは一体何処なんだ、って大声で怒鳴るんです。それに対して宮司さんが、だからそんな場所は何処にもないってさっきから何度も言ってるじゃないか、と言い返していましたが、何となく足元はふらついているようでした。そのうちに小野寺さんが業を煮やしたのか宮司さんの胸倉を掴んで、教えろ、知らない、の揉み合いになり、宮司さんは怒鳴った勢いかどうか、ふらついてそのまま千人沢に転落したようでした。小野寺さんは千人沢の谷底を覗き込んだだけで、そのまま頂上方向へ帰って行ったので、私も気づかれないようにそのまま後を付けて参集殿に戻ったのが、今朝の四時頃だったと思います」

二十　シルクロード

水鳥が東京に帰って四か月ほど経った頃、金華山から手紙が来た。あのまま島に残った今野は東都大学に辞表を出して、宮司になるために大学に入りなおして勉強することになったと言う。以下はその手紙の内容である。

水鳥さん、その節は大変お世話になり有難うございました。水鳥さんとご一緒させて頂いた二泊三日の金華山は、私の一生で予測できないことばかりの三日間でした。その後の担当検事の判断で、クジラ漁師の高橋さんは不起訴となり、山岳カメラマンの小野寺さんは、もしかしたら助かったかもしれない千人沢に転落した君《ふとし》宮司を放置して立ち去ったということで、現在起訴するかどうかを検討しているということです。お世話になった白鳥さんと孫の誠君から絵葉書を貰い、金華山からの帰路に一日遅れで、予定通り石巻の仮面ライダーミュージアムを楽しんで仙台に帰ったそうです。及川さんも良い連載記事が出来そうだと言って奥州市の胆江新聞に帰り、安部宗夫さんからはご先祖詣りが思わぬハプニングで金華山とのご縁も生まれたと別府からお手紙を頂きました。

今回のことで私自身の人生は大きく変わることになりました。何となく地質学に興味があって続けてきた学問ですが、金華山に来て奥海陸様と出会って、初めてその興味が実は一五〇〇年以上前からのものだったということに気が付きました。お医者さんの水鳥さんからは馬鹿げた妄想だと笑われるでしょうが、人間の記憶というものは世代を超えて継承されていくものもあると確信しました。

私の遠い祖先が、ペルシャあたりの小国が滅亡して、命からがらシルクロードを通ってユーラシア大陸東の果ての百済国に辿り着いたのが、丁度武寧王《ぶねいおう》の全盛期で、西暦五一二年には高句麗に壊滅的打撃を与えたということで、首都熊津《ゆうしん》を中心に久しぶりに国中が勝利の美酒に酔っていた頃でした。この年は、日本では丁度継体天皇が任那の四県を百済に譲渡して、倭国と百済の関係が極めて良好な年でした。この武寧王は権力の証しとして黄金で出来た冠飾やイヤリングをまとい、自国内での黄金探索を奨励しました。

当時私（正確には現在の私の先祖かも知れません）は、シルクロードの西方からやって来た異邦人の金鉱掘りとして百済王族にお仕えしていました。この頃中国では晋王朝後の混乱した南北朝期に、北魏の第六代孝文帝が西暦四九三年に都を平城（現在の山西省大同市）から洛陽に移して、洛陽郊外に龍門石窟を造営し始めた時期でした。今日の龍門石窟には、この北魏時代のものと後年の唐代のものが共在していますが、北魏時代に造営されたものは面長なで肩で、首が長く切れ長の細い目や首のたるみといった象徴主義的な中国風仏像で、今日の日本でも法隆寺の金堂釈迦三尊像や夢殿救世観音像などが北魏様式として知られ、同じ法隆寺の百済観音像や中宮寺半跏思惟像などのいわゆる百済・中国南朝様式とは一線を画していますね。敦煌の莫高窟《ばっこうくつ》は有名ですが、北魏としては第四代文成帝が当時の平城都に造営した雲崗石窟が大きいですね。ここの石像はギリシャ様式やガンダーラ美術を取り入れた様式となっています。その後北魏が南に七〇〇㎞以上離れた洛陽に遷都してから、この龍門石窟の造営が始まりました。しかしこの龍門地区の岩石は固い橄欖岩《かんらんがん》で出来ていますので、先行する雲崗石窟の砂岩彫刻と比べて大変困難な作業だったと言われています。ちなみにこの北魏様式は、畿内朝廷組織の様々な場面で模倣され、例えば平城京や聖武天皇、嵯峨天皇といった名前や、天平や神亀といった年号に取り入れられましたね。龍門とは元々は黄河上流の急流の滝で登竜門の語源となった場所ですが、黄河中流である洛陽の南を流れる伊河《いかわ》のこの辺りも、同じように川幅が狭くなって水がせめぎ合うように迸ることから龍門と名付けられました。この石窟の辺りはその少し手前にあって河の流れも悠々としています。この伊河は龍門を過ぎてそのまま東北上し、洛陽中心部を流れる洛河に合流して、やがて黄河に注いでいくことになります。西方砂漠地帯の砂を巻き込むためいつも黄金色に混濁している黄河ですが、洛陽の付近では一旦流れが穏やかになるため砂が沈殿して、ここだけ清らかな水となり、そのため太古から多くの人々が集まり暮らして来たのだそうです。ですから中国古代の歴代王朝はここを都と定めて来ましたし、日本からも多くの留学生がここで学びましたね。

　この西暦五一二年当時、百済国に鉱山技師として仕えていた私は、武寧王の命令でこの洛陽の都に産金術の勉強のために二年間の留学をしていました。ある一日、勉学に疲れた頭を冷やしに、地質を学ぶためと言い訳をしてこの龍門石窟を訪れました。ここでは当時は未だ賓陽洞の開削が始まったばかりで、後代の唐高宗や則天武后が開削した巨大な盧舎那仏がある奉先寺洞などは、未だ伊河に迫る山肌でしかない時期でした。私が偶《たま》の休日気分でのんびり石窟や壁龕仏を眺めていると、向こうから二〜三名の煌《きら》びやかな衣装を着た女人と、それを護衛するような数人の武人の一団が近づいてきました。邪魔をしてはいけないと思い、私が場所を空けると、女人の中心にいる若い方が、

「申し訳ありません、どうぞそのままで」と声を掛けて下さいました。その方はすらりとした姿で眼は薄く灰色がかって見えましたが、中国語の発音が何となくぎこちないなと思ったら、先方も私の身なりが何処となく中国風でないことに気が付いたのか、

「どちらからいらっしゃいましたか？」と尋ねて来ました。護衛の武人たちが怖い顔で睨んでいるので、失礼に当たらぬよう私は恐る恐る答えました。

「はい、東方の百済という国から留学に来ている金京《きんきょう》と申します」

するると、

「えっ、百済！」と、一団が皆びっくりした様子で、つい先ほどまで恐い顔で私を睨んでいた武人たちも急に顔の色が和らいで、

「それは何としたことでしょう。私たちも百済から来たのですよ。武寧王様のご命令で、私は今人質として洛陽に滞在しているのです」とその方が仰ったので、今度は私の方がびっくりしたのでした。この遠い洛陽で故国百済の方々と遭遇するなど、孤独な留学生活を送っている自分には全く思いも掛けないことでした。

このとき以来、この陸《りく》様に時々洛陽宮廷内に呼び出されて、いろいろな話をさせて頂きました。その中で陸様が本当の百済王族ではなく、元々この洛陽からさらに遠く西方にあったペルシャ辺りの小国が滅亡したために、やむを得ず難を逃れて東方の百済国まで辿り着いたこと、百済国では客分として王族の末席に連なっていること、そのために人質として実の娘ではない自分に白羽の矢が立って、洛陽に送り込まれて一年半になることなどをお聞きしました。百済の武寧王が対高句麗政策として、

中国北朝の北魏だけではなく、南朝の梁や倭国とも活発な外交政策を採っている一環として、自分は北魏に人質となっていることもお聞きしました。また度々のお招きの席では、たわいない世間話の後で決まって小声になり、陸様と自分の祖先は共にペルシャ辺りの滅亡した小国の出身ということなので、それはもしかしたら同じ国だったのではないか、また百済国の将来も不安で満ちていること、百済国に万が一の事態が発生したら、もう倭国という遠い海の向こうに避難するしかないなどと伺いました。

私も武寧王が倭国とも親密だということを仄聞していましたので、留学から百済国へ帰国した後のことについて少し考えるきっかけとなりました。私たちにとってペルシャ辺りの小国は本当の故郷なのであり、今の故郷百済も大切であり、またもしかしたら倭国なども将来の故郷になるのかも知れないなどと小声で話しました。その国はサマルカンドに近い辺りで、現在ではウズベキスタン国の一部になっていますが、今でも中央アジアではそこだけで黄金が産出されているそうです。

それから半年余りして陸様は人質生活を終えられ、百済にご帰国される日が来ました。それまで度々のお招きで親しくお話をさせて頂き、陸様のお人柄にもたびたび接する機会に恵まれました。そのような中で私は次第に淡い憧れのような気持ちを抱くようになっていましたので、この別れはとても辛いものでした。勿論そのような気持ちを抱くこと自体恐れ多いことだと思いますので、私はそのような気持ちは億尾《おくび》にも出したことはありませんでした。

やがて別離の日に、陸様と最後のご挨拶をした時に、陸様の眼が微かに潤んで私を正視しました。

「ではまた熊津《ゆうしん》の都でお会いしましょう」

その一言を最後に陸様とお別れしたのでした。

それから半年後に、今度は私自身の留学が終了し、私は陸様との再会を楽しみに百済の都熊津に戻りました。ところが百済国内では、武寧王様とそれに対抗する王族内の反対勢力との確執があったようで、その政争に巻き込まれて陸様も若い命を落とされたということでした。この話を聞いて私はただ呆然とし、来る日も来る日も陸様が埋葬されたという場所で泣き通しました。

それから数年して、道で偶然会った元侍女の方から、陸様が最後まで私との再会を楽しみにしておいでだったと聞き、再び涙にくれる日々を過ごしたのです。陸様は最後にまた必ず私とお会いする日が来ると言い残されたそうです。

このように百済に帰国してから二〇年間ほど、私は金鉱山技師を指図する財務高官として仕事はしましたが、心の中は空しい風が吹くばかりの歳月でした。そうしているうちに、武寧王様の跡を継いだ聖王様が都を防御に有利だった熊津から、錦水のもう少し下流で水陸交通の要衝である泗沘《しび》（現在の忠清南道扶余郡）に西暦五三八年に遷されるということになりました。私の記憶はここまでで止まってしまっており、遷都と共に私も泗沘に移ったかどうかは覚えていないのです。恐らくそれを機会に、官職を辞して、一生陸様の墓守をすることにしたのかも知れません。

あれからおよそ一五〇〇年が経って、今年五月にこの金華山に来て、水鳥さん他の皆様のお導きで、陸様に再会したというのが真実でした。もちろん医学的には個人の記憶が世代を経て継承されるということはあり得ないことかと素人の私でも解ります。それでもこの度陸様に再会して、あの眼の色、あのお声、そして何より会った瞬間にお互い眼を見合わせて二人同時に、

「洛陽で！」

「洛陽で！」

と口を突いて出たことが何よりの真実だとしか思われません。このたびの不幸な事故で、一時にお父様とお兄様を亡くされたことは陸様にとっても、そして今の私にとっても耐え難い苦しみと辛さではあります。しかし私たちの祖先がシルクロード時代から中国、百済、そして倭国へと故郷を替えながらずっと乗り越えてきたように、私は陸様と一緒にこれからの人生を歩んでいくことにしたのです。

皆様が金華山を後にしてから、陸様と私はあれから神葬祭《しんそうさい》（仏教での葬儀）、六月に五十日祭《ごじゅうにちさい》（仏教での四十九日）、そして八月には新御霊祭《しんみたまさい》（仏教での初盆）を済ませましたので、九月に私たちは結婚しました。そして今は一〇月初旬の神鹿《しんろく》の角切《つのきり》行事祭の準備で忙しい日々を送っています。

金華山黄金山神社は、神社本庁の統括下にある神社ですので、ここの神官になるには神社本庁が認定する資格である階位を取得することが求められます。神社本庁の規定では、階位に次の五段階あるそうです。私は来年春からこの資格を得ることが出来る大学に入学して、一から勉強して行きたいと思っています。

一　浄階《じょうかい》（最高位の階位で、長年神道研究に貢献した者に与えられる名誉階位）
二　明階《めいかい》（別表神社の宮司及び権宮司になるために必要な階位）
三　正階《せいかい》（別表神社の禰宜及び宮司代務者になるために必要な階位）
四　権正階《ごんせいかい》（一般神社の宮司及び代務者、別表神社の権禰宜になるために必要な階位）

五　直階《ちょっかい》（一般神社の禰宜及び権禰宜になるために必要な階位）

ところでこの五月には水鳥さんはじめ皆様とお会いして、これまで経験したことのないような勉強を沢山させて頂きました。私の先祖は百済が滅亡した後に、故国再興のために日本からお戻りになった豊璋様付の技官となりましたが、その豊璋様が白村江の敗戦時に高句麗に亡命した時に倭軍の一員として捨て置かれたのです。そして弟の善光様ご一行と共に命からがら、陸様のご先祖と同じように百済から日本に逃れてきたのです。それ以来、代々の百済王にお仕えし、敬福様が陸奥守として国内初めての産金事業に取り組まれた時もずっとお傍でお仕えして来ました。敬福様は何か心に秘めるものがあったようで、一時的に金華山に蓄えておいた黄金を運んで、朝鮮に向かうことがあったそうです。私の先祖は敬福様のご命令で、小田郡より北の気仙地方で主に産金活動を続けるように仰せつかり、それ以来その地に土着して産金活動を継続して来ました。

神亀元年　（七二四）多賀城設置（畿内朝廷による本格的な陸奥国経営の開始）
天平感宝元年（七四九）陸奥国小田郡で国内初の黄金発見（百済王敬福）
天平勝宝二年（七五〇）金華山黄金山神社開山
宝亀十一年（七八〇）宝亀の乱（伊治公呰麻呂が道嶋大楯と紀広純を弑す）
延暦二一年（八〇二）アテルイ・モレ五〇〇余名を連れて坂上田村麻呂に降伏を申し出る
康平五年　（一〇六二）前九年の役終了（安倍貞任・宗任と源頼義・義家）

天治元年　（一一二四）中尊寺に金色堂を建立（藤原清衡）
文治五年　（一一八九）奥州藤原氏が滅亡（源頼朝）

長い歴史の中では、次第に百済王族との関係が薄れて行きましたが、代わってアテルイ・モレ様のご命令を受けるようになり、続いて安倍頼時様と貞任・宗任様に引き継がれ、最後に奥州藤原氏に引き継がれて、金鉱山開拓者としてこの陸奥国の独立を陰で支えてきたと言っても過言ではありません。しかし鎌倉幕府による平泉滅亡によって、敬福様以来（天平感宝元年～文治五年、西暦七四九～一一八九年）の約四四〇年間にわたってほぼ独立を保ってきた古代陸奥国は根底から消滅し、畿内朝廷の支配する新しい全国組織に完全に組み入れられることになりました。その後は全国政権が変わるたびに、その都度新しい支配者が何処からかやって来るようになりました。

後で知ったのですが、あの古い絵図は本当の黄金を埋めている場所を分からなくするためのダミーとして、いつの頃か誰かが三枚複製を作ったものだそうです。そのうち一枚は黄金山神社に、一枚は伊達藩に、そして最後の一枚の行方不明になっていたものを私が神田港文堂《こうぶんどう》で見つけたのだと分かりました。黄金山神社に保管されていたものは、恐らく宮司息子の奥海晃さんが盗み出したものでしょう。伊達藩に保管されていたものは、恐らく伊達政宗の朝鮮出兵中に屋代勘解由兵衛《やしろかげゆべえ》景頼が来島した時に盗み出したものでしょう。そして私が見つけた三枚目のみに成長の文字が追記されていたと検事さんから聞きました。いつ誰が成長の文字を追記したのか分かりませんが、それを私が見つけたということも、今思えば何かのご縁があったと言うことかも知れません。

この金華山島の何処かに埋めてあると言う黄金は、本当にあるのかどうか分かりません。しかし今の私にとって、そのような黄金はあっても無くても構わないとさえ思えます。それより寧ろ私たちの心の中にこそ、本当の黄金の大きな鉱脈があって、それは奥州藤原氏が滅亡した文治五年以降もずっと、そしてまた一〇年ちょっと前の東日本大震災・大津波以降でも、やはり絶えず成長を続けていると思うようになりました。

人間にとって故郷とは何か？　それは一体何処にあるのか？　その復興は本当に意味があるのか？　ということを私はシルクロードの小国が滅亡して以来、この一五〇〇年間ずっと考え続けて来ました。私の遠い祖先も、この陸奥国の人々も共にそれぞれの故郷を守るために戦って、あるいは勝ち、あるいは破れた人々でしょう。私の祖先は百済王族に付き従って日本に逃れて来ましたが、故国復興を期して営々と積み上げて行った百済王一族の夢は、時と共に次第に希薄となって行き、やがて日本国の歴史の中に雲散霧消してしまいました。

今野家での伝承では、敬福様が黄金を秘密裏に持ち出して、この金華山に海上輸送する途中で嵐に遭ってしまい、現在の女川町に漂着したということでした。この事実は、今日では御前浜あるいは尾浦に伝説として残っているだけで、誰も本当の事実を知らなかったのは敬福様にとって幸いだったと言えるでしょう。東漢氏《あずまのあやうじ》の坂上《さかのうえ》一族も、年月とともに渡来系軍事一族としての役目を終え、次第に日本社会に同化して消えていきました。一方、秦氏一族のように日本に帰化して、それぞれに活路を開いて今日まで繁栄してきたケースもありました。故郷とは個々人の中にある空想的な観念であって、それは実際の土地や風景でも、そこに住む家族や人々でも、そこで話される言語であっても構わないでしょう。

陸奥国の人々にとっても、この一三〇〇年間にわたって全てを持ち去っていった畿内朝廷が逆に何を与えてくれたのか？　あの時もう少し頑張って自分達の故郷を、新しい国家として独立させることは出来なかったものか？　広く世界を見渡せば、本当の故郷を求めて現代でも独立運動を続けている人々が大勢いるようですが、陸奥国の人達の選択は正しかったのか？　この問いに対する正答は未だ見つかっていません。

しかし、いま伝説ではない本当の黄金が私の心の中にあって、これが私自身の本当の故郷だと思うようになりました。大きな歴史が、一五〇〇年前に陸様と私のシルクロードの故郷を飲み込んで行きました。陸奥国の人々からも、一〇〇〇年前には貞観大津波が全てを持ち去って行き、そして一一年前にはまた東日本大震災・大津波が全てを奪って行きました。私たちはそのような一〇〇〇年に一度しか遭遇しない大きな困難に直面したのです。しかしこの本当の故郷である心の黄金の力によって、自分達自身が故郷を復興し、新しい故郷を作り出して行くしかないと思うようになりました。

金華山は金属としての黄金産地ではありませんでしたが、それ以上に素晴らしい本当の黄金を産み出し続けて来たことが分かりました。約一三〇〇年間にわたって、陸奥国の人々に心の黄金を与え続けて来た金華山黄金山神社を、これからもその中心的な拠り所となるべく、陸様と共に日々お務めを続けて参りたいと考えています。

天平勝宝二年（七五〇）にこの金華山に初めて社を造ったときから、社殿正面が西方を向いているのは、決して牡鹿半島からの上陸に対して利便性があるからということではなく、実はこの社殿とほぼ同じ北緯三八度線上にある遠い故国百済、そしてさらに遠いシルクロードの故国をも望む目的であったと陸様から聞きました。これまで一三〇〇年間にわたって素晴らしい黄金を産み出し続けて来たこの金華山が、これからも陸奥国の人々に対する心の地下鉱脈として、成長する本当の黄金を届け続けられるよう、私はこれからずっと陸様と二人でこの金華山を守っていくつもりです。来年は三回目のお詣りに是非お出掛けください。お待ちしております。

診察机に座って、今野からの長い手紙を読み終えても、次の患者は待合室に一人も居ない。相棒のはずの老看護師長も休憩室にお茶を飲みに行ったきりだ。今日も診療所は暇で患者はもう来ないと思うので、水鳥はまた毘沙門天善國寺にぶらぶら散歩に出てみることにした。

すると水鳥の脳裏に、六万年前にアフリカを出てユーラシア大陸に向かって歩き出した日の記憶が一瞬だけ蘇ったような気がした。境内はいつものように観光客で賑わっている。

「ねぇねぇ、わたし今度ねぇ、金華山にお詣りに行くのよ」

「それ良いじゃない、一緒に行きましょうよ。私はもう二回行ったから来年の三回目も必ず行くわよ。何てったって、三年続けてお参りしたら一生お金に困らないって言うから、来年が楽しみだわ」

それを聞いて、水鳥もまた来年三回目のお詣りに必ず行こうと心に決めた。

参考文献

（文芸書関連）

二十歳のエチュード、原口統三遺稿（原口統三著、前田出版社、一九四七年）
アカシアの大連（清岡卓行著、講談社、一九七〇年）
月山（森敦、文藝春秋社、一九七三年）
海の瞳、原口統三を求めて（清岡卓行著、文藝春秋社、一九七五年）
中島敦全集（中島敦著、全三巻、筑摩書房、一九七六年）
孔子（井上靖著、新潮社、一九八九年）
ニーチェの光と影～故郷喪失者の自由と孤独～（H．F．ペーテルス著、河端春雄訳、啓文社、一九九〇年）
破軍の星（北方謙三著、集英社、一九九三年）
三陸海岸大津波（吉村昭著、文春文庫、一九九六年）
日本剣豪列伝（江崎俊平・志茂田誠諦著、学研M文庫、二〇〇一年）
まだ見ぬ故郷―高山右近の生涯（上下巻、長谷部日出雄著、新潮社、二〇〇二年）
荒蝦夷（熊谷達也著、平凡社、二〇〇四年）
仏教への旅（インド編上下巻、五木寛之著、講談社、二〇〇六年）
牛頭天王と蘇民将来伝説（川村湊著、作品社、二〇〇七年）
深重の海（津本陽著、集英社、二〇一二年）
風の陣（高橋克彦著、PHP文芸文庫、二〇一二年）
火怨・北の耀星アテルイ（高橋克彦著、講談社文庫、二〇一三年）

存在と時間（ハイデッガー著、岩波文庫、熊野純彦訳、二〇一三年）
井上靖研究～西域小説から孔子へ～（劉淙淙著、皇学館大学大学院、博士（文学）学位論文内容及び審査の要旨、平成二十八年度、二〇一六年）
求道者・愛と憎しみのインド（佐々井秀嶺著、佼成出版社、二〇二〇年）

（鉱山・地質学関連）

金属を通して歴史を観る（新井宏著、四・金属生産量の歴史（三）金銀、Boundary、三五～三九頁、一九九三年）
近代の世界の金銀生産量（葉賀七三男著、平成五年KASTセミナー、一九九三年）
日本列島における後期新生代金鉱床の時空的変遷と島弧会合部の意義（久保田喜裕著、資源地質、第四四巻、十七～二四頁、一九九四年）
房総地域の製鉄文化に関する基礎的考察（井上孝夫著、千葉大学教育学部研究紀要、第四三巻、二人文・社会科学編、一～十二頁、一九九五年）
黄金山産金遺跡、黄金山南遺跡（涌谷町埋蔵文化財調査報告書、涌谷町教育委員会、平成八年出版、一九九六年）
日本列島の形成（酒井治孝著、地球学入門第十三回、東海大学出版社、二〇〇三年）
北上山地における花崗岩関連鉱床の硫黄同位体比（石原舜三、佐々木昭著、地質調査研究報告、第五五巻、十九～三十頁、二〇〇四年）
美しい砂の世界～千葉県の海浜砂あれこれ～（藤橋葉子、須藤定久著、地質ニュース六〇五号、四〇～四二頁、二〇〇五年）
南部北上山地、氷山花崗岩体に胚胎される玉山金鉱床の鉱化年代とその成因に関する考察（村上浩康、石原

舜三著、地質調査研究報告、第五六巻、一七七～一八二頁、二〇〇五年）
福島県白河地域の鉱物資源（大野哲二、渡辺寧、小村良二著、地質ニュース六一六号、三四～四三頁、二〇〇五年）
我が国の銅の需給状況の歴史と変遷（JOGMEC金属資源情報、独立行政法人石油天然ガス・金属鉱物資源機構、銅ビジネスの歴史、二〇〇六年）
我が国の鉛需給の変遷と世界大戦前後の鉛需給動向（中島信久著、歴史シリーズ鉛（二）金属資源レポート、二〇〇七年）
陸奥北辺の城柵と郡衙～黒川以北十郡の城柵から見えて来たもの～（村田晃一著、宮城考古学、第九号、二〇〇七年）
ナウマンの予察東北部地質図（山田直利著、地質ニュース六五二号、三一～四〇頁、二〇〇八年）
天平の産金地、宮城県篦岳丘陵の砂金と地質の研究史（鈴木舜一著、地質学雑誌、第一一六巻、三四一～三四六頁、二〇一〇年）
最新東北の地質、岩手県の地質（永広昌之、越谷信著、協会誌大地、第五二号、三～十八頁、二〇一二年）
廃食品性バイオマスを用いたレアメタル高選択的分離技術の開発（丸山達生、大向吉景、中島一紀著、平成二三年度環境研究総合推進費補助金総合研究報告書、平成二四年三月、一～七頁、二〇一二年）
日本の金銀山遺跡（萩原三雄編、高志書院、二〇一三年）
岩手県の金山と産金事情（髙橋與右衛門著、滴石史談会報、第二五号、九～十七頁、二〇一四年）
三陸の地質資源とジオパーク（永広昌之著、日本技術士会東北支部応用理学部年次大会特別講演要旨、平成二八年度、二〇一六年）
政宗公時代からの北上川改修工事とその意義（加藤徹著、NPO法人アグリネット21平成二九年度第一回知水講座　TKPガーデンシティ仙台、二〇一七年）
銅の話（坪井利一郎著、別子銅山を読む講座X－4、二〇二〇年）

（歴史・考古学・医学関連）
開成丸航海日誌（小野寺鳳谷著、一八五八年）
蝦夷爵考（板橋源著、岩手大学学芸学部研究年報、第三巻第一部、一九五一年）
新十八史略詳解（辛島驍、多久弘一共著、明治書院、一九五九年）
ミロク信仰の研究（宮田登著、未来社、一九七五年）
結核化学療法の基礎研究一〇〇年の展望（金井興美著、Kekkaku　第五七巻、六四三～六五一頁、一九八二年）
日本の苗字辞典（丹羽基二著、柏書房、一九九四年）
コンサイス日本人名辞典（上田正昭他監修、三省堂、二〇〇〇年）
古代東国における地域研圏の成立過程～総武・常総の内海をめぐる古墳文化の相剋～（白井久美子著、千葉大学文学博士論文、甲第一八五五号、二〇〇〇年）
えみし社会の誕生と後世のアイヌへの連なる同族意識（女鹿潤哉著、いわて文化ノート、岩手県博物館だより、第一〇二巻、二〇〇四年）
大伴家持の個我意識（川井博義著、哲学・思想論叢、筑波大学哲学・思想学会、第二二号、一〇五～一一七頁、二〇〇四年）
中世都市鎌倉以前、東の海上ルートの実相（平川南著、国立歴史民俗博物館研究報告、二〇〇四年）
古代牡鹿柵・牡鹿郡家・豪族居宅跡推定地（宮城県東松島市教育委員会発行、東松島市文化財調査報告書第一集、赤井遺跡、二〇〇五年）
陸奥北辺の城柵と官衙～黒川以北十郡の城柵からみえてきたもの（村田晃一著、宮城考古学、二〇〇七年第九号）
ブシラミンと金製剤（伊藤聡著、日本内科学会雑誌、第一〇〇巻、二九三六～二九四一頁、二〇一一年）

東アジアの海洋文明と海人の世界〜宗像・沖ノ島遺産の基盤〜（秋道智彌著、宗像・沖ノ島と関連遺産群研究報告I I―I、二〇一二年）
妙見信仰と真武信仰における文化交渉（二階堂善弘著、東アジア文化交渉研究誌、関西大学学術レポジトリ、二〇一二年）
阿弖流為　夷俘と号すること莫かるべし（樋口知志著、ミネルヴァ書房、二〇一三年）
陸奥産金と征夷：道嶋（丸子）氏の活躍を通して（新井隆一著、法政史学、法政大学史学会、第八〇巻、一〜二六頁、二〇一三年）
陸前高田市東日本大震災検証報告書（平成二六年七月、陸前高田市、二〇一四年）
瀬戸内海の古代木造船と海上活動に関する基礎的研究（柴田昌児著、公益財団法人福武財団瀬戸内海地域振興助成、成果報告アーカイブ、二〇一五年）
豊後安倍氏の伝承（安部貞隆著、三恵印刷出版社、二〇一五年）
岡山県新見市の金売吉次（原田信之著、新見公立大学紀要、第三七巻、一八七〜二〇一頁、二〇一六年）
古代阿曇氏小考（篠川賢著、成城大学大学院文学研究科出版、二〇一六年）
百済王氏の成立と動向に関する研究（崔恩永著、滋賀県立大学院博士学位論文、二〇一七年）
隼人と蝦夷（中村明蔵著、隼人史話探訪五、モシターンきりしま、国分進行堂、二〇一七年）
陸奥安倍氏累代の古文書が語る逆説前九年合戦史（安部貞隆著、ツーワンライフ社、二〇一八年）
NHKカルチャーラジオ歴史再発見・朝鮮半島から見た古墳時代（高田寛太、二〇二〇〜二〇二一年）
海洋の日本古代史（関裕二著、PHP新書、二〇二一年）
神社漫遊記（阿部満著、財界にいがた二〇二一年三月号一四〇〜一四一頁、同年四月号一三六〜一三七頁）

（写真記録関連）
牡鹿町誌（上中下巻）一九八八〜二〇〇五年
女川町誌（一九六〇年）
金華山の四季・花マップ（髙橋和吉著、野生植物研究所、二〇〇九年）
石巻・東松島・女川今昔写真帖（邉見清二監修、郷土出版社、二〇〇九年）

（インターネット記事関連）
古代北東北の旅、四季の風景・遺跡探訪・日本人の起源（T. Inuiのホームページ　Ｖｅｒ．2、二〇〇七年九月三日）
ブログ古代の大海戦　白村江の軍船は？（karano投稿、二〇一〇年三月二日）
ブログ古事記に親しむ改または「日本書紀演義」（浅草橋キッド投稿、平成三十年十月三日改稿、二〇一八年）
金売吉次兄弟の墓（Ｗｅｂ日本伝承大鑑、二〇二二年）
わかる！国際情勢、中央アジア（外務省ホームページ二〇二二年）
涌谷町ホームページ（二〇二二年）
その他（歴史上の人物、事蹟多数）

著者略歴

著者名　日高《ひだか》けん（東京都大田区在住）

昭和三一年（一九五六）宮城県女川町生まれ、女川一小、女川一中、石巻高校を経て、
昭和五六年（一九八一）東北大学医学部卒業、岩手県立胆沢《いさわ》病院内科研修医（二年間）
昭和六三年（一九八八）米国ハーバード大学留学（二年間ボストン市在住）
平成八年（一九九六）東北大学医学部助教授（脳神経内科学）
平成一〇年（一九九八）岡山大学医学部教授（脳神経内科学）
令和三年（二〇二一）国立系病院長（現在に至る）

著書　医学論文多数、医学書多数
　ギリシャ神話の花とハーブたち（日高けん著、近代文芸社）平成九年（一九九七）

金華山黄金伝説殺人事件

二〇二三年四月一日　初版第一刷発行

著　者　日高けん
発行者　谷村勇輔
発行所　ブイツーソリューション
〒四六六・〇八四八
名古屋市昭和区長戸町四・四〇
電　話　〇五二・七九九・七三九一
ＦＡＸ　〇五二・七九九・七九八四
発売元　星雲社（共同出版社・流通責任出版社）
〒一一二・〇〇〇五
東京都文京区水道一・三・三〇
電　話　〇三・三八六八・三二七五
ＦＡＸ　〇三・三八六八・六五八八
印刷所　モリモト印刷

ISBN978-4-434-31701-9